California Dreaming

Iris Pinson

Carrière, erotiek en tragiek

Pinson Publisher
Publicatie 2014
Uitgave: April 2021

Schrijver: Iris Pinson
Foto: Ron Jeffreys
Coverontwerp: Pinson Publisher
Met dank aan Sunny-Site B.V.
ISBN: 978-90-821929-2-6
© Iris Pinson

Inhoud

Deel I – Hoge Hakken

Wat omhoog gaat zal naar beneden vallen

Hoofdstuk 1.

Zomer 2000

"Dana, kun je alle afspraken die we gisteren hebben besproken inplannen?"

"Ja Ben, dat zal ik gelijk doen."

Dana legde haar mobiele telefoon op het bureau neer en ze trok het toetsenbord van de computer naar zich toe. Ze pakte de aantekeningen erbij, die ze tijdens het overleg met haar manager Ben Eksels had gemaakt en werkte de lijst puntsgewijs af.

Het was even doorbijten, maar het lukte Dana om alle deelnemers voor de eerste bijeenkomst gecommitteerd te krijgen. Voor de finale sessie nam ze direct een optie op een geschikte vergaderruimte bij het conferentiecentrum.

Het was Dana Hendrixs gelukt om direct na het behalen van haar MBO-diploma als administratief medewerkster bij Translude aan de slag te gaan. De stageplaats, die hieraan vooraf ging had ze te danken aan haar vader, die de zakelijke connecties in de technologische beveiligingsindustrie had, waar Translude marktleider was.

Translude was een internationaal bedrijf in beveiligingssystemen voor computernetwerken. Het hoofdkantoor was in Nederland gevestigd met nevenvestigingen in Parijs en Willemstad. Naast het ontwikkelen van intelligente software deed Translude onderzoek naar digitale criminaliteit.

Dana had haar plek binnen de organisatie snel gevonden, pakte nieuwe opdrachten kordaat op en liep regelmatig op de zaken vooruit. Op dit moment had ze maar één ambitie: de volgende stap in haar carrière maken.

Dana zag er voor haar tweeëntwintig jaar goed uit. Slank, niet zo groot, mooie bruine ogen en een bos haar met natuurlijk vallende bruine krullen. Haar grote ogen hadden een vriendelijke uitdrukking, maar als ze boos was, waren ze zwart en schoten ze vuur. Ze maakte onderscheid tussen haar zakelijke en privé garderobe. Op kantoor was het de gewoonte om op vrijdag casual gekleed te komen, maar niet voor Dana.

Ze was altijd zakelijk gekleed, droeg stijlvolle pakjes met de rok op juiste knielengte en pumps met een beschaafde hak. Haar lievelingsparfum was Volupte van Oscar de la Renta.

Dana had al een paar vriendjes versleten, maar ze was nooit echt voor een man gevallen. Meestal hadden haar vriendjes iets wat haar uiteindelijk niet kon bekoren. Dana was erg kritisch. Ze had voor zichzelf de toekomst uitgestippeld en hier hoorde de juiste man bij. Een man met een carrièrepad, die haar vader moest evenaren of liever nog overtroeven.

Dana was trots om voor Translude te mogen werken en ze kon zich nog goed haar eerste werkdag herinneren. De zon scheen fel op het ultramoderne glazen pand, waardoor het leek of alle beschikbare energie door het glas werd geabsorbeerd. Ze had zich bij de receptie gemeld in een sciencefictionachtige omgeving. De achterwand bestond uit een enorme donkerblauwe bol. Op de bol was een digitaal mensenhoofd afgebeeld, waarvan de vorm kunstig overliep in een circuit board. Alsof het menselijk brein hieraan was gekoppeld en de ogen, neus en mond de sleutel tot het intelligent design waren. Toen Dana door de afdelingssecretaresse werd opgehaald, kreeg ze het gevoel in het kloppende digitale hart van Translude toegelaten te worden.

Het kantoor was licht en ruim van opzet, met grote kantoortuinen waarbij langwerpige plantenbakken de afdelingen scheidden. Er werkten verhoudingsgewijs veel jonge mensen. Dana moest af en toe gniffelen om nerds, die rondliepen in van die slobberbroeken met loshangende kettingen. Vaak stonden ze rondom een computer geschaard en keken gebiologeerd naar het scherm waar ze de programmeercodes bediscussieerden.

Ze had het naar haar zin en voelde zich thuis bij Translude. Ambitieus als ze was, had Dana haar ogen niet in haar zak. Als ze van haar lunch genoot, had ze vooraf al strategisch plaatsgenomen, zodat ze de kantine kon overzien. Dana volgde nauwgezet de invloedrijke managers en directieleden wanneer deze de kantine binnenliepen. Bij wie gingen ze aan tafel zitten en hoe reageerden ze op elkaar. Eén van die interessante objecten was Ben Eksels. Zijn zelfverzekerde houding sprak haar direct aan. Tijdens haar observatie kreeg ze de indruk dat hij grote invloed had op zijn niveau. Ben intrigeerde haar.

Toch duurde het nog een paar jaar voordat de vacature Personal Assistant bij Ben Eksels, de Technisch directeur van Translude beschikbaar kwam. Dit was de ultieme kans voor Dana om op zijn autoriteit mee te liften voor haar toekomstige carrièreplan.

Ze trok de stoute schoenen aan en klopte bij Ben op de deur om hem persoonlijk te vertellen dat ze geïnteresseerd was in de functie. Ondanks zijn drukke agenda trok hij spontaan tien minuten voor haar uit, waarin ze kon toelichten waarom ze hem had benaderd.

Dana gaf aan, graag voor Ben te willen werken en benoemde een paar werkzaamheden, die ze vooraf in de vacature had gelezen en koppelde deze aan haar huidige werkervaring. Ze zette de perfecte elevator pitch neer. Ben, gecharmeerd van haar directe benadering gaf aan er een paar nachtjes over te willen slapen en er de volgende week op terug te komen.

Ben Eksels was een serieuze manager. Hij zag er onberispelijk uit en had een autoritaire uitstraling. Zijn donkerblonde haar was altijd keurig gekapt en hij had een goed figuur. Ondanks zijn directieve houding hadden zijn heldere blauwe ogen een vriendelijke uitdrukking.

Zijn carrière was een schoolvoorbeeld. Als high potential was hij destijds door Translude op de Universiteit gerekruteerd. Hij was snel gepromoveerd naar een toppositie. Ben was een man die autoriteit uitstraalde, maar ook een menselijke kant had waardoor hij veel voor elkaar kreeg. Hij nam ondanks zijn drukke programma regelmatig de moeite om met de medewerkers op de werkvloer een praatje te maken.

Dana had hem spontaan benaderd. Ben zocht iemand die hem door dik en dun kon assisteren en die onvoorwaardelijk beschikbaar was. Ze had de juiste kwalificaties om hem succesvol te ondersteunen.

Na de spontane actie van Dana had Ben informeel achtergrondinformatie over haar ingewonnen. Alles wat hij hoorde, was alleen maar positief. Naast haar uitstekende contactuele eigenschappen en het accuraat opleveren van opdrachten, zag ze er ook nog eens aantrekkelijk uit. Ben bekeek de foto van Dana nog een keer op het intranet en hij voelde naadloos aan dat er misschien wel meer in de pijplijn zat. Voor de vorm gaf hij invulling aan de sollicitatieprocedure met als doel het proces zo natuurlijk mogelijk over te laten komen. Maar zijn besluit stond al vast. Dana was voor hem.

Een paar dagen later werd het officiële sollicitatiegesprek ingepland. Ben zat geconcentreerd achter zijn bureau te werken toen Dana zijn kantoor binnenstapte.

"Ha Dana, ga zitten." Hij gebaarde naar de lege plaats. Ze ging zedig met haar knieën tegen elkaar zitten en boog iets voorover toen ze haar notitieblokje op het tafeltje neerlegde. Zijn ogen namen haar belangstellend op.

Het kantoor van Ben beviel haar. De glazen buitenwand gaf het effect van een helikoptercockpit, waaruit het bedrijf werd bestuurd. Achter zijn statige bureau hing een enorm schilderij. Door het ruimtelijk bedrog van het middeleeuwse tafereel leek het een Escher, maar dat was het niet.

Ben keek haar recht in de ogen.

"Je klopte vorige week op mijn deur en solliciteerde naar de functie van PA. Ik heb er een paar nachten over geslapen en wil nu graag een gesprek met je aangaan over mijn verwachting van de PA, zoals de inhoud van de functie en de bijbehorende competenties.

Met mijn vertrekkende PA heb ik vijf jaar nauw samengewerkt. Ik betreur dat ze vertrekt, maar ik kan me voorstellen dat ze graag een volgende stap in haar carrière wil maken. Aan twee woorden had ze genoeg en ze regelde alles naar behoren. Ik verwacht van mijn nieuwe PA dat hij of zij voor mij beschikbaar is en op een excellente manier mijn agenda, operationele afspraken en lopende opdrachten regelt. Maar ook mijn ogen en oren binnen de organisatie is. Daarnaast gaat mijn PA regelmatig met mij mee op reis naar afspraken in het binnen- en buitenland."

Na zijn verwachting toegelicht te hebben vroeg hij of Dana zichzelf kort en bondig als persoon kon omschrijven.

"Spontaan, leergierig en ik werk graag voor professionele managers. Ik vind het prettig om zelfstandig aan opdrachten te werken en sta graag tot de beschikking van een inspirerende manager."

Ze zweeg even, zodat hij weer de leiding in het gesprek kon overnemen.

"Kun je me vertellen wat je belangrijkste competenties zijn?"

"Resultaatgericht werken en no-nonsense. Ik werk voor een commercieel innovatief bedrijf, dus kan Translude ook toewijding van mij verwachten."

"Hoe ben je als mens, als je niet werkt?" vroeg Ben, terwijl hij haar nauwlettend gadesloeg.

"In mijn privéleven hou ik van stappen en plezier maken met mijn vriendinnen. Van huis uit ben ik sportief en doe ik aan hardlopen."

Dana wist dat ze niet te veel aan het woord moest zijn, want daar hielden managers niet van.

"Wat is je ambitie over vijf jaar. In welke functie zou je dan willen zitten?"

"Het liefst in een managementpositie, maar ik besef dat ik nog niet over de juiste diploma's beschik en de ervaring ontbreekt nog. Daarom heb ik een paar jaar geleden het besluit genomen om een avond Hbo-opleiding te volgen, die ik binnenkort zal afronden. Tot nu toe heb ik alle vakken behaald. De toekomst zal leren of ik mijn persoonlijke doelstellingen zal halen, maar de intentie is er in ieder geval."

Ben had een zelfverzekerde glimlach op zijn gezicht. Wat een lef had deze jongedame. Hij vroeg nog naar specifieke werkzaamheden in haar huidige functie, om te kijken hoe ze omging met het onder druk presteren en strakke deadlines.

Ben was de mentor van wie Dana veel kon leren. Op een bepaalde manier kwam hij toegankelijk over. Ze schatte in dat hij met zijn invloed en connecties haar carrière kon bespoedigen. Ben zei aan het einde van het gesprek dat hij er over zou nadenken en haar volgende week een terugkoppeling zou geven. Ze namen afscheid en Dana liep zelfverzekerd de deur uit, maar inwendig vroeg ze zich af of ze haar kwaliteiten wel voldoende had benadrukt.

Op woensdagavond ging Dana bij haar ouders eten. Dit deed ze wel meer wanneer het met haar agenda uitkwam, maar ook omdat haar broer John er zou zijn.

Moeder stond nog in de keuken toen Dana binnenliep. Het rook heerlijk naar gebraden rundvlees, gekookte aardappelen met verse bloemkool. Dana opende nieuwsgierig de deksels van de pannen en snoof de lucht genoegzaam op. Vader kwam de keuken binnenlopen en maakte een fles rode wijn open. Hij glimlachte naar Dana en schonk ongevraagd een glas in en reikte het aan. Ze proefde de wijn. Deze was heerlijk. Ongetwijfeld een fles uit zijn riante wijnkelder.

Na het eten, tijdens de koffie praatten ze na over hun zakelijke ervaringen van de afgelopen tijd. Dana maakte handig van de situatie gebruik om

John over haar sollicitatie als PA te vertellen, want ze had vragen over haar kansen.

John was een paar jaar ouder dan Dana en werkte al jaren in commerciële functies in het bedrijfsleven. Hij was een extroverte persoonlijkheid en vond het een sport om Dana uit te dagen.

"Hoe denk jij als secretaresse carrière te gaan maken? Kun je dan niet beter als junior accountmanager solliciteren?"

"Dat kun jij makkelijk zeggen, omdat jij je Hbo-diploma al in je zak had toen je het bedrijfsleven instapte. De banen lagen voor jou voor het oprapen. Ik ben nog bezig met mijn avondopleiding."

"Je moet direct richting kiezen. Nu ga je als een assistente werken en dan is de overstap naar een commerciële functie lastig te motiveren. Recruiters zullen in sollicitatieprocedures steeds van je willen weten waarom je een andere richting ambieert. Als je nu gelijk een gerichte stap maakt, dan kun je in de toekomst het gesprek sturen door je behaalde resultaten te benoemen, iets wat werkgevers graag van je willen horen. Waarom zet je deze stap niet?"

Dana keek John uitdagend aan, "het lijkt mij veel handiger om de vakinhoudelijke kennis bij Ben op te doen en inzicht te krijgen op basis van de beslissingen die hij neemt. In de tussentijd rond ik mijn avondopleiding af. Mijn planning is om binnen twee jaar de volgende stap in mijn carrière maken."

John schudde met zijn hoofd, "je keert het om, want ik zou het zo nooit doen."

"Dat klopt, want jij bent een man en ik ben een vrouw. Jij hebt makkelijk praten, omdat jij het geluk had in de juiste functie in te stappen in een organisatie, die op dat moment met expansie bezig was."

"Ja, dat is waar. Maar aan de route die jij nu neemt kleeft een groot risico, want je weet nooit hoe het directielid zich ontwikkelt. Als die Ben zijn doelstellingen niet haalt en de laan wordt uitgestuurd, sta jij met lege handen."

Vader en moeder waren in de tussentijd de kamer weer binnengekomen, gingen aan de grote tafel zitten en luisterden geïnteresseerd naar het gesprek tussen zoon en dochter, maar ze bemoeiden zich er bewust niet mee. Hun kinderen waren onderdeel van een nieuwe generatie waar de kantoorwereld drastisch was veranderd door de intrede van de computer en het nieuwe werken.

John vervolgde zijn betoog: "Je hebt doorzettingsvermogen, dus je zult er wel komen, maar je neemt niet de makkelijkste route om je doel te bereiken. Een ander punt is het salaris, want met jouw keuze zul je het bij loononderhandelingen altijd afleggen. Het kost je zo drie tot vier jaar extra om op het geambieerde salarisniveau te komen."

"Mijn doelstelling is om van Ben vakinhoudelijk te leren. Hij kan voor mij de deuren op een hoger niveau openen. En John... van jou leer ik in de tussentijd alle kneepjes van het vak."

John schoot in de lach. "Je bent heel behendig en ik vermoed dat dit voor jou wel zal werken. Als je maar niet je vrouwelijke charmes gebruikt om via Ben hogerop te komen, want dat vind ik zo ordinair; vrouwen die zich omhoog neuken."

Dana keek John verbaasd aan. "Wat is daar nu mis mee?"

John keek verongelijkt naar Dana. "Dat meen je toch niet?"

Dana lachte uitdagend: "Natuurlijk niet. Ik heb je toch weer op de kast."

John schudde zijn hoofd. "Ik heb zo'n hekel aan vrouwen, die mannen misbruiken om hoger op de ladder te komen."

"John, het bedrijfsleven in Nederland is een mannenbolwerk met managers die graag hun ego bevestigd willen hebben."

Moeder voelde naadloos aan waar het gesprek naar toe ging en zei: "Zal ik de koffie inschenken?"

Ze stond op van tafel en liep naar de keuken. Vader was met de krant op de bank gaan zitten. Hij distantieerde zich van dit soort gesprekken.

Het tweede gesprek met Ben was een verdieping van het eerste gesprek.

"Ik vind je een goede kandidate, omdat je gedreven bent en de organisatie al kent. Maar ik wil toch graag wat dieper op de rol van PA ingaan.

Wat zijn jouw slechte ervaringen binnen dit bedrijf en hoe zou je deze aanpakken?"

Dana keek Ben behoedzaam aan. "Ik vind de visie van Translude niet altijd overkomen met de manier waarop de zaken worden voorgesteld. Als bedrijf zeggen we, dat we staan voor hoogstaande technologische bijdragen voor een veilige samenleving. Maar vanwege de bezuinigingen zijn er enkele projecten geschrapt, waarvan ik denk dat deze de organisatie juist extra geld gaan kosten. Het kan efficiënter dus."

Ben luisterde aandachtig en Dana zag dat hij een paar aantekeningen maakte. Ze wachtte geduldig op de volgende vraag.

"Hebben je observaties je functioneren veranderd?"

"Ja, want ik vind het altijd een uitdaging om te kijken of er in een project nog nieuwe invalshoeken zijn. Het hoort niet tot mijn werk, maar ik praat hier wel eens met een projectleider over. Mijn ambitie is om in de toekomst zelf projecten te gaan leiden.

"Wat heb je gedaan, om je op dit gesprek voor te bereiden?"

"Ik heb de vacature goed gelezen en ik heb informatie opgezocht over wat er van een PA wordt verwacht. De leuke zaken, maar ook de problemen, die met dit vak samengaan. Ik moet u afschermen voor een groot aantal verzoeken vanuit de organisatie. Dit houdt in dat ik vakinhoudelijk goed op de hoogte moet zijn van wat er binnen het bedrijf gaande is, maar ook wat er in de andere vestigingen gebeurd. Het is aan mij welke informatie ik aan u doorspeel en welke vragen ik zelf beantwoord."

Ben knikte bevestigend, ging door met het voorleggen van lastige situaties en het stellen van vragen om een goed beeld te krijgen wat Dana voor hem zou betekenen op het gebied van loyaliteit, kennis en accuratesse. De enige zorg die Ben had, was haar houdbaarheidsdatum. Hoe lang zou ze voor hem beschikbaar zijn en wanneer zou ze voorrang geven aan haar eigen carrière. In het laatste geval zou ze wel voor de organisatie behouden blijven.

Toen Dana zich 's avonds in haar slaapkamer uitkleedde en naakt voor de spiegel stond bedacht ze; er zijn drie mannen die ik voor mijn carrière kan gebruiken. Mijn vader heeft de connecties, mijn broer kent de klappen van de zweep en Ben is een machtig persoon, die me het gevoel geeft, dat ik meer voor hem beteken.

Dana keek met een ondeugende glimlach rond haar mond naar haar volmaakte naakte lichaam in de spiegel. Ben was voor haar.

Hoofdstuk 2.

Toen Dana uit haar werk thuiskwam ging haar mobiel. Het was haar vriend Micky.

"Dana, ben je vanavond thuis?"

Dana glimlachte tevreden, want ze was verliefd op Micky.

"Voor jou altijd, hoe laat kom je?"

"Kan ik nog mee-eten of zal ik wat meenemen?"

"Neem maar wat mee, want ik kom ook net binnenlopen."

Dana voelde zich gelukkig, want Micky wist precies wat ze lekker vond en liet het initiatief graag aan hem over.

Micky was een atletische jongeman met blauwe ogen en halflang bruin haar, waarvan hij de lokken achter zijn oren voegde. Hij was een klein jaar geleden in zijn eerste baan als bedrijfsjurist bij een Telecomoperator gestart. Hij adviseerde de Directie bij het afsluiten van grote contracten. De telecomsector lag hem goed, omdat hier snel handelen en accuratesse, de kernbegrippen waren.

Dana was Micky een paar maanden geleden op de Haagse KoninginneNach letterlijk tegen het lijf gelopen. Ze had met haar vriendinnen op het grote veld gestaan toen ze per ongeluk tegen hem opbotste. Haar biertje was op de grond gevallen. Micky had zich verontschuldigd en gezegd dat hij voor haar een nieuwe zou halen. Dana was verbaasd dat ze hem niet eerder had opgemerkt, want ze vond Micky een lekker stuk. Ze had hem uitdagend aangekeken en was bij hem blijven staan.

"Loop je mee naar de bar?"

Dana knipoogde naar haar vriendin, die naast haar stond en ze liep met Micky mee. Hij bestelde twee biertjes en gaf er één aan Dana en vroeg: "Kom je uit Den Haag?"

"Nee, uit Rotterdam"

"Wat vind je van het concert?"

"Eigenlijk vind ik er niet zo veel aan, maar ik vind de sfeer op KoninginneNach tof."

Dana nam een slok van haar biertje, keek Micky ondeugend aan en zei: "Zullen we er samen tussenuit knijpen?"

Hij keek haar geamuseerd aan. "Zo, zo, je durft." Hij bleef Dana aankijken, zei niets meer en nam bedachtzaam een slok uit zijn beker.

"Heb je een vriendin?"

"Nee, ik heb geen vriendin, maar ik ben vanavond met mijn vrienden op stap en ik vind het achterbaks om er vandoor te gaan."

Dana trok nonchalant haar schouders op. Ze liepen terug naar hun vriendenclubjes, die dicht bij elkaar stonden. Maar ze kon het niet laten en bekeek Micky van top tot teen. Ze vond hem sexy. De relaxte manier waarop hij met zijn vrienden stond te praten, de bewegingen van zijn atletische lichaam, maar ook zijn volle mond deden haar hart sneller kloppen.

Na het concert besloten ze om met z'n allen op kroegentocht te gaan. Het was een vrolijke bende, de onderlinge sfeer was goed en ze maakten tot in de vroege uurtjes plezier. Het lukte Dana niet om Micky om haar vinger te winden. Als ze hem aanraakte, liet hij het toe, maar hij reageerde er verder niet op. Micky praatte met verschillende vrienden en maakte grapjes, maar hij schonk verder geen aandacht aan haar. Het irriteerde Dana dat ze werd genegeerd. Micky was ongrijpbaar. Dat werkte averechts en deed juist haar lust aanwakkeren.

In de vroege uurtjes nam de groep afscheid. Micky keek met een geheimzinnige grijns op zijn gezicht naar Dana, die hem vragend aankeek. Hij trok haar naar zich toe en kuste haar onverwachts vol op de mond. Ze sloot haar ogen en de vrienden van Micky joelden: "Hé, lukt het?"

Micky onderbrak zijn kus en keek zijn vrienden triomfantelijk aan. "Jullie zijn gewoon jaloers."

Hij trok Dana weer als zijn trofee tegen zich aan en kuste haar innig.

Na de kus, die voor Dana niet lang genoeg kon duren, vroeg hij met passie: "Mag ik je telefoonnummer?" Hij keek haar met zijn omfloerste ogen aan en het hart van Dana was definitief gesmolten. Ze wilde hem en zei: "Heb jij je mobiel bij de hand, dan geef ik je mijn nummer."

Micky zette haar nummer gelijk in zijn telefoon. Dana vroeg niet naar zijn nummer, want het initiatief lag nu bij hem.

Ze liep samen met een vriendin, bij wie ze zou slapen naar huis en ze raakten niet uitgepraat over Micky. Haar vriendin zei dat Dana het weer voor elkaar had, om de leukste kerel uit het groepje voor zich te claimen.

Toen Dana bijna in slaap was, hoorde ze een sms-bericht op haar mobiel binnenkomen. Ze kon het niet laten en grabbelde in haar handtas. Het schermpje van de telefoon gaf fel licht en ze opende het berichtje. Het moest van Micky zijn, want er stond: Wanneer?

Als Dana thuis was geweest, zou ze gelijk: NU hebben ge-sms't, maar dit kon ze haar vriendin niet aandoen. Dus gaf ze haar adres in Rotterdam op en 16 uur.

Er kwam een sms-bericht terug: OK!

Dana legde haar mobiel onder haar hoofdkussen, draaide zich om en viel in slaap.

De volgende dag thuis, ruimde Dana eerst haar appartement op, ging uitgebreid douchen en trok een sexy lingeriesetje aan. Ze hoopte diep in haar hart dat Micky zou komen opdagen.

Dana had al een paar keer op de klok gekeken. Het was half vijf en nog geen teken van Micky. Misschien had de trein vertraging, omdat het treinverkeer op Koninginnedag een afwijkend schema had. Terwijl ze in gedachten naar de keuken liep, ging de deurbel. Ze liep naar de gang, drukte op de buzzer van de intercom en nam niet eens de moeite om te vragen wie er voor de deur stond. Toen ze de voordeur opende, zag ze Micky de trap opkomen. Hij was kletsnat van de regen en hij had een grote bruine aktetas onder zijn arm.

Micky stapte naar binnen, sloot de deur achter zich en hij zette de aktetas demonstratief op de grond. Dana pakte zijn jas aan en hing hem op een hangertje aan kapstok. Toen ze zich omdraaide stond hij haar ongegeneerd te bekijken. Dana lachte schaapachtig. Micky pakte Dana met één beweging om haar heup, trok haar tegen zich aan en kuste haar innig. Na de passievolle kus bleven ze in de gang tegen elkaar aan staan, waarbij Dana haar hoofd naar achter wierp en haar hals liet kussen. Het was een moment van betovering en het proefde naar meer.

"Wat een weer hè?"

Micky bukte, pakte zijn aktetas op, liep achter Dana aan de kamer in en keek in de rondte.

"Dat ziet er hier goed uit."

Hij opende zijn tas, haalde er een fles Champagne uit en zei: "Zullen we op de koningin proosten?"

Dana was aangenaam verrast en ze liep naar de kast om twee champagneglazen te pakken.

Micky opende de fles met een luide knal, schonk de glazen halfvol en gaf Dana een glas.

"Op de Koningin!"

Ze namen een paar slokken en Dana keek Micky verliefd aan.

"Je verraste me vannacht, ik vind je leuk," zei ze.

Hij pakte haar glas over, zette beide glazen op het tafeltje en trok Dana weer naar zich toe.

"Ik heb je eigenlijk nog niet goed gekust," zei hij zacht en zoende haar vol op de mond. Ze voelde gelijk zijn handen sensueel over haar lichaam glijden. Wat een goddelijk vent was dit.

Ze trok haar trui in één beweging uit. Micky zuchtte van genot en kuste onstuimig haar borsten. Dana voelde zijn erectie, ging op haar knieën zitten, opende zijn broek, die door de zware riem met een plof op de grond viel en ze pakte gretig zijn stijve penis vast. Micky sloot zijn ogen van genot, trok haar omhoog en schoof Dana op haar buik over de eetkamertafel en nam haar onstuimig.

's Avonds om acht uur lagen ze nog op de bank.

"Zullen we nog iets in de stad gaan eten?"

Ze namen de tram naar de binnenstad. Overal lag rommel op straat, want de Koninginnedagfestiviteiten waren afgelopen. Het regende en de snackverpakkingen lagen als slijmerige hoopjes op de grond. Veel mensen hadden hun heil in de cafeetjes gezocht, waar het overvol was. Ze liepen een klein eethuisje binnen en gingen aan een tafeltje zitten. Ze zaten met een glas wijn in de hand tegenover elkaar. Micky keek Dana liefdevol aan en zei weloverwogen: "Is dit jouw tactiek om mannen te versieren?"

Dana sloeg haar ogen beschaamd neer. "Nee, dat heb ik nog nooit eerder gedaan. Toen ik je zag, viel ik gelijk voor je." Ze keek verliefd naar Micky.

"Laten we de komende tijd eens kijken of we met elkaar door de deur kunnen," stelde Micky voor en hij pakte teder de hand van Dana vast. Ze vond het een uitstekend idee. Daarna ging het gesprek alle kanten op, van het werk tot wat ze in de vrije tijd deden en over hun jeugd.

Na Koninginnedag volgde de afspraakjes zich op, maar na verloop van tijd zagen ze elkaar minder frequent. Dana had het druk met het afronden van haar Hbo-opleiding. Daarnaast zat ze in de sollicitatieprocedure bij Ben Eksels, die ook de nodige voorbereiding vergde.

Op maandagmorgen, toen Dana aan het werk was belde Personeelszaken. Ben had voor haar, als PA had gekozen. De nieuwe arbeidsovereenkomst zou vandaag nog worden opgemaakt. Dana pakte haar mobiel uit haar tas, liep naar de gang en ze belde Micky om het nieuws te delen.

"Gefeliciteerd met je nieuwe job. Ik wist wel dat het je zou lukken. Zullen we het vanavond vieren?"

"Laten we dat doen als het contract is ondertekend, maar ik zou het wel leuk vinden als je vanavond langskomt. Misschien kun je me helpen met het nakijken van mijn scriptie."

"Je bent ook een mooie. Bel je me met een geweldige mededeling. Doe ik enthousiast. Krijg ik gelijk een klus in mijn mik geschoven"

"Maar je blijft toch wel slapen?"

"Je bent me er één, maar dat laatste aanbod van je, lijkt me wel wat." Daarna belde Dana haar ouders en broer om het nieuws te vertellen.

Nog dezelfde avond stond Micky met een grote bos rozen voor de deur. Bij binnenkomst tilde hij de kleine Dana op, droeg haar naar de slaapkamer, legde haar op bed neer en maakte de knoop van haar broek los.

"Hé, ik dacht dat we mijn scriptie zouden doornemen?"

"Ja, dat gaan we straks doen, maar ik moet eerst nog inspiratie opdoen." Hij trok de billen van Dana omhoog en schoof zijn neus ertussen. Ze voelde zijn tong lustig rondgaan.

"Blijf zo liggen, want dat vind ik geil."

Hij neukte Dana met een hoog tempo, zodat ze gilde van genot. Maar Micky bleef doorgaan totdat het lichaam van Dana begon te schokken en ze naar adem snakte. Hij maakte haar gek. Na een explosief orgasme, zoenden ze elkaar teder. Dana wist het zeker, ze was hopeloos verliefd op Micky.

"Zo, inspiratie genoeg. Zullen we dan nu maar aan die scriptie beginnen?" vroeg Micky met een zelfverzekerde glimlach rond zijn mond toen hij zijn broek dichtritste.

Op 1 september zette Dana haar handtas onder het bureau, liep naar de kamer van Ben, klopte op de deur en opende deze. Maar Ben was nog niet binnen en ze vond dat ze dit had moeten weten. Ze liep naar het koffiezetapparaat in de gang, pakte een kop koffie met een glas koud water en ging achter haar bureau zitten. Het bureau lag vol met stapels ongesorteerde documenten, want haar voorgangster was al een paar weken geleden vertrokken. Dana zette haar computer aan, bekeek de agenda van Ben en zag dat hij wat later zou komen vanwege een onderhoudsbeurt aan zijn auto. Ze nam een slok koffie en begon de stapels met documenten te sorteren. Toen ze bijna klaar was, kwam Ben de kamer binnenlopen, keek haar enthousiast aan en zette zijn koffer neer.

"Welkom, ik heb naar je uitgekeken," zei hij vriendelijk.

"Kop koffie?" vroeg Dana en ze glimlachte naar Ben.

Hij bekeek haar nu met een ingenomen blik. "Lekker, kom je dan gelijk naar mijn kamer, want ik wil de post, de agenda en de lopende projecten voor de komende week met je bespreken."

Dana knikte, stond op en vroeg: "Suiker, melk?"

"Melk, geen suiker."

Ben openende de deur van zijn kamer en liep naar binnen.

Ben keek geconcentreerd naar het beeldscherm toen Dana de kopjes koffie op het tafeltje van het zitje neerzette. Ze liep terug naar haar eigen bureau, pakte de agenda die ze op de stapel uitgezochte documenten legde. Toen ze de kamer van Ben binnenliep zat hij al in het zitje klaar en keek hij Dana verwachtingsvol aan. Hij volgde met zijn ogen nauwlettend haar bewegingen. Dana deed net of ze het niet door had en pakte gelijk haar rol op.

"Ben, ik wil graag eerst deze stapel documenten met je doornemen, want ik heb gezien dat er stukken tussen zitten, die vorige week al beantwoord hadden moeten worden."

Ben knikte en Dana zag aan zijn gezichtsuitdrukking dat hij van haar aanpak was gecharmeerd.

Als laatste bespraken ze de projecten. Eén voor één doorliep Ben de dossiers.

"Bekijk ze maar op je gemak en als je vragen hebt, stel ze dan in hemelsnaam."

Per dossier gaf hij de actiepunten door, die Dana in de loop van de week moest oppakken. Hij zei dat ze hem altijd kon bellen, al was het midden in de nacht.

"Ik denk niet dat je vrouw dit op prijs stelt."

Ben glimlachte fijntjes: "Mijn vrouw is regelmatig langere tijd van huis. Ze werkt voor een internationale reisorganisatie. Gelukkig hebben we een au-pair. Ze is onmisbaar voor de kinderen."

Dana pakte alle dossiers bijeen en nam ze mee naar haar eigen werkplek. Ben had er geen gras over laten groeien, want ze had een enorme berg werk meegekregen. Ze hoefde zich de komende dagen niet te vervelen.

Toen Dana 's avonds thuiskwam, plofte ze op de bank neer en overdacht haar eerste werkdag. Ben had veel te veel werk op zijn bord liggen, waardoor hij zoveel mogelijk werkzaamheden naar haar doorschoof. Dana waardeerde het dat hij vertrouwen in haar had. Daarna schonk ze een glas wijn in en zette de televisie aan.

Niet veel later belde Micky en hij vroeg belangstellend: "Hoe ging het vandaag?"

"Goed, maar het is wel aanpoten. Je hebt zeker zin om langs te komen?"

"Dat heb je goed geraden. Kijk eens uit het raam?"

Dana stond op van de bank, liep naar het raam en keek de straat in. Aan de overkant van de straat stond Micky te zwaaien.

"Je bent een rare vent. Laat je me eerst mijn verhaal doen en dan sta je al voor de deur," zei ze lachend en drukte de telefoon uit.

Dana sloeg liefdevol haar armen om zijn nek en kuste Micky. Hij tilde haar op, droeg haar de woonkamer binnen en liet Dana op de bank glijden.

"Die Ben, is dat een knappe vent? Is hij een concurrent voor mij?" vroeg Micky bedachtzaam.

Dana lachte: "Wat ben jij er nu weer voor één. Ben is getrouwd en heeft twee kinderen. Wat denk jij wel niet? Je bent toch niet jaloers?"

Micky keek bloedserieus. "Natuurlijk ben ik jaloers, want mannen op middelbare leeftijd met een vrouw en kinderen willen altijd hun ego bevestigd hebben. Misschien wil ik later ook wel mijn ego door een knappe verschijning zoals jij bevestigd krijgen," en hij trok Dana tegen zich aan.

"Nou, als er één jaloers zou moeten zijn, dan ben ik dat wel, want jij werkt in zo'n hups telecombedrijf met allemaal jonge ambitieuze vrouwen, die met smacht op zoek zijn naar vluchtige seks met een snelle jongen zoals jij."

Dana rolde onder Micky vandaan en ze ging op hem liggen.

"Zo, nu ben ik de baas."

Ze maakte de knoopjes van zijn blouse open. De handen van Micky gleden langs haar billen en niet veel later schoof hij haar huisbroek naar beneden.

Maandagmorgen was Dana al vroeg op kantoor om met veel energie aan haar projecten te werken. Ze had de agenda van Ben goed bestudeerd en ze kende zijn programma voor komende week uit haar hoofd.

Toen Ben het kantoor binnenliep, glimlachte ze naar hem en ging gelijk koffie halen. Daarna pakte ze de stapel voorbereide stukken en nam plaats in het zitje.

Dana observeerde Ben en ze keek naar de mimiek op zijn gezicht. Hij bladerde snel door de documenten en knikte goedkeurend. Ze kon precies aan zijn gezicht aflezen of het document zijn goedkeuring had of dat hij ontstemd was. Ineens keek Ben haar aan, alsof hij aanvoelde dat ze hem aanstaarde. Dana schrok, kreeg een rode blos op haar wangen en ze voelde zich verraden.

"Je hebt prima werk geleverd. We kunnen ons nu op de juiste onderwerpen concentreren. Aanstaande donderdag staat er een afspraak bij het Ministerie in Den Haag gepland en ik wil dat je daarbij aanwezig bent om te notuleren," zei Ben.

"Ik zal mijn agenda voor donderdag op hetzelfde tijdstip blokkeren," zei Dana gedienstig. Ze stond op, pakte de lege kopjes en verliet zijn kamer. Toen ze achter haar PC aan het werk was hoorde ze Ben een telefoongesprek voeren. In het begin schonk ze er geen aandacht aan, maar omdat de toonzetting geïrriteerd was, spitste ze haar oren.

"Nee, dat was niet de afspraak... Je weet dat ik er niet ben en dit ook niet kan regelen. Wie zorgt er nu voor dat de nieuwe au-pair wordt ingewerkt... Nee, dat hadden we zo niet afgesproken... Je maakt me boos... Ik spreek je vanavond." Het telefoongesprek abrupt beëindigd.

Op donderdagmorgen stond Dana bij de receptie van Translude klaar. Ben zou haar ophalen voor de bespreking op het Ministerie. Ze had het dossier vooraf grondig bestudeerd en alle onbekende woorden en uitdrukkingen opgezocht. Het was een belangrijk overleg, omdat er toelichting op een aanbesteding gegeven zou worden. Voor Translude was het binnenhalen van de aanbesteding noodzakelijk. Dit zou de juiste uitstraling aan de organisatie geven, wat weer nieuwe klanten moest opleveren.

Dana zag de auto van Ben naderen en ze liep gelijk naar de rand van het trottoir. Ze stapte in, gespte haar gordel vast en glimlachte naar hem. Ben had een zwarte BMW in de vijf serie, die hij als een ervaren coureur behendig door het drukke verkeer in de binnenstad van Den Haag stuurde. Ze zat vlak naast hem en keek naar zijn mooie slanke vingers, die ontspannen op het stuur lagen.

Tijdens de autorit praatte Ben haar bij over het overleg en de manier waarop hij zou insteken. Er stond blijkbaar veel op het spel.

Hij parkeerde zijn auto in de ondergrondse parkeergarage van het Ministerie en ze liepen zwijgend naar de lift.

De bijeenkomst werd formeel geopend. Er werd een presentatie over het project gegeven en de procedures en tijdslijnen werden toegelicht. Ben stelde inhoudelijke vragen en Dana maakte geconcentreerd aantekeningen.

Tijdens de koffiepauze schudde Ben verschillende mensen de hand en hij sprak kort en bondig over de aanbesteding. Dana merkte dat hij uitstekend gebruikmaakte van de beperkte tijd om te netwerken. Ze stond erbij, had geen rol, maar luisterde goed hoe Ben de gesprekjes aanknoopte en waar hij het afkapte, omdat het niet zijn interesse had. Dana vond het leerzaam.

Na de bijeenkomst vroeg Ben of Dana zin had in een lunch.

"We kunnen er een werklunch van maken en gelijk de aantekeningen bespreken."

Dana vond het prima en ze stapte volgzaam in zijn auto.

Ben zette koers richting Scheveningen. Hij stopte bij een luxe restaurant aan de binnenhaven. Dana zag dat de ober Ben herkende en hem enthousiast verwelkomde. Ze werden naar een tafeltje geleid met een schitterend uitzicht op de binnenhaven. Het serieuze en barse gezicht van Ben klaarde op. De ober vroeg aandacht voor de suggestie van de chef. Ben keek met een ontspannen gezicht naar Dana en vroeg: "Lijkt je het wat?"

Dana knikte, waarop Ben een fles wijn bestelde. Ineens keek hij haar aan. "Wat wil je drinken?"

"De wijn die je net bestelde, is prima."

Dana pakte haar kladblok met aantekeningen uit haar tas.

Maar Ben zei: "Stop dat notitieboek maar in je tas, want ik geloof het allemaal wel."

Het werd Dana duidelijk dat het een informele lunch zou worden. Een geanimeerd gesprek kwam op gang waarin Ben veel over de internationale organisatie vertelde en zijn visie op het bedrijf gaf. Hij had ook kritiek op de directeur van Translude, vooral hoe hij de organisatie aanstuurde. Dana vond Ben heel open en het vertrouwen in haar moest groot zijn. De ober schonk de glazen wijn bij en Dana zag dat Ben haar bedachtzaam bekeek.

"Vindt je vriend het goed, dat je met je baas aan het lunchen bent en binnenkort mee op reis gaat?" vroeg hij overwogen.

"Hoe dat zo? Hij heeft ook wel eens zakelijke diners, dus ik zou niet weten waarom hij dat niet goed zou vinden."

Maar Dana wist dondersgoed hoe Micky in de wedstrijd zat.

Na de lunch stond Dana op van tafel, trok haar blouse strak naar beneden, waardoor haar borsten pront naar voren staken. De ogen van Ben fixeerden gelijk.

Hoofdstuk 3.

In het weekend was het feest, want Dana was geslaagd voor haar Hbo-opleiding. De ouders van Dana woonden in een groot vrijstaand huis in Wassenaar en hadden voor het feest de familie en een groot aantal vrienden voor een barbecue uitgenodigd.

Haar moeder stond erop om met Dana te gaan winkelen. Ze wist uit ervaring wat de bedoeling was, want haar moeder had een goed gevulde creditcard en ze kon flink uitpakken.

Toen Dana de statige woonkamer binnenliep zat haar vader in zijn donkerbruine leren fauteuil en las het Financieel Dagblad. Dana zette haar tas op de grond, ging op de bank tegenover hem zitten en vertelde over de ontwikkelingen in haar nieuwe baan. Na verloop van tijd kwam haar moeder er ook bij zitten. Maar die luisterde niet en nam zoals gewoonlijk het gesprek over en praatte honderduit over de laatste modetrends.

De slaapkamer van Dana was nog intact, zoals ze een paar jaar geleden het ouderlijk huis had verlaten. Het was een mooi compact kamertje met een dakkapel. Op haar bed lagen de poppen waarmee ze als kind speelde. Haar moeder had ze aangekleed in dezelfde kleuren als de inrichting van het kamertje. Op het hoofdkussen stond haar lievelingsbeer. De wit met bruin gevlekte vacht was vlokkerig met kale plekjes. Dana pakte de beer, die Bollie heette van het hoofdkussen en rook eraan. Hij rook nog precies zoals vroeger, toen ze hem tegen zich aandrukte en in slaap viel. Bollie gaf haar troost als ze verdrietig was, want hij was haar vriend. Ze zette de beer liefdevol terug op het hoofdkussen, liep naar haar kast en keek erin. Hier hing tegenwoordig de golfkleding van haar vader in. Op de vloer stonden stapels met schoenendozen. Toen ze de bovenste doos een stukje opende, zag ze de schoenen van haar moeder. Eigenlijk had ze niets anders verwacht, want haar moeder stond in de familie bekend om haar enorme schoenencollectie. In de beleving van Dana had haar moeder zo veel schoenen dat ze het hele jaar door, elke dag een ander paar kon aantrekken.

De volgende ochtend stond Dana vroeg op, nam snel een douche, kleedde zich aan en liep naar beneden. Haar moeder maakte het ontbijt klaar. Ze was strak gekapt, met een statische Margaret Thatcher coupe. Dana ging aan de grote houten keukentafel zitten, die de keuken domineerde. Moeder zette ongevraagd een glas versgeperst sinaasappelsap voor haar neer. Ze glimlachte naar Dana en ze kon zien dat haar moeder het fijn vond dat ze thuis was.

"Mam wat heb je vandaag in gedachten?"

Dana had een broodje gepakt en er dik hazelnootpasta op gesmeerd, nam een hap en keek naar de afdruk van haar voortanden in de dikke laag pasta.

"Dana, ik vind het leuk dat je er bent, want ik zie je de laatste tijd erg weinig. Dit is geen verwijt hoor, want ik weet dat je heel gedreven bent en dat je je voor honderd procent inzet voor je nieuwe baan. Maar ik heb naar vandaag uitgekeken."

Haar moeder ging zitten, pakte met haar duim en wijsvinger het oortje van haar theekopje vast en nam gedecideerd een slokje van haar thee.

"De boodschappen voor het feest worden straks afgeleverd en ik krijg hulp van Ana, want zij is een expert in het organiseren van de perfecte barbecue. Het cateringbedrijf dat we de laatste keer hadden ingehuurd, komt nu ook weer."

"Mam, je maakt er weer een heel spektakel van, maar dat hoeft toch niet. Een etentje met ons vieren had ik ook al leuk gevonden."

"Dana, ik vind het prachtig om iedereen weer te zien en dit is een goede reden om de hele familie weer eens bij elkaar te halen. Ik heb Micky gebeld en zijn ouders komen ook."

Dana keek met een volle mond haar moeder verbaasd aan, slikte haar hap in één keer door en zei verontwaardigd: "Wat is dat nu weer? Ik ken Micky pas een paar maanden. Ik heb zijn ouders nog niet ontmoet en je nodigt ze zonder mijn toestemming uit. Dat had je toch wel eerst met mij kunnen overleggen?"

"Ik heb Micky één keer ontmoet en ik vind het een leuke jongeman."

"Ma, ik ken je langer dan vandaag. Je bent gewoon nieuwsgierig naar zijn achtergrond en of deze in jouw wereld past. Maar waarom doe je dat nu?"

Haar moeder nam een slok thee en zei afgewogen: "Door zijn ouders uit te nodigen krijgen we een goed beeld van hun sociale klasse. Er komen veel gasten, dus ze zullen niet echt in de drukte opvallen. Als je je bord leeg hebt, kunnen we naar de stad om te winkelen. Wat staat er op je wensenlijstje?"

Dana was nog volop bezig met de verwerking van de uitnodiging en keek haar moeder verstoord aan.

"Nee mam, ik heb geen wensenlijstje. Ik zie wel."

Toen Dana haar bord en kopje in de vaatwasser zette, kwam haar vader de keuken binnenlopen.

"Goedemorgen, ik zie het al. Klaar in de startblokken om te gaan winkelen."

"Dat heb je goed gezien pa."

In het voorbijlopen gaf Dana haar vader een vriendschappelijk klopje op zijn schouder.

Dana werd op het Noordeinde in Den Haag door haar moeder winkel in en winkel uitgesleept en verwend. Ze had een mooie rok met colbert uitgezocht, kledingstukken die ze prima op haar werk kon dragen. Ze noemde het heimelijk haar carrièrepakje. Het was een donkerbruin fluwelen getailleerd setje, waarbij ze een gebroken witte zijden blouse had uitgezocht. De outfit was compleet met bruine suède pumps, een bijpassend handtasje, shawl en oorbellen. Haar moeder glunderde en genoot dat Dana mooie exclusieve kleding had uitgezocht. Ze had jarenlang, toen Dana nog op de middelbare school zat, de nodige spijkerbroeken afgerekend, die ze verafschuwde. Naar dit moment had haar moeder uitgekeken. Ze maakte dankbaar van de gelegenheid gebruik om voor zichzelf ook een mooi pakje met bijpassende accessoires uit te zoeken.

De moeder van Dana had tijdens haar huwelijk nooit een baan gehad, maar ze was altijd een representatieve vrouw voor haar man geweest.

Na thuiskomst belde Dana Micky over de uitnodiging van haar moeder aan zijn ouders.

"Ben je al uitgewinkeld met je moeder?"

"Ja, we zijn uitstekend geslaagd, maar waar ik je voor bel is de uitspraak van mijn moeder. Ze heeft je ouders uitgenodigd voor de barbecue. Ik wist hier niets van af. Komen ze?"

"Ja, ze komen en verheugen zich erop. Ik vind het attent van je moeder om ze uit te nodigen, maar ik dacht dat je hiervan op de hoogte was."

"Het maakt mij niets uit, alleen was ik een beetje boos op mijn moeder, omdat ze dit zonder mijn toestemming had gedaan. Ik zie jullie vanavond. Kusje."

Ana, de zus van de moeder van Dana, was als een wervelwind gearriveerd. Ze was een echte regelneef vol dynamiek. Ze was net een betoog over de barbecue gestart toen de bel ging. Het was het cateringbedrijf dat door de moeder van Dana was ingehuurd.

"Laat dat maar aan mij over, ik ben in de lead," zei Ana.

De moeder van Dana had een ontspannen uitdrukking op haar gezicht, want met de komst van Ana had ze een zorg minder. Het organiseren van feesten en partijen was niet haar sterkste kant.

"Kom Dana, we gaan naar boven om ons om te kleden voor de visite komt."

Dana en haar moeder liepen met de volle tasjes naar boven. Dana trok haar nieuwe pakje aan. Haar moeder kamde en modelleerde het haar van haar dochter, zoals ze dat vroeger ook altijd had gedaan. Dana stond voor de spiegel en bekeek het resultaat, wat boven verwachting was. Ze zag er uit als een engel in een carrièrepakje.

Toen ze beiden naar beneden kwamen zat haar vader zoals gewoonlijk in zijn donkerbruine fauteuil achter het Financieel Dagblad met een frons op zijn voorhoofd. Hij keek op toen hij moeder en dochter opmerkte, knikte goedkeurend en legde de krant op het tafeltje.

"Ik moet beide dames complementeren met een uitstekende keuze."

De keuken en de buitenserre hadden een metamorfose ondergaan. Er stonden verschillende gedekte tafels klaar en twee grote barbecues werden voorverwarmd. Het cateringbedrijf had de voorbereidingen zo goed als afgerond en Ana liep druk heen en weer.

De bel ging en de gasten druppelden binnen. Dana werd gefeliciteerd met haar behaalde diploma. Micky met zijn ouders waren één van de eerste gasten. Dana zag dat Micky onder de indruk was van het huis van haar ouders. De ouders van Micky waren netjes aangekleed, maar Dana zag dat ze zich in deze luxueuze omgeving ongemakkelijk voelden. De ouders van Dana ontfermden zich over hen. Micky voegde zich bij Dana, die de gasten ontving.

Na het geslaagde barbecuefeest had Micky zijn ouders naar huis gebracht en was diep in de nacht naar het appartement van Dana gekomen. Hij vond haar de mooiste vrouw die hij ooit in zijn armen had gesloten. Dana had van verschillende gasten complimentjes over Micky gekregen. De vrouwelijke gasten vonden hem een knappe verschijning, die geestig was, maar ook hersens had.

Hoofdstuk 4.

Er brak een drukke periode bij Translude aan, want ze hadden het prestigieuze aanbestedingsproject binnengehaald.

Ben had een interne projectleider benoemd, die hij de leiding had gegeven. Dana had de teugels strak in handen waardoor alles op rolletjes liep.

In de namiddag ging de telefoon; het was de vrouw van Ben. Ze klonk erg gejaagd. "Hallo Dana, kun je me met Ben doorverbinden?"

"Ik vind het vervelend, maar ik kan je niet doorverbinden, want Ben zit op dit moment in een internationaal overleg, waar hij niet gestoord kan worden. Kan ik misschien de boodschap van je aannemen?"

"Hoe lang duurt die vergadering nog?"

Dana keek op de klok. "Het is nu vier uur, dus nog twee uur."

"Dat kan gewoon niet, je moet hem er nu uit halen!"

"Nanette, hij kan niet gestoord worden. Kan ik je helpen?"

Het was even stil. Toen barstte Nanette los: "Dana, ik zit voor mijn werk in Griekenland en heb net een telefoontje van onze au-pair gehad. Ze zegt dat ze ziek is en op weg is naar de dokter. Ze is niet op tijd terug om de kinderen uit school te halen. Ik heb de school gebeld en ze eisen dat de kinderen worden opgehaald, maar ik krijg niemand te pakken. Zelfs mijn moeder niet. Ben moet de kinderen nu gaan ophalen."

"Nanette rustig, waar zitten ze op school en waar kan ik de school vinden. Ik ga ze voor je ophalen. Ben kan ze na het overleg mee naar huis nemen. Kun je voor mij de school bellen en zeggen dat ik onderweg ben, want de school zal de kinderen niet aan een vreemde meegeven."

Nanette vroeg onzeker: "Wil je dat echt doen?"

"Ja, hoe heten je kinderen?"

"Stella en Estelle."

Nanette gaf de feiten door en beloofde dat ze de school meteen zou informeren.

Toen de taxi bij de school voorreed zag Dana de juffrouw met twee kleine meisjes in de deuropening van het schoolgebouw klaarstaan. Dana liep naar de juffrouw, die zich verontschuldigde en naar haar legitimatiebewijs vroeg.

Daarna nam Dana Stella en Estelle mee naar de taxi. De meisjes gingen zwijgend op de achterbank zitten. Dana ging bewust in het midden zitten en hield hun handjes vast.

Op kantoor gingen ze in de werkkamer van Ben zitten, die er toch niet was. Dana pakte papier en potloden en vroeg of de meisjes wilde tekenen, maar ze zeiden dat ze honger hadden. Dana vroeg wat ze lustten. Stella en Estelle keken verkennend rond en Estelle zei brutaal: "Patat, pannenkoeken, pizza…."
Dana glimlachte: "Zal ik een paar pizza's bestellen?"
De meisjes sprongen op en riepen in koor: "Ja, ja, ja, pizza."
Dana vroeg welke pizza ze lekker vonden en dat wisten ze te vertellen.

Ze zaten met z'n drieën van de pizza's te eten toen Ben verbaasd zijn werkkamer binnenliep. De meisjes stopten met eten, sprongen op hem af en praatten honderduit. Ben pakte een pizzapunt uit de doos, nam een hap, keek zorgelijk en wilde iets zeggen. Maar Dana zag dat hij zich bedacht.
 "Ik praat je straks wel bij," zei Dana vastbesloten.

Toen Ben 's avonds thuiskwam was er niemand aanwezig en hij ergerde zich aan de chaotische situatie waarin hij was beland. Op kantoor had Dana alles onder controle, maar nu moest hij zelf aan de bak. Nadat hij de kinderen naar bed had gebracht, belde hij Dana om haar kant van het verhaal te horen.
Nadat duidelijk was, wat er vandaag was gebeurd, sloot hij het gesprek af en belde hij zijn vrouw Nanette.
Hij kreeg haar direct aan de telefoon en zei geïrriteerd: "Wat was er vandaag in godsnaam allemaal aan de hand?"
Zonder het antwoord van zijn vrouw af te wachten vervolgde hij: "Kom ik uit een internationaal overleg, zitten de kinderen in mijn kamer pizza te eten. Hebben we daar nu een au-pair voor? Trouwens waar is ze? Ik kom net thuis en er was niemand."
 "Hoe moet ik dat nu weten? Ik zit in Griekenland en kreeg vandaag een telefoontje van de au-pair met de mededeling dat ze zich niet lekker voelde en naar de dokter zou gaan. Vervolgens bel ik jou en pak je de telefoon niet op. Over verwijt gesproken. Ik ben blij dat Dana de kinderen van school heeft gehaald."

Ben zuchtte: "Maar waar is de au-pair nu? Want morgen heb ik belangrijke afspraken in mijn agenda staan, die ik niet zo maar kan schrappen."

Waarop Nanette geïrriteerd reageerde: "Moet ik dan mijn werk laten vallen, een taxi naar het vliegveld nemen en het eerste beste vliegtuig naar Nederland pakken!"

Ben besefte dat hij met zijn norse en dominante houding niet tot een oplossing zou komen.

"Sorry, dat ik zo uitviel. Maar hoe kunnen we dit nu het beste oplossen?"

"Ik heb geen idee waar de au-pair op dit moment is. Kun jij met het bureau contact opnemen om navraag te doen, want als ze de benen heeft genomen, dan moeten we dat zo snel mogelijk weten. Als tijdelijk alternatief kan misschien Conny, onze huiswerkhulp een paar dagen bijspringen. Ik bel zo mijn moeder. Misschien kan ze ook tijdelijk ondersteunen."

"Goed idee. Blijf aan de lijn, dan loop ik naar boven om te kijken of haar spullen er nog liggen."

Ben liep met twee treden tegelijk de trap op naar de kamer van de au-pair, klopte op de deur, maar er kwam geen reactie. Hij opende de deur en zag tot zijn verbazing dat de hele kamer leeg was.

"Nanette, ze is vertrokken. Al haar spullen zijn weg. Ik ga nu het bureau bellen."

"Wat krijgen we nu weer? Houd je me op de hoogte?" vroeg Nanette bezorgd.

Ben belde als eerste Conny de huiswerkhulp en die was gelukkig bereid om tijdelijk een paar middagen per week op Stella en Estelle te passen. Ook de moeder van Nanette kon tijdelijk bijspringen.

Voordat Ben in bed stapte, was hij nog even bij Stella en Estelle gaan kijken, die vertederd lagen te slapen. Het waren gelukkig twee lieve meisjes waar ze als ouders weinig zorgen over hadden.

Toen Ben in bed lag, was hij nog steeds geïrriteerd. Op zijn werk kon hij goed met stress en ambitieuze deadlines omgaan, maar nu voelde hij zich opgefokt, omdat het in zijn privéleven niet glad liep. Zijn dochters mochten hiervan niet de dupe zijn.

Diep in zijn hart haatte Ben het feit dat Nanette het merendeel van het jaar voor haar werk in het buitenland zat. Ze was na haar afstuderen in de reisindustrie terecht gekomen en was opgeklommen van product manager tot internationaal inkoper van luxe accommodaties. Het was haar lust en haar leven en ze had nooit in een andere industrie gewerkt, dus Ben kon haar ook niet dwingen om ander werk te gaan doen. Na de geboorte van hun jongste dochter had ze haar fulltime baan weer opgepakt, waar ze stevige discussies over hadden gevoerd. Nanette had Ben toen voor het blok gezet door te zeggen, dat als hij hier een probleem mee had, hij het zelf maar rustiger aan moest doen en dat een parttime baan wellicht interessant zou zijn. Deze opmerking was in het verkeerde keelgat geschoten. Ben was woest geweest en hij had dit niet onder stoelen of banken gestoken. Uiteindelijk hadden ze de strijdbijl begraven in het belang van hun dochters.

Maar als er op een dag als vandaag een kink de kabel kwam, had Ben moeite om zijn temperament in bedwang te houden en zijn ego te onderdrukken.

In dit soort situaties viel alle redelijkheid weg, omdat hij zich klemgezet voelde. Het liefst sabelde hij Nanette verbaal genadeloos neer. Waarna hij zonder iets te zeggen de echtelijke woning verliet en een paar dagen later pas weer boven water kwam.

De volgende morgen stond Ben vroeg op, maakte het ontbijt en de broodpakketjes voor zijn dochters klaar. Daarna belde hij Dana om aan haar door te geven dat hij iets later op kantoor zou zijn. Zijn PA stelde geen vragen, omdat ze begreep wat er aan de hand was. Ben vond het prettig dat hij geen verdere uitleg hoefde te geven, waardoor hij niet in verlegenheid werd gebracht.

Op kantoor kwam Ben met grote stappen zijn kamer binnenlopen. Dana pakte adequaat zijn jas aan en overhandigde hem het dossier.

"Kamer F5, je bent precies op tijd."

Hij bedankte haar en liep direct door naar de vergaderruimte. Dana werkte in de ochtend de dossiers bij, rangschikte ze en legde ze op zijn bureau klaar om ze in de middag te bespreken.

Toen Ben 's middags met Dana de dossiers doornam kon hij het niet laten en begluurde hij haar stiekem. Ze was een totaal ander type dan Nanette. Dana was veel gedistingeerder. Ze wist precies wat hij nodig had om goed te kunnen presteren en ze nam hem alle zorgen uit handen. Met Nanette had hij een relatie op basis van gelijkheid en ze was van mening dat hij ook zijn handen in het huishouden moest laten wapperen. Nanette had de gewoonte om briefjes met taken voor hem op de keukentafel klaar te leggen. Iets wat Ben intens haatte.

Ze waren al vijftien jaar bij elkaar en Ben begon het belastend te vinden dat Nanette meer in het buitenland verbleef, dan dat ze thuis was. Hij was het, die regelmatig met de au-pair en Conny de huiswerkhulp in de weer was om de kinderen zo'n een normaal mogelijke opvoeding te geven. De keerzijde was dat Nanette de ene na de andere exclusieve vakantie met hoge kortingen regelde. Bijna elke kindervakantie vertoefden ze in het buitenland op exotische locaties. Het werd Ben af en toe door de familie onder zijn neus gewreven, dat zijn kinderen nog nooit in een vakantie met andere kinderen verstoppertje hadden gespeeld of logeerpartijtjes hadden meegemaakt. Het had hem aan het denken gezet, maar hij vond het lastig om Nanette af te remmen.

Wat Ben nog de meeste dwars zat, waren zijn business tripjes voor Translude naar de vestiging op Curaçao. Hij vond de gedachte ondragelijk dat beide ouders op een ander werelddeel zaten en de opvang en opvoeding van de meisjes aan anderen overliet.

Ben had bewondering voor Dana, omdat ze een doorzetter was, hem doortastend had benaderd en een uitstekende PA bleek te zijn. Na het weekend was ze zijn kantoor binnengelopen in dat nieuwe pakje, waarvan Ben vond dat ze er begeerlijk uitzag. Het strakke kokerrokje zat keurig om haar billen gespannen en de mooie welgevormde benen met elegante pumps zagen er opwindend uit. Hij had moeite om zijn ogen van haar af te houden, zoals ze in het zitje tegenover hem zat met een lunchbroodje in haar hand. Ben keek naar haar slanke dijen, die onder het fluwelen kokerrokje verdwenen. Hij pakte een dossier en deed net of hij het bestudeerde, maar gluurde naar haar dijen. Hij fantaseerde hoe het zou zijn, als hij zijn hand langzaam over haar dij naar haar slipje zou laten glijden en het met één vinger opzij zou schuiven. Ben wist uit ervaring dat vrouwen gewillig toegaven, omdat ze graag door een machtige man zoals hij bemind wilden worden. Hij sloeg het dossier met een klap dicht om zijn gedachten de pas af te snijden.

Dana keek verschikt op, "je laat me schrikken."

"Sorry, het dossier was iets dikker dan ik dacht," verontschuldigde Ben.

Dana schoof de papieren in haar mapje, sloeg de kruimels van haar lunchbroodje van haar schoot, pakte het blad op en nam het mee. Het was een efficiënt lunchoverleg geweest.

Hoofdstuk 5.

De eerste mijlpaal was gehaald. Micky en Dana hadden één jaar verkering en ze waren het erover eens dat ze nog niet op elkaar waren uitgekeken. Vol zelfvertrouwen hadden ze ceremonieel de sleutels van hun appartementen uitgewisseld.

Op vrijdagavond was Dana uit haar werk op goed geluk naar het appartement van Micky gegaan, maar hij was niet thuis. Ze had hem geprobeerd te bellen, maar hij nam niet op. Ze vermoedde dat hij op een uitgelopen vrijdagmiddagborrel zat. De koelkast was leeg, dus besloot Dana om shoarma te bestellen. Uit de kast pakte ze een fles wijn, die ze ontkurkte en ging languit op de bank voor de televisie liggen.

Micky had het de voorgaande dagen erg druk gehad, want de juridische afdeling maakte overuren. Er was een agressieve partij in de markt die klanten met mooie beloften wegkaapte. De investeerders pompten veel geld in het bedrijf om zich van een groot marktaandeel te verzekeren en wilden rendement zien.

Maar Micky zat niet op de vrijdagmiddagborrel, want het overleg met de investeerders had een andere wending gekregen. Het was een vervelende bijeenkomst die onnodig uitliep, omdat één van de investeerders zich met onbelangrijke details bemoeide. Rond tien uur 's avonds was er een voorlopige overeenstemming over de plannen voor het komend jaar. Micky was blij dat ze klaar waren en wilde naar huis gaan. Maar de investeerders stonden erop om in de stad op de goede afloop nog wat te gaan drinken. Micky ging schoorvoetend mee, omdat hij uit ervaring wist dat er aan de bar onder het genot van een borrel onderhandse afspraken werden gemaakt, waarvan het handig was om hier met je lange neus tussen te zitten.

"Sorry, dat ik je zo laat bel, maar ik ben de hele dag al in bespreking," zei Micky toen hij Dana terugbelde.

"Ik vermoedde al zoiets, maar dat geeft niet hoor, want ik lig lekker in bed op je wachten."

"Hmm... klinkt goed. Maar het duurt nog wel even voordat ik naar huis kom, omdat we ergens nog wat gaan drinken."

"Tot straks dan."

Dana legde haar mobiel neer en glimlachte bij de gedachte aan Micky.

De investeerders reden met twee auto's naar de binnenstad van Den Haag. Micky had geen idee waar ze naar toe gingen. Toen de auto's stopten zag hij tot zijn grote ergernis wat de bestemming was; een seksclub. Hij baalde dat hij was meegegaan, maar besefte dat het onbeleefd was als hij nu afhaakte.
De portier heette hen hartelijk welkom in de club. De gastvrouw, die Carolien heette, begeleidde ze naar binnen, waar de welkomstdrankjes klaarstonden. Eén van de investeerders negeerde het drankje en knipte dominant naar de bediening achter de bar. Micky zag dat er een blad met whiskyglazen werd klaargezet. Hij ergerde zich dat er klakkeloos vanuit werd gegaan dat hij whisky lustte. Natuurlijk lustte hij dat, maar deze mannen waren dominant en daar hield Micky niet van.

Gedurende de avond werd er ongegeneerd gezopen en grove opmerkingen gemaakt. Door de enorme hoeveelheid alcohol zag hij de ware aard van zijn collega's. Er werden vooral denigrerende grapjes over vrouwen gemaakt. Maar ook één van zijn collega's werd op een schofterige manier te kakken gezet. Micky liet het over zich heen komen, omdat hij de investeerders te vriend wilde houden, met de garantie op een royale bonus aan het einde van het jaar. Het tafereel gaf hem een doorkijkje over de verhoudingen binnen zijn eigen directie.

De eerste gastvrouwen meldden zich bij het gezelschap. Micky geneerde zich voor één van de investeerders met dun grijs haar, een vadsig rood hoofd en een dik uitgezakt buikje, waarvan de onderste overhemdknoopjes openstonden. Hij had één van de gastvrouwen naar zich toe getrokken en klopte haar met een geile blik in zijn ogen op haar billen. Het was een knappe jonge vrouw met lang bruin krullend haar. Het type als Dana. Micky hoorde de investeerder zeggen dat ze een lekker kutje had. Ze glimlachte bevallig naar hem. Micky vroeg zich af hoe ze in dit leven terecht was gekomen, want hij kon zich moeilijk voorstellen dat zo'n knappe verschijning vrijwillig in zo'n ranzige club ging werken en zich uit vrije wil met dit soort groezelige mannen inliet. Maar hij voelde zich niet geroepen om deze jonge vrouw te redden. Terwijl hij nog in gedachten stond, merkte hij dat er iemand naast hem contact zocht. Er stond een knappe blondine, die bevallig naar hem glimlachte. Micky gedroeg zich bot en liet blijken niet van haar diensten gecharmeerd te zijn.

De investeerder haalde met zijn dikke vlezige vingers een stapeltje bankbiljetten uit zijn broekzak en pelde er een paar biljetten vanaf. Hij zoende de brunette klef op de mond en duwde zijn onderbuik tegen haar jonge lichaam. Micky keek er met afschuw naar. De prostituee pakte de bankbiljetten dankbaar aan, schuurde sensueel met haar lichaam tegen de man en keek hem gewillig aan. De man nam haar borsten in zijn hand en keek haar triomfantelijk aan. Ze fluisterde iets in zijn oor, waarop de man haar met een lustige blik aankeek. Voordat de investeerder met de brunette de ruimte verliet, maakte hij een gebaar naar het groepje, waarmee hij te kennen gaf dat als de anderen ook de behoefte aan een dame hadden, dit geen probleem was. Geld speelde blijkbaar geen rol. De blondine naast Micky reikte hem ongevraagd een nieuw glas whisky aan. Hij wilde dit eigenlijk niet meer, omdat voor Micky het niveau tot een absoluut dieptepunt was gedaald.

Hij moest aan Dana denken, die met haar mooie lichaam naakt in zijn bed lag te wachten. Hij zette het volle glas whisky op de bar en zei tegen een collega dat hij naar huis ging en wenste de heren nog een prettige avond.

Toen hij thuiskwam, schopte hij zachtjes zijn schoenen uit, liep de kamer in en zag de handtas van Dana naast de bank staan. Hij kleedde zich uit, nam snel een douche om alle treurige indrukken van zich af te spoelen. Daarna opende hij zachtjes de deur van de slaapkamer en zag in het binnenvallende lichtschijnsel, Dana in het midden van het bed liggen. Hij opende voorzichtig het dekbed, gleed zachtjes in het bed, wat door het lichaam van Dana was verwarmd. Dana lag op haar rug te slapen en hij liet zijn hand zachtjes over haar buik glijden, maar Dana schrok wakker en keek verschikt opzij.

"Stttt, ik ben het, blijf zo liggen, want je voelt heerlijk warm aan," zei Micky.

Ze voelde zijn hand langzaam over haar borsten glijden. Hij nam haar tepel teder in zijn mond, zoog eraan en liet zijn hand langzaam over haar lichaam naar beneden glijden. Ze voelde zijn vinger tussen haar benen, spreidde deze en sloot haar ogen. Niet veel later lagen ze in elkaar verstrengeld.

Hoofdstuk 6.

In het afgelopen jaar had Dana de nodige kennis en ervaring opgedaan. Het waren drukke tijden bij Translude op kantoor en ze voerde met het grootste gemak de regie over de agenda van Ben.

De aanbesteding was binnengehaald. Het achterliggende proces was complex en alle zeilen moesten worden bijgezet. Dana had alles goed voorbereid en uitgewerkt. Ze verwachtte Ben al vroeg op kantoor en vond het vreemd dat hij nog niet binnen was.

Ze keek verontrust op haar horloge toen de telefoon ging. Het was Ben.

"Ik ben over een uurtje op kantoor. Zijn er nog zaken waar ik voor tien uur op moet reageren?"

"Nee, er staat een afspraak met Finance om het budget voor de komende maand te valideren, maar deze kan ik verzetten. Je hebt wel om tien uur MT-overleg."

"Dat weet ik en daar ben ik al op voorbereid."

Dana hoorde een kinderstem op de achtergrond: "Pap, mag ik uitstappen?"

Ze merkte dat Ben moest omschakelen en ze hoorde hem zeggen: "Even wachten, dan maak ik de deur zo open." Waarna Ben het gesprek afsloot.

Dana had nu even tijd en liep naar de koffieautomaat in de gang. Hier trof ze Carla, haar collega-PA aan. Ze keek Dana samenzweerderig aan en vroeg: "Hoe gaat het met Ben?"

"Wat bedoel je?" vroeg Dana.

Ze merkte dat Carla ergens op zinspeelde.

"Hoe is nu bij hem thuis?"

Dana keek gefronst. Carla nam de laatste slok koffie uit haar beker en slikte deze gehaast door. "Als PA weet je toch alles van je baas? Gisteren, vlak voordat ik naar huis ging belde Ben met mijn baas. Uit het gesprek maakte ik op dat Ben en zijn vrouw uit elkaar zijn."

Met een triomfantelijke blik keek ze Dana aan.

"Weet je het zeker? Omdat zijn vrouw voor haar werk over de hele wereld reist. Wat hoorde je dan precies?"

"Ik hoorde zeggen dat hij er begrip voor had dat Ben het thuisfront voor zijn rekening nam."

Dana trok haar schouders op en zei: "Dat kan van alles zijn, want Ben heeft een au-pair en een huiswerkhulp. Misschien is de au-pair ziek."

Ben kwam rond tien uur binnenlopen, zette zijn tas neer en liep gelijk door naar de vergaderkamer. Vlak voor de lunchpauze kwam hij terug uit het MT-overleg, gooide met een plof een dossier op het bureau van Dana en zei opgetogen: "We hebben weer een grote opdracht binnengehaald. De onderhandelingen hebben lang geduurd, maar we kunnen het project opstarten, de mensen inhuren en de communicatie op gang brengen."

"Gefeliciteerd, dat is goed nieuws," zei Dana en ze keek hem opgetogen aan.

"Ga je mee lunchen om het te vieren?"

Maar Dana stond op het punt om met Carla te gaan lunchen.

"Ik heb al een lunchafspraak en vind het niet netjes om deze nu op het laatste moment af te zeggen."

"Je hebt gelijk, maar wat staat er voor morgen in mijn agenda?"

Samen bekeken ze zijn digitale agenda.

"Als je die afspraak morgenmiddag verzet, dan kunnen we buiten de deur gaan lunchen."

Ben was weer geconcentreerd achter zijn PC gaan zitten. Dana zette een glas water op zijn bureau neer en vertrok naar de kantine.

Ben was uitermate tevreden over Dana. Wat hij ook bij haar neerlegde, het werd proactief door Dana opgepakt en naar tevredenheid geregeld. De volgende dag tijdens de externe lunch zei Ben tegen Dana: "Over twee weken heb ik een bezoek gepland aan onze vestigingen in Willemstad en Parijs. Ik zou het fijn vinden als je meegaat. Dan kun je met de collega's kennismaken en ik heb je assistentie nodig voor het vastleggen van de afspraken tijdens de vergaderingen."

Dana reageerde enthousiast naar Ben, want hier had ze wel oren naar.

Maar toen ze Micky in het weekend over het tripje vertelde, vond hij het niet leuk en stak zijn mening niet onder stoelen of banken. Die Ben kon toch zeker wel zijn eigen aantekeningen maken. Dat Dana daarvoor mee moest naar het buitenland ging er bij hem niet in. Dana had verschillende malen herhaald dat ze met haar collega's in het buitenland kennis ging maken, wat de samenwerking alleen maar ten goede zou komen.

Maandagmorgen vroeg stond Dana bij de incheckbalie op Schiphol toen ze Ben in de verte met ferme stappen zag naderen. Hij groette Dana kortaf en ging achter haar in de rij staan. De rij was lang en het inchecken schoot niet op. Er waren te weinig balies open voor de grote toestroom van reizigers. Ben liep af en toe weg om te telefoneren, maar liet zijn trolley bij Dana staan in de verwachting dat ze deze vooruitschoof. Dana vermoedde dat het om een privégesprek ging, want zakelijke gesprekken voerde hij altijd in haar bijzijn. Ze herinnerde zich het verhaal dat Carla bij haar baas had afgeluisterd. Dana had Ben de laatste tijd op kantoor geobserveerd, maar ze had niet kunnen ontdekken dat er iets in zijn privéomgeving aan de hand was, laat staan dat hij in een echtscheiding zou liggen.

In het vliegtuig was Ben nors en niet erg spraakzaam. Hij las geconcentreerd een managementtijdschrift. Dana zat relaxed in haar stoel en sloot haar ogen. Ze gingen naar Curaçao terug in de tijd, dus de dag zou nog lang genoeg duren. Langzaam dommelde Dana in slaap. Een tikje op haar hand maakte haar wakker. Het was Ben die haar had gewekt.
"Wil je wat eten en drinken?"
Dana zag de stewardess glimlachend haar kant opkijken.
"Ja, graag."
"Wil je er wijn bij?"
Dana knikte en ze pakte het flesje aan.

Na de lunch werd Ben iets aangenamer en begon hij voor de verandering niet over zijn ergernissen bij Translude, maar vroeg wat haar vader voor werk had gedaan. Dana vertelde uitgebreid over het bedrijf van haar vader. Hij investeerde in startende bedrijven en begeleidde deze. Nu was hij met pensioen. Maar het bloed kroop waar het niet gaan kon, want hij adviseerde nog regelmatig bij overnames.
Dana trok de stoute schoenen aan en stelde brutaal de vraag: "Hoe bevalt de nieuwe au-pair? Je hebt haar toch alweer een tijdje, na het debacle met die verdwenen au-pair?"
Ben keek haar bedenkelijk aan en kneep zijn ogen een beetje dicht. Hij overdacht blijkbaar wat hij zou zeggen.

"De nieuwe au-pair bevalt erg goed. Ze komt uit de Filipijnen en de kinderen lopen met haar weg."

"Is Nanette thuis of is ze aan het werk in het buitenland?"

Toen werd het stil en ze zag het gezicht van Ben verstrakken. Zou Carla dan toch gelijk hebben gehad dat er binnen zijn huwelijk iets speelde? Ben keek eerst naar de toppen van zijn vingers, daarna naar Dana en zei afgemeten: "Mijn vrouw heeft me verlaten."

Dana keek hem geschokt aan. "Sorry, dat wist ik niet."

"Je hoeft je niet te verontschuldigen, want dat kon je niet weten." Daarna was het stil. Ze wist niet goed wat ze moest zeggen en twijfelde, maar ze vond het ook vervelend om niets te zeggen.

"Wat is er gebeurd?"

"Nanette heeft tijd voor zichzelf nodig. Ze heeft een groot project voor een half jaar in Zuid-Afrika aangenomen." Daarna zweeg Ben.

"Dat zal niet meevallen voor Nanette als ze de kinderen een half jaar niet ziet."

Ze zag aan zijn gezicht dat haar vragen hem niet bevielen en hij zei geïrriteerd: "Ik wil het hier verder niet meer over hebben," sloot zijn ogen en deed net alsof hij sliep. Dana deed haar oortje in en zette de muziek aan.

Ze had het kleine hoofdkussentje een beetje opgeschut, haar hoofd iets gedraaid en keek door het spleetje van haar oog naar Ben, die sliep. Ze vroeg zich af of Ben echt sliep of dat hij alleen zijn ogen had gesloten. Dana zag Ben als een stevige persoonlijkheid die duidelijk liet merken hoe hij over zaken dacht. Ze vond hem met zijn gesloten ogen er kwetsbaar en onschuldig uitzien. Tot haar schrik merkte ze dat hij zijn ogen opende en haar ongegeneerd bekeek. Hij had een tedere uitdrukking in zijn ogen, die ze nog nooit eerder bij hem had gezien, maar ze zag ook genot in zijn ogen. Ze voelde haar lichaam warm worden van zijn blik. Hij was nu zo dichtbij. Haar hand lag nog geen vijf centimeter van zijn hand.

Op kantoor waren vrouwelijke collega's jaloers op haar, omdat ze voor hem werkte. Zoals Ben naar haar lag te kijken, had ook iets kwetsbaars. Hij wist niet dat ze dit zag. Ze sloot haar oog behoedzaam en bleef liggen zoals ze lag, maar ze voelde haar hart bonzen. Waarom bonsde haar hart nu weer? Ze had Micky.

Ben was een man die ze moeilijk kon weerstaan. Dana kon niet meer in slaap komen. Zou hij nog naar haar liggen kijken? Hoe lang zou hij dit volhouden? Waarom deed hij dat?

Na een tijdje opende ze voorzichtig haar oog op een kiertje en zag dat hij nog steeds naar haar lag te kijken, maar aan zijn blik zag ze dat hij met zijn gedachten ergens anders zat. Misschien bij Nanette. Dana sloot haar oog en viel in slaap.

Op Curaçao maakte Dana kennis met haar collega's. Het waren overvolle dagen met veel nieuwe indrukken. Ben hield er een straf werktempo op na en Dana moest bij de les blijven om alle uitspraken en afspraken goed vast te leggen. De laatste dag had een vol en afgemeten programma. Dana was gaar en ze was blij dat de verplichtingen op Curaçao erop zaten.

Aan het einde van de werkdag, toen Dana alle stukken in haar tas stopte, stelde Ben voor om wat te gaan drinken. Op een mooi terras met uitzicht op zee, bestelden ze een heerlijke cocktail.

"Morgen zitten we alweer in het vliegtuig, richting Parijs. Wat vond je ervan?" vroeg Ben.

Dana zei dat het haar goed was bevallen. Ze had nieuwe ideeën opgedaan en achtergrondinformatie over twee lopende projecten meegekregen. Dana had zich verbaasd over de aanpak, die totaal anders was dan in Nederland, maar hetzelfde resultaat opleverde. Ze hoorde gebrom uit haar handtas komen en pakte haar telefoon. Het was Micky en ze keek Ben verontschuldigd aan.

"Sorry, ik neem deze even aan."

Ben knikte en gebaarde dat hij ging afrekenen.

"Hoi, hoe gaat het daar? Ik mis je."

Dana moest glimlachen. Ze zei dat ze op een terrasje in een mooie tropische omgeving zat.

"Je boft maar, want het regent hier. Er valt niets te beleven en het bed aan jouw kant is leeg. Je ligt toch niet met die vent in bed, want je weet dat ik jaloers ben."

Dana vond het niet leuk als Micky liet blijken dat hij jaloers was op Ben. Om het gesprek niet op de spits te drijven vroeg ze: "Zal ik nog iets voor je meenemen?"

"Nee, dat hoeft niet, ik tel de nachten af dat je weer in mijn armen kan sluiten."

Ben had afgerekend, kwam naar buiten lopen en Dana sloot het telefoongesprek met Micky af.

Op weg naar het hotel passeerden ze een winkelcentrum. Dana wilde daar graag even alleen rondkijken. Ze hoopte dat Ben naar het hotel zou doorlopen, maar hij liep mee naar binnen. Dana vond het vervelend dat ze Ben in haar kielzog had, omdat ze iets voor zichzelf wilde kopen. Een aandenken aan Curaçao.
Bij een luxe damesmodezaak zag ze in de etalage een schitterende zijden jurk met mooie abstracte Griekse symbolen van zwart, bruin en goud met zwart afgezette randen. Het model had een kort rokje en de hals was afgewerkt met een opstaand zwart kraagje en een diepe split in het decolleté. Dana zag er geen prijskaartje bij hangen en ze twijfelde om naar binnen te gaan. Ben zag dat Dana de jurk mooi vond en hij nam het initiatief.
    "Kom we gaan hem passen, want ik denk dat hij je mooi staat."
Dana voelde zich een beetje opgelaten, maar haar zwakte voor de jurk won. Ze stapten de winkel binnen. Een vriendelijke verkoopster vroeg naar de maat van Dana.
    "U hebt geluk, want dit is het enige exemplaar dat ik in uw maat heb binnengekregen."
Ben was op een stoel gaan zitten met het uitzicht op de kleedkamers. In de kleedkamer paste Dana de jurk. Het model paste perfect bij haar ranke lichaam en lange donkerbruine krullen. Ze draaide zich nog een paar keer om en ze wist het zeker; deze jurk was voor haar.
Toen Dana de kleedkamer uitliep ontfermde de verkoopster zich direct over haar en liep tevreden om haar heen. Ben zat in de stoel en bekeek haar van top tot teen met een blik in zijn ogen, die niets te wensen overliet.
    "U boft maar met zo'n mooie vrouw," zei de verkoopster tegen Ben, toen Dana haar laatste draai voor de spiegel maakte.
Dana overhandigde de jurk aan de verkoopster en kleedde zich weer aan. Ze liep naar de kassa om de jurk af te rekenen, maar de verkoopster overhandigde een mooi ingepakt tasje.
    "Nog een fijne avond toegewenst."
Dana stond met haar bankpasje in de hand en keek verbaasd.
    "Uw man heeft al afgerekend."

Ze liepen de winkel uit en Dana wilde iets zeggen, waarop Ben haar de mond snoerde, "kom we gaan naar het hotel om ons om te kleden en gaan daarna lekker dineren. Ik zou het leuk vinden als je dat jurkje straks aantrekt."

Ben had een euforisch gevoel en dat liet hij zich niet afnemen. Nanette was naar Zuid-Afrika vertrokken. Het seksleven dat ze samen hadden, stelde al lang niets meer voor. Ben had intense gevoelens voor Dana en wilde die kwijt. De afgelopen jaren had hij een relatie met haar voorgangster gehad. Deze relatie was beëindigd, omdat ze voor haar vriend had gekozen. Toen ze haar baan als PA opzegde, was Ben tot op het bot beledigd, want hij had haar toch altijd bevredigd? Ze was een ondeugend type en had hem eens onder zijn bureau afgezogen, terwijl een MT-lid zijn kamer binnenliep met een vraag. Dana was iets geraffineerder en had meer klasse. Ze was voor hem het type dat hij graag seksueel wilde beheersen in tegenstelling tot haar voorgangster, die hem onderdanig moest bevredigen.

Als Ben hoogoplopende ruzies met Nanette had en zijn PA niet beschikbaar was, ging hij naar een private club om van zijn driften af te komen. Hier kon hij in privacy van gastvrouwen genieten, die wisten hoe ze zijn gevoelens moesten ontladen.

Dana was voor hem een geschenk uit de hemel en hij wist zeker dat ze genoeg temperament had om zijn enorme libido te bevredigen. Maar hij wist niet of hij zich vanavond kon inhouden als ze in dat jurkje voor hem zou staan. Hij voelde hevige opwinding in zijn onderlijf, dat hij met moeite onderdrukte.

Nadat Dana had gedoucht, pakte ze haar nieuwe jurk en trok hem aan. De zijden stof glansde elegant. Ze keek in de spiegel. Het resultaat was verbluffend. Ze leek wel een fotomodel, dat op het punt stond de catwalk te betreden.

Ben zat beneden in de lobby te wachten en was nu casual gekleed. Toen ze hem tegemoet liep bekeek hij haar ongedeerd van boven naar beneden.

"Je ziet er schitterend uit."

Daarna zei hij niets meer, maar bleef haar gebiologeerd aankijken. Het gaf Dana een triomfantelijk gevoel, want hij was van haar onder de indruk.

Ben was tijdens het diner, na de nodige glazen wijn loslippig geworden. Hij had over zijn jeugd verteld. Zijn strenge vader die louter goede prestaties van hem verwachtte en zijn moeder die een schoonmaakneuroot was. Het huis waarin Ben was opgegroeid was een onberispelijke toonzaal, waar niemand zich mocht bewegen. Hij vertelde een anekdote over de hond van zijn oom en tante. Zijn moeder tolereerde eigenlijk niemand in haar huis, laat staan huisdieren. Dat was een permanent verbod. Toen zijn oom en tante op visite kwamen, ontsnapte de hond uit de auto en rende via de openstaande voordeur naar binnen, door de gang naar de keuken en via de openstaande keukendeur de tuin in. Zijn moeder had onmiddellijk de stofzuiger gepakt en was de gang en keuken gaan stofzuigen. Ben maakte er een grapje over, maar Dana kreeg de indruk dat hij geen gelukkige jeugd had gehad. Ze had zelf ook een paar glazen wijn op en merkte dat zijn ogen regelmatig op de openstaande split bij haar borsten waren gefixeerd.

Na het diner wandelden ze op het gemak terug naar het hotel. Bij binnenkomst bespeurde Dana toenadering van Ben. Hij sloeg zijn arm losjes rond haar schouder. Toen ze in de lift stapten, stapten op hetzelfde moment nog twee gasten in de lift. Ben haalde zijn arm van haar schouder. Dana voelde een onderhuidse spanning. Ze twijfelde en keek verlegen naar de grond. Onzekerheid over hoe ze zou moeten reageren, speelde haar parten.
Toen de lift stopte keek ze in de ogen van Ben, die pure lust uitstraalden. Ze had niet het lef om in de lift te blijven staan, want wat zouden de andere twee gasten hiervan denken? Dana stapte uit en liep naar haar hotelkamer. Toen ze de deur achter zich sloot, liet ze haar tasje op de grond vallen en ging gespannen op de rand van het bed zitten. Ze wist dat Ben meer wilde. Zij eigenlijk ook. Ze had deze ultieme kans onhandig door haar vingers laten glippen.

De volgende morgen stond Dana in de lobby klaar om naar het vliegveld te gaan, toen Ben met zijn trolley en laptoptas kwam aanlopen. De sfeer voelde gelukkig ontspannen aan. Zoals ze dagelijks samenwerkten. Het luchtte Dana op, omdat het liftmoment haar niet lekker zat.
Ze vlogen in de tijd vooruit en zouden 's morgens vroeg in Parijs aankomen. Dana zag op tegen het overvolle werkschema.

In het vliegtuig rangschikte Dana het kussentje onder haar hoofd en ze sloot haar ogen. Ze moest denken aan de heenvlucht naar Curaçao toen Ben haar ongegeneerd met lustige ogen had liggen bekijken. Maar ook aan het mooie jurkje wat hij haar had geschonken en het ontgoochelde liftmoment van gisterenavond.

Ze opende voorzichtig haar ogen en zag dat Ben sliep. Hij lag met zijn gezicht vlak bij haar. Dana bekeek hem, maar hij lag net iets te ver van haar af om zijn lichaamsgeur te ruiken. Ze zag nu de fijne lijntjes rond zijn ogen, zijn kleine neus en zijn volle mond die er aantrekkelijk uit zag. Zijn handen lagen losjes op zijn schoot. De handen die ze al zo vaak had bekeken en waarover ze fantaseerde hoe het zou aanvoelen, als ze haar lichaam zouden strelen. De rondingen van zijn vingertoppen gaven een zachte en tedere indruk. Ze kon zich niet voorstellen dat Nanette tijd nodig had om over haar toekomst met een man als Ben na te denken. Zij zou hem nooit laten gaan en haar ogen dwaalden weer af naar zijn handen, die haar gisterenavond hadden vastgehouden, maar niet hadden betast en bemind.

Ben was een kleine twintig jaar ouder. Hoe zou hij in bed zijn? Zakelijk kon hij erg knorrig en kortaf zijn, maar zoals hij nu met zijn ogen dicht lag, wist ze zeker dat hij vrouwen echt kon verwennen. Dana fantaseerde hoe het zou zijn om seks met hem te hebben. Ineens besefte ze dat ze hetzelfde deed als Ben op de heenvlucht had gedaan. Ze sloot abrupt haar ogen en haar hart bonsde. Misschien lag hij nu naar haar te gluren. Wat moest hij wel niet van haar denken? Het schaamrood stond haar op de kaken en ze draaide abrupt haar hoofd naar de andere kant.

Vlak voor aankomst in Parijs vroeg Ben: "Heb je vannacht nog een beetje geslapen?"
Dana voelde dat ze een kleur kreeg, "een beetje," en trok haar schouders nonchalant op, maar ze zag een speels lachje om zijn mond.

Op het kantoor in Parijs werden ze met alle egards ontvangen en net zoals op Curaçao volgde het ene overleg het andere op. Na een hectische dag volgde er een diner met de voltallige directie.
De CEO van Translude Parijs stond erop om ze na afloop persoonlijk met de auto naar het hotel te brengen, maar Ben weigerde pertinent.
   "Ik vind het geen probleem om de taxi te nemen."

Zachtjes zei hij tegen Dana dat de CEO de nodige alcohol op had en dat het hem geen goed idee leek.

Bij het hotel stapten ze uit de taxi en Dana zuchtte: "Heerlijk frisse lucht. Ik ben suf van het binnen zitten."

"De Seine loopt vlak achter het hotel, zullen we daar naartoe wandelen en een frisse neus halen?" stelde Ben voor.

Ze slenterden naar de Seine. Op één van de vele bruggen bleven ze in het midden stilstaan. Het was donker en de mooie verlichte gevels gaven een sprookjesachtige sfeer.

"Hè, ik kom helemaal bij."

Dana hield met haar hand de leuning van de brug vast, draaide zich om en keek in het donker naar beneden. De verlichting van de brug weerspiegelde in het zwarte water beneden haar. Ben had zich ook omgedraaid en keek naar beneden. "Hier is niet veel te zien."

Uit het niets zei hij: "Hoe diep zou het water hier zijn? Want er varen behoorlijke grote schepen."

Dana voelde dat hij met zijn hand losjes haar schouder vastpakte. Haar hart klopte. Ze voelde dat hij nu dichterbij kwam en ze pakte met haar hand zijn heup vast.

Ben verbrak de stilte. Alsof deze pose de normaalste zaak van de wereld was en vervolgde, "ik vind Parijs een romantische stad."

Dana keek hem aan, wilde iets zeggen, maar er kwamen geen woorden uit haar mond. Haar ogen verstilden in zijn ogen, die haar begeerlijk aankeken. Hij trok haar langzaam naar zich toe en voor ze er erg in had, kuste hij haar liefdevol op de mond. Ze liet zich gaan en beantwoordde zijn kus. Heerlijk. Dana had maar één wens en dat was de nacht met Ben doorbrengen.

Hij zei zachtjes: "Zullen we teruglopen naar het hotel?" en hij sloeg zijn arm om haar schouder.

Ben nam de leiding, tilde Dana op en legde haar in het midden op bed. Ze wilde omhoog komen, maar hij duwde haar zachtjes terug op haar rug en begon haar uit te kleden. Hij stelde Dana op haar gemak. Zijn handen, waar ze zo vaak over had gefantaseerd, waren soepel en teder. Ze voelde de tinteling van zijn vingertoppen over haar lichaam en liet zich meeslepen in zijn spel. Het ontaarde in een orgasme waardoor haar lichaam ongecontroleerd schokte. Dit had Dana nooit eerder ervaren.

Ben had zijn hand op haar mond gelegd, toen ze begon te gillen van genot. Hij had haar wildste fantasieën overtroffen.

Na afloop lag ze tegen hem aan. Ben verbrak de stilte: "Je bent net zo lekker, als je eruit ziet. Je hebt gisteren in dat zijden jurkje wel wat in me losgemaakt."
Ben begon Dana weer liefdevol te kussen en ze voelde zijn mond over haar lichaam afdalen. Dana moest toegeven dat ondanks Ben een stuk ouder was, hij onverzadigbaar was. Maar wat een verschil met Micky, want met hem had ze lekkere onbesuisde seks. Hoe Ben haar had genomen, ging een niveau dieper, dit was puur genot. Ze voelde zich speciaal, want hij had verschillende malen gezegd dat ze mooi was en had daarna haar hele lichaam gekust.

De volgende ochtend ging de wekker af. Ze keek naar Ben, die naast haar lag en wist genoeg. Hij keek haar vertederd aan en kuste haar. Ze voelde zijn enorme erectie. Automatisch spreidde ze haar benen.
Toch kwam er een einde aan het genot, omdat er afspraken waren die nagekomen moesten worden.

Hoofdstuk 7.

De e-mailbox van Micky was overvol. Als medewerkers twijfelden over de voorwaarden van de transacties, was het standaardadvies om de juridische afdeling te raadplegen. Hier werd dan ook gretig gebruik van gemaakt en dat was Micky niet ontgaan.

Hij was de hele middag druk bezig met het beantwoorden van een ingewikkeld vraagstuk toen Dana belde. "Hé, lekker stuk van me. Ben je nu nog aan het werk. Ik zit thuis bij je op de bank in een paar reisfolders te bladeren. Hoe laat ben je thuis?"

"Ik maak nog even af waar ik mee bezig ben en dan kom ik eraan."

Een uur later arriveerde Micky met Chinees eten. Dana schepte hongerig haar bord vol.

"Moet je deze zomer nog met die Ben mee naar het buitenland?"

Dana schudde haar hoofd.

"Het was alleen maar een kennismaking met de buitenlandse vestigingen. Ik verwacht op korte termijn geen tripjes meer. Weet je, ik vind PA zijn leuk, maar ik denk dat ik meer in mijn mars heb. Ik zit nu in twee projectgroepen en het werk gaat me makkelijk af. Mijn droom is om binnen de organisatie als projectleider te promoveren. Maar ik vrees dat Ben me niet zal laten gaan, omdat ik hem veel werk uit handen neem."

"Ja, dat snap ik. Je hebt jezelf met al je toewijding voor Ben letterlijk onmisbaar gemaakt. Daar maakt hij nu misbruik van en ik denk dat hij het wel leuk vindt om de hele dag naar je te kijken," oreerde Micky met een verontwaardigd gezicht.

Dana keek hem scheef aan, "hoor ik jaloezie? Vergeet niet dat Ben vertrouwen in mij heeft en me uit vele kandidaten heeft geselecteerd. Hij weet dat ik ambitieus ben. Misschien moet ik mijn ambitie openlijk met hem in onze bilateraal bespreken."

"Maar je zou ook projectleider bij ander bedrijf kunnen worden," probeerde Micky voorzichtig. Dana ging hier niet op in.

Dana en Micky boekten de zomervakantie en gingen naar Frankrijk, waar ze in Saint-Tropez neerstreken. Ze logeerden in een klein hotel even buiten de stad vlakbij het strand. Tijdens de vakantie maakten ze verschillende uitstapjes. Het was een onbezorgde vakantie waarin ze van elkaar genoten.

De eerste dag na haar vakantie trof Dana Ben gestrest achter zijn bureau aan.

"Ga zitten," gebood hij. "We hebben het nodige te bespreken, want ik heb je echt gemist. De uitzendkracht begreep er niet veel van."
Ben nam de laatste slok uit zijn koffiekopje en vroeg terloops: "Hoe was je vakantie?"
Dana vertelde waar ze was geweest en welke leuke dingen ze had gedaan, maar ze vertelde niets over Micky.

"Zullen we morgenmiddag extern gaan lunchen, dan praat ik je gelijk bij over wat er in de afgelopen weken is gebeurd," stelde Ben voor.
Dana bedacht, dat dit een uitstekende ambiance zou zijn om haar carrièrestap bij Ben onder de aandacht te brengen.

"Kun je voor morgen een externe locatie boeken? Laten we er maar een off-site van maken en de middag inruimen om een paar dossiers ongestoord aan te pakken. Doe maar zo'n huiskamer arrangement, die hebben een prima opzet in een ongedwongen omgeving. Dan kunnen we daar gelijk lunchen."
Toen Dana op haar plek zat, regelde ze het direct.

De volgende dag werkte Dana eerst alle spoedeisende zaken af. De dossiers voor de off-site lagen op haar bureau klaar toen Carla binnenliep en nieuwsgierig rondkeek.

"Wat ben jij aan het doen?"
"Oh, dat zijn de dossiers voor de off-site."
"Maar die achterstand krijg je deze week toch niet meer weggewerkt."
"Hoezo niet?"
"Dat is veel te veel werk en ik weet uit ervaring dat het hier op kantoor altijd een race tegen de klok is, voordat je alles bij elkaar hebt geharkt."

"Daarom hebben we vanmiddag met opzet een off-site gepland, zodat we alles in één klap ongestoord kunnen afwikkelen," zei Dana zelfverzekerd.

"Dat is wel slim wat jullie doen. Eigenlijk zouden wij dat ook moeten doen."

Ben was nog druk aan het telefoneren toen Dana de dikke dossiers in een aktetas stopte. Daarna liepen ze zwijgend naar de parkeergarage en stapten in zijn auto. Tijdens de rit voerde Ben geïrriteerd een telefoongesprek met een projectleider over een haalbaarheidsstudie van een nieuw project. Toen hij het gesprek beëindigde, klaarde zijn gezicht op en keek hij Dana liefdevol aan. Ze keek naar zijn hand, die de versnellingspook soepel naar de volgende versnelling schakelde. Ben zag het en legde zijn warme hand op haar dij.

De eigenaresse van de off-site locatie opende de deur en begeleidde Dana en Ben naar de vergaderkamer, die als huiskamer was ingericht. Er stond een grote sofa waar creatieve sessies gehouden konden worden. Verder was er een white board, een flip-over met viltstiften, een groot TV-scherm en een geluidsinstallatie. Er stond een gedekte lunchtafel klaar. Ben zette de aktetas neer en keek rond. Voordat ze aan tafel hadden plaatsgenomen, werd er op de deur geklopt. Het was de roomservice met warme gerechtjes.

"Dank u, we kunnen het verder alleen af," zei Ben ietwat nors.

Toen de bediening de deur sloot, sloeg zijn gezicht als een blad van een boom om. Zijn mooie blauwe ogen keken Dana verlangend aan. Er heerste een serene stilte. Hij bleef haar aankijken. Dana kon hem niet weerstaan en ze werd door lust naar hem toe gezogen. Ze legde haar vlakke hand op zijn borst en opende knoopje voor knoopje zijn overhemd. Ze keek Ben recht in zijn ogen aan. Hij wilde Dana betasten, maar ze verbood het hem. Ben gehoorzaamde. Ze kuste zijn borst. Haar handen gleden naar zijn onderlijf. Dana zakte door haar knieën en haalde haar warme lippen langzaam heen en weer. Ben had zijn ogen dicht en kreunde zachtjes van genot. Ze kwam langzaam ophoog en duwde hem naar de sofa waarin hij zich gewillig achterover liet vallen. Ze kleedde zich uit en ging wijdbeens op hem zitten. Ze bereed hem als een statige amazone. Dana dwong Ben in een ondergeschikte rol, maar dat duurde niet lang, want hij nam de regie over. Ze had nog nooit een man meegemaakt die zo dominant was. Het voelde aan alsof ze zijn prooi was, maar ze genoot met volle teugen.

Het colbert van Ben lag op de grond en Dana hoorde gebrom uit zijn binnenzak komen, maar zei niets. Ben was bezig om haar tot een hoogtepunt te brengen en dat ging voor.

Na afloop liet Ben genoeglijk zijn vingers over de buik van Dana glijden, "hier heb ik weken naar uitgekeken."

Hij kwam iets omhoog en kuste Dana. "Ik heb er veel voor over om altijd bij je te zijn." Hij begon weer met zijn vingers erotisch haar venusheuvel te masseren, totdat hij ook het getril van zijn mobiel opmerkte.

"Volgens mij probeert iemand me te bereiken," en hij maakte zich los van Dana. Maar het getril was al opgehouden. Ben haastte zich niet, trok zijn onderbroek en blouse aan. Achteloos pakte hij zijn mobiel uit zijn jaszak, scrolde door het schermpje, keek verbaasd, drukte gelijk op een toets en niet veel later hoorde Dana zeggen: "Wat? ... Nee, ik ben ergens anders en heb geen Internet... Wacht ik zet de televisie aan."

Ben pakte de afstandsbediening en richtte deze op de televisie. Dana was in de tussentijd uit de bank omhoog gekomen en was naar de tafel gelopen. Ze nam achteloos een hap van een opgemaakt broodje en keek met een volle mond, net zo verbaasd als Ben naar CNN. Er was een vliegtuig in het WTC in New York geboord. Terwijl ze naar de schokkende beelden op de televisie keken hoorde ze Ben door de telefoon zeggen: "Is het een ongeluk... terroristische actie?... Dat klinkt niet goed. Is er al een crisisteam samengesteld?... Ik ben over een half uur op kantoor... Goed, afgesproken, tot zo."

Ben legde zijn mobiel op tafel neer en keek verbijsterd voor zich uit.

Dana keek vol afgrijzen naar de beelden, die ze haar hele leven niet meer zou vergeten.

"Ik moet met spoed terug naar kantoor om een crisisteam samen te stellen. Want één ding is zeker, de beveiligingsbranche staat op scherp."

Dana kleedde zich snel aan, verzamelde de kledingstukken van Ben en ze hielp hem als een traditionele echtgenote bij het aankleden. Ze haalde haar hand door zijn haar en gaf hem een kus op de mond. Ben lachte vertederd naar haar.

"Wat een toestand. Ben je klaar, dan gaan we."

Dana besefte dat dit nu niet het moment was om een over haar ambitie te beginnen.

Op kantoor zat het voltallige MT al met smart op Ben te wachten. Ze hadden zich op zijn kamer verzameld, waar de televisie aanstond en zappend alle zenders wereldwijd op de voet werden gevolgd.

Als MT spraken ze af om de volgende dag alle afspraken uit de agenda's te schrappen. Ze waren het er over eens dat dit een dramatische ramp was, maar zakelijk gezien nieuwe mogelijkheden bood voor de internationale expansiedrang van Translude.

Dana was pas tegen middernacht thuis. Ze was moe en had tijdens het crisisoverleg intensief genotuleerd. Het was een dag van uitersten geweest. Eerst een seksuele uitspatting met Ben, die direct werd opgevolgd door een ramp.
Toen ze zich uitkleedde bedacht ze, dat ze hiermee haar voordeel zou kunnen doen, door een actieve rol op te eisen bij de explosie van opdrachten die op Translude zou afkomen. Op deze manier zou ze behendig haar carrièrestap kunnen bespoedigen.

De beveiligingsindustrie was in een wervelwind terechtgekomen als gevolg van de terroristische aanslagen in de Verenigde Staten. Veel bedrijven huurden gekwalificeerde experts in om aan de buitenwereld het beeld te schetsen dat de beveiliging op orde was. Zonder er veel moeite voor te doen, rolden de nieuwe orders bij Translude binnen, waardoor Ben het nog drukker had dan normaal. Hij had externe consultants ingehuurd om de extra drukte op te vangen.
Dana maakte handig gebruik van alle ontwikkelingen en bereidde haar heimelijke promotie in alle stilte voor. Ze wist maar al te goed dat ze Ben zou moeten overtuigen, dat hij geen problemen zou ondervinden als ze hem als PA zou verlaten. Diep in haar hart wist ze dat Ben haar voor geen goud kwijt wilde. Om de voorgenomen carrièrestap goed voor te bereiden besloot Dana om eerst bij de afdeling personeelszaken informatie in te winnen, voordat ze haar plan bij Ben zou voorleggen. Ze wilde vooraf uitzoeken of er binnen het bedrijf geschikte kandidaten waren, die haar op korte termijn als PA zouden kunnen opvolgen.
Dana klopte bij personeelszaken aan. "Hallo Franka, heb je even voor mij? Ik heb je advies nodig."
Franka keek Dana vriendelijk aan, "laten we een kopje koffie halen."
Ze stond op vanachter haar bureau.
"Waar kan ik je mee helpen, want je komt niet voor niets langs?" zei Franka vriendelijk.
"Ik zou graag als projectleider een volgende stap in mijn carrière willen maken. Ik heb dit nog niet met Ben besproken, maar ik vroeg me af of er wellicht interne kandidaten zijn, die mijn werkplek ambiëren."

Franka keek haar belangstellend aan. "Dat is een interessante vraag. Je bent ambitieus en je hebt al een stap gemaakt. Ik weet dat Ben je niet kan missen. Volgens mij ziet hij je als het verlengstuk van zijn geweten. Ik zou wel eens kunnen kijken of er intern gekwalificeerde kandidaten zijn. Zo houden we de kennis binnen het bedrijf, maar ook tevreden medewerkers. Zullen we afspreken dat ik deze week eens rondkijk en je aan het einde van de week een terugkoppeling geef?"

Na het gesprek met Franka liep Dana terug naar haar werkplek en ging ze onverstoorbaar verder met haar werk. Ben kwam uit een overleg en bleef voor haar bureau staan.

"We hebben volgende week een druk schema in de agenda staan. Ik heb twee afspraken in Antwerpen gemaakt."

"Ik werk voor je, dus zeg het maar?" zei Dana gedienstig.

"Ik verwacht dat we daar minimaal één project zullen binnenhalen. Het klinkt raar, maar er waren tijden dat we blij waren als we een nieuw project hadden, maar nu vallen ze ons als een last in de schoot. Ik heb er nog eens over nagedacht. Je bent ambitieus en hebt inhoudelijk kennis van zaken. Zou jij één van die projecten willen oppakken. Ik zal je zelf begeleiden, maar we moeten ook kijken naar de belasting van je huidige werkpakket. Vind je het wat?"

"Het lijkt wel of je mijn gedachten kan lezen, want dat is mijn ambitie." Dana zei niets over haar bezoek aan Franka. Het was bizar. Nog geen kwartier nadat ze van Franka was teruggekomen, had Ben haar een voorstel gedaan.

"Als ik je niet laat doorstromen, zijn we je vroeg of laat voor de organisatie kwijt. Je hebt veel te bieden en je bent bereid om te leveren." Ben stak zijn hand uit naar Dana. "Hebben we een deal?"
Dana gaf Ben een hand. "Deal!"

Franka stond voor het bureau van Dana en vroeg: "Is Ben beschikbaar?"
Dana knikte, stond op en opende zijn kamerdeur.

"Franka is hier, heb je even voor haar?"

"Natuurlijk, kom allebei maar naar binnen."

"Ik heb goed nieuws. Gisteren heb ik een gesprek gehad met een secretaresse van de afdeling Inkoop," zei Franka. "Ze wil graag de stap naar PA maken en ik vind haar een zeer geschikte kandidate."

"Is dat die dame met dat blonde stekelkapsel?" vroeg Ben.

"Ja, een kittige tante; rijp voor een promotie. Zal ik een gesprek met haar inplannen?" Daarna richtte Franka zich tot Dana. "Ik heb met Ben een gesprek gehad en het heeft geen zin om je voor een deel op nieuwe werkzaamheden en voor een deel op oude werkzaamheden in te zetten. We vinden het beter dat je je volledig op je nieuwe functie kan concentreren. Ik ga een voorstel uitwerken en zal ervoor zorgen dat je dit volgende week in je bezit hebt."

Franka keek naar Ben, die goedkeurend knikte.

Hoofdstuk 8.

Zaterdagavond was er door vrienden van Micky een feest in een kraakpand in de binnenstad van Rotterdam georganiseerd. Dana zag bij binnenkomst grote stapels met bierkratten in de gang staan. Het kraakpand was een groot appartement met een dakterras dat op de nominatie stond om gesloopt te worden. De kamer was vol met onbekende mensen. Het was een allegaartje; zoals typische krakers met lange dreadlocks, maar ook jongelui in exclusieve merkkleding.

In de hoek van de kamer stond een grote teil gevuld met ijs, waarin flessen sterke drank, wijn en bier voor het grijpen lagen. Dana raakte aan de praat met een vrouw, die net zoals zij niet eerder op zo'n kraakfeest was geweest. Het was een ambitieuze vrouw, die met passie over haar baan vertelde. Ze konden het goed met elkaar vinden tot er een brutale jongeman tussen hen in kwam staan. Hij begon ongevraagd mee te praten. Dana vond hem irritant en negeerde hem. Maar hij had te veel gedronken en legde zijn arm amicaal over haar schouder. Dana keek hem ijskoud aan.

"Zou je je arm willen weghalen?"

De jongeman keek haar lodderig aan. "Ik vind je aantrekkelijk. Ga je met me mee naar boven?"

"Zou je die arm nu weg willen halen?" Hij gaf niet op, trok Dana dichter tegen zich aan en probeerde haar zelfs te zoenen. Micky zag het. Met een paar grote stappen trok hij de jongeman hardhandig naar achteren. Micky werd op zijn beurt vastgepakt om een gevecht te voorkomen.

"Hij moet met zijn poten van mijn vriendin afblijven!" schreeuwde Micky met een rood hoofd.

"Ze wil toch zelf, dat zie je toch. Al die geile teven willen graag gepakt worden," lispelde de jongeman met een bekakt accent.

Micky werd echt boos en moest gekalmeerd worden.

"Micky stoppen want die gozer is dronken, hij is het niet waard," zei Dana. De dronkaard werd naar buiten weggewerkt.

Een groot deel van de gasten bleef in het kraakpand slapen. Dana en Micky ploften op een open plek in een slaapkamer neer. Het stonk overal naar een schrale bierlucht. Micky was dronken, wankelde en kleedde zich helemaal uit.

"Houd je ondergoed aan, want je ligt hier niet alleen," siste Dana.

Maar Micky luisterde niet en probeerde het slipje van Dana uit te strekken. Ze stribbelde tegen.

"Wat ben je nu weer preuts, ik ben gewoon geil," zei Micky met een dubbele tong.

Dana fluisterde: "Niet zo hard praten, want er liggen hier mensen te slapen."

Micky zuchtte: "Die zijn toch dronken," en ging op haar liggen. Dana liet het toe om van hem af te zijn. Ongewild gingen haar gedachten uit naar Ben, waar ze heimelijk naar verlangde. Ben wist hoe hij een vrouw moest bevredigen. Wat ze nu met Micky meemaakte was een dieptepunt. Hij rolde onbevredigd van haar af en viel in een diepe slaap. De andere gasten in de slaapkamer moesten dit hebben gehoord.

Dana werd wakker van een hand op haar borsten. Ze dacht dat het Micky was, maar toen ze haar ogen opende, zag ze dat hij sliep. De hand was van een aantrekkelijke man, die aan haar andere zijde lag. Ze had hem gisterenavond verschillende malen stiekem geobserveerd. Hij had blonde krullen die nonchalant in zijn nek hingen, zijn mond was sensueel en hij zag er sportief en energiek uit. Het was één van de oud-klasgenoten van Micky. Hij lag naakt op zijn zijde en hij had een erectie, die recht vooruit stak. Ze hadden oogcontact. Hij ging verder met het strelen van haar borsten en ze liet het toe. Zijn handen gleden nu soepel en erotisch over haar lichaam, steeds een stukje lager. Ze voelde zijn vingers tussen haar benen. Hij vingerde haar, terwijl Micky nog geen dertig centimeter van haar in diepe slaap lag. Nog voordat ze zijn stijve penis kon pakken, knikte de oud-klasgenoot met zijn hoofd in de richting van de badkamer. Zijn erectie wond Dana op. Ze kon zich niet meer beheersen, keek voorzichtig om zich heen en sloop geruisloos achter hem aan naar de badkamer.

Daar wachtte hij haar op. Hij lachte naar Dana, sloot de deur en trok haar naar zich toe. Ze moest toegeven dat hij iets had, waar vrouwen naar verlangen en een zwak voor hebben.

De badkamer werd als tijdelijke opslagplaats gebruikt en binnen een mum van tijd lag ze voorovergebogen op een grote kist. Ze tuitte haar kont strak naar achteren. Hij gaf Dana een paar flinke klappen op haar billen en penetreerde haar met grote halen. Ze vond het heerlijk en moest zich inhouden om niet te gillen.

Nadat hij was klaargekomen fluisterde hij: "Ik heb gisterenavond de hele avond naar je gekeken en vind je aantrekkelijk. Zou je mij voor Micky willen inruilen?"

"Wat heb jij wat Micky niet heeft?"
Dana keek hem uitdagend aan.

"Ik kan echt neuken. Als Micky zo'n topper was, had je me afgewezen. Ik had je al binnen een paar minuten te pakken."

"Misschien heb je een punt, maar ik ruil Micky niet in."
Ze bleef hem uitdagend aankijken, ging op haar knieën zitten en deed haar mond open en pijpte hem.

"Zullen we telefoonnummers uitwisselen?"
Ze stond op, spuugde het sperma uit haar mond in de wastafel en nam een slok water uit de kraan.

"Misschien," en ze gaf hem een vluchtige kus op de mond. Daarna liep ze zelfverzekerd terug naar de slaapkamer, maar ging niet naast Micky liggen.
Dana kleedde zich aan en liep naar de keuken. In een keukenkastje vond ze zakjes met oploskoffie en zette de waterkoker aan. Met een mok dampende koffie liep ze de woonkamer in en ging ze in de oude verkleurde bank zitten. De oud-klasgenoot kwam in zijn spijkerbroek en blote bast de kamer binnenlopen en zocht oogcontact met Dana, maar ze ontweek hem.

Micky kwam later in de ochtend de kamer binnenlopen. Hij zag er vreselijk uit, liep suf op Dana af en gaf haar werktuiglijk een kus. Ze had oogcontact met de oud-klasgenoot van Micky toen hij haar zoende. Hij glimlachte besmuikt.

Op weg naar huis bleef Micky mokken over de vervelende gebeurtenis met de opdringerige jongeman, die wilde vechten.

"Je moet nu stoppen met dat gezeur. Het is klaar, je hebt je punt gemaakt," zei Dana geïrriteerd.

"Wat vond je van het feest?"
Dana keek hem hautain aan. "Ik vond de omgeving niet altijd even fris, eerlijk gezegd een vieze troep. Ik vind die alternatieve kennissen best aardig, maar ze hebben wel een aparte levenswijze. Vooral die vieze lange haarwikkels zagen eruit of ze in geen jaren waren gewassen. De

sfeer was goed totdat jij boos werd. Waar ken je die mensen in hemelsnaam van?"

"Het merendeel zijn oud-studiegenoten van me. Vroeger was ik ook een tijdje alternatief, deed met de vegetariërs mee, maar ik vond een biefstukje op zijn tijd ook lekker. De scene ken ik goed, ondanks ik maar kort in het kraakpand heb gewoond. Ik geef toe dat het niet altijd schoon en fris is. Dat stond mij ook tegen. Toen ik bij de Telecomoperator werd aangenomen ben ik naar mijn huidige appartement verhuisd."

Thuis namen ze eerst een uitgebreide douche. Tijdens het eten begon Micky over de toekomst.

"Ik wil graag met je samenwonen, want af en toe een paar dagen per week bij elkaar doorbrengen vind ik niet leuk. Hoe zit jij erin?"
Dana was een beetje overvallen door zijn opmerking en ze keek Micky gereserveerd aan. "Ik heb er eigenlijk nog niet over nagedacht. Ik vind het prima zoals het nu is."
Micky keek haar vol ongeloof aan.

"Heb je echt nog nooit over ons nagedacht?"
Dana trok haar schouders op. Micky voelde instinctief aan dat het geen zin had om te blijven zeuren. Hij gooide het roer om.

"Zullen we naast de weekenden ook een paar vaste dagen afspreken?"
Dana keek bedenkelijk, maar stemde in.

"Dat is een goed idee, laten we kijken hoe het uitpakt. Het moet niet een traject worden waarin we plichtmatig bij elkaar zitten, omdat het zo is afgesproken."
Micky knikte tevreden, "zullen we deze week bij jou starten en donderdag, vrijdag en het weekend aansluitend pakken?"
Dana keek gefronst, "ik zit op woensdag en donderdag in Antwerpen voor de start van dat nieuwe project, wat ik je heb verteld."
Ze zag het gezicht van Micky betrekken, daarna rood worden en hij baste los: "Zeker weer met die lul?"
Dana bleef rustig. "Je bedoelt Ben?"

"Ja, die. Blijf je daar overnachten of kom je woensdagavond naar huis?" brieste hij.

"Ik kom niet naar huis. We hebben de opdrachtgever voor een diner uitgenodigd en jij weet net zo goed als ik dat een diner in België de hele avond in beslag neemt. Rekening houdend met een uitgebreid wijnarrangement, is het onverstandig om 's avonds laat nog naar huis te rijden. Daarnaast zijn er 's morgens altijd grote files rond Antwerpen, waardoor we met een overnachting voorkomen om te laat op de afspraak te komen. Je bent boos, omdat je jaloers bent op Ben. Je hebt hem nog nooit ontmoet, dus waarom altijd dat gezeur?"

Micky keek Dana mokkend aan.

"Ik kom vrijdagavond direct uit mijn werk naar je toe. Is dat goed?"

"Dat is goed."

Het onderwerp "Ben" was nu gesloten.

Op woensdagmorgen haalde Ben Dana bij het kantoor van Translude op en zette koers naar Antwerpen. Hij keek Dana aan. "Heb je er zin in?"

"Ja, ik vind het een hele uitdaging in mijn nieuwe rol."

Onderweg namen ze het hele programma op hoofdlijnen nog een keer door. Dana bekeek Ben nauwgezet en rook zijn aftershave. Op kantoor had Ben nog nooit enige affectie getoond. Ze keek naar Ben's mond, die haar teder had gekust en bevredigd, maar nu kwam er een stroom serieuze woorden uit. Ze luisterde gedwee.

De eerste dag was intensief, met aansluitend het uitgebreide diner. Er waren twee directieleden van de klant aangeschoven en Dana participeerde nauwgezet in het gesprek.

Halverwege de avond hoorde ze haar mobiel in haar handtas trillen. Na een korte pauze, waarin één van de directieleden naar het toilet liep, pakte ze haar tas en keek wie er had gebeld. Het was Micky. Ze stond op, excuseerde zich en liep naar een hoekje waar ze vrijuit kon praten.

Micky nam het gesprek gelijk aan. "Hoe is het? Heb je het druk?"

"Jezus man, stop eens met dat gezeik. We zitten nog aan tafel midden in een deal. Ik ben aan het werk en ik word niet door Ben geneukt, als je dat graag wilt weten."

Toen was het stil.

"Ik was oprecht benieuwd hoe je het in je nieuwe rol maakte," zei Micky ontgoocheld. Dana was geschrokken van haar botte uitspraak.

"Sorry, dat ik zo uitviel, maar ik dacht dat je weer over Ben ging beginnen. Ik ga nu afsluiten, want ik zie dat het dessert wordt geserveerd."

"Nou, sterkte dan."

Toen Ben en Dana in de lift van het hotel stonden, vroeg hij of ze nog wat wilde drinken op de goede afloop. Dana verlangde naar hem, glimlachte bevestigend en ze keek daarna ontwijkend naar haar schoenen.

"Glaasje Champagne?"

Op het salontafeltje in zijn hotelkamer stond een fles in een cooler met twee glazen.

Ben sloot de deur, deed zijn colbert uit, maakte zijn stropdas los en opende de bovenste knoopjes van zijn blouse. Dana deed ook haar jasje uit, ontknoopte haar zijden shawltje en schopte haar pumps uit. Ben ontkurkte de fles met een bescheiden plof, schonk de glazen vol en gaf Dana een glas. Daarna ging hij in een fauteuil zitten en gebaarde dat Dana op zijn schoot moest komen zitten. In plaats daarvan ging ze uitdagend voor hem staan, nam een slok Champagne uit haar glas en gebaarde ze met een gekromde wijsvinger dat hij naar haar moest komen.

Ben schudde zijn hoofd, waarna Dana haar glas op het tafeltje neerzette. Ze bleef hem aankijken, wat hem amuseerde. Ze knoopte haar blouse voor de helft open en likte aan haar vinger en keek hem uitdagend aan. Ben opende zijn blouse, gooide hem naast de stoel en bleef Dana aankijken. Dana deed nu ook haar blouse uit, maakte haar rokje los en liet het naar de grond glijden. Maar Dana verlangde niet meer dat Ben haar zou volgen. Ze maakte haar bh los, gooide hem op de grond, begon daarna erotisch over haar lichaam te wrijven, tuitte haar lippen en liep langzaam naar het bed. Voor het bed trok ze haar slipje uit en ging op het bed liggen. Ben moest wel opstaan om haar nog te kunnen zien achter de opstaande rand van het bed.

Hij stond op en bekeek Dana, die naakt voor hem op bed lag, als een kunstenaar die zijn model observeert. Ben kleedde zich niet uit, maar boog zich over haar heen, kuste haar lichaam en zei zachtjes: "Ik vind je de mooiste vrouw op de hele wereld."

Niet veel later voelde ze zijn geoefende handen over haar lichaam strelen, wat haar door het bed deed kronkelen van genot. Dit was alleen maar het begin. Dana moest passief blijven liggen terwijl Ben haar erotisch bleef betasten. Tranen van genot druppelde uit haar gesloten ogen. Haar lichaam bolde uit reflex omhoog. Maar Ben duwde haar buik met zijn hand naar beneden en ging weer door. Daarna kleedde hij zich uit en zette Dana op haar knieën. Hij had meerdere keren nodig om aan zijn gerief te komen.

Na afloop kuste hij haar, maar Dana was uitgeteld, rolde op haar rug en ze voelde het warme sperma uit haar lichaam wegsijpelen.

De volgende ochtend stonden ze vroeg op, omdat ze nog een lange dag voor de boeg hadden. Dana had moeite om zich in de zakelijke omgeving te concentreren, als ze naar Ben keek. Wanneer hij aan het woord was, keek ze geobsedeerd naar zijn mond, die haar eindeloos had liefgehad en zijn soepele handen als hij tijdens het overleg iets op het whiteboard aanwees.
Ze sprak zichzelf moed in en probeerde de schijn op te houden dat ze met haar hoofd volledig bij het overleg zat. Maar in werkelijkheid was het een chaos in haar hoofd en lichaam.
Dana verbaasde zich erover hoe makkelijk Ben van pose kon veranderden; van erotische minnaar tot harde zakenman.

Toen ze naar huis reden vroeg Ben vroeg waar hij haar kon afzetten.
  "Zet me maar bij kantoor af, want ik moet nog wat spullen pakken."
Dana wilde voorkomen dat Micky zag dat ze uit de auto van Ben stapte.

Hoofdstuk 9.

Donderdagavond laat, toen Dana de voordeur van haar appartement opende overviel haar een schuldgevoel. Ze was kortaf tegen Micky geweest terwijl hij belangstelling had getoond, hoe het op de eerste werkdag in haar nieuwe functie was gegaan. Daarnaast had ze hem bedrogen met Ben. Ze zette haar tas onder de kapstok neer en liep de woonkamer binnen. Ze ging op de bank zitten, pakte haar mobiel en belde Micky.

"Ben je al thuis?" vroeg Micky.

"Ja, ik kom net binnenlopen."

"Hoe was het?"

"Ik ben moe en je weet dat ik dat niet snel toegeef. De afgelopen dagen heb ik zo veel nieuwe indrukken opgedaan. Maar hoe is het met jou?" zuchtte Dana.

"Met mij gaat het goed, maar daar wil ik het nu niet over hebben, want ik mis je. Ik kijk uit naar morgenavond, als we samen zijn. We gaan niet uit eten, want ik ga voor je koken," zei Micky.

Dana moest lachen. "Jij en koken. Je bent me er één. Verras me maar."

En dat deed Micky ook. Hij had de tafel feestelijk gedekt, een driegangenmenu gekookt en exclusieve wijn gehaald.

Toen Dana kwam binnenlopen stond Micky in de keuken met een groot schort om. Met een pollepel in zijn hand kuste hij haar en zei: "Liefde gaat door de maag."

"Het ruikt heerlijk Micky."

Dana probeerde een stukje vlees uit de pan te pakken. Micky probeerde het speels te verhinderen. Dana lachte ondeugend en liep de keuken uit om zich te verkleden.

In de slaapkamer voor de kledingkast bleef ze roerloos staan en staarde met een leeg blik in de kast. Ze zag niets en had last van wroeging. Micky deed in de keuken stinkend zijn best om haar te behagen. Maar was dat het nu, wat hun samenzijn zo comfortabel maakte? Was dat wel zo leuk, als ze zichzelf voorhield?

Dana zuchtte diep, kleedde zich om en glimlachte bevallig naar Micky toen ze aan tafel plaatsnam en haar bord volschepte.

In haar nieuwe functie rapporteerde Dana niet meer aan Ben, maar aan één van zijn Business Unit Managers. Ze was de enige vrouw op de afdeling projectmanagement en ze bespeurde af en toe afgunst bij haar mannelijke collega's, omdat ze toch werd gezien als iemand die door Ben op een aantrekkelijke positie was gepositioneerd. Het was voor Dana een kwestie om zich te bewijzen als projectmanager en te laten zien dat ze echt kon.

Ze werkte al een aantal maanden in haar nieuwe functie toen ze onverwachts door Nanette werd gebeld.

"Hallo Nanette," zei Dana spontaan. Het was stil aan de andere kant van de lijn.

"Oh, ik sta zeker nog in je telefoon. Ik krijg Ben niet te pakken en sta beneden bij de receptie."

"Ik werk niet meer voor Ben, maar volgens mij is hij buiten de deur. Ik zoek het even voor je uit en dan kom ik naar je toe."

"Oh, dat stel ik op prijs."

Dana liep naar de nieuwe PA van Ben, die vertelde dat hij voor zaken op Curaçao verbleef. Aan het einde van de week werd hij weer in Nederland verwacht.

Nanette stond beneden bij de receptie te wachten en keek naar buiten toen Dana kwam aanlopen. Het was de eerste keer dat Dana Nanette ontmoette. Haar eerste indruk was een knappe, maar ook doortastende vrouw. Ze kwam zelfverzekerd over. Dana mocht haar wel. Ze nam Nanette mee naar de kantine en bood haar wat te drinken aan.

"Wil je een kopje koffie, thee of fris?"

"Doe maar cola."

Dana pakte twee blikjes cola en ze gingen in de lege kantine zitten. Nanette opende het gesprek.

"Ik kreeg Ben niet te pakken en ik had je nummer nog in mijn telefoon staan, na het drama met die verdwenen au-pair."

"Ben zit op Curaçao. Wist je dat niet?" vroeg Dana.

"Ik heb hem een paar dagen niet meer gesproken, omdat ik gisterenavond laat uit Zuid-Afrika ben thuisgekomen."

"Dat klinkt interessant. Wat doe je daar voor project?" vroeg Dana belangstellend.

"De reisorganisatie waar ik voor werk had de rechten voor een exclusief resort in Zuid-Afrika verworven. We hebben een nieuw all-inclusive-concept ontwikkeld waarin de gezondheid centraal staat. De gasten worden op een ontspannende maar ook op een gezonde manier bezig gehouden. Het is de bedoeling dat ze gewicht kwijtraken. Maar onze hoofddoelstelling is exclusiviteit in een exotische omgeving. Omdat het concept ecologisch verantwoord is, hebben we moeite gehad om de juiste lokale partijen te selecteren en met deze partners goede afspraken te maken."

Dana keek Nanette gefascineerd aan en vroeg: "Is het zakelijk al een succes?"

"De bezetting ligt al rond de zestig procent en de reisorganisatie is uitermate tevreden. Maar wat doe jij op dit moment, als je niet meer voor Ben werkt?"

"Ik ben nu projectmanager op IT-projecten," zei Dana zelfverzekerd.

"Sinds wanneer? Want ik heb Ben er helemaal niet over gehoord?"

"Een half jaar geleden heb ik de overstap gemaakt."

Dana was nieuwsgierig naar de relatie tussen Nanette en Ben, maar durfde hier geen vragen over te stellen.

"Hoe is het met je dochters? Mis je ze niet als je zo lang in het buitenland bent?"

Nanette kreeg een tevreden glimlacht rond haar mond. "We hebben vooraf goede afspraken gemaakt en we bellen elkaar regelmatig. Elke maand ben ik een paar dagen in Nederland. De kinderen vinden het geen probleem."

"Mis je Ben dan niet?"

Nanette keek Dana verbaasd aan en wachtte even voordat ze antwoordde: "Dana; Ben en ik zijn formeel getrouwd en blijven getrouwd voor de kinderen, maar daar is alles mee gezegd."

Dana had spijt dat ze deze vraag had gesteld, maar Nanette vervolgde: "Ik heb al jaren geleden lichamelijk afscheid van Ben genomen. Kort na de geboorte van onze tweede dochter werd ik door een vrouw gebeld, die niet wist dat Ben was getrouwd. Dit heeft tot de nodige ruzies geleid. Hij heeft opgebiecht dat hij regelmatig vreemdging en in de tussentijd heeft hij met alle PA's die voor hem werkte het bed gedeeld."

Dana verschoot van kleur.

"Je hoeft aan mij geen verantwoording af te leggen. Maar heb niet de illusie dat je hem exclusief hebt. Heb je een vriend?"

Dana vertelde met volle overgave over Micky, omdat ze niet meer over Ben wilde praten. Na verloop van tijd keek ze op haar horloge en zei dat ze weer aan het werk moest.

"Ik zal je niet langer ophouden, maar ik vond het leuk om je een keer gezien en gesproken te hebben. Ik heb vanavond niets te doen en de kinderen logeren bij mijn moeder. Zullen we samen wat gaan eten?" Dana mocht Nanette wel want ze was open en direct, en ze stemde in.

Dana liep in gedachten verzonken terug naar haar werkplek. Dit had ze niet achter Ben gezocht. Hij kwam zo discreet over. Hoeveel vrouwen zou hij hebben verwend op de manier waarop hij haar in bed had gelokt? Hij had haar het gevoel gegeven dat ze speciaal voor hem was en dat hij meer met haar wilde. Maar hij moest vooraf hebben ingeschat dat ze geen belasting voor hem zou zijn, omdat ze uiteindelijk toch voor Micky zou kiezen. Wat een boef, maar ze had ook een binnenpretje. Ze had Ben gebruikt om hoger op te komen en het was ook nog eens lekker geweest.

Die avond haastte Dana naar huis om zich om te kleden voor het etentje met Nanette. Toen Dana op het afgesproken tijdstip het eethuisje binnenliep zag ze Nanette met een glas wijn in haar hand aan een tafeltje zitten. Ze liep naar haar toe. Nanette stond op en gaf haar drie kussen. Het voelde aan alsof ze elkaar al jaren kenden.

"Glaasje wijn?"

Dana knikte en Nanette bestelde meteen een hele fles.

"Fijn dat je bent gekomen."

Tijdens het eten gooide Dana het gesprek open. "Je hebt me vanmiddag wel overvallen met je uitspraken over Ben. Ik wist niet dat hij zo'n schuinsmarcheerder was."

Dana keek Nanette met een amusant gezicht aan, in de hoop dat ze nog meer zou vertellen. Wat ze ook deed.

"Ik kwam er per toeval achter dat hij er meerdere relaties tegelijk op nahield. En als je dat eenmaal weet, word je argwanend. Het deed wel pijn, omdat Ben een geweldige minnaar is. Maar als je weet dat je niet de enige bent, ebt de liefde snel weg."

Dana luisterde aandachtig naar Nanette.

"Maar waarom ga je dan niet van hem af, want de kinderen merken toch vroeg of laat dat jullie niet meer van elkaar houden?"

"Dat klopt, maar omdat ik veel in het buitenland ben, hebben we besloten het gezin voorlopig intact te laten. We kunnen de situatie altijd herzien als één van ons een serieuze en stabiele relatie heeft."

Nanette had iets vertrouwelijks voor Dana. Ze kwam in de verleiding om intieme zaken met haar te bespreken, die ze nooit met haar eigen moeder zou bespreken.

"Mijn vriend wil graag samenwonen, maar dat heb ik tot nu toe tegengehouden. Waarom weet ik eigenlijk niet," vertelde Dana met een serieus gezicht.

"Ik heb de behoefte om mijn eigen gang te gaan en wellicht ben ik er nog niet aan toe. Ik wil carrière maken en heb me vastgebeten in mijn nieuwe baan."

"Als je Micky, zo heette hij toch? Niet meer zou zien, doet dat dan pijn?" Dana keek Nanette bedenkelijk aan. "Ja, ik denk het wel want hij is lief en hij verwent me."

"Terwijl je een relatie met Micky hebt, lig je ook in bed met Ben. Toch?" Nanette keek Dana uitdagend aan en vroeg: "Heb je daar spijt van?" Dana keek ongemakkelijk. Deze vraag was direct en kwam hard aan.

"Dat is een confronterende vraag, maar misschien wel eens goed om het van de andere kant te bekijken. Nee, eigenlijk niet. Ik heb drie keer seks met Ben gehad, maar ik heb er geen moment spijt of wroeging van gehad."

"Dan adviseer ik je om een einde aan je relatie met Micky te maken. Het voegt niets toe. Je zit in een soort broer-zus verhouding. Het is leuk, speels, comfortabel, maar dit biedt geen basis voor de toekomst," zei Nanette zelfverzekerd.

"Oef, dat zal niet meevallen," zei Dana onzeker.

"Maar, ik had ook niet gezegd dat het makkelijk was."

Ze keken elkaar zwijgend aan tot Nanette de stilte verbrak. "Ik ga het komend weekend naar Barcelona. Heb je zin om mee te gaan?" Dana keek haar verrast aan. "Dat lijkt me leuk, maar kan dat zomaar?"

"Ja, ik kan tickets regelen, onder het motto van een werkbezoek om de accommodatie te beoordelen. Vind je het wat?"

Dana stemde in, maar was nog overrompeld over het onverwachte voorstel.

Dana had Micky over haar tripje met Nanette naar Barcelona verteld. Hij was hoogst beledigd dat hij pas achteraf op de hoogte werd gebracht. Hij had ook graag meegewild. Maar toen hij hoorde wie Nanette was, werd hij boos. Hij kon het niet waarderen en bleef de hele avond mokken. De woorden van Nanette spookten steeds door haar hoofd. Misschien was Micky niet de juiste partner voor haar.

Barcelona met Nanette was leuk, want ze kende de weg, wist precies waar je lekkere tapas kon eten en waar je eindeloos kon winkelen. Ze sliepen op één kamer en gingen met elkaar om alsof ze al jaren dikke vriendinnen waren.

Rond 'happy hour' streken ze op een terrasje neer en niet veel later kregen ze aansluiting met twee mooie Spanjaarden. Ze accepteerden een drankje en al snel kwam een verkennend gesprek op gang. De mannen woonden in het noordwesten van Spanje, maar wilden van alles over Amsterdam te weten komen, want de stad stond boven aan hun lijstje met plaatsen om te bezoeken. Beide mannen waren niet opdringerig en daarom besloten Dana en Nanette met ze op te trekken.

Nanette nam ze mee naar een intiem eethuisje waar ze lekker aten en de ene fles wijn na de andere sneuvelde. De mannen visten of beide vrouwen open stonden voor seks. Dana vond het wel grappig hoe Nanette beide mannen om haar vingers wond, maar ze ook weer speels op afstand hield door te zeggen dat ze was getrouwd. Waar de mannen zich niet door lieten ontmoedigen. Na het eten trok het gezelschap van bar naar bar. Dana voelde dat de ene Spanjaard zijn arm losjes om haar schouder sloeg, terwijl de andere zich meer op Nanette concentreerde.

In een drukke bar trok de Spanjaard Dana tegen zich aan en fluisterde in haar oor dat hij haar mooi vond. Wat een charmeur, maar hij had wel wat. Zijn mooie zwarte ogen glinsterde verleidelijk in het spaarzame licht. Ze peilde Nanette en zag dat ze de aandacht van de andere Spanjaard ook kon waarderen. Maar Nanette maakte zich na verloop van tijd weer los en kwam naar haar toe, sloeg haar arm rond Dana en keek haar aan.

"Zullen we afnokken of heb je zin in één van deze mannen?"

"Ik heb wel zin in de ene, maar het hoeft niet per se."

"Kom, dan gaan we met z'n tweeën terug naar het hotel."

Nanette zei tegen beide mannen dat ze moe waren en de Spanjaarden stonden erop om Dana en Nanette naar het hotel brengen, maar ze wimpelde ze gedecideerd af.

Toen ze op de hotelkamer kwamen ploften ze beiden op het bed neer. Dana schopte haar schoenen uit en bleef op haar rug op bed liggen. Nanette stond op, liep naar haar trolley, haalde er een fles likeur uit en hield hem triomfantelijk omhoog. "Glaasje?"
Ze pakte uit de badkamer twee glazen. Intussen had Dana de airco in de kamer aangezet, haar kledingstukken uitgetrokken en op de stoel gegooid. Gehuld in haar BH en slipje pakte ze het glas likeur aan.
"Op Ben!" Ze namen een slok en schoten hard in de lach.

Na terugkeer uit Barcelona las Dana op dinsdagmorgen een lange e-mailwisseling over verschillende projecten die op "on-hold" waren gezet. Ze liep direct naar haar manager, die gebaarde dat ze de deur dicht moest doen.

"Er is hier gisteren veel gebeurd. De Algemeen directeur van Translude is opgestapt en een uur nadat hij zijn ontslag had ingediend, is de Financieel directeur ook opgestapt. Als reden werd opgegeven dat ze een nieuwe uitdaging aangingen, maar dat vind ik zo'n dooddoener. Ben was gelukkig net uit Curaçao terug en heeft het roer tijdelijk overgenomen, totdat er geschikte vervangers zijn gevonden. We moeten maar even roeien met de riemen die we hebben. Het kan zijn dat Ben in één keer de goedkeuringen afgeeft, zodat we snel kunnen doorpakken. Dat houdt wel in, dat je tijdelijk de voortgang en de resultaten aan hem rapporteert. Maar dat moet voor jou geen probleem zijn, want je hebt al eerder voor hem gewerkt."

"Wat is er nu echt aan de hand?" vroeg Dana, "want deze twee zwaargewichten stappen niet zomaar op."

"Geen idee, maar de tijd zal het wel leren. Laten we ons maar bij de waan van de dag houden."

Een paar dagen later kwam Ben aan het einde van het werkoverleg binnenlopen en beantwoordde alle vragen van de ongeruste medewerkers. Dana wilde na het overleg de vergaderkamer uitlopen toen Ben haar tegenhield.

"Blijf even zitten," zei hij zachtjes, waarop ze weer op haar stoel ging zitten. Ze keek hem verlangend aan, maar vond het een raar idee dat ze een paar dagen geleden nog met Nanette in Barcelona op stap was geweest. Ze bekeek Ben, vond hem mooi, maar ook afstandelijk en misschien trok dit haar juist aan. Toen iedereen de ruimte had verlaten sloot hij de deur van de vergaderruimte, ging naast Dana zitten en keek haar indringend met zijn verleidelijke ogen aan.

"Door het vertrek van de twee directieleden is alles in een stroomversnelling terechtgekomen. Voorlopig rapporteer je aan mij. Jouw manager heeft zijn handen vol aan andere urgente problemen." Hij zweeg, keek naar zijn vingertoppen die hij tegen elkaar liet rusten en vroeg uit het niets: "Wat doe je vanavond? Heb je zin om met me mee uit eten te gaan?"
Dana keek hem verlangend aan en bevestigde zijn verzoek.

Om zes uur liep Dana langs de receptie, toen ze door de glazen gevel de grote zwarte auto van Ben zag voorrijden. Hij was weer uitermate serieus en gereserveerd toen ze instapte, maar toen ze de straat uitreden, keek hij haar liefdevol aan en legde zijn hand op de binnenkant van haar dij.

"Ik heb naar je uitgekeken," en hij keek opzij.
Dana glimlachte naar Ben. "Je zit regelmatig in het buitenland en je bent druk aan het werk. Ik vind het ongepast om zonder reden bij je naar binnen te lopen."
Daarna vroeg Dana belangstellend hoe het in de buitenlandse vestigingen ging. Terwijl hij praatte verheugde ze zich erop dat ze vannacht met Ben samen zou zijn. Allerlei seksuele fantasieën stroomden haar gedachten binnen.

Ze kregen in het restaurant een tafeltje in de hoek toegewezen waar ze ongestoord met elkaar konden praten.
Dana keek Ben verlangend aan. "Hoe is het met je? Ik mis je."
Hij was gecharmeerd van haar uitspraak.

"Je mist mij?" zei hij met een gekunsteld verbaasd gezicht. Dana keek hem verleidelijk aan.
De ober kwam bij tafel staan en vroeg of ze een keuze hadden kunnen maken, maar ze hadden de menukaart nog niet bekeken.

"Wat adviseert u ons?" vroeg Ben. De ober adviseerde een paar gerechten en ze maakten hun keuze. Toen de ober wegliep keek hij Dana weer aan. "Waar waren we gebleven? Je miste mij." Hij had een ondeugende uitdrukking op zijn gezicht.
Dana zei op een uitdagende toon: "Wat doe je vannacht, want ik heb zin in je."

"Ik heb voor vannacht nog geen plannen, maar ik laat me graag verrassen."

Ben legde zijn hand op de hand van Dana en drukte deze zacht aan. Het intieme moment werd verbroken door de ober die de amuses op tafel zette.

Het gesprek ging weer over op de perikelen op kantoor.

De glazen met wijn werden bijgeschonken.

"Moet je zo niet rijden?" vroeg Dana bezorgd.

"Je woont hier toch op loopafstand?"

Dana schoot in de lach: "Je bent een schooier. Je had jezelf al iets op de voorhand beloofd."

Ben glimlachte genoeglijk, "je bent onnavolgbaar, want ik sprak vanmorgen Nanette en jullie hebben een leuk weekend in Barcelona achter de rug. Ik wist niet eens dat jullie elkaar kenden."

"We liepen elkaar toevallig tegen het lijf en Nanette vroeg of ik zin had om met haar mee te gaan," vertelde Dana enthousiast. Maar Ben gaf niet direct antwoord, hij zat in gedachten verzonken en Dana praatte door.

"Je had me verteld dat jullie uit elkaar waren en dat Nanette zich ging beraden in het buitenland. Hoe zit dat nu?"

Ben ontwaakte uit zijn overpeinzing en zei serieus: "We hebben afspraken gemaakt waar we allebei mee kunnen leven. Het verleden hebben we achter ons gelaten."

"Heb je na mij nog andere vrouwen gehad?"

Ben keek haar met samengeknepen ogen aan en zei zachtjes: "Nee, voor jou zet ik alles op het spel."

Dana keek hem gecharmeerd aan, want dat was prettig om te horen. Maar ze was ook kritisch, "zeg je dat tegen elke vrouw?"

Ben keek haar beledigd aan. "Ondanks mijn reputatie in het verleden, ligt mijn hart bij jou."

Hij kan goed acteren of hij meent het echt, dacht Dana.

Ben draaide zich om en zocht iets in zijn colbert dat over de rugleuning van zijn stoel hing.

"Ik meen het oprecht. Je hebt zelf met je vriend een vaste relatie, waardoor ik besef dat ik niet op de eerste plaats sta. Dat is iets, wat ik moet accepteren en mee moet leven."

Ben had een donkerblauw fluwelen zakje in zijn hand, keek Dana liefdevol aan en zei zachtjes: "Geef me je rechterhand eens."

Dana legde met een vragend gezicht haar hand op tafel. Om haar ringvinger zat de zilveren vriendschapsring van Micky, die Ben er ongevraagd voorzichtig vanaf haalde. Hij legde de ring naast haar hand neer. Daarna wreef hij teder over het geultje van de ring in haar vinger. Hij opende het donkerblauwe fluwelen zakje en haalde er een gouden ring met een schitterende robijn uit en schoof deze om haar vinger. De ring paste. Hij hield de hand van Dana met twee handen vast, keek haar met zijn verleidelijke ogen aan en zei: "Jij bent voor mij de enige vrouw op de hele wereld van wie ik oprecht hou en wil beminnen."

Dana was stil, ontroerd en keek Ben gelukzalig aan. Ze keek naar haar hand en slikte: "Ben, ik vind deze ring heel mooi," stokte en kon geen woorden meer uitbrengen.

Daarna pakte Dana met haar beide handen de handen van Ben vast en keek hem verlangend aan. "Zullen we naar mijn huis gaan, dan hebben we de hele nacht nog."

Ze opende de deur van haar appartement. Bij binnenkomst kusten ze elkaar onstuimig. Ben keek Dana gulzig aan en duwde haar tegen de voordeur, schoof haar kokerrokje omhoog, trok haar slipje uit en stak zijn vingers in haar, wat haar gek van verlangen maakte. Hij kuste haar heftig. Dana liet zich in zijn lust meeslepen. Daarna trok Ben met een ruk haar blouse open, waardoor de knoopjes in de rondte sprongen. Hij haalde haar borsten uit haar BH, nam ze om de beurt hongerig in zijn mond en zoog er gulzig aan. Er was geen ontkomen meer aan. Het leek wel of Dana in een tornado van lust was beland. Hij duwde Dana tegen de voordeur omhoog, penetreerde haar en kwam met grote stoten klaar.

Dana schoof langs de deur naar beneden en haar voeten raakten de grond. Ben keek haar teder aan en kuste haar voorhoofd. Daarna tilde hij haar op, nam haar mee naar de slaapkamer en legde hij Dana op het bed neer. Hij was onverzadigbaar en had behoefte aan meer.

De volgende morgen lag Dana comfortabel in zijn armen en dit was weer een nacht, waar ze er maar weinig van in haar leven had meegemaakt. Ben kuste haar en drukte Dana teder tegen zich aan.

 "Ik zou de hele dag met je in bed willen blijven liggen."

Ze wilde eigenlijk niet meer uit de armen van Ben loskomen en zuchtte: "Laten we onze ontmoetingen aan het toeval over of gaan we er serieus invulling aan geven?"

"Mijn voorkeur heeft het laatste."

Ben keek haar verleidelijk aan, liet zijn vinger over haar mond glijden en zei: "Dat zit er voorlopig niet in, want ik heb een overplaatsing naar Parijs geaccepteerd. Over twee maanden ben ik weg uit Nederland."

Dana keek Ben verschrikt aan en ze was diep geschokt. Het euforische gevoel wat ze had, verdween als sneeuw voor de zon.

"En dat zeg je nu pas. Waarom niet gisterenavond?" zei ze verontwaardigd.

"Ik wilde je avond niet bederven."

"Gaat Nanette met je mee?"

"Ja, Nanette en de kinderen gaan mee. Maar we kunnen altijd afspreken, als ik in Nederland ben."

Hij trok Dana nog een keer tegen zich aan. Ze voelde zijn erectie tegen haar heup en gaf zich aan hem over.

Voordat Dana naar kantoor vertrok had ze de gouden ring met de robijn weer in het donkerblauwe fluwelen zakje gestopt en in haar kledingkast verborgen, want Micky mocht hem niet vinden. Het was haar trofee. De hele dag keek ze ongewild naar de zilveren ring van Micky, die ze weer om haar ringvinger droeg. Wat zou ze ervoor over hebben om deze te vervangen door de gouden ring van Ben. Haar gedachten gingen uit naar Micky. Ze kon het niet over haar hart verkrijgen om de relatie met hem te beëindigen, want hij was een goede vent. Ze baalde dat Ben naar Parijs zou vertrekken, maar misschien was het beter dat hij voorlopig uit het zicht was. Ze moest aan de woorden van Nanette denken en vroeg zich af of Ben dit truckje bij meer vrouwen uitgehaalde. De kunst was om van hem te genieten en met beide voeten op de grond te blijven staan.

Hoofdstuk 10.

Op woensdagavond ging Dana bij haar ouders eten en haar moeder vroeg: "Wat zijn jullie plannen? Wanneer ga je met Micky samenwonen?"

"Ma, stop nu met dat gezeur, want dat zijn vragen waarop ik je geen antwoord ga geven, omdat we dit zelf nog niet weten."

Haar moeder keek haar met opgetrokken wenkbrauwen aan. "Zo kortaf heb ik je nog niet eerder meegemaakt. Is er iets aan de hand?"

"Nee, er is niets aan de hand, maar ik heb de afgelopen weken nog eens nagedacht over mijn relatie met Micky. Het voelt aan als een soort broer-zus relatie. We hebben veel plezier, maar ik weet het niet."

Dana trok haar schouders emotieloos op.

"Heb je een ander?"

Dana schudde met haar hoofd. "Nee, ik heb niemand anders, maar ik ben door mijn nieuwe functie in een andere omgeving terecht gekomen, waardoor ik over mijn relatie met Micky ben gaan nadenken.

Mijn doel is, om in mijn nieuwe baan carrière te maken. Investeren in een relatie staat nu niet bovenaan mijn lijstje."

"Je moet doen wat je hart ingeeft. Als je voor Micky kiest, moet je duidelijkheid scheppen en gaan samenwonen," zei haar moeder resoluut. "Als je over hem twijfelt, kun je de relatie beter beëindigen. Het doet misschien pijn, maar dan kun je wel met een schone lei verder."

Dana keek bedenkelijk naar haar moeder. "Je hebt wel gelijk. We hebben een comfortabele relatie, maar we hebben allebei ons eigen huis en dat wil ik het liefst zo houden."

"Heeft het met zijn afkomst te maken? Voel je je er wel thuis?"

Dana trok een afkeurend gezicht. "Mam, dat speelt totaal geen rol. Micky komt uit een stabiele omgeving, heeft een goede opleiding, is ambitieus en serieus. Maar hoe langer ik er over nadenk, hoe meer ik twijfel.

Dana hinkte op twee gedachten en ze was zich ervan bewust dat het comfortabel was om Micky aan te houden, want Ben zat binnenkort in Parijs en was onbereikbaar.

Het duurde toch nog een paar weken voordat Dana definitief de knoop doorhakte en moed had verzameld om haar relatie met Micky te beëindigen. Ze zou het weekend bij hem doorbrengen. Dana was op donderdagavond vanuit haar werk naar zijn appartement gereden. Micky was die avond vrolijk en vertelde enthousiast dat hij had gekookt in plaats van pizza's te bestellen. Dana kon het niet over haar hart krijgen om nu ter plekke de relatie te beëindigen, maar ze kon ook niet enthousiast doen. Ze wist zich geen houding geven. Het gevoel was dubbel. Ze ging aan tafel zitten en at met lange tanden.

"Is het eten niet goed? Smaakt het niet?" vroeg Micky bezorgd.

"Ja, het smaakt prima, maar ik ben moe."

"Dat is niets voor jou, want jij bent altijd degene met de meeste energie." Dana zei niet veel en ruimde na het eten de tafel af. Micky pakte haar om haar middel en kuste de hals van Dana.

"Ik zou je hier ontzettend graag in dit huis willen houden. Zullen we straks onder de koffie eens met elkaar bespreken waar we in de toekomst zullen gaan wonen? In Rotterdam of Den Haag?"

Dana reageerde niet, waardoor Micky geïrriteerd reageerde: "Waarom kunnen we niet bij elkaar gaan wonen zoals duizenden mensen doen?" In de tussentijd was Micky naar het koffiezetapparaat gelopen, had kopjes uit de kast gepakt en keek onderzoekend naar Dana.

"Wat is er, je hebt een vreemde uitdrukking op je gezicht. Heb je een ander of zo?"

Dana schudde haar hoofd. "Ik heb geen ander, maar twijfel over onze relatie."

Micky keek haar nu scherp aan. "Wat bedoel je?"

Dana stond met haar rug tegen het aanrecht en keek uitermate serieus.

"Micky ik twijfel over onze relatie. We hebben samen plezier, maar ik weet niet of ik op deze manier de toekomst in wil. Een weekend met elkaar doorbrengen is leuk, maar samenwonen zie ik niet zitten."

Micky leunde tegen de keukentafel en keek Dana verbijsterd aan. Hij was stil en het leek wel of zijn hele wereld instortte. Hij zocht naar woorden, maar ineens kwam het vlijmscherp uit zijn mond: "Hoe lang twijfel je al?"

"Het is niet echt twijfelen, maar mijn carrière staat voorlopig op de eerste plaats en dat wil ik graag zo houden."

"Maar dat kan toch, of heb je een ander?"

Het gezicht van Micky liep rood aan totdat hij ontplofte: "Het is die Ben, is het niet?"

De donkere ogen van Dana schoten vuur en ze reageerde fel: "Je moet eens ophouden over Ben, want die vertrekt binnenkort met zijn vrouw en kinderen naar Parijs om daar de komende jaren te gaan werken. Nee, ik heb geen ander, want ik ben aan het worstelen met onze relatie en met mezelf. Ik wil eerlijk naar je zijn en probeer op een open manier aan te geven dat ik twijfel over hoe we verder moeten. Jij hebt blijkbaar een ander beeld van onze relatie. Ik zou een leugenaar zijn als ik nu zou zeggen dat ik het allemaal wel zie zitten."

Dana draaide zich om en liep naar de woonkamer om haar tas te pakken, maar Micky was achter haar aangelopen en stond naast haar toen ze haar tas pakte.

"Ga je nu gelijk naar huis?"

Dana ging op de rand van een fauteuil zitten en keek Micky vragend aan. "Heeft het nog zin om hier te blijven?"

"Ik wil nog graag met je praten want ik ben erg teleurgesteld, omdat ik een andere verwachting had van onze relatie."

Dana keek Micky aan met een trieste uitdrukking op haar gezicht. "Ik ga nu naar huis en wil er nog een paar nachtjes over slapen. Ik kom zondagmiddag bij je langs. Laten we elkaar dan recht in de ogen kijken en besluiten of we met elkaar verder willen. Zullen we dat afspreken?"

"Wat kan ik zeggen?" zei Micky teleurgesteld en hij trok zijn schouders hulpeloos op.

Dana pakte haar jas en vertrok naar huis. Toen ze thuiskwam voelde ze zich opgelucht. Ze nam zich voor om zondag bij Micky langs te gaan om hun relatie verder uit te praten en er definitief een punt achter te zetten.

Toen Dana zondagavond na een zwaar gesprek met Micky thuiskwam, waarin ze de relatie definitief had beëindigd, liep ze gelijk door naar haar slaapkamer. Ze opende haar slaapkamerkast, voelde voorzichtig onder een stapel truien en pakte het donkerblauwe fluwelen zakje. Ze haalde de gouden ring met de robijn eruit, schoof de zilveren vriendschapsring van Micky van haar ringvinger en stopte deze in het zakje. Ze deed de gouden ring met de robijn om haar vinger en kuste de robijn.

Hoofdstuk 11.

Het was drie jaar geleden dat Dana een punt achter haar relatie met Micky had gezet. Het was niet makkelijk geweest, maar ze had er beslist geen spijt van. De carrière van Dana lag goed op koers en de eerste grote projecten waren succesvol opgeleverd. Ze was gepromoveerd tot senior projectleider en als haar manager afwezig was, nam ze hem waar.

De afgelopen jaren hadden Dana en Nanette met elkaar contact gehouden. Als Nanette in Nederland was vulden ze de tijd met winkelen, lekker buiten de deur eten en wijn proeven. Nanette had altijd wel wat te vertellen. Ze maakte veel mee tijdens haar werk voor de reisorganisatie in het buitenland. Leuke ervaringen met reizigers, maar ook veel gezeur met hoteleigenaren, die niet altijd hun afspraken nakwamen.
Er was één gulden regel; ze spraken nooit over Ben. Dana had af en toe via e-mail contact met hem in Parijs, maar deze contacten waren altijd zakelijk en formeel. Ze had bij Ben een goede ingang voor advies over complexe vraagstukken en hij vond het blijkbaar niet bezwaarlijk, want hij reageerde altijd adequaat. Toch had ze er iets meer van verwacht. Het verbaasde Dana dat hij nooit meer contact met haar had opgenomen als hij voor Translude tijdelijk in Nederland was.

Nanette was in Nederland. Het was een zonnige zaterdagmiddag en ze had voorgesteld om een strandwandeling te maken. Tijdens de wandeling vertelde Nanette over opzienbarende ervaringen die ze de afgelopen weken in Griekenland had opgedaan. Dana had onderweg de slappe lach gekregen over een verhaal van een arrogante kerel die een stap achteruit had gedaan, met zijn schoen in zijn broekspijp was blijven hangen en met zijn koffer in het zwembad was gestruikeld.
Nadat ze een uurtje hadden gelopen ploften ze bij een strandpaviljoen op een loungebank neer.
"Zullen we een fles wijn bestellen?" vroeg Nanette. Ze wachtte het antwoord van Dana niet af, knipte met haar vingers naar de bediening en bestelde wijn en gelijk een bittergarnituur.
"Je hebt er zin in zeg."

"Klopt, want ik moet je wat vertellen en daarvoor heb ik eerst een slok wijn nodig."

Nadat de bediening de glazen had volgeschonken nam Nanette een grote slok uit haar glas, liet de wijn in haar mond ronddraaien, slikte de wijn door en zei op ferme toon: "Dana, ik heb definitief besloten om van Ben te scheiden en dat heb ik hem eergisteren ook verteld. Hij was eerst ontdaan, maar hij begreep het wel. Hij zei dat hij dit vroeg of laat wel had verwacht. De reden van mijn besluit is dat ik een leuke vriend heb ontmoet en vrij wil zijn om serieus in deze relatie te investeren."

"Wie is de gelukkige?"

"Zijn naam is Vincent en hij is een collega van me," zei Nanette met een gelukzalige glimlach rond haar mond.

"Ik heb hem tijdens het project in Zuid-Afrika leren kennen en was op slag verliefd, maar vond het zakelijk onprofessioneel om dit direct aan de grote klok te hangen. We hebben elkaar regelmatig privé ontmoet en moesten na verloop van tijd erkennen dat het iets meer om het lijf had. Dana, ik ben verliefd en wil alleen nog maar bij Vincent zijn. Ben en onze aparte slaapkamers kunnen het dak op."

Nanette pakte haar glas en nam weer een grote slok.

"Weet je, Vincent is een lot uit de loterij, want hij heeft respect voor vrouwen. Hij is vrijgezel en vertelde me dat hij nooit getrouwd is, omdat hij simpelweg de juiste vrouw nog niet was tegengekomen. Hij heeft gezegd dat hij voor altijd bij mij wil blijven. Geweldig. Dat geeft zo'n goed gevoel."

Het bittergarnituur werd door de bediening op het tafeltje neergezet. Nanette pakte een bitterbal, die nog veel te heet was, maar voordat ze hem in haar mond stak, boog ze zich voorover naar Dana en fluisterende: "Ben is straks officieel vrij..."

"Waarom moet ik iets met hem?" zei Dana verontwaardigd.

Nanette zei samenzwerend: "Ik heb de indruk dat hij geen nieuwe relaties meer heeft gehad sinds hij met jou het bed heeft gedeeld. Ik weet wel zeker dat hij verliefd op je is, of liever gezegd je adoreert."

Dana keek Nanette glazig aan en zei op een neutrale toon: "Nanette, ik heb een paar keer seks met hem gehad, maar ik had niet de indruk dat er iets speciaals was. Zo spannend kan ik niet voor hem zijn, want ik heb de afgelopen drie jaar privé niets meer van hem vernomen."

"Ben is dominant. Als hij iets niet kan krijgen waar hij zijn zinnen op heeft gezet, heeft hij er alles voor over om het alsnog te krijgen."

Nanette knipoogde naar Dana.

"Ga je na de scheiding weer in Nederland wonen?" vroeg Dana om het gesprek over Ben af te leiden.

"Ja, ik ga deze zomer weer in onze woning in Nederland wonen en volgens de planning komt Ben in het najaar terug naar Nederland. Ik heb een nieuwtje. Tegen niemand zeggen hoor. Beloof je het?"

Dana knikte, en Nanette vervolgde: "Ben wordt de nieuwe Algemeen Directeur van Translude Nederland."

Dana kreeg een warm gevoel en ze keek heimelijk naar de gouden ring met robijn om haar vinger.

Ze zaten in de loungebank onderuitgezakt toen Dana Nanette aanstootte. "Kijk, zie je die man achter de bar lopen, dat is nu een echte vrije jongen. Ik durf te wedden dat hij aan iedere vinger een vrouw kan krijgen. Ik weet wel zeker dat hij een snelle auto heeft, want daar ziet hij wel naar uit."

De man achter de bar hoorde niet bij de bediening, maar was bezig met het uitpakken van glazen. Nanette keek in zijn richting. "Ik vind het wel wat, maar hij is iets te jong voor mij. Hij ligt meer in jouw leeftijdscategorie."

Ondanks het voorseizoen, zag hij er al lekker gebruind uit, had een aantrekkelijk gezicht met grote donkerblauwe ogen, waarin je als vrouw verdrinkt. Maar het was ook een patser met zijn donkerblauwe Scapa shirt. Dana bekeek hem ongegeneerd.

"Ik heb wel zin in hem, want ik heb de afgelopen tijd weinig leuke kerels ontmoet," zei Dana, terwijl ze met haar ogen de man achter de bar nauwlettend volgde.

Nanette glimlachte, zette haar lege glas op tafel neer en zei: "Ik sta droog."

"Ik ga wel een nieuwe fles bij de bar halen", zei Dana.

De man achter de bar keek haar vriendelijk aan en vroeg of hij haar kon helpen.

"Ik wil graag nog een fles witte wijn bestellen."

Dana zag dat hij van haar gecharmeerd was.

"Dat ga ik voor je regelen."

Ze keek hem uitdagend aan. "We lusten er ook wel iets bij."

"Waar heb je trek in?"

Dana schoot in de lach en zei zachtjes: "Dat durf ik niet te zeggen." Waarop de man haar onderzoekend aankeek. "We hebben een uitgebreide menukaart, maar ik kan wel wat regelen. Heb je speciale dieetwensen?"

"Nee, het gaat niet om een dieet. Wat heb je voor ons in petto?" Dana had nu zijn volledige aandacht. Hij was gestopt met het uitpakken van de doos en liet zijn handen op de doos rusten.

"Heb je veel trek?" vroeg hij met een ondeugende glans in zijn ogen.

"Verleid ons maar," zei Dana.

"Ik ga persoonlijk wat in de keuken regelen. Je vriendin, heeft die ook trek?"

"Die heeft andere trek, maar ze eet wel mee."

De man knipoogde naar Dana en liep naar achteren. Ze zag aan zijn ogen dat hij zichzelf wat had beloofd.

"Hij is van je gecharmeerd. Dat kun je vanaf hier al zien. Wat heb je besteld?"

"Ik heb een nieuwe fles wijn besteld en wat te eten. Maar ik heb het aan hem overgelaten om ons te verleiden."

Niet veel later kwam de man met een nieuwe fles witte wijn en twee bestekjes. Hij keek beide vrouwen onderzoekend aan, alsof hij twijfelde aan de bedoeling van Dana.

Dana nam het initiatief. "Dit is mijn vriendin Nanette en ik ben Dana."

Ze kwamen uit de loungebank omhoog en de man zei: "Ik ben Siem."

"Leuke tent hier, is die van jou?" vroeg Nanette belangstellend.

"Ja, ik ben de eigenaar."

Er ging een belletje achter de bar. Een bediende kwam met twee borden dampend eten aanlopen. Het eten rook lekker en de borden zagen er appetijtelijk uit. Siem had twee borden met verschillende gerechtjes laten klaarmaken.

"Is dit wat je bedoelde?"

Dana knikte en ze maakte met haar vingers een gebaar dat het perfect was.

"De koffie is straks van het huis", en hij glimlachte naar beide vrouwen. Daarna liep hij weer terug naar de bar, waar hij verder ging met het uitpakken van de glazen.

Het was buiten donker geworden en Siem had de buitenverlichting aangestoken waardoor het terras er sprookjesachtig uit zag. Het strand en de zee waren in duisternis gehuld. Omdat in het voorjaar de dagjesmensen voor het invallen van de duisternis het strand hadden verlaten, zaten Nanette en Dana als één van de weinige gasten nog in het strandpaviljoen. In de andere loungebank zat een jong stelletje van elkaars bord te eten. Siem had de open haard aangestoken en kwam zelf de vuile borden afruimen.

"Dames; koffie, thee?"

"Koffie graag."

Niet veel later zette Siem de kopjes koffie en twee glaasjes likeur neer.

"Lekker, je verwent ons. Kom je er ook bij zitten?" vroeg Dana.

"Dan pak ik ook een kopje koffie."

Siem liep terug naar de bar. De bediende had zijn jas aangetrokken om naar huis te gaan en zei gedag. Daarna ging Siem bij Dana en Nanette zitten en zette zijn kopje koffie op de tafel neer.

"Hoe laat sluit je?" vroeg Nanette.

"Zo, om tien uur, maar ik kijk niet zo nauw."

Dana nipte van haar glaasje likeur en vroeg: "Doe je dit al lang?"

"Ja, het bedrijf is van mijn ouders geweest. Een paar jaar geleden heb ik het overgenomen. Ik ben hier opgegroeid en de strandtent is onderdeel van mijn leven." Siem keek trots voor zich uit.

Het stelletje was opgestaan en Siem liep naar ze toe om af te rekenen.

Hij kwam weer terug en ze raakten aan de praat over het strandpaviljoen. Hoe het vroeger was geweest, toen in de winter alles nog afgebroken moest worden.

Ze zaten alle drie onderuit gezakt op de bank bij de open haard die nog nagloeide. Siem had in de tussentijd de glaasjes likeur bijgeschonken en dronk zelf alleen maar cola.

"Hoe zijn jullie hier naar toe gekomen?" vroeg Siem.

"Met de auto, maar ik denk dat het nu wel een taxi zal worden, omdat na alle wijn en likeur het niet meer verstandig is om nog te gaan rijden."

"Waar moeten jullie naar toe?"

"Naar Rotterdam," zei Dana met een vertwijfeld gezicht.

"Dat is een duur taxiritje."

"Misschien kun je ons bij de trein afzetten?" vroeg Nanette behendig.

"Ik wil jullie best bij de trein afzetten, maar de laatste trein is al vertrokken."

"We zijn niet zo slim geweest vrees ik. Zullen we dan maar een taxi bestellen?"

Dana keek Nanette vragend aan, maar die gaf geen antwoord. Nanette keek uitdagend naar Siem. "Heb je een logeerkamer beschikbaar?" Siem kreeg een ondeugende glimlach rond zijn mond en zijn ogen begonnen te twinkelen. "Ik heb een logeerkamer...," maakte zijn zin niet af, stond op, liep naar de bar, zette de muziek iets harder, pakte een fles whisky en een paar glazen. Hij ging op de loungebank tussen Nanette en Dana zitten en schonk de glazen vol.

"Feestje?"

Ze pakten de glazen whisky aan. Dana besefte dat ze al veel te veel drank op had, maar een feestje met Siem zag ze wel zitten.

Tegen middernacht was de open haard gedoofd en was het koud geworden in het strandpaviljoen. Siem had zijn arm om Dana gelegd, trok haar naar zich toe, kuste haar losjes op haar voorhoofd en zei dat ze een lekker ding was.

"Ik ga de zaak afsluiten, gaan jullie mee?"

Siem deed de buitenverlichting uit, de nachtlamp aan en sloot af. Ze deden hun jassen aan en Nanette zei zachtjes tegen Dana: "Hij is op jou uit. Pak hem lekker, ik ga wel in de logeerkamer liggen. Geen probleem."

Ze liepen samen met Siem in het donker over het onverlichte pad door de duinen naar zijn huisje in het vakantiepark. Bij binnenkomst oogde het klein, maar het was efficiënt en modern ingericht.

"Willen jullie nog wat drinken?"

Nanette geeuwde: "Ik ben gaar en heb al veel te veel drank op. Als het kan zou ik graag naar bed willen. Siem bracht haar naar één van de twee kleine slaapkamers. Hij haalde de losse troep van het bed.

"Het toilet zit aan het einde van het gangetje in de douche en als je wat wilt drinken, de koelkast in de keuken is gevuld. Welterusten."

Siem gaf Nanette een kus op haar voorhoofd en liep terug naar Dana die in de kamer voor de kast stond en de fotolijstjes bekeek.

Dana draaide zich om toen ze Siem hoorde. Hij keek haar verleidelijk aan met zijn mooie blauwe ogen en bleef haar aankijken. Ze kon hem niet weerstaan. Zijn blik zoog haar mond naar zijn mond. Ze kuste voorzichtig zijn lippen en voelde zijn stevige handen over haar lichaam glijden. Een opgewonden gevoel trok door haar lichaam. Hij nam Dana aan de hand mee naar zijn slaapkamer, sloot de deur en begon haar heftig te zoenen. Hij ontkleedde haar als een volleerd charmeur en duwde haar voor zich uit op bed. Hij was een echte rauwdouwer en wist niet van ophouden, maar Dana vond het eigenlijk wel lekker om door Siem "gepakt" te worden.

De volgende ochtend klopte Nanette op de slaapkamerdeur en opende deze op een kier. Dana lag nog in een diepe slaap, maar Siem was al wakker en keek uitdagend naar Nanette. "Kom je er ook bij liggen?" Nanette bedankte hem vriendelijk.
Dana werd wakker en knipperde met haar ogen. Siem keek haar liefdevol aan. "Lekker nachtje wijfie."
Hij stroopte langzaam het laken naar beneden en lachte schalks: "Zoals je ziet is er nog werk aan de winkel."
Nanette zag de stijve pik van Siem vooruitsteken en vroeg: "Wil je straks koffie als je klaar bent?"
Antwoord kreeg Nanette niet meer, want Siem schoof op Dana, die hem gulzig binnenliet.

Na de koffie liepen ze naar het strandpaviljoen waar de auto van Dana geparkeerd stond. Ze namen afscheid en Siem vroeg het telefoonnummer van Dana, wat ze aan hem gaf.
   "Wat een stuk is die Siem, ik had vannacht ook wel aan hem willen kluiven," zei Nanette met een vette knipoog.
Dana zei lachend: "Je hebt net een nieuwe vriend. Siem is leuk voor een zomernachtje, maar dat zal geen lang leven beschoren zijn."

In tegenstelling tot haar uitspraak was Dana de hele zomer 's avonds na het werk op het strand bij Siem te vinden. Het waren lange dagen, want de ochtend begon voor Siem al om zes uur en de dag was 's avonds om elf uur pas afgelopen. Siem had personeel lopen, maar pakte zelf ook het nodige op, want business is business. En van het zomerseizoen moest hij het hebben.

Hoofdstuk 12.

Op kantoor werd aangekondigd dat de Algemeen Directeur, die de afgelopen jaren de internationale expansie had voorbereid zou vertrekken. Zijn opvolger werd bekendgemaakt. Het was Ben. Veel collega's waren verbaasd. Hij was een paar jaar uit beeld geweest toen hij in Parijs was gestationeerd. Alleen al het horen van zijn naam deed Dana naar haar vinger kijken, waar ze permanent de gouden ring met de robijn droeg. Ze vond het verhaal van Nanette ongeloofwaardig dat Ben geen buitenechtelijke relaties meer gehad zou hebben sinds hij met haar in bed had gelegen. Nanette had bezworen dat ze na de bevalling van hun tweede dochter geen seks meer met Ben had gehad. Dana kon het zich niet voorstellen dat hij al een paar jaar droog stond.

Ze was nieuwsgierig naar Ben en hunkerde er al naar om door hem bemind te worden. Continue moest ze aan hem denken. Zijn warme en liefdevolle handen, zijn volmaakte lichaam, maar ook zijn dominante houding.

Voor het komende weekend was er door het KMNI een hoge temperatuur afgegeven. Dana en Nanette hadden op het strand afgesproken. Nanette had gezegd dat ze haar nieuwe vriend Vincent, aan Dana zou voorstellen. Ze had haar dochters Stella en Estelle ook meegenomen en ze kwamen als een compleet gezin aanlopen. Ze streken op het strand neer voor de strandtent van Siem. Vincent was een rustige man die zich netjes voorstelde. Dana kon het niet nalaten en ze bekeek hem kritisch. Ze had van Nanette een totaal andere voorstelling van Vincent gekregen. Deze man vond ze helemaal niet bij haar passen, omdat Nanette een zelfstandige mondige vrouw was, die goed haar eigen boontjes kon doppen en juist een assertieve man als counterpart nodig had. In de ogen van Dana was Ben de juiste partner voor haar. Ben was iemand die klip-en-klaar kon zeggen waar het op stond. Hij kon dominant zijn, maar Nanette kon juist goed met dit soort karaktereigenschappen overweg. Maar deze Vincent kon ze niet plaatsten. Ze vond hem een vriendelijke plompe man met een prettig stemgeluid. Een man met wie je geen ruzie kan krijgen. Zijn gezicht was pafferig, hij had sproeten op zijn neus en lelijke dikke, overdadige lippen.

Vincent liep gedwee met een bal onder zijn arm, samen met Stella en Estelle naar de zeekant en begon te ballen. Nanette keek gelukzalig naar Dana en vroeg hoopvol: "Wat vind je van hem?"

Dana en Nanette waren zo lang als ze elkaar kende altijd eerlijk tegen elkaar geweest.

"Nanette, ik vind Vincent een aardige en toegewijde huisvader, maar ik vind hem niet bij jou passen. Hij is te soft. Hoe vurig is onze Vincent in bed?"

Nanette keek haar vertwijfeld aan. "Jezus, je bent vandaag wel hard zeg."

Dana pakte de arm van Nanette zachtjes beet. "Zo bedoelde ik het niet, maar ik geef je eerlijk mijn mening, want je vroeg erom."

"Ik waardeer het, maar ik vind het niet fijn dat je Vincent negatief beoordeeld. Na Ben was ik aan iets anders toe. Vincent is niet zo dominant als Ben. Hij is de eerste man die veel taken in het huishouden oppakt."

Dana keek kritisch naar Nanette. "Je ging nu voor een mannelijke huishoudster?"

"Misschien heb je gelijk, maar het is wel comfortabel om door iemand bemind te worden, zonder constant het gevecht om de macht aan te moeten gaan. Ik hoef me in ieder geval bij Vincent niet af te vragen of hij bij andere vrouwen in bed ligt. Dit is net zo comfortabel als de behoefte die jij hebt aan een rouwdouwer als Siem."

Dana lachte ondeugend, "touché," en gaf Nanette een hug.

"Bedankt, je bent eerlijk."

Toch kon Dana het niet laten om steeds naar Vincent te kijken en zich af te vragen welke vrouw er nu opgewonden kon raken van zo'n plompe man.

Eindelijk was het zover. Ben werd vandaag bij Translude Nederland verwacht. Dana wist uit ervaring dat hij de hele dag in overleg zou zitten en onzichtbaar zou zijn.

Na de lunch, toen ze op weg was naar de inpandige parkeergarage liep ze hem in de lift tegen het lijf. Ze stonden ineens tegenover elkaar. Ze keken elkaar ongemakkelijk aan en waren in elkaars blik gevangen. Ben opende het gesprek door onhandig te vragen: "Welke verdieping?"

"De parkeergarage."

Dana drukte abrupt op het knopje. Ze zag zijn blik naar haar hand gaan, de hand met de gouden ring met de robijn.

"Hoe is het met je?" vroeg Ben met een warme stem.

Dana keek Ben hoopvol aan. "Goed en met jou?"

"Ook goed."

Ben bleef haar aankijken. Dana werd hier onzeker van. Haar hart bonsde en ze zou hem nu het liefst kussen. Maar de lift remde af voor de begane grond en Ben zei vlak voordat de deuren opengingen: "Ik heb je gemist." Dana fluisterde: "Ik jou ook".

De deuren schoven geruisloos open en Ben stapte de lift uit zonder iets te zeggen. Dana keek hem met een warm gevoel na. Wat bedoelde hij? Wilde hij iets of wilde hij juist niets? De deuren sloten automatisch en de lift stopte bij de parkeergarage. Dana liep in gedachten naar haar auto, zette de laptoptas op de bijrijdersstoel en nam achter het stuur plaats. Ze was nog bezig met het instellen van het navigatiesysteem toen een sms-bericht op haar telefoon binnenkwam.

"Wat zijn je plannen voor vanavond?"

Dana was altijd voorzichtig met het versturen van sms-berichten over haar bedrijfsmobiel en reageerde: "Ben nu naar een externe afspraak, maar kan vanavond wel tijd vrijmaken om tijdens het eten het dossier te bespreken."

Voordat ze de parkeergarage uitreed ontving ze een sms-bericht met de boodschap: De Regenboog – acht uur.

Ze sms-te terug: OK.

Dana werd in de vooravond opgehouden door een telefoontje van haar moeder die zich niet lekker voelde. Ze had klachten waarbij Dana zich zorgen maakte en bleef doorvragen naar de aard van haar klachten.

"Waarom ben je vandaag dan niet naar de dokter gegaan?"

"Het zal wel een zomergriepje zijn. Je vader was ook al bezorgd, maar de duizeligheid is nu gelukkig gezakt," zei haar moeder met een lijzige stem. Dana vertrouwde het niet en nam de tijd om haar moeder verder uit te horen. Omdat ze van Dana aandacht kreeg, luisterde ze niet meer en praatte aan één stuk door over allerlei vriendinnen die op vakantie waren geweest. Dana besloot de volgende morgen haar vader te bellen om haar zorg uit te spreken. Ze keek op haar horloge en zag dat de afspraak om acht uur in De Regenboog niet meer haalbaar was. Ze stuurde een berichtje naar Ben dat ze iets later zou komen.

Toen Dana uit de tram stapte, snelde ze naar De Regenboog en zag dat het hele terras vol zat met gasten, die genoten van de zwoele zomeravond. Dana trof Ben binnen aan en liep gehaast naar hem toe. Voordat ze bij het tafeltje was hadden ze al oogcontact. Hij stond op terwijl ze haar tasje neerzette. Ze gaven ze elkaar vormelijk drie zoenen. Ben sloeg Dana vriendschappelijk op haar schouder.

"Ik heb je lang niet meer gesproken, hoe was Parijs?" vroeg ze belangstellend. Ze zag dat de fijne rimpeltjes rond zijn ogen iets dieper waren geworden. Hij zag er nu meer uit als een man van middelbare leeftijd. Grijzen haren lardeerden zijn zwarte haar bij zijn slapen, maar hij was er niet minder knap om. Ben begon te vertellen over zijn belevenissen op het kantoor in Parijs. De nieuwe ontwikkelingen die hadden plaatsgevonden, maar hij vermeed uitspraken over zijn privéleven.

Een paar uur later toen ze koffie bestelden ging het gesprek langzaam over op de voorgenomen echtscheiding. Ben vroeg of Dana hiervan op de hoogte was, waarop ze bevestigend knikte. Hij keek zorgelijk en zei dat het een taai proces was, maar wilde verder niet meer over de scheiding praten, omdat dit anders zijn avond zou bederven. Daarna vertelde Dana anekdotes die de afgelopen jaren op de werkvloer waren voorgevallen. Het moment van afscheid nemen leken ze te willen uitstellen.

"Ben je met de auto gekomen?" vroeg Ben.

"Nee, ik ben met de tram gekomen, want dat is sneller dan een parkeerplaats vinden."

"Ik ben met de auto. Zal ik je thuis afzetten?"

"Als het niet te veel moeite is, stel ik het wel op prijs."

Ben gaf zijn creditcard aan de ober om af te rekenen.

Toen ze naar de auto liepen, sloeg Ben zijn arm vriendschappelijk om de schouder van Dana. Hij opende galant het portier van zijn auto, liet Dana instappen en vroeg: "Woon je nog op hetzelfde adres?"

"Jazeker."

De auto zette koers naar haar huis.

Ben stopte de auto voor de portiek, maar liet de motor draaien. Dana keek hem aan. "Bedankt voor de gezellige avond. Heb je nog zin in een afzakkertje?"

Ben keek haar bedenkelijk aan en zei uiteindelijk: "Eentje dan."

Dana glimlachte tevreden toen hij zijn auto parkeerde.

Ze opende de voordeur, liepen naar binnen en Ben sloot de deur achter zich. Ze keken elkaar aan en het leek wel of ze langzaam naar elkaar werden gezogen. Ineens pakten ze elkaar vast en begonnen elkaar gretig te zoenen. Ben pakte haar op, liep naar de slaapkamer waar hij haar teder op het bed neerlegde en uitkleedde.

Ze voelden zijn geoefende handen over haar lichaam gaan. Haar lichaam sidderde van genot. Dana was niet in staat om tijdens de seks het roer over te nemen. Ze zag aan Ben dat hij genoot om haar tot een hoogtepunt te brengen. Zijn handen masseerden alle erotische plekjes met passie. Hij gaf zijn enorme libido de ruimte, waar Dana zich maar al te graag aan overgaf.

Na afloop wreef Ben teder met zijn vingertoppen over haar lichaam en zei zachtjes: "Ik miste je... al een paar jaar," en kuste Dana op haar schouder.

"Ik mis je meer, dan dat je mij mist."

Dana keek hem gefronst aan. "Hoe bedoel je?"

"Je hebt toch een vriend?"

"Er is iemand die ik wel eens zie, maar dat stelt niets voor en Micky hoort al een paar jaar tot het verleden. Jij bent voor mij de enige waar ik niet buiten kan." Ze keek hem onderdanig aan.

"Binnenkort, als de echtscheiding er door is, ben ik een vrij man."

Hij kuste Dana opnieuw op haar schouder.

Dana vroeg: "Blijf je hier vannacht?"

"Nee, ik ga naar huis, want ik wil nu vlak voor de eindstreep van de echtscheiding geen gezeur."

"Jammer. Komt er nog een vervolg?"

Ze keek Ben hoopvol aan.

Hij trok haar tegen zich aan en zei volmondig: "Ja," en hij kuste haar innig.

Hoofdstuk 13.

Nadat Ben was vertrokken overviel Dana een gevoel van eenzaamheid. Ze keek naar de kuil in het kussen waar hij nog geen kwartier geleden met zijn hoofd had gelegen. Ze snoof zijn geur van het kussen op. Het bezorgde Dana een aangenaam gevoel, maar ook een gevoel van weemoed. Ze rolde weer op haar rug, keek naar het plafond en dacht na over hoe het nu verder moest.

Haar persoonlijke leven, carrière, maar ook liefdesleven was van een leien dakje gegaan. Het was puur geluk wat ze in haar schoot geworpen kreeg. Het had Dana's heimelijke dromen overtroffen. Maar was het wel onderdeel van haar droom om de vriendin van de Algemeen Directeur te worden? Nee, onderdeel uitmaken van de directie van Translude; dat was haar ultieme droom. Wat was de keerzijde van deze droom en wat was het prijskaartje dat er aan een directiefunctie hing? Ben lag in echtscheiding en zou op korte termijn voor haar beschikbaar komen. Maar wilde ze wel dat hij na zijn scheiding bij haar kwam wonen. Hoe zou de buitenwereld hierover oordelen? Zou ze als het neukertje van Ben achter haar rug worden uitgelachen? Pijnlijk besefte ze dat een man als Ben, met zijn statuur nooit bij haar zou intrekken. Hij zou voor een woning kiezen die bij zijn status paste. Maar ook voor een plaats waar hij zijn dochters conform de bezoekregeling kon ontvangen. Was het überhaupt wel interessant om met Ben te gaan samenwonen? Hij zou een deel van zijn verleden automatisch meenemen. Zijn verleden zou een dominant deel van haar toekomst gaan uitmaken.

De gesprekken met Nanette over het vreemdgaan van Ben doorkruiste haar gedachten. Zou hij, als ze met hem zou samenleven wel trouw aan haar blijven? Nanette had al meerdere keren laten blijken dat ze er geen probleem mee had als ze een relatie met Ben zou aangaan. Maar als ze voor Ben koos en hij voor haar, zou haar carrièrepad binnen Translude worden beëindigd. Het was uitgesloten om "als de vriendin van", aan de Algemeen Directeur te rapporteren. Eén van de twee zou het veld moeten ruimen en Dana wist zeker dat Ben dit niet zou zijn. Hij zou eerder een belemmering voor haar carrière zijn.

Dana probeerde haar gedachten te ordenen, maar het werd een gevecht in haar hoofd tussen de lust voor Ben en haar carrière, die in een impasse zou raken als ze een relatie met hem zou aangaan. Ze stond op, liep naar de keuken en zette thee.

In de keuken, voor het raam dronk ze in gedachten haar beker leeg, terwijl ze koortsachtig de twee scenario's overwoog.

In de loop van de middag ontving ze een sms-bericht van Nanette.

"Wat doe je morgen?"

Dana sms'te terug dat ze naar Siem ging, want ze wilde haar hoofd leegmaken. Ze besefte dat ze haar gevoelens voor Ben op dit moment niet meer onder controle had. Een uitje naar het strand zou haar gemoedstoestand weer in perspectief kunnen zetten.

Dana haalde Nanette met de auto op.

"Ben je alleen? Want ik mis Vincent en de kinderen?"

Nanette zuchtte: "Vincent heeft het te druk op zijn werk en de kinderen logeren bij mijn moeder."

Het was druk op het strand, omdat het een mooie nazomerdag was en het terras zat vol met klanten. Ze gingen binnen op de loungebank zitten. Nanette trok haar knieën op en schoof tegen Dana aan.

"Je bent lang weg geweest in het buitenland. Had je een grote klus?" vroeg Dana.

Nanette gaf niet direct antwoord en Dana keek haar vragend aan. "Wat is er gebeurd? Je ziet er een beetje uitgeblust uit. Zo ken ik je niet."

"De echtscheiding met Ben is nu zo goed als rond, maar er was toch nog een hoop gezeur over de verdeling van het geld. Volgende week zetten we de handtekeningen onder het convenant en dan vertrekt Ben definitief uit ons huis. Translude heeft een gemeubileerd appartement voor hem in Rotterdam gehuurd.

Ik heb je advies nodig. Vincent is voor mij een geschenk uit de hemel en ik ben nog nooit zo door een man verwend."

Nanette stak haar hand omhoog naar Dana. "Ik weet hoe je over hem denkt."

"Dat doet er niet toe, maar wat is er aan de hand?" vroeg Dana serieus.

"Vincent is zo toegewijd, zo open en zorgzaam voor mij, maar ook zo ongrijpbaar. Als ik hem vergelijk met Ben, wist ik van Ben precies wat hij wel en niet van plan was. Terwijl Ben er meer niet dan wel was en mij nota bene met andere vrouwen bedroog. Vincent is anders, maar ondanks zijn zorgzaamheid heb ik het gevoel dat ik niet één met hem ben. Het klinkt raar, maar wat vind jij?"

"Zo goed ken ik Vincent niet, want ik heb hem maar een paar keer ontmoet. Eerlijk gezegd vind ik hem gedragsmatig meer op een vrouw dan op een man lijken, maar hier bedoel ik verder niets mee."
Nanette keek Dana gefronst aan. "Zo had ik er nog niet naar gekeken." Het gesprek stokte, omdat Siem erbij kwam zitten. Hij had een halfvolle fles witte wijn in zijn hand met een kurk die er half uit stak. Hij zette de fles op tafel neer. "Wat lusten jullie?"
Dana wees naar de fles. "Een wijntje is prima."

Siem was niet veeleisend. Het strand was zijn lust en leven en als er aantrekkelijke vrouwen aandacht voor hem hadden, was zijn dag al goed. In de zomerperiode was er geen ruimte voor ontspannende zaken omdat, er omzet gedraaid moest worden om de stille winterperiode te overbruggen. Siem had wel familie in de omgeving van Den Haag wonen, die hij af en toe bezocht. In de winter was hij vaak in het krachthonk van de sportschool te vinden. Dana vond hem aantrekkelijk, maar ook een foute man in de positieve zin. Siem was niet kieskeurig en hij zag Dana als zijn trofee. Ze was voor hem niet veeleisend, omdat ze veel tijd in haar carrière stopte en weinig aandacht van hem opeiste. Als Siem het druk had of op de sportschool bleef hangen vond Dana het prima.
Een gemeenschappelijk openbaar leven hadden ze niet en er waren maar weinig mensen die van hun ad-hoc-relatie op de hoogte waren.
De familie van Dana wist niet van zijn bestaan af. Haar broer John had regelmatig als ze bij hun ouders aten, zitten vissen of Dana een relatie had, maar Dana wimpelde dit altijd af.

"Ik kan me niet voorstellen dat je na Micky geen vriendje meer hebt gehad en dat je al een paar jaar als een non leeft," ventileerde John provocerend.
Maar Dana reageerde steevast: "Micky was niet goed genoeg voor jullie en nu zit je te zaniken over het feit dat ik geen vriend heb."

"Zo bedoelde ik het niet, want niemand heeft gezegd dat je de relatie met Micky moest beëindigen. Dat heb je toch echt zelf gedaan. Jij bent ook niet het type dat onder druk rigoureuze beslissingen neemt."

"Mijn carrière staat op de eerste plaats. Ja, ik heb af en toe wel eens een kortstondig relatie gehad, maar dat had verder niets om het lijf. Het was in ieder geval niet interessant om deze persoon aan jullie voor te stellen."

Dana was niet van plan om maar iets over Siem te vertellen.

"Hoe is het bij Translude?" vroeg John.

"Eerlijk gezegd heb ik me verbaasd dat je het toch voor elkaar hebt gekregen om een succesvol carrièrepad uit te stippelen en het ook nog eens binnen een betrekkelijk korte periode waar te maken. Wanneer ga je de volgende stap naar het directieniveau maken?"

"Ik wil graag de volgende stap maken, maar dan moet er wel een positie op directieniveau beschikbaar komen. Op dit moment zijn er geen signalen dat er iemand gaat vertrekken."

John wreef met zijn vinger langs zijn neus. "Ik las kortgeleden in een vakblad dat Ben weer terug is in Nederland en het roer heeft overgenomen. Misschien kan hij voor jou deuren openen, want dat heeft hij al eerder gedaan. Ik geloof nu wel in de strategie dat je eerst goed van hem hebt geleerd en daarna je kans hebt gegrepen om te laten zien wat je waard bent. Wat denk je, zal deze truc weer lukken?"

Dana zat er een beetje mee, omdat Ben nu juist een belemmering voor haar carrière was. Binnenkort was hij een vrije man. Ze had het voorgevoel dat hij haar ging claimen en in dat geval zou ze Translude moeten verlaten. Dat kon ze John niet vertellen, dus gooide ze het over een andere boeg.

"Ik werk al een aantal jaren voor Translude en maak leuke, maar ook leerzame studiereisjes naar onze vestigingen op Curaçao en Parijs. Ik ben op het punt gekomen om ook eens buiten Translude te kijken. Wat vind jij?"

John keek bedenkelijk. "Ik kan je gedachten niet volgen. Je zou toch moeten proberen om een directiefunctie bij Translude binnen te slepen, want het zou zonde zijn om deze kans te laten schieten."

"John, zolang er niemand vertrekt, zit er geen beweging in. Stel dat ik buiten Translude zou kijken, wat kun je me dan aanraden?"

"Tja, dat vind ik een lastige vraag, ondanks dat ik mijn oordeel altijd snel klaar heb. Je kiest paden die ik niet zou kiezen, maar ik moet toegeven dat het tot nu toe goed heeft uitgepakt. Misschien moet je eens bij een kleine Start-up kijken, waar je veel ruimte krijgt om je talenten in te zetten."

"Ja, daar zeg je wat. Hier heb ik eigenlijk nog niet eerder over nagedacht. Ik ga er eens een paar nachtjes over slapen en dan moeten we het daar binnenkort nog eens over hebben."

De moeder van Dana had koffie gezet en kwam trots met een blad dampende koffiekopjes de kamer binnenlopen.

"Ma, ik ben blij dat het weer een stuk beter met je gaat," zei Dana. Vader keek uit zijn krant op en zei: "Je moeder heeft een moeilijke tijd achter de rug. Ze maakte zich veel te druk over zaken waarover ze zich niet druk over zou hoeven maken."

"Ma, waar maakte je dan druk over?"

"Ach, ik had veel last van mijn nek en daardoor had ik hoofdpijn en duizelingen."

Vader zei berustend: "Ik heb je moeder veel te veel alleen gelaten, want ik golfde regelmatig met oude makkers en kwam gewoon te laat thuis."

Vader keek moeder aan en complimenteerde haar: "De koffie smaakt heerlijk."

Moeder glunderde en richtte zich tot Dana. "Wanneer gaan we weer eens lekker winkelen, dit hebben we lang niet meer gedaan.

"Kom aanstaande zondag maar naar mij toe, dan gaan we in Rotterdam winkelen. Pa heeft dan een keer het rijk alleen."

"Ja, dat vind ik leuk. Breng jij me zondag naar Rotterdam?"

Vader knikte met een tevreden gezicht.

Op zondagmorgen ging de bel. De moeder van Dana stond voor de deur. Haar kapsel, in de traditionele Margret-Thatcher-coupe stond strak van de haarlak. Vader kwam niet naar boven en ging direct door naar een oude zakenrelatie van vroeger.

Moeder dreutelde gezellig rond in de woonkamer. "Zullen we zo eerst lekker gaan winkelen en daarna wat drinken in de stad?"

"Wat je wilt ma, het maakt mij niets uit."

Moeder had een enthousiaste gezichtsuitdrukking van een kind dat mee op schoolreis mag. Rond twaalf uur gingen ze op pad.

Wandelend naar de binnenstad begon moeder over het gesprek van afgelopen week, waarin John wilde weten wanneer ze nu eens een nieuwe vriend kwam voorstellen.

"Ma, je moet je geen zorgen maken. Ik ben gewoon de man van mijn leven nog niet tegengekomen.

"Dana, ik zit met een schuldgevoel. Ik heb er lang over ingezeten dat je door mijn uitspraken over de ouders van Micky een eind aan je relatie hebt gemaakt, wat misschien niet nodig was."

"Ma, stop daarmee. We pasten gewoon niet bij elkaar."

"Ben je niet eenzaam?"

"Nee, want ik heb leuke collega's en die vriend komt vanzelf wel." Moeder knikte en ze liepen gearmd door de stad, winkel in en winkel uit. Haar moeder wilde haar verwennen. Een paar keer liet Dana haar gaan en dan stond ze erop om leuke accessoires bij een kledingstuk te kopen.

Na een middag intensief winkelen deed Dana een voorstel. "Laten we de middag afsluiten door ergens een glas wijn te gaan drinken en daarna terug naar huis te gaan."

Ze liepen naar een cafeetje op de Oude Binnenweg. Vlak voor de deur zag ze Ben staan, die op het punt stond om naar binnen te lopen. In zijn hand had hij een plastic tas van de Bijenkorf. Hij zag Dana en zijn gezicht klaarde op. Als een magneet liep ze naar hem toe en stelde haar moeder voor.

"Kan ik beide dames iets te drinken aanbieden?"

Dana twijfelde even, maar ze vond het wel een leuke afleiding voor haar moeder en stemde in. Ze gingen aan een tafeltje bij het raam zitten. Dana gedroeg zich formeel om haar moeder niet de indruk te geven dat haar relatie tot Ben iets meer om het lijf had. Haar moeder vond het geweldig om met de directeur van Translude een glas wijn te drinken en ze kletste aan één stuk door. Na verloop van tijd keek haar moeder demonstratief op haar horloge.

"Het is al vijf uur. Je vader staat over een half uur voor de deur om me op te halen."

"Dan gaan we naar huis."

Haar moeder wilde eerst nog naar het toilet. Toen ze uit het zicht was vroeg Ben: "Wat doe je vanavond?"

Dana keek hem aan, twijfelde geen moment en ging door de knieën. "Niets, je bent welkom."

Ben keek haar met zijn warme ogen aan en ze smolt voor hem.

"Tot straks dan."

Nadat Dana haar vader en moeder had uitgezwaaid, ruimde ze alle nieuwe aankopen op en at nog wat. Daarna kleedde ze zich uit en liep naar de douche om zich voor te bereiden op de komst van Ben. Ze had zin in hem. Er was nu geen ruimte meer in haar geest en lichaam voor het onderwerp belangenverstrengeling, want lust ging voor. Na het douchen trok ze alleen een roomkleurige zijden ochtendjas aan en gooide haar lange zwarte krullen over haar schouder naar achteren.

Na een uur ging de bel. Dana keek eerst door het raam naar buiten en ze zag dat de auto van Ben beneden voor de deur geparkeerd stond. Ze drukte op de buzzer voor de benedendeur, opende de voordeur op een kier en liep weer terug naar de woonkamer. Niet veel later hoorde ze de voordeur sluiten en Ben kwam de woonkamer binnenlopen. Dana liep naar hem toe, sloot haar armen rond zijn nek en kuste hem teder. Ben reageerde hier direct op en schoof haar zijden ochtendjas over haar schouders naar achteren. Ze voelde zijn handen over haar huid glijden en hij zuchtte van genot. Hij pakte Dana op, droeg haar naar de slaapkamer en legde ze op haar buik op het bed neer. Van het nachtkastje pakte hij een flesje massageolie, liet een straaltje over haar rug tussen haar billen glijden, trok haar billen uit elkaar en ze voelden zijn lustige vingers in en over haar lichaam glijden. Hij had de situatie onder controle en trok Dana mee in een erotische belevenis, waarvan ze alleen maar kon dromen. Dit was nu precies waar ze naar had uitgekeken. Een gevoel waaraan ze verslaafd was geraakt.

De volgende morgen stond Ben om vijf uur op en ging douchen. Daarna kuste hij Dana en zei dat hij naar huis ging om zich om te verkleden voor kantoor. Die ochtend besefte Dana dat ze niet meer zonder Ben kon. Ze hoopte dat ze hem overdag op kantoor niet tegen het lijf zou lopen.
Pas aan het einde van de week, toen ze uit de lift stapte, zag ze Ben informeel met een paar collega's in de gang staan praten. Dana zei vriendelijk gedag, maar haar lichaam schreeuwde om hem. Ze zat gevangen in haar eigen dilemma en wist dat er geen weg meer terug was. Maar de keerzijde knaagde aan haar. Kon ze Ben wel vertrouwen? Zou hij er vroeg of laat andere relaties op nahouden, zoals Nanette had meegemaakt? Wat waren de consequenties voor een promotie op directieniveau? Was Ben niet te oud om een vaste relatie mee aan te gaan? Hij had haar bevredigd wat nog nooit een man had gedaan en dat deed haar naar meer hunkeren. Haar gedachten waren ongecontroleerd.

Toen ze thuis was belde Ben. "Ben je al thuis?"
Dana stokte. Haar verstand zei dat ze dit niet moest doen, maar haar lichaam snakte naar hem.

"Ja, kom je?" vroeg ze zwoel.

"Ik ben zo bij je. Tot over een uurtje."

Ben verbrak de verbinding. Ze kon zichzelf wel voor haar hoofd slaan want ze zei dingen, die ze niet onder controle had.

Ben bivakkeerde regelmatig bij Dana thuis. Ze was één keer in zijn tijdelijke appartement geweest, maar vond het daar een saaie boel. Hij was bezig met de aankoop van een eigen appartement, maar had nogal wat eisen vanwege de omgangsregeling met zijn dochters. Als ze bij hem waren, ging Dana altijd naar Siem op het strand, waar Nanette en Vincent ook regelmatig vertoefden.

Tijdens hun samenzijn was Ben haar steeds meer als zijn vertrouweling gaan zien en hij deelde ongenuanceerd gevoelige informatie over de bedrijfsvoering van Translude. Dana vond het leerzaam en beschouwde de intieme gesprekken als privé colleges.

"Ben, ik waardeer wat je me allemaal verteld, maar moet ik dit allemaal wel weten?

Hij keek haar bedenkelijk aan. "Misschien heb je gelijk. In het verleden besprak ik veel met Nanette. Ik vind het prettig om met je te praten, omdat ik je vertrouw."

Dana vond dit het uitgelezen moment om over haar ambitie voor een directiefunctie te beginnen.

"Je vertelde dat Translude voortgang boekt met de internationale expansieplannen. Ambieer je in de toekomst weer een buitenlandse positie?"

Ben glimlachte, "nee, want na Parijs heb ik besloten om de komende jaren niet meer voor een langere periode in het buitenland te gaan wonen. Ik wil mijn dochters zien opgroeien en ik heb voor jou gekozen. Dat neemt niet weg dat ik voor Translude wel tijdelijk opdrachten in het buitenland oppak. We overwegen op dit moment om één of twee directieleden in het buitenland te stationeren."

"Hoe ga je de posities in Nederland opvullen?"

Ben keek haar met scheef hoofd aan en een glimlach sierde zijn mond. "Hoor ik een sollicitatie?"

Dana besloot open kaart te spelen. "Ja, je kent mijn ambitie."

Hij trok haar naar zich toe en zei zwoel: "Je staat bovenaan mijn lijstje."

Ben zat regelmatig in het buitenland om potentiële Start-ups op te kopen en de diensten in de portfolio van Translude te integreren. Dana benutte deze periodes om naar de realiteit terug te keren en haar ambitie tegen het licht te houden.

In het begin, als Ben vertrokken was, snakte ze naar hem. Het leek wel of haar lichaam afkickverschijnselen had. Ze was chagrijnig en had al een paar keer een collega afgesnauwd.

Siem op het strand was haar alternatief. Dana kon haar negatieve gevoelens niet onderdrukken en ze had hem tijdens een meningsverschil onterecht afgeblaft. Ze wilde seks met Siem, maar dan weer niet op de manier waarop hij haar aanraakte. Gek werd ze van zichzelf. Hoe langer Ben uit beeld was, hoe beter het ging. Het besef was ondragelijk dat haar fysieke verlangens haar dromen en drang naar ambitie verdrongen.

Dana had besloten, nu Ben voor een langere tijd voor Translude in het buitenland zat om van hem af te kicken en definitief voor haar carrière te kiezen. Het was in de tijd dat haar relatie met Siem weer wat opbloeide.

Hoofdstuk 14.

Siem was in de winterperiode regelmatig in de sportschool te vinden en dat was aan hem te zien. Zijn getatoeëerde armen zagen er overdadig gespierd uit. Eigenlijk hield Dana hier niet van, maar het paste wel bij Siem. Zijn tribal afbeeldingen op zijn getrainde bovenarmen vond ze heimelijk sexy, wanneer hij haar tijdens de seks stevig vastpakte en dominant penetreerde. Siem was in haar wereld "not done", en Dana zorgde er wel voor dat hij daar onzichtbaar was.

Het strandseizoen was nog niet begonnen en Dana had Siem bij hoge uitzondering bij haar thuis uitgenodigd. Hij was praktisch ingesteld en liep met zijn rugzak naar de badkamer om zijn scheergerei en tandenborstel weg te leggen.

"Van wie zijn die scheerspullen?"

Siem kwam met een verontwaardigd gezicht de kamer binnenlopen.

"Oh, van een vriend die hier wel eens logeert als hij in Nederland land is."

"Wat is dat voor buitenlander?"

"Nee joh, dat is gewoon een Nederlander. Hij werkt in het buitenland en is af en toe in Nederland. Dan logeert hij hier."

Siem liep op Dana af, keek haar strak met zijn grote blauwe ogen aan en pakte haar zachtjes in haar kruis. Ze voelde de druk van zijn krachtige vingers en zijn warme adem in haar gezicht.

"Neukt hij je?"

Dana keek hem ondeugend aan.

"Een enkele keer, maar jij neukt toch ook wel eens met een aantrekkelijke chick als we niet bij elkaar zijn?"

"Ja, ja," en hij wreef langzaam over de bobbel onder zijn gulp. Siem maakte haar broek los, schoof Dana op haar knieën op de bank en nam haar van achteren. Zijn impulsieve actie wond haar op. Nadat hij was klaargekomen, ritste hij zijn broek dicht en gaf Dana een klap op haar kont.

Haar broer John belde. "Hallo Dana, ik heb op de valreep uitnodigingen versierd voor de verkiezing van de Start-up van het jaar. Consultancy Bureau Optimum is de organisator. Ik ben zo brutaal geweest om je als partner aan te melden, omdat je kortgeleden zei op zoek te zijn naar een nieuwe impuls in je carrière."

Dana was even stil en overdacht de situatie. "Je overvalt me een beetje, maar geen probleem. Het lijkt me wel leuk. Zijn er nog zaken waar ik me op moet voorbereiden?"

"Je hoeft niets te doen en het buffet is geregeld. Je kunt met mij meerijden."

Dana zei lachend: "Je hebt me zoals gewoonlijk weer overdonderd en overtuigd. Hoe laat rijd je bij Translude voor?"

"Ik ben om zes uur bij je."

Om klokslag zes uur stapte Dana in de glimmende antracietkleurige Alfa Romeo van John en ze bekeek het luxueuze dashboard.

"Nou, nou, wat een mannetje ben jij, met een snelle leasebak onder je kont."

John glunderde want hij was trots op zijn auto. Onderweg praatte hij Dana bij over de verkiezing en het netwerk binnen de innovatieve gemeenschap.

"Ik had vanmiddag kort contact met Julian Berg. Hij is een oud-studiegenoot van me. Hij was tijdens zijn studie al bezig met allerlei innovatieve projecten. Het zat er dik in dat hij een eigen bedrijf zou beginnen. Hij heeft samen met Kasper Fierse, Corona Imperial opgericht. Ze adviseren bedrijven over innovatieve concepten waar nog weinig mensen iets van snappen. Drie jaar geleden hebben ze de Start-up prijs van het jaar gewonnen en vanaf die tijd is het snel bergopwaarts gegaan. Ze hebben inmiddels tien man personeel in dienst. Julian is door Optimum gevraagd om in de selectiecommissie plaats te nemen. Hij is een behendige netwerker, die de juiste mensen aan zich weet te binden. Zijn compagnon Kasper is meer de man op de achtergrond, die in bits en bytes denkt en het liefst met techneuten complexe hoogstandjes ontwikkelt.

Ik denk dat je eens met beide heren moet babbelen. Misschien is deze club iets voor jou om een carrièrestap te maken."

Dana had tijdens de rit met belangstelling naar haar broer John geluisterd en het maakte haar nieuwsgierig.

John en Dana liepen de ontvangstruimte binnen en kregen een batch uitgedeeld, die ze opspelden. John zag bekende relaties, schudde handen en stelde Dana voor. Vlak voordat de ceremonie begon kwam er een aantrekkelijk man met een zelfverzekerde houding op John aflopen en klopte hem amicaal op de rug. "Hé kerel, hoe is het met je? Leuk dat je bent gekomen."

John had een contente uitdrukking op zijn gezicht en stelde Dana aan Julian voor. Ze schudde hem de hand en ze keken elkaar aan. Dana was sprakeloos en meteen onder de indruk van zijn grote groene ogen die haar katachtig opnamen. Ze had in haar leven nog nooit een man met zulke mooie groene ogen gezien.

Julian knipoogde naar John, "ik dacht dat je vriendin er anders uit zag." Waarop John in de lach schoot, niets zei, maar Julian op de schouder klopte.

Julian richtte zich tot Dana. "Leuk dat je bent gekomen. John had verteld dat je zou meekomen. Ik hoorde dat je bij Translude werkt. Interessante club. Ze zijn met grote expansietrajecten bezig en dat is niemand binnen de IT-sector ontgaan. Alleen hebben jullie Corona Imperial nog niet kunnen inlijven."

Er ging een bel af en Dana zag dat Julian op het geluid reageerde. Hij maakte zijn verhaal niet meer af, verontschuldigde zich en liep naar het podium om in de commissie plaats te nemen.

Het was een goed georganiseerd evenement. Na de bekendmaking van de Start-up van het jaar, de prijsuitreiking en de ceremonie, werden aan de zijkant van de zaal de deuren naar het buffet geopend.

Tijdens het buffet waren John en Dana druk bezig met netwerken en onafhankelijk van elkaar onderhielden ze met diverse gasten gesprekken over de nieuwste ontwikkelingen binnen de IT-sector.

De volgende dag toen Dana geconcentreerd bij Translude aan het werk was belde Ben laat in de middag vanuit Canada. Hij vroeg geïnteresseerd hoe het met haar ging. Dana was verbaasd over zijn bazige intonatie. Ze zei dat het goed met haar ging.

"Dat geloof ik graag," zei hij afgemeten.

Het was even stil en Ben vervolgde: "Ik mis je. Kun je niet een weekje overkomen. Ik kan regelen dat het een soort project is, zodat het je geen vrije dagen kost."

Dana was in de tussentijd toen ze het gesprek aannam naar een stilteruimte in de gang gelopen. Haar hart begon weer te bonken. Zijn stem veroorzaakte een warme golf door haar lichaam. Ze leek wel een sigarettenverslaafde die clean was, maar in de verleiding komt door de rook van een brandende sigaret. Ze werd kwaad op zichzelf en zei ferm: "Nee, ik heb het hier te druk en kan er nu echt niet tussenuit, maar wat bedoelde je met; dat geloof ik graag?"

"Ik bekeek zojuist de website van Optimum naar de uitslagen van de Start-up van het jaar en ik zag je op een foto in gesprek met een man."
Dana werd een beetje nijdig en dacht, wat is dit nu weer voor gezeik. Snibbig zei ze: "Wat bedoel je daarmee?"
Maar Ben gaf niet direct antwoord en draaide er omheen: "Ik zit in Canada en ik mis je, maar ik kan me voorstellen dat je je aangetrokken voelt door mannen van je eigen leeftijd."

"Je maakt me nu heel boos. Ik ben geen heilig bootje, maar ik begrijp echt niet waar je het over hebt. Wacht, ik loop even terug naar mijn werkplek, dan kan ik op de website meekijken."

"Dana, dat hoeft niet, ik geloof je zo."
Dana was al naar haar werkplek teruggelopen, had de website van Optimum geopend en zag de geplaatste foto's. Op de foto waar Ben het over had, stond ze samen met John te praten. Dana zei dat het haar broer John was en Ben verontschuldigde zich.

Nanette belde. Ze hadden elkaar al een tijdje niet meer gesproken omdat, Nanette voor een opdracht in het buitenland zat. Ze had een verdrietige stem en Dana vroeg wat er aan de hand was, maar ze zei dat ze het liever persoonlijk kwam vertellen.
Toen Nanette bij haar thuis arriveerde zag ze aan haar ogen dat ze had gehuild, want ze waren rood en dik.

"Kom binnen, wat is er gebeurd?"
Dana sloot haar armen om Nanette, die luid begon te snikken. De snikken kwamen vanuit de diepte en er was iets gebeurd wat haar emotioneel pijn deed. Nanette pakte een papieren zakdoekje en snoot haar neus. Toen ze een beetje opklaarde zei ze droevig: "Het is uit tussen Vincent en mij."
Dana keek haar bezorgd aan. "Wat is er gebeurd? Ik zie dat je gekrenkt bent."
Dana zag dat ze naar de juiste woorden zocht.

"Vincent bleek er een scala van vrouwen op na te houden. Ik was één van de velen. Als ik in het buitenland was, gedroeg hij zich altijd heel zedig alsof hij uitkeek naar het moment dat ik weer thuiskwam, maar in de tussentijd naaide hij erop los."

"Hoe ben je daar dan achter gekomen?"

"Eigenlijk heel toevallig, zonder dat ik ook maar één verdenking had. Vincent had altijd zijn laptop bij zich om zijn Facebook profiel bij te werken. Facebook was zijn lust en zijn leven. Als hij de kamer uitliep, klapte hij altijd als een soort automatisme zijn laptop dicht. Een beetje obsessief eigenlijk. Het is maar net hoe je het bekijkt. Gisteren toen ik een paar glazen wijn op had, bedacht ik om voor grap zijn laptop te openen en net te doen of ik zijn profiel had bewerkt. Achteraf als je nuchter bent denk je, hoe kon ik zo dom zijn. Vincent zat op het toilet. Ik klikte per ongeluk zijn gmail account open. Mijn oog viel op mailtjes met erotisch aandoende e-mailadressen zoals Lucky.star@gmail en darling@gmail. Ik had een paar wijntjes op, was aangeschoten en opende impulsief één mailtje. Je wilt niet weten wat ik zag. Er stond in beschreven hoe ze genoten hadden tijdens hun laatste uitje en wat Vincent allemaal met haar had gedaan. Het zou nog een fantasievoorstelling van iemand kunnen zijn, maar er stonden zulke specifieke kenmerken van Vincent bij beschreven, die je alleen maar kan weten als je seks met hem hebt gehad. Toen ik het volgende mailtje opende, was het nog erger. Er zat zelfs een foto bijgesloten van een naakte Vincent op de rand van een bed met een stijve pik in zijn hand. Ik heb de laptop abrupt dichtgeklapt en klapte zelf ook letterlijk dicht."

Nanette begon weer onbedaarlijk te snikken en zei tussen haar tranen door: "Ik heb Vincent er met zijn laptop uitgeflikkerd."

Dana suste haar, maar Nanette hervatte haar betoog.

"Weet je Dana, ik heb al een geschiedenis met Ben achter de rug, waarbij ik nooit wist waar hij nu weer zijn gerief had gezocht, want Ben is een mannelijke nymfomaan. Toen ik eenmaal geestelijk en lichamelijk met Ben klaar was, maar nog wel met hem samenleefde, was het ook niet altijd comfortabel. Vincent was voor mij het geschenk uit de hemel. Hij was zo normaal. Ik had voor het eerst sinds jaren het gevoel dat ik een toegewijde man had gevonden, die ik volledig kon vertrouwen. Nu blijkt dat hij me geen moment serieus nam. Wat moet ik hier nu mee? Wat mankeert er aan mij? Waarom is er voor mij geen normale man beschikbaar met wie ik een relatie op basis van vertrouwen kan onderhouden?

Toen de emoties waren gezakt vroeg Nanette vanuit het niets: "Hoe zit het nu tussen Ben en jou?"

Dana was voorzichtig met uitspraken over Ben, omdat ze niet wist hoe hun onderlinge verstandhouding was, als Nanette de kinderen bij Ben voor het weekend kwam afleveren.

Met een neutrale stem zei ze: "Ben zit al een geruime tijd in Canada. Ik spreek hem wel eens zakelijk, maar we hebben geen relatie of zo."

"Maar je ligt toch wel eens met hem in bed?"

"Dat klopt, maar dat is iets anders dan een relatie hebben," zei Dana op een zelfverzekerde toon.

"Hij was vanaf de eerste dag dat hij je zag, helemaal weg van je. Hij noemde je zijn kleine Lynx."

Dana keek Nanette ongelovig aan. "Wat je nu zegt, heb ik nog nooit eerder gehoord, volgens mij verzin je dit nu ter plekke."

Nanette schudde ontkennend haar hoofd.

"Je moet het als een compliment zien, want hij vindt dat jouw donkere ogen dezelfde vorm hebben als de ogen van een Lynx. Maar ik denk dat jij verstandiger bent dat ik."

Ze zwegen beiden. Na verloop van tijd zei Nanette bedachtzaam: "Het enige waar Ben onverslaanbaar in was, is seks, maar hier zit ook zijn slechte eigenschap; zijn onverzadigbaarheid."

Nanette keek Dana aan. "Wat doe je met Siem?"

Dana was opgelucht dat ze van onderwerp veranderde en ze schoot in de lach. "Wil je hem overnemen?"

Nanette moest nu ook lachen. "Ik snap precies wat je bedoelt. Hij is echt fout, maar hij heeft ook een zekere aaibaarheidsfactor. Misschien is het wel wat, na mijn ervaringen met Vincent. Siem heeft een heerlijk lichaam en hij lijkt me een stevige drift hebben."

Dana schudde lachend met haar hoofd.

Ben was in Nederland gearriveerd om de akte van zijn nieuwe appartement bij de notaris te ondertekenen. Hij belde Dana en vroeg of ze 's avonds thuis was. Alleen al zijn stem gaf Dana een gelukzalig gevoel en een hangmatige dwang naar hem. Ze zei met volle overgave dat hij welkom was.

Ze had zich na het gesprek met Nanette voorgenomen om afstand van Ben te nemen, maar nu ze hem weer aan de telefoon had ging ze weer door de knieën. Ze was boos op zichzelf.

Toen Ben belde, had ze naar de gouden ring aan haar ringvinger gekeken. Het was een mooie ring en verschillende mensen in haar omgeving hadden hun bewondering uitgesproken en gevraagd wie de gulle gever was. Ook haar moeder was blijven zeuren, maar Dana was niet van plan om er ook maar iets over te zeggen. Het was haar geheim.

's Avonds ging de bel en niet veel later zag ze Ben de trap op komen lopen. Ze liep hem tegemoet. Voordat hij helemaal boven was, sloeg ze haar armen om zijn nek. Ben tilde Dana op en ze sloeg haar benen om zijn middel. Ze kusten elkaar hartstochtelijk. Zonder een woord te wisselen liep hij meteen door naar de slaapkamer, kleedde Dana uit en legde haar op haar buik op bed. Dana wilde zich oprichten, maar Ben duwde haar hardhandig naar beneden en schoof gelijk over haar heen.

Het werd een heerlijke nacht en Dana drong de woorden van Nanette ver weg. Ze wilde er gewoonweg niet aan denken.

Toen ze in de ochtend wakker werd en naar Ben keek, die nog in diepe slaap lag, borrelden er flarden van het gesprek met Nanette in haar gedachten naar boven. Zijn onschuldige gezicht, was niet zo onschuldig. Hij kon vrouwen verslavend liefhebben. Hij had ze simpelweg nodig om zijn ego te bevestigen en om van zijn behoeften af te helpen. Terwijl Dana probeerde haar gedachten te ordenen, keek ze verlekkerd naar zijn mooie lichaam. Ze boog naar hem toe, kuste hem zachtjes op zijn voorhoofd. Ben opende zijn ogen en Dana kon haar handen niet meer van zijn lichaam afhouden.

Ben was blij dat hij weer terug was in Nederland en Dana bij zich had. Hij vertelde honderduit over zijn werkzaamheden in Canada. Dana zag aan zijn gezicht dat hij op zijn praatstoel zat, want hij was niet te stoppen, maar ze merkte ook dat hij zijn opdracht in Canada met plezier vervulde.

"We zijn een Due Diligence onderzoek gestart. Als de uitslag positief is, ga ik volgende week terug naar Canada om de verkoop af te ronden. Tenzij er grote afwijkingen worden gevonden. Ik zou het leuk vinden als je meegaat, want je kunt er veel van leren."

Dana voelde zich vereerd, maar ze schudde zelfverzekerd haar hoofd. "Nee, ik ga niet met je mee, want dat geeft een verkeerde beeldvorming bij mijn collega's. Je weet dat ik graag een volgende carrièrestap wil maken en dan moet alle schijn van belangenverstrengeling worden voorkomen."

Ben knikte begrijpelijk. "Eén van mijn MT-leden zal de overname in Canada begeleiden, met als harde eis dat hij de komende drie jaar in Canada zal aanblijven om de business vorm te geven. Zijn positie zal in Nederland opgevuld moeten worden. Ik heb jou als zijn opvolger in gedachten."

Dana voelde zich warm worden. Dit was haar kans. Ze wist zeker dat Ben haar in deze positie zou kunnen loodsen. Tegelijkertijd besefte ze dat ze dan haar relatie met Ben zou moeten beëindigen. Maar hier wilde ze op dit moment niet mee worden geconfronteerd.

De volgende morgen toen Ben vertrok gaf Dana hem de reservesleutel van haar appartement. Ze kon niet meer zonder hem. Hoe boos ze ook op zichzelf werd.

Dana had zich voorgenomen om bij Franka van personeelszaken langs te lopen, om op een informele manier haar mogelijkheden voor de directiepositie voor te bereiden. Ze had op maandagmorgen de Outlook agenda van Franka bestudeerd en gezien dat ze tot elf uur geen afspraken had ingepland. Dana pakte een dossier, om het bezoek spontaan te laten lijken en liep naar Franka toe, klopte op de deur en opende deze zonder op haar reactie te wachten.

Franka keek haar overvallen aan, maar zei vriendelijk: "Kom binnen."

"Heb je vijf minuten voor me?" vroeg Dana.

"Ik heb een kwartier voor je. Ga zitten. Wat kan ik voor je doen?"

Dana ging zitten, legde het dossier achteloos voor zich op de tafel neer en keek Franka aan. "Ik zou graag een carrièrestap willen maken naar het directieniveau. Wat zijn mijn mogelijkheden binnen Translude? Moet ik hiervoor een open sollicitatie sturen?"

Franka keek haar serieus aan. "Je hebt gevoel voor timing, want er gaan op korte termijn verschuivingen plaatsvinden, waar ik nog geen mededeling over kan doen. Ik stel voor dat je je CV bijwerkt en een motivatiebrief schrijft. Ik zal je als kandidaat in de procedure meenemen. Zodra er meer informatie beschikbaar is, zal ik deze met je delen."

Dana keek Franka aan en vroeg: "Kun je me iets meer vertellen, want het klinkt allemaal erg abstract?"

Franka schudde haar hoofd en zei gedecideerd: "Je loopt op de muziek vooruit. Zorg ervoor dat ik jouw stukken op de korte termijn in mijn bezit heb."

Daarna maakte Franka aanstalten om te vertrekken.

's Avonds belde Siem: "Hoi Dana, leef je nog? Hoe is tie?"

"Goed hoor. Ik heb het druk gehad, maar had je eigenlijk moeten bellen. Hoe zit je komend weekend in je tijd? Eigenlijk een onnozele vraag, want het is zomerseizoen."

"Het is hier een gekkenhuis, want het is vakantie en mooi weer. Gelukkig heb ik een paar toffe studenten in de bediening lopen en tante Bep heeft de regie strak in handen. Mijn tante is een echte regelneef en ze kan goed met de studenten overweg. Ze springt altijd bij als er door het KNMI strandweer wordt afgegeven. Alles loopt dan op rolletjes. Kom je komend weekend?" vroeg Siem enthousiast.

Dana twijfelde even, maar ze wist dat Ben vrijdag in het vliegtuig richting Canada zou zitten. Ze was in dubio en keek naar de gouden ring met de robijn aan haar hand. Een innerlijk gevecht vond plaats.

"Ben je er nog, want ik hoor je niet meer?" vroeg Siem.

"Uh sorry, ik keek of er nog een afspraak in mijn agenda stond, maar dat is niet zo. Het is goed, ik kom zaterdagavond naar je toe. Rond tien uur, als het wat stiller is, ben ik bij je."

Aan Siem had ze komend weekend afleiding en dan kon ze haar obsessie voor Ben parkeren.

Maar de week was nog niet om, toen Dana een e-mail van Franka ontving met het profiel voor de directiepositie. Ze las het stuk met belangstelling en vond dat de functie op het lijf was geschreven. Haar motivatie die ze eerder naar Franka had gestuurd, paste hier perfect in. Eigenlijk was het niet eerlijk, omdat ze van Ben al alle informatie op de voorhand had ontvangen.

Op de valreep voor zijn vertrek naar Canada belde Ben op. "Ik ben blij dat ik je nog even kan spreken voordat ik morgen in het vliegtuig zit. Mijn complimenten, want je hebt Franka slim benaderd en de juiste informatie aangeleverd. Ik heb met Franka afgesproken dat jij mijn favoriet voor de positie bent. De vacature is nu intern geopend en we moeten formeel een sollicitatieprocedure opstarten. Het hele circus wordt opgetuigd en de procedure wordt opgevolgd. Trek je er niet te veel van aan, want het is window dressing naar de rest van de organisatie. Zullen we na mijn terugkomst uit Canada over onze toekomst praten?"

Er vond een innerlijk gevecht in Dana plaats. Haar hart smachtte: ja, ik wil, maar haar verstand zei: nee, ik zet mijn carrière op het spel.

Het voelde niet goed. Dana besloot open kaart te spelen.

"Ik zit er een beetje mee, want ik heb formeel gesolliciteerd. Als we gaan samenwonen, gaat het niet werken. Eén van ons zal Translude moeten vertrekken. Of ben jij van plan om je positie op te geven?"

Ben reageerde verstoord en wimpelde haar opmerking nonchalant weg. "Maak je niet te veel zorgen. Hier komen we wel uit."

"Ik ben daar niet zo zeker van," zei ze zelfverzekerd en kreeg de indruk dat Ben het niet prettig vond dat ze hem tegensprak.

Maar Ben was in gedachten al bezig, met wat hij vanmiddag met Dana in bed ging doen. "Zullen we vanmiddag vrij nemen en samen doorbrengen? Bij jou thuis?"

Ze glimlachte liefdevol en stemde in.

Hoofdstuk 15.

Voldaan keek Dana naar het doorwoelde bed, waar Ben haar nog geen half uur ervoor overheerlijk had bevredigd. Wat een hopeloze zwakte had ze voor deze man, die haar vader had kunnen zijn. Ze snoof zijn geur op en voelde zich week worden. Ze overwoog hem te bellen om te zeggen dat ze van hem hield, maar ze kon zich met veel moeite beheersen.

Ze wreef voldaan over haar naakte lichaam en ging voor de spiegel staan. Ze bekeek zichzelf kritisch. Ze had alles wat een vrouw zich kon wensen; een knap uiterlijk, ze was slank en alles in de juiste proporties.

De gouden ring met de robijn lag op het nachtkastje. Ze keek naar de ring en begon te twijfelen. Zou ze ooit van haar verslaving "Ben" afkomen?

Dana sloeg haar roomkleurige zijden ochtendjas om en liep in gedachten verzonken naar de woonkamer. Hoe het nu verder moest, wist ze niet. Een carrièrestap maken en tegelijk een serieuze relatie met Ben opbouwen was een onmogelijke combinatie. Er moest een keuze worden gemaakt. Hij had een onbetrouwbaar verleden met vrouwen. Tot nu toe had ze haar schouders erbij opgetrokken, maar een vaste relatie aangaan had toch iets meer om het lijf.

Elke keer als ze zich voornam om met Ben te stoppen, leek het wel of haar verlangen juist heviger werd. Gek werd ze van zichzelf.

De enige vrouw die haar begreep was Nanette, want zij was zo sterk geweest om Ben als de vader van haar kinderen te tolereren, maar haar seksuele behoeften te parkeren. Dana besloot Nanette te bellen.

"Ik heb je advies nodig, maar niet over de telefoon."

"Kun je naar mij toekomen?"

Dana stemde in, kleedde zich aan en vertrok naar Nanette.

"Wat is er aan de hand?"

Dana keek leeg voor zich uit en zei bezwaard: "Ik zit met een dilemma. Je bent de enige persoon ie me kan helpen, omdat jij in staat bent om lichamelijke lust en de rationaliteit te scheiden."

"Ben?"

Nanette keek Dana onderzoekend aan.

Dana knikte met neergeslagen ogen. Nanette trok haar als een kind tegen zich aan en zei resoluut: "Voor de draad ermee!"

Dana zuchtte diep, haalde haar schouders op en ze keek Nanette hulpeloos aan.

Nanette kuste haar voorhoofd. "Het afkicken van een verslaving is een taai proces. Maar het gevecht wat je met jezelf aangaat is de moeite waard. Ik garandeer het je. Gooi het er maar uit," zei Nanette.

"Je hebt het al meerdere malen tegen me gezegd. Ben wilt me, ik wil Ben, maar ik wil ook carrière maken. Ik heb gesolliciteerd naar een directiepositie bij Translude."

Dana verwachtte een pasklaar antwoord, maar kreeg dat niet.

Nanette keek haar met opgetrokken wenkbrauwen aan. "Alles kan, maar dan is je houdbaarheid wel beperkt. Door op je verlanglijstje te schrappen, zal de tijdsduur worden verlengd. De keuze is aan jou."

"Als ik een verstandige keuze maak, ga ik voor de directiepositie en moet ik Ben als minnaar van mijn verlanglijstje strepen. Maar hij bezit mijn hart. Je bent de enige die weet en ervaring heeft om lichamelijk afstand van Ben te nemen. Als ik zijn stem al door de telefoon hoor, lig ik al op mijn rug. Daarna baal ik er weer van dat ik geen "nee" kon zeggen. Onze ad-hoc-relatie neemt nu vastere vormen aan en dat wil ik eigenlijk niet, ondanks mijn lichaam naar hem snakt."

Nanette keek Dana vol medelijden aan. "Ik weet precies wat je doormaakt, want hij is een soort drug. Hoe absurd het ook klinkt, zijn opzwepende aanrakingen maken een stof in je hersenen aan, waardoor je lichaam meer en meer wilt. Hij haalt gecontroleerd alle wilskracht uit je lijf, want je wilt alleen nog maar door hem bevredigd worden. Niet één keer, maar je lichaam snakt steeds naar meer en daardoor ontstaat er afhankelijkheid. En dat is precies wat hij nodig heeft om zichzelf eindeloos te bevredigen. Het doorbreken van deze spiraal doet pijn en het afkickproces is een offer wat je zult moeten brengen.

Voor mij was het moment doorslaggevend, waarop ik doorkreeg dat hij de ene buitenechtelijke relatie na de andere erop nahield. Ik koos unaniem voor mijn dochters, die ik op dat moment belangrijker vond. De pijn die ik toen in mijn hart voelde, was onbeschrijfelijk. Je mag het eerlijk weten dat ik op de bank heb zitten janken wanneer hij 's nachts niet thuiskwam, ondanks mijn stoere uitspraken. Mijn lichaam hunkerde naar hem, terwijl ik wist dat hij op dat moment andere vrouwen bevredigde."

De eerste keer toen ik je zag, wist ik meteen dat hij je niet zou loslaten. Maar ik heb me altijd afgevraagd hoe je er zelf in zat. Je deed er altijd luchtig over, dus ik dacht dat je je lust voor Ben wel onder controle had.

Ik wil je graag helpen, maar wel op de voorwaarde dat je begrijpt dat ik het voor jou doe en niet om Ben te wreken."

"Hier ben ik niet op uit. Ik wil hem niet voor het hoofd stoten, want dan weet ik zeker dat hij me niet op de directiepositie benoemt." Nanette stelde voor om te gaan slapen en de volgende dag een "plan de campagne" te maken.

"Bedankt, je bent een echte vriendin voor me."
Dana gaf Nanette een hug.

De volgende morgen was het een drukte van jewelste in het huishouden van Nanette. Haar dochters renden achter elkaar door het huis. Ze moesten naar paardrijles en waren laat. Toen Nanette ze de deur had uitgewerkt kwam ze met koffie de kamer binnenlopen.

Dana was aan de telefoon. "Nee, ik kom vanavond niet. Ik voel me niet lekker. Ja… ja, is goed. Tot volgende week dan." Ze stopte haar mobiel in haar tas.

"Ik heb Siem afgebeld."
Nanette knikte en keek Dana serieus aan. "Lets talk. Ik heb er vannacht nog eens over nagedacht en de kern van je verzoek is dat je bevrijd wilt worden uit de gevangenis die Ben heet. We moeten wel rekening houden met zijn gedrag dat door jouw beslissing beïnvloedt zal worden. Laten we proberen om jouw erotische verslaving met hem tot normale proporties terug te brengen en deze in een perspectief te zetten.

Stap nummer één: neem het besluit om je relatie met Ben te verbreken en doe het ook. Je krijgt na afloop het gevoel dat je leeg bent en dat het leven geen zin meer heeft. Mensen in je omgeving merken aan je dat je enthousiasme is geblust. Familie en vrienden vragen wat er met je aan de hand is, maar zorg dat je een verhaal klaar hebt. Zeg dat je een beginnend griepje hebt, maar laat niet blijken dat je oververmoeid bent, want dan denken ze bij Translude dat je het werk niet aan kan, wat weer consequenties kan hebben voor de sollicitatieprocedure.

Reken er maar op dat de pijn in je hart intens is, zeker als je met Ben moet samenwerken. Vanuit je hart zal er een ongecontroleerde dwang ontstaan om 's avonds toch de telefoon te pakken en te zeggen dat je spijt hebt van je besluit en dat je van hem houdt.

Stap nummer twee: haal zijn nummer uit je telefoon en verwijder alle herinneringen aan hem uit je huis."

Nanette keek naar de hand van Dana. "Heb je die ring van Ben gekregen? Je draagt hem als een trofee."

Dana keek van Nanette naar de ring. De robijn schitterde, als een levenssteen die haar kracht gaf. Ze schoof de ring van haar vinger en wilde hem aan Nanette geven, maar ze deed geen poging om de ring aan te pakken.

"Ik heb geen behoefte aan eigendommen van Ben. Breng die ring maar naar een juwelier of ruil hem in voor een andere, waar je de start van een nieuw begin aan koppelt."

Dana knikte, pakte haar handtasje en stopte de ring weg.

"Hoe langer je een relatie met Ben onderhoudt, hoe pijnlijker en vervelender het zal zijn om van hem af te komen. Maak jezelf niet wijs dat het vanzelf oplost, want dat zal niet gebeuren. Elke keer als je zijn stem hoort, gaat de knop in je lichaam om en dat is nu precies het proces wat je moet doorbreken. Vraag jezelf in hemelsnaam niet af wat er in zijn hoofd omgaat. Ik heb bij hem een ongekende liefde voor jou waargenomen, maar hou er rekening mee dat hij altijd gebiologeerd is van sterke persoonlijkheden. Hij verzamelt ze om zich heen. Kijk maar eens goed naar de samenstelling van zijn huidige MT. Jij bent ook iemand met een enorme drive, hiervan raakt hij opgewonden.

Maar, zal hij nog in je geïnteresseerd zijn als je in een situatie terecht komt waarin jouw zwakke kant overheerst? Bij mij was de tweede zwangerschap voor hem een soort zwakte, waar hij niet mee geconfronteerd wilde worden. Ik was niet altijd beschikbaar voor zijn extreme libido. Hoe graag ik het ook wilde en mijn hart er om schreeuwde. Dat waren de momenten waarop hij zijn gerief buiten de deur zocht. Hij weet perfect hoe hij vrouwen moet bevredigen en hoe hij ze afhankelijk van hem maakt. Feitelijk heeft Ben een laag gevoel van eigenwaarde en is hij een meester in het overleven op andermans sterkte, daarom verzamelt hij ze om zich heen. Ze bevestigen zijn status. Op dit moment is het voor hem belangrijk om een sterke vrouw in zijn team te hebben, die zijn superieure imago bevestigt. Je ziet er aantrekkelijk uit, dus mannen zullen hem een bofkont noemen, zonder dat ze weten dat jullie een relatie hebben en hij zal dit discreet gescheiden houden, want zo uitgekookt is hij wel."

Nanette pakte haar kopje en nam een slok koffie.

Dana zat verlamd te luisteren. Nanette vervolgde: "Houdt er rekening mee, wanneer je de relatie beëindigt, hij zeer geraffineerd rancuneus kan zijn. Hij zal zijn vernedering op jou projecteren en je zult het gevoel krijgen dat hij je haat, want ik heb vergelijkbare scènes meegemaakt. Met het verschil dat hij zich voor de kinderen moest inhouden. Bij jou zal dit niet het geval zijn en hij zal je verantwoordelijk houden voor projecten waar de deadline niet worden gehaald en je spijkerhard afserveren. Hij zal collega's vertellen dat jij de oorzaak van de mislukking bent en hij zal de andere MT-leden weten te overtuigen dat je de belofte niet hebt waargemaakt. Ben zal je isoleren waardoor je steeds verder van je collega's af komt te staan, want die streven eveneens naar status en willen niet met een kneus worden geassocieerd. Hij zal je gebruiken of liever gezegd misbruiken om te voorkomen dat hij met zijn eigen onzekerheden wordt geconfronteerd."

Dana was geëmotioneerd en ze voelde tranen in haar ogen opkomen.

"Dit klinkt vreselijk, waarom vertel je me dit nu pas?" zei ze met een trillende stem.

"Wie ben ik om te stoken in een relatie. Natuurlijk zie ik wat er aan de hand is, maar ik dacht dat je alles onder controle had door je gecombineerde relatie met Siem. Je bent zelf naar me toegekomen voor hulp en ik wil je graag helpen."

Ze pakte de hand van Dana vast, wreef erover, keek haar aan en zei met bemoedigende woorden: "We gaan aan de slag: alle spullen van Ben verwijderen en als hij uit Canada terugkomt ga je een gesprek met hem aan. Maak een einde aan de relatie. Als je zijn stem hoort, denk dan niet aan lichamelijke lust, maar aan mijn verhaal. Schrik niet, want je zult een andere Ben zien, die je nog nooit eerder hebt ervaren. Hij zal zijn warmste stem op zetten en je mooie beloftes doen, maar er is slechts één woord in je hoofd en lichaam: "NEE".

Daarna komt de fase waarop hij boos wordt en zijn tekortkomingen op jou projecteert. Ik zeg dit met klem: geen discussie aangaan en verzoek hem om te vertrekken, want verbaal zal hij je in het gesprek afmaken. Hij zal proberen om je te manipuleren. Zorg ervoor dat je de leiding neemt in de situatie, hoe moeilijk het ook is. Doe alsof het je niets doet. Dit klinkt simpel, maar bijt je hierin vast, ook als je hele lichaam siddert naar zijn aanrakingen en je zijn lichaamsgeur ruikt, als een pasgebakken cake waar je het liefst gelijk je tanden in zet.

Dana, ik druk het op je hart, ga op dat moment niet door de knieën, laat niets merken, want hij kent het spel maar al te goed.

Wees niet verbaasd als hij binnen de kortste keren met een nieuwe knappe vriendin op de proppen komt, waardoor je het gevoel krijgt dat hij je de ogen uitsteekt. Jouw grootste dilemma is dat je er met niemand over kan praten, omdat niemand van de relatie afweet."

Nanette keek Dana strak aan en zei nadrukkelijk: "Ben heeft een enorm libido dat bevredigd moet worden. Stop met piekeren, het was lekker zolang je zijn kracht bevestigde en zijn behoeften boven verwachting bevredigde."

Dana was verdrietig, onder de indruk, maar ook uit het veld geslagen door het betoog van Nanette.

"Ik heb er wel een rotzooi van gemaakt."

Ze keek afwezig door het raam naar buiten.

"Ik heb het nooit op deze manier bekeken. Ik baal ervan dat ik me heb laten meevoeren. Maar ik heb A gezegd, dus nu B, de uitvoering. Ik zeg dat nu wel heel stoer, maar voordat het zover is, heb ik nog een weg te gaan."

Nanette knikte moederlijk en was blij dat de boodschap bij Dana was overgenomen.

"Je moet ook goed voor jezelf zorgen, omdat je een zware periode voor de boeg krijgt. Zorg dat je voldoende afleiding hebt, want je moet zien te voorkomen dat je in een depressie terecht komt. Hou Siem als uitvalsbasis. Hij zal je af en toe vervelen, maar dat voorkomt dat je weer in de verleiding van Ben komt. Geef Siem het gevoel dat hij speciaal is, want dan komt er positieve energie naar jou toe, wat je hard nodig zult hebben.

De laatste tip die ik geef; ga solliciteren bij een ander bedrijf, want Ben zal je carrière uiteindelijk vernietigen."

Dana zei met tranen in haar ogen: "Eigenlijk heb ik geen keuze. Als ik voor Ben kies, zal ik carrière maken en afgeserveerd worden als mijn zwaktes zichtbaar worden. Wanneer ik niet voor Ben kies, ga ik direct het conflict aan, waarmee mijn carrière ook word beëindigd."

Nanette knikte bevestigend.

Toen Dana thuis kwam, zette ze haar tas op de tafel neer, liep naar het raam en zette het wagenwijd open alsof de binnenkomende frisse luchtstroom, de nieuwe richting bepaalde. Daarna ging ze op de bank zitten, keek emotieloos voor zich uit en besefte dat ze dom was geweest. John had gelijk gehad, maar ze kon niet openlijk toegeven dat ze had gefaald. Ze haalde diep adem, stond op en besloot alle sporen van Ben te verzamelen en te verwijderen.

Dana startte in de slaapkamer waar ze zijn spullen uit de kast verwijderde, verschoonde het beddengoed waarop ze vrijdag nog hadden gelegen en pakte zijn scheerspullen en tandenborstel uit de badkamer. Ze gooide alles op een hoop in de gang en was verbaasd over de hoeveelheid. Uit haar tas haalde ze de ring met de robijn en legde deze op de tafel neer. Ze bestudeerde haar agenda voor maandag en besloot vrij te nemen om schoonschip te maken.

De volgende ochtend gooide ze de zakken met de spullen van Ben in de vuilcontainer. In de middag ging ze naar een juwelier in de binnenstad en bood de gouden ring met de robijn te koop aan. De juwelier was gecharmeerd van de ring en informeerde discreet waarom Dana van de ring af wilde. Haar relatie was beëindigd. Ze nam de tijd en koos voor de inruilwaarde van de ring met de robijn, een mooie witgouden ring met kleine briljantjes en ze vroeg aan de juwelier of hij aan de binnenkant de tekst "07.07.2007 NEE" kon ingraveren. Ze zag de verbazing in zijn ogen, maar hij was discreet, zei niets en voerde haar verzoek netjes uit.

Dana besloot naar aanleiding van het betoog van Nanette al op vrijdagavond naar Siem te gaan. Ze parkeerde haar auto bij zijn vakantiehuisje en liep over het pad door de duinen naar de strandtent. De schuifdeuren van de strandtent stonden open en Dana liep naar binnen. Ze keek om zich heen, maar zag Siem niet. Ineens voelde ze twee armen van achteren om haar heupen. Het was Siem.

"Wat een verrassing. Gaat het nu beter met je? Ik heb je gemist."

Hij gaf Dana een kus.

"Ik heb nog een paar klussen te doen, maar over een uur heb ik alle tijd voor je. Een glas witte wijn?"

Dana knikte glimlachend en gebaarde naar de loungebank. "Ik ga daar onderuit zitten en vind het geen probleem dat je het nog druk hebt."

Niet veel later werd er door de bediening een groot glas koude witte wijn gebracht. Dana nestelde zich in de loungebank, nipte van haar wijn en ze observeerde Siem, die druk in de weer was met kratten frisdrank die hij achter de bar neerzette. Hij zag er lekker gebruind uit, in contrast met de blonde lokken in zijn nek. Zijn gespierde getatoeëerde armen, waar de tatoeages net onder zijn korte mouwen zichtbaar waren.

Tegen sluitingstijd vertrok het personeel naar huis. Siem plofte naast Dana op de loungebank neer en hij keek haar serieus aan. "Ik heb je vanavond verwaarloosd," trok Dana naar zich toe en kuste haar.
"Ik mis je wijfie."
Ze zaten comfortabel tegen elkaar aan.
"Je bent stil vanavond. Is er iets wat je me wilt vertellen?"
Dana was niet van plan om maar één woord over haar debacle met Ben te vertellen en gooide het over een andere boeg.
"Ik heb het de afgelopen dagen erg druk op mijn werk gehad. Ondanks de vakantieperiode moesten er een paar projecten afgerond worden." Ze keek hem aan, "zullen we ons glas leegdrinken en lekker naar je huisje gaan?"
Siem glimlachte en wreef met zijn wijsvinger over haar lippen. Zijn ogen lieten niets te wensen over.

Hij sloot de zaak af en ze liepen samen via de duinen terug naar zijn huisje. Bij binnenkomst pakte Siem Dana direct op, gooide haar op het bed en kleedde haar hardhandig uit. Siem was dominant en hardhandig. Hij gaf een paar flinke tikken op haar billen, die vuurrood uitsloegen. Het wond Dana op en ze gaf zich over aan Siem. Maar in haar achterhoofd dwaalde Ben rond.

Dana ontving een uitnodiging van de sollicitatiecommissie voor de directiepositie. Het sollicitatiegesprek stond ingepland aan het einde van de week. Ze had voldoende tijd om zich voor te bereiden. In de tussentijd had Dana een nieuwe order binnengehaald bij de toonaangevende organisatie Navion B.V. Het was een megaproject, wat de omzet van Translude flink zou opkrikken. Ze was trots en zelfverzekerd toen ze op vrijdagmorgen de directiekamer binnenliep, waar de voltallige sollicitatiecommissie achter de tafel klaar zat.
Het gesprek verliep vlekkeloos. Alle vragen kon ze met het grootste gemak beantwoorden. Het was een gelopen race, maar in haar achterhoofd knaagde er iets. In hoeverre was de sollicitatiecommissie door Ben gemanipuleerd? Als ze Nanette mocht geloven, dan was deze

commissie een farce, want Ben had er toch voor gezorgd dat ze naadloos door de voorselectie was geloodst.

Na afloop van het interview verliet Dana de vergaderruimte. De commissieleden bleven zitten voor de evaluatie.

In de middag zag Dana Franka door de gang lopen, die haar duim omhoog stak als een teken van voorspoed.

Het was een mooie week geweest. De deal met Navion en het comfortabele interview met de sollicitatiecommissie. Dana had besloten om nog niets over de sollicitatieprocedure aan John en haar ouders te vertellen, omdat ze niet zeker wist wat er ging gebeuren als Ben uit Canada terug was.

Om op meerdere paarden te wedden, had ze John gebeld en gezegd dat ze geïnteresseerd was om eens met de mannen van Corona Imperial te praten. Hij was enthousiast en vond het een verstandig besluit van Dana om deze stap te nemen. John had gezegd dat hij wat met Julian ging regelen.

De nieuwe week begon goed. Op kantoor werd in het werkoverleg geapplaudisseerd, omdat Dana de internationale megaorder bij Navion had binnengehaald. Een mooie bijkomstigheid was dat deze order naadloos aansloot bij de internationale expansieplannen van Translude. Aan het einde van een succesvolle week kwam Siem naar Rotterdam om samen in de stad te gaan eten.

"Dat hoeft toch helemaal niet, want ik kan toch ook naar het strand komen?"

"Ik wil er ook wel eens uit. De bezetting is op volle sterkte en tante Bep heeft me weggejaagd. Ze vindt dat ik wat meer aandacht aan je moet besteden."

Toen ze 's avonds na het eten thuiskwamen pakte Dana een fles whisky en hield hem omhoog. Ze zag Siem twijfelen, maar hij stemde toe. "Ik hoef niet meer te rijden, nou ja, op jou dan," en keek haar ondeugend aan. Dana vroeg aan Siem waarom hij nooit dronk.

"Ik kom uit de horeca, heb veel leed gezien en ik heb in mijn familie de nodige alcoholproblemen meegemaakt. Als ik op het strand aan het werk ben, drink ik nooit sterke drank. Werk en alcohol gaan niet samen. Daarnaast heb ik voor het personeel een voorbeeldfunctie, want drinken onder werktijd wekt de indruk dat er geen fatsoenlijke grenzen zijn. Het grootste deel van de omzet moet in de zomermaanden worden gedraaid." Na een paar slokken whisky, zette Siem zijn glas op de tafel neer, stond op, trok Dana uit de bank omhoog en schoof haar over zijn schouder, want Siem was beresterk. Hij gaf haar al lopend, flinke tikken op haar billen. Dana moest om hem lachen en zwaaide protesterend met haar benen heen en weer.

Het was een warme zomernacht. Dana lag behaaglijk in de armen van Siem toen ze wakker schrok. Midden in de nacht hoorde ze aan de voordeur rommelen. Het licht in de gang sprong aan en in fractie van een seconde zag ze Ben in de deuropening van de slaapkamer staan. Siem schoot wakker en reageerde gelijk, maar Dana legde haar hand op zijn borst om hem tegen te houden.

"Rustig, het is Ben," zei ze uitermate beheerst. Maar haar hart bonkte van de schrik. Ze zaten naakt rechtop in bed. Siem keek Dana aan, peilde haar reactie, maar hield verder zijn mond. Zijn ogen stonden op scherp. Ben stond zwijgend in de deuropening, wat Dana een onbehaaglijk gevoel gaf. Waarom wist ze niet dat hij in Nederland was gearriveerd? Dana maakte aanstalten om uit bed te stappen en gebaarde naar Siem dat hij in de slaapkamer moest blijven. Ze schoot haar ochtendjas aan, liep naar Ben toe, die nog in de deuropening stond en ging hem voor naar de woonkamer.

Ze gingen tegenover elkaar zitten. Ben keek haar grimmig aan. De spanning was om te snijden. De lust die haar altijd overmeesterde was er niet. Ben had Dana uit haar evenwicht gehaald door zijn abrupte verschijning. Ze moest aan de woorden van Nanette denken en opende het gesprek niet. Maar toen ze naar Ben keek, voelde ze de ontembare lust in haar lichaam opgloeien. Ze probeerde aan de ring met de inscriptie te denken. Het innerlijke gevecht was begonnen. Slaafse gewilligheid maakte zich meester van haar lichaam, maar ze moest nu doorzetten. Hoe graag zou ze zich nu in zijn armen willen werpen. Maar dat kon niet, want Siem zat in de slaapkamer op scherp. Ze moest hem eeuwig dankbaar zijn, zonder dat hij dit wist. Ze had dit scenario zelf niet kunnen bedenken. Dana had wel eeuwig spijt dat ze Ben de sleutel van haar appartement had gegeven.

Ben stond op, liep naar het raam en keek naar buiten. Aan zijn houding proefde ze dat haar een nare confrontatie wachtte. Ze besefte maar al te goed dat Ben onaangenaam verrast moest zijn, toen hij haar met Siem naakt in de slaapkamer aantrof. Hij had haar blijkbaar willen verrassen. Ben draaide zich om en keek Dana bars aan. "Ik had me vannacht iets anders voorgesteld. Ik ben direct van het vliegveld naar je toe gekomen." Toen was het stil. Dana was met zichzelf in gevecht. Ze moest blijven zitten, omdat ze anders de regie zou kwijtraken. De woorden van Nanette spookten weer door haar hoofd en ze besloot haar mond te houden in afwachting van wat Ben zou gaan zeggen. Het liefst zou ze nu op zijn schoot gaan zitten en vertellen hoeveel ze van hem hield. Ze vocht tegen haar lust, gewilligheid en opkomende tranen.

"Wie is die vent in ons bed?"

"Dat is Siem, een vriend van me."

Dana wist dat Siem in de gang meeluisterde.

"Kan die kerel nu vertrekken?"

Dana keek Ben zelfverzekerd aan. "Waarom?"

Ze zag aan zijn gezicht dat hij geïrriteerd raakte.

"Dat weet je heel goed."

Dana dacht aan de woorden van Nanette en ze sprak met een bevende stem: "Ik wil dat je nu vertrekt."

Maar Ben maakte geen aanstalten om te vertrekken.

"Ik wil dat je nu vertrekt en nooit meer langskomt."

Ben keek Dana stoïcijns aan en reageerde niet.

Dana wilde de hulp van Siem niet inroepen, omdat dit alleen maar tot meer ellende zou leiden. Ze verzamelde moed, stond op, liep naar de kamerdeur en zei met een ferme stem: "Ben, voor de laatste keer. Ik wil dat je nu vertrekt en nooit meer terugkomt. Ik wil dat je de sleutel op tafel legt."

Dana zag dat Siem in een spijkerbroek met zijn gespierde bruine bast in de deuropening van de slaapkamer stond. Hij stond klaar om in te grijpen, maar dat wilde ze niet. Ben moest uit zichzelf vertrekken. Hij pakte de voordeursleutel uit zijn broekzak en legde hem demonstratief op de tafel neer. Daarna ging hij voor Dana staan en keek haar hautain aan met een gezichtsuitdrukking die ze nog nooit eerder van hem had gezien. Hij zei niets. Er waren geen woorden nodig om zijn besluit te concluderen.

Ben negeerde Siem toen hij hem in de gang passeerde. Hij pakte zijn trolley, verliet het appartement en liet de voordeur demonstratief openstaan.

De zweetplekken op haar buik en onder haar oksels waren als donkere schaduwen op haar roomkleurige zijden ochtendjas zichtbaar. Siem sloot de voordeur en liep naar Dana toe. Ze leunde met haar hoofd tegen de kamerdeur.

"Gaat het? Wie is die man?" vroeg Siem met een zorgelijke stem. Dana besloot een klein tipje van de sluier op de lichten, want dat was ze Siem verschuldigd.

"De man die net kwam binnenlopen, is Ben. Hij is de Algemeen Directeur bij het bedrijf waar ik werk. We hebben af een toe het bed gedeeld. Nanette is zijn ex-vrouw. Ben zit een groot deel van het jaar in het buitenland. Meer is er niet. Hij maakte nu een scene alsof ik zijn vrouw ben," zei Dana zelfverzekerd, die zich in de tussentijd had herpakt.

"Ik zag dat je het moeilijk had, want je bent helemaal nat van het zweet. Waarom maak je je zorgen? Gaat hij je ontslaan of zo? Kan ik je ergens mee helpen?"

Dana schudde haar hoofd en dacht, Siem heeft geen idee van het gevecht in mijn hoofd en lichaam.

"Nee, bedankt dat je me wilt helpen. Komende week zal ik op kantoor de situatie met Ben verder uitpraten. Laten we dit onderwerp nu maar afsluiten."

Ze liepen terug naar de slaapkamer. Siem kleedde zich uit en trok Dana tegen zich aan alsof hij haar tegen het kwaad wilde beschermen.

Na de aftrap, was het megaproject Navion van start gegaan en Dana had er zin in. De afgelopen dagen had ze het op kantoor moeilijk gehad, omdat ze bang was Ben tegen het lijf te lopen.

Op het werk liep alles op rolletjes totdat ze een officiële brief van de sollicitatiecommissie ontving, waarin stond dat de keuze voor de directiefunctie niet op haar was gevallen. In de brief stond onderbouwd dat er andere externe kandidaten waren die over meer ervaring beschikte. Er stond ook in, dat vanwege een project, wat niet binnen de tijdslijnen was opgeleverd er twijfel was ontstaan over haar capaciteit. Dana las de brief twee keer en ontplofte bijna. Natuurlijk wist ze wat er was gebeurd. Ben had haar letterlijk afgeserveerd. Kortgeleden was er een klein project geweest wat marginaal uit de tijdslijnen was gelopen. Dit overkwam elke projectleider wel eens. Het prestigieuze Navion project, wat Dana persoonlijk had binnengehaald bracht op verschillende onderdelen honderd keer meer op en gaf de organisatie ook de geambieerde status binnen de software-industrie. Ze smeet de brief geëmotioneerd op tafel, ging zitten, keek voor zich uit en realiseerde zich nu dat het "over en uit" was.

De volgende dag op kantoor besloot ze eerst bij Franka langs te lopen, maar ze hield er al rekening mee dat ze al door Ben geïndoctrineerd was. Dana klopte op haar deur, wachtte niet af en stapte gelijk naar binnen om te voorkomen dat Franka haar al bij de deur zou weigeren.
Ze keek ongemakkelijk en vroeg zakelijk: "Wat kan ik voor je doen?"
Dana keek Franka uitdagend aan. "Wat denk je?"
Dana bleef bewust staan om vanuit haar positie, op de achter het bureau zittende Franka neer te kijken.
  "De afwijzing?" vroeg ze met een neutraal gezicht.
  "Ja, kun je me toelichten wat er aan de hand is?"
  "Doe de deur even dicht."
Dana sloot de deur en Franka hervatte: "Als commissie waren we ervan uitgegaan dat het een gelopen race was. Ben had voor zijn vertrek naar Canada al aangegeven dat jij de kandidaat was, die hij voor de functie wilde. Tot onze verbazing kwam hij ineens met een andere kandidaat op de proppen die we niet kenden. Ben vond dat deze man over meer kennis en inhoud beschikte en beter in zijn team paste. Zijn zorg was dat je slecht had gepresteerd op een project toen hij in Canada zat. Hij trok hieruit de conclusie, wanneer hij in het buitenland was, hij je hier niet alleen kon laten."
Dana sloeg met haar vuist op het bureau van Franka en zei boos: "En jij gelooft dat? Jij weet net zo goed als ik dat elke manager wel eens een project heeft wat niet lekker loopt. Wie heeft de grote Navion deal binnengehaald?"
Franka schrok en keek verschrikt. "Dana, ik kan niet over de inhoud van een project discussiëren, omdat ik daar geen inhoudelijke kennis van heb. Ik ga uit van het advies van de commissie."
Dana was gaan zitten en keek Franka aan. "Sorry, dat ik net uit mijn rol viel. Dat was niet zo bedoeld, maar het is zo unfair wat er nu gebeurt."
Franka keek bezorgd naar Dana. "Gaat het met je?"
Dana herpakte zich. "Ja, mijn excuses voor de ontlading."
Ze stond op. "We spreken elkaar nog," en ze verliet de kamer van Franka.

Hoofdstuk 16.

Het was buiten al donker toen Julian het licht in zijn werkkamer uitdeed. Het kantoorpand van Corona Imperial lag in de binnenstad van Delft en was gevestigd in een gerenoveerd voormalig schoolgebouw. De gemeente Delft had drie jaar geleden na de renovatie de units verhuurd aan startende ondernemers. Julian runde samen met Kasper, Corona Imperial. De combinatie van hun commerciële en technische talenten was een uitstekende basis voor de innovatieve onderneming. Het was dan ook geen verrassing dat ze twee jaar eerder tot de Start-up van het jaar waren verkozen.

Julian had een vlotte babbel, maar wel één met inhoud. Hij had een groot netwerk dat bestond uit oud-studiegenoten, zakenrelaties en captains of industry. Hij was een telg uit een welgestelde familie, droeg altijd mooie maatpakken aan zijn slanke lenige lichaam en zijn zwarte haar was in een gesoigneerd kuifje geboetseerd. Hij had wat voor een man vrij uitzonderlijk was, grote groene amandelvormige ogen. Het was een man van uitersten. Hij zag eruit als een Italiaanse charmeur, was zelfverzekerd, maar ook overtuigd vegetariër, iets wat je bij hem niet verwachtte. In tegenstelling tot Kasper met zijn blonde stekels, die altijd in een verwassen trui rondliep en zijn tanden graag in een broodje frikadel zette.

De volgende morgen zat Kasper achter zijn bureau toen Julian het kantoor binnenliep. Kasper zag er moe uit, alsof hij de hele nacht thuis had doorgewerkt. Julian pakte een mok koffie voor Kasper en voor zichzelf een glas verse muntthee en ging bij hem zitten.
"We moeten het eens hebben over extra capaciteit," zei Julian.
Kasper knikte, "ja, we moeten iemand binnenhalen die kennis en ervaring heeft van de digitale beveiligingsindustrie. Wie heb je in gedachten?"
Julian zette zijn theeglas op het bureau neer en zei: "Ik liep pasgeleden een oud-studiegenoot tegen het lijf. Hij vertelde me dat zijn zus op zoek is naar een nieuwe uitdaging. Ik voel er wat voor om deze dame voor een gesprek uit te nodigen, omdat ze bij Translude werkt."

"Dat is interessant, want daar werken mensen die beschikken over de specialistische kennis, waar we naar op zoek zijn."

"Ik zal John haar nummer vragen."

Julian dronk zijn glas verse muntthee leeg, draaide zich om en ging aan het werk.

Met het telefoonnummer dat hij van John had gekregen, belde hij Dana en maakte een afspraak bij hem op kantoor.

Toen hij Dana bij de receptie ophaalde nam Julian bewust de trap in plaats van de lift. Dit was één van zijn truckjes om te controleren wat de lichamelijke conditie van zijn bezoekers was. Dana was voor hem geslaagd want ze zuchtte niet en liep al pratend met hem mee naar boven. Zijn eerste indruk was goed. Ze keek hem goed aan, gaf een ferme handdruk en ze had scherpe formuleringen. Het gesprek duurde twee uur. Julian daagde Dana op een subtiele manier uit en ze regeerde alert. Ze liet zich niet opjagen en deed geen ondoordachte uitspraken. Hij had er plezier in want zijn eerste indruk van Dana klopte met het beeld dat hij tijdens dit gesprek van haar kreeg. Toen hij wist wat hij wilde weten, rondde hij het gesprek vakkundig af.

Julian keek tevreden uit het raam toen Dana van de parkeerplaats wegreed, want hij zag een mooie snelle Alfa Romeo, net zoals haar broer John, zijn oud-studiemaat.

Julian had zijn besluit al genomen, want hij was binnen vijf minuten overtuigd dat Dana de vrouw was die ze nodig hadden om de toekomstige groei te realiseren. Hij besprak met Kasper de mogelijkheid om te kijken of ze voor investering in Corona Imperial openstond.

Julian was een vrije jongen en deze status wilde hij vooral zo houden. In de weekenden kon hij excessief feesten, als uitlaatklep voor de lange uren die hij doordeweeks maakte. Met zijn opvallende verschijning had hij het vrouwelijk schoon voor het uitzoeken. Maar waar vrouwen echt voor vielen waren zijn grote groene ogen. Zo katachtig mooi, waarmee hij ze hypnotiseerde.

Afgelopen weekend had hij weer een "Sodom en Gomorra weekend" achter de rug. Julian was vegetariër, maar hij draaide zijn hand niet om voor het vrouwelijk vlees. Hij had twee vriendinnen gescoord, die het hele weekend bij hem thuis hadden gebivakkeerd. Ze hadden hem in de kroeg uitgedaagd. Het frivole gedrag van beide vrouwen had zijn driften als jager alleen maar verder aangewakkerd. Het was er ruig aan toe gegaan.

Voor het vervolgtraject had Julian een lunchafspraak met Dana gemaakt om haar een voorstel te doen, maar kwam bewust te laat. Zo kon hij observeren hoe ze reageerde. Zou ze geïrriteerd zijn of zou ze zoals de meeste vrouwen, het te laat komen vergoelijken. Geen van de twee. Dana had totaal geen aandacht voor hem. Ze zat aan een tafeltje bij het raam met een glas vers uitgeperst sinaasappelsap berichtjes op haar iPhone te typen. Toen ze hem zag, glimlachte ze naar hem en legde ze haar mobiel weg.
Ze bespraken tijdens de lunch de mogelijkheden voor een eventuele deelname in Corona Imperial. Dana luisterde geconcentreerd naar het voorstel, stelde scherpe vragen en beloofde op korte termijn haar reactie te geven.

Dana besprak het voorstel uitgebreid met haar vader en hij plaatste kanttekeningen bij een paar details. Verder waarschuwde hij, dat als ze deze deal accepteerde, snoeihard aan de bak moest en dat er weinig tijd voor privézaken zou overblijven.

Eind van de maand kwam Dana met het voorstel in haar tas naar Delft om het persoonlijk bij Julian af te geven. Dit werd de start van een vruchtbare samenwerking.
Dana had haar baan bij Translude opgezegd en startte op 1 januari 2008 bij Corona Imperial als partner. De samenwerking verliep uitstekend en ze stond als een solide partner tussen beide mannen in. Er waren wel eens meningsverschillen, maar deze werden uitgesproken.
Het eerste jaar bij Corona Imperial BV werd ondanks de crisis, boven verwachting afgesloten. Dana had haar commerciële netwerk van Translude meegenomen, kende de branche van haver tot gort en was technisch goed op de hoogte van de laatste ontwikkelingen binnen de beveiligingsindustrie. Ze had het zelfs voor elkaar gekregen om interim consultants van Corona Imperial bij Translude te plaatsen. Ze brachten de noodzakelijke specialistische kennis binnen, die voor de expansie in de beveiligingsindustrie nodig was.

Begin 2009 kreeg Dana een flink winstaandeel uitgekeerd en haar vader was maar al te trots op haar. De relatie met Siem had ze beëindigd, want ze had geen tijd meer voor hem. Hij had het jammer gevonden, maar het leven ging door.

Julian was van jongs af aan een verwoed netwerker en had al tijdens zijn studie veel tijd geïnvesteerd in het opbouwen en onderhouden van zijn netwerk. Hier bevonden zich commerciële beslissers van internationale organisaties, strategen van consultancy bureaus, maar ook mensen die in de politiek geruisloos achter de schermen aan de knoppen draaiden. Julian investeerde tijd en geld in kleine selecte gezelschappen om over strategische vraagstukken en innovatieve concepten te brainstormen. De kennis die hij hier opdeed, benutte hij om Corona Imperial tot een speler van eredivisieformaat te promoveren.

Kortgeleden was hij gevraagd om deel te nemen aan een discussie en scenario-ontwikkeling over cybercrime. Julian zag dat Ben Eksels van Translude op de deelnemerslijst stond. Hij kende Ben oppervlakkig en keek er naar uit om met hem van gedachten te wisselen.

Maar Ben was tijdens deze bijeenkomst kortaf tegen hem geweest. Julian vroeg zich af wat hiervan de reden was. Hij kreeg het gevoel dat Ben hem bewust ontliep.

De volgende morgen zat Dana geconcentreerd achter haar laptop te werken toen Julian met een brede glimlach op zijn gezicht binnenliep.

"Hoe goed ken jij die Ben Eksels? Ik vond het maar een stuk chagrijn."

"Ik ken Ben erg goed, want ik ben een paar jaar zijn PA geweest. Hij mag je of hij mag je niet. Hij is goedgeluimd of hij is chagrijnig. Maar als je een afspraak met hem maakt, komt hij deze altijd na."

"Dan was hij gisterenavond selectief chagrijnig, omdat hij naar andere gasten, poeslief en aardig was."

Julian trok zijn schouders op als blijk van onverschilligheid.

Hij kon de houding van Ben niet goed rijmen, maar als Dana Ben uit het verleden goed kende, zou ze wel eens de troef kunnen zijn door haar in de volgende sessie naar voren te schuiven.

Julian deed dit voorstel aan Dana en hij zag dat ze twijfelde.

"Waarom twijfel je?"

"Ik begrijp je waarom je dit vraagt, maar hou er rekening mee dat Ben dit soort zaken meteen doorziet. Jij denkt dat hij je negeert. Maar het zou wel eens te maken kunnen hebben dat jij me een kans hebt gegeven, die hij heeft laten liggen. Misschien wringt daar de schoen."

Julian keek haar aan, overdacht de woorden van Dana en besloot om toch zelf naar de bijeenkomst te gaan.

Bij het vervolgoverleg kwam Julian als laatste binnenlopen, omdat hij moeite had om een parkeerplaats te vinden. Tijdens de bijeenkomst merkte hij dat Ben niet meer zo afstandelijke was als de vorige keer.

Na afloop liep hij samen met Ben naar buiten en ze raakten aan de praat over de nieuwe ontwikkelingen op het gebied van cybercrime. Translude en Corona Imperial hadden veel raakvlakken. Beide mannen stonden op een gegeven moment naast de auto van Julian te praten.

"Zullen we wat gaan drinken in dat cafeetje aan de overkant van de straat en verder praten."

Ben keek op zijn horloge en stemde in, want ze waren nog midden in hun gesprek verwikkeld. Julian was geboeid door de ideeën van Ben over het internationale speelveld.

Toen ze over het onderwerp waren uitgepraat kon Julian het niet laten en begon over Dana. "Mag ik je wat vragen?"

Ben knikte.

"Dana Hendrixs is bij ons partner. Ze heeft een aantal jaren voor jou gewerkt. We zijn heel blij met haar, maar waarom heeft ze Translude verlaten?

Julian dacht, ik gooi de knuppel in het hoederhok en hij observeerde de non-verbale houding van Ben. Hij zag dat Ben een harde uitdrukking in zijn ogen kreeg. De vraag beviel hem niet, maar hij antwoordde professioneel: "We vonden het jammer dat Dana vertrok, omdat ze zeer gedreven is. Ze had een ongebruikelijk carrièrepad doorlopen en had nog veel te bieden. Er waren geen openingen beschikbaar op het moment dat Dana een vervolgstap wilde maken."

"Ze kwam voor ons op een mooi moment binnen en heeft vorig jaar succesvol een nieuwe business unit uitgerold," zei Julian. Hij zag irritatie in de ogen van Ben.

"Maar ik zie ook ontevredenheid, waar moeten we rekening mee houden?"

Julian zag dat hij in de roos had geschoten, want Ben zei geërgerd: "Sommige medewerkers doorlopen een mooi carrièrepad, maar de manier waarop ze mensen manipuleren is toch een tekortkoming van hun competenties."

In het afgelopen jaar had Julian Dana stiekem in haar doen en laten geobserveerd en ze leek eigenlijk wel op hem. Ze hield ook van mooie snelle auto's en ze kleedde zich eveneens smaakvol, alleen vond hij het jammer dat ze geen vegetariër was. Ze kwamen beiden uit vooraanstaande invloedrijke families, die in het bedrijfsleven over de juiste ingangen beschikten. Het leek wel alsof ze elkaar op een natuurlijke manier aanvulden. Hij had tot nu toe niet kunnen achterhalen of ze een relatie had. Ze vertelde nooit iets over een vriend, maar hij was wel gaan twijfelen over Ben. Julian vermoedde dat ze een relatie met hem had gehad en daarom Translude had verlaten. Hij schatte in dat Dana de relatie had beëindigd, gezien de reactie van Ben.

Julian had haar broer John voorzichtig over Dana gepolst, maar die wist ook niets over haar liefdesleven. John vertelde dat de familie al jaren in afwachting was.

Tijdens een internationale conferentie waar ze samen aanwezig waren, had Julian gezien dat Dana een man mee naar haar hotelkamer nam. Ze waren uit hetzelfde hout gesneden, want hij snoepte ook van vrouwen als hij er zin in had. Dana was te knap en te wellustig om als verstokte vrijgezel door het leven te gaan.

Een paar maanden later toen ze samen in de auto op weg waren naar een congres in Keulen vroeg Julian brutaal: "Mag ik je wat vragen?"

Dana keek hem glimlachend aan. "Wat had je in gedachten?"

"We kennen elkaar al een tijdje en ik vroeg me af of je een vriend had, want ik hoor je er nooit over."

Dana zei lachend hardop: "Waarom wil jij dat weten? Ben je bang dat ik niet aan de man kom of zo, of heb je John gesproken? Die maakt zich al jaren zorgen dat ik als een oude vrijster aan de pan blijf hangen."

"Geen idee of John zich zorgen maakt, maar ik vroeg het me af," zei Julian met een neutrale stem.

"Misschien zijn we allebei uit hetzelfde hout gesneden, want jij hebt ook geen relatie en ik zie je ook wel eens een "one-night stand" oppikken."

Zo'n direct antwoord had hij niet van haar verwacht. Dana had haar ogen blijkbaar niet in haar zak zitten.

"Ja, dat is prettig, geen verplichtingen, maar je moet ze af en toe wel het huis uitwerken," zei Julian.

Dana reageerde niet meer, sloot haar ogen weer en liet haar hoofd tegen de hoofdsteun van de autostoel rusten.

Het duurde even, maar Julian had toch besloten om die ene vraag te stellen. "Heb je nu wel of niet iets met die Ben gehad?"

Dana antwoordde met gesloten ogen. "Hoezo?"

Julian dacht, dit is geen ontkenning dus er moet meer geweest zijn, hield zijn mond in de hoop dat Dana iets zou zeggen, maar dat deed ze niet en hij vervolgde: "Ik denk van wel, klopt dat?"

Dana opende haar ogen, draaide haar hoofd en keek naar Julian. "Zal ik je nieuwsgierigheid dan maar bevredigen? Ik heb zo'n vijf jaar een verhouding met Ben gehad en het klinkt ongeloofwaardig, maar zijn ex-vrouw is al jarenlang mijn beste vriendin."

Julian keek verbaasd opzij. "Ik ben sprakeloos, want ik dacht aan een paar keer seks op het bureau."

Hij keek weer op de weg met een voldane glimlach rond zijn mond. Dana sloot haar ogen weer.

Julian vroeg zich af hoe het zou zijn om seks met Dana te hebben, want hij vond haar lekker. Maar als succesvolle partner van Corona Imperial zette hij deze gedacht weer snel uit zijn hoofd.

Een groot internationaal bedrijf; Morgonen AB had een bod op Corona Imperial uitgebracht. Morgonen was een Zweeds bedrijf, met expansieplannen in West-Europa.

Julian, Kasper en Dana voerden lange gesprekken of ze het aanbod zouden accepteren of nog een paar jaar zouden doorgaan om het bedrijf in een betere economische periode in de etalage te zetten. Na een lang onderhandelingstraject met Morgonen, waarbij Julian een ervaren jurist en onderhandelaar had ingehuurd werd Corona Imperial voor een uitstekende prijs verkocht. Ze hoefden alle drie in hun leven niet meer te werken. Nou ja, op de afgesproken overgangsperiode na, die ze zouden aanblijven om de processen te begeleiden en het vertrouwen van de klanten te borgen.

Met de nieuwe eigenaar Morgonen was afgesproken dat op het hoofdkantoor in Stockholm een deel van de kennisoverdracht zou plaatsvinden.

Dana en Julian waren samen naar Zweden vertrokken. In de avonden zaten ze bij elkaar op de hotelkamer, waar ze het programma voor de volgende dag doornamen. Meestal sneuvelde de inhoud van de bar. Soms liepen ze naar de hotelbar beneden om nog wat te drinken. Op een avond zag Julian met lede ogen aan, dat Dana een mannelijke gast meenam naar haar hotelkamer. Ze knipoogde nog naar hem voordat ze de trap op liep. Hij stak hem en hij baalde dat hij dit nu moest zien. Tot voor kort hadden ze altijd om elkaars veroveringen gelachen, maar nu irriteerde het hem.

Julian was zijn werkzaamheden aan het afbouwen en in de tussentijd oriënteerde hij zich op de volgende stap in zijn leven. Hij was er nog niet helemaal uit of hij eerst een wereldreis zou maken of weer een nieuw bedrijf zou beginnen. Om zijn zinnen te verzetten had hij besloten om met zijn vrienden in Delft te gaan stappen.
Diep in de nacht belandde de groep in het bruine café "Het zwarte schaap". De ogen van Julian waren gefixeerd op een vrouw aan de bar. Ze had mooi bruin krullend haar. Dat kon alleen maar Dana zijn. Ze was samen met een vrouw en ze lachten om een paar kerels, die geanimeerd aan het gesprek deelnamen. De vrouw naast Dana zag er aantrekkelijk uit, maar was ouder. Julian was een echte ladykiller, maar twijfelde hoe hij Dana zou benaderen. Zijn besluit stond vast; hij wilde haar vannacht veroveren. Haar lange bruine krullen hingen als een sieraad over haar ranke schouders. Ze had een strak truitje aan, wat niets te wensen overliet. Zijn gedachten stroomde vol met erotische fantasieën en kon zijn ogen konden niet meer van Dana afhouden.
Tot zijn grote ergernis zag hij dat één van de mannen zijn arm om haar schouders legde. Hij voelde een steek van jaloezie in zijn borst. Het liefst zou hij nu op de man afstappen en zijn arm weghalen. Hij kon zich beheersen en liep langzaam naar Dana toe. De vriendin van Dana kreeg Julian in het vizier en keek hem taxerend aan. Julian kreeg oogcontact met Dana. Een blik van herkenning en ze zei iets tegen haar vriendin. Ze stak haar hand uit en zei: "Hallo, ik ben Nanette."
Julian stelde zich ook voor. De mannen dropen af, omdat de aandacht nu naar hem uitging.
   "Wat een verrassing, ik heb je hier niet eerder gezien," zei Julian.

Dana had de nodige drank op, was wat losser in de omgang, sloeg haar arm rond Julian en maakte een grapje naar Nanette: "Vind je ons geen leuk stel?" en ze knipoogde naar Julian.

Hij had het moeilijk want hij wist dat Dana niet van zijn snode plannetje op de hoogte was, om haar vannacht te veroveren.

Nanette ging naar huis. Dana probeerde iets tegen Julian te zeggen, maar omdat het muziekvolume bij een populair meezingnummer extra hard werd aangezet kon hij haar niet verstaan. Ze kwam dicht bij hem staan om het te herhalen, waardoor haar borst in het strakke truitje langs zijn arm schuurde. Julian keek Dana aan, maar zei niets. Hun gezichten waren nu zo dicht bij elkaar dat hij de warmte van haar gezicht voelde. Hij voelde haar warme lippen zachtjes langs zijn lippen glijden, maar ze kuste hem niet. Haar borst schuurde weer langs zijn arm en kon zich niet meer beheersen. Hij zei hees: "Ga je mee?"

Dana keek hem ontvankelijk aan. "Hier kijk ik al een paar jaar naar uit."

Buiten sloeg Julian zijn arm om haar schouder en ze liepen naar zijn woning, die op een steenworp van Het Zwarte Schaap lag.

Toen Julian bij de voordeur stond liet hij Dana los om zijn sleutels uit zijn broekzak te halen en opende de voordeur. Het was binnen donker. Hij knipte het licht niet aan, maar pakte de hand van Dana en leidde haar de trap op naar boven. In zijn slaapkamer scheen het maanlicht door de klassieke hoge glas-in-loodramen naar binnen. Hij pakte de handen van Dana vast en keek haar met zijn grote groene amandelvormige ogen liefdevol aan. Haar donkere ogen keken hem verlangend aan. Hij trok Dana tegen zich aan en ze bleven zo staan.

Julian wist niet wat er met hem aan de hand was, want normaliter had hij nu al lang met zijn verovering in bed gelegen en zijn erotische fantasieën alle vrijheid gegeven. Hij voelde dat Dana voorzichtig de knoopjes van zijn blouse openmaakte. Ze schoof zijn blouse langzaam van zijn schouders af en legde haar vlakke hand op zijn hart. Julian voelde zijn hart bonken. Het bonken ging langzaam over in een gloed die hij door zijn hele lichaam voelde stromen. Toen richtte ze haar kin omhoog en keek hem vragend aan. Haar lippen voelden net zo warm als zijn hart. Dana beantwoorde teder zijn kus. Julian was ervan overtuigd dat ze allebei hetzelfde moesten voelen en hij leidde haar naar het bed. Zonder Dana of zichzelf uit te kleden ging hij op zijn zij naast haar liggen en bekeek haar in het maanlicht.

"Ik droom," prevelde hij en voelde de hand van Dana weer op zijn hart. De warmte die door zijn lichaam trok was niet te beschrijven. Was dit dan echte liefde? Hij trok voorzichtig haar truitje uit en legde zijn hand ook op haar hart. Toen kon hij zich niet meer beheersen en kleedde Dana helemaal uit. Zo teder als hij haar het laatste kwartier platonisch had liefgehad, bereed hij haar opzwepend, als een vurige hengst.

Dana viel in zijn armen in slaap. Het was één grote droom en het was zo onwezenlijk. De afgelopen jaren waren ze als maatjes opgetrokken. Ze hadden met elkaar gelachen, maar er waren ook hoogoplopende discussies geweest. Ze hadden om elkaars scharrels gelachen, als een soort broer en zus die elkaar plaagden. Maar toen Ben in beeld kwam, was Julian toch geïrriteerd dat hij haar vijf jaar lang had gehad. Haar mooie lichaam had gestreeld, zijn tong in haar mond had geroerd, haar borsten had betast en haar had gepenetreerd. Hij had er regelmatig aan moeten denken wanneer hij de naam "Translude" hoorde. Waarom nu de explosie in zijn hart en niet vorig jaar? Waren de afgelopen twee jaren een soort rijpingsproces geweest om tot elkaar te komen?

Dana sliep vreedzaam in zijn armen. Ze was mooi en zo onschuldig. Haar bruine krullen lagen als rozen rond haar hoofd en de warmte van haar lichaam deed Julian wegdromen, maar hij kon zijn ogen niet sluiten. Hij luisterde naar haar ademhaling, die amper te horen was, want ze sliep heel diep. Dana lag er zo vredig bij. Waar zou ze over dromen? Over hem? Hij durfde haar niet dichter naar zich toe te trekken, want hij was bang dat hij Dana wakker zou maken en haar vredige droom zou verstoren. Zoals ze nu in zijn bed lag, kon hij Dana niet als zijn trofee zien, maar als een stukje van zichzelf. Hij was bang wanneer hij nu zijn ogen sloot en wakker zou worden, ze er niet meer zou liggen. Droomde hij nu? Hij kneep in zijn eigen arm en het deed zeer, dus hij moest wakker zijn. Maar kon je in een droom ook pijn voelen? Julian werd gek van zijn eigen gedachten en durfde voor het eerst in zijn leven niet te gaan slapen. Dit was de droom waarin hij wakker moest blijven.

Dana lag naakt te slapen en het laken lag losjes over haar heupen gedrapeerd. Haar mooie borsten stonden omhoog. Julian kon het niet nalaten, legde voorzichtig zijn hand op het hart van Dana en voelde haar hart kloppen. Hij boog voorzichtig over het hoofd van Dana en wilde haar ogen kussen, maar als hij dit deed, wist hij zeker dat ze wakker zou worden. Dan zou haar droom verstoord worden en misschien ook zijn droom. Wat waren zijn dromen eigenlijk tot nu toe geweest? Hij had nooit dromen over vrouwen gehad, maar met Dana was nu alles anders. Deze droom was zo zoet als honing en smaakte naar meer.

Toen de ochtendzon door de hoge klassieke ramen naar binnen scheen, opende Dana voorzichtig haar ogen. Ze lagen met de neuzen praktisch tegen elkaar. Julian gaf haar een liefdevolle kus op haar mond.

"Ik wist niet wat liefde was, maar vannacht heb ik het gevonden. Ik werd wakker en je was er gelukkig nog."
Dana keek hem liefdevol aan en ze legde haar hand op zijn hart. "We zijn verbonden, ik voel het. Hier heb ik jaren op gewacht en het blijkt echt te bestaan."
Julian trok Dana liefdevol tegen zich aan en kuste haar ter bevestiging.

Julian werd in de familie van Dana geïntroduceerd. Hij werd warm onthaald. John gaf hem een klop op de schouder, "ik heb het altijd al geweten dat jullie voor elkaar bestemd waren. Het heeft nog verrekte lang geduurd voordat het zover was."
De ouders van Dana weren zeer tevreden met Julian. Ze waren bezorgd dat Dana te ambitieus was, waardoor ze niet aan een man zou komen. De vader van Dana kende de vader van Julian uit het bedrijfsleven. Het was succes wat beide families dreef.

Julian had voor zichzelf definitief besloten om op korte termijn geen nieuw bedrijf op te starten, maar in zijn relatie met Dana te investeren. Hij had in alle stilte een wereldreis voorbereid en was vastbesloten om Dana hiermee te verrassen. Een wereldreis zou het ultieme middel zijn om hun relatie te toetsen. Als ze maanden intensief met elkaar zouden optrekken in onbekende gebieden, zou het helder worden of ze elkaar irriteerde of juist perfect aanvulden.
Julian ontvouwde zijn plan. Dana reageerde in eerste instantie afwijzend en protesteerde, omdat ze niet bij de voorbereiding betrokken was geweest. Julian had gezegd dat ze niet alles onder controle kon hebben en dat ze ook moest leren accepteren dat hij haar graag verwende. Na een flinke discussie ging Dana akkoord met de door Julian uitstippelde wereldreis.

"Wat ben je stil? Je hebt er toch wel zin in?" vroeg Julian bezorgd.

"Er is in de afgelopen jaren zoveel gebeurd. Het begon met onze ontmoeting bij de verkiezing, die achteraf door John in scene was gezet. We hebben er lang over gedaan om te beseffen dat we meer voor elkaar betekenen dan alleen zakenpartners. De verkoop van Corona Imperial, onze relatie en nu de wereldreis, die op stapel staat."

De volgende ochtend was Julian al vroeg opgestaan en had een uitgebreid ontbijt voor Dana klaargemaakt. Toen ze de woonkeuken binnenliep zag ze de gedekte tafel, was verrast en ging aan tafel zitten. Tijdens het ontbijt stond Julian op, liep naar Dana en kuste haar op het hoofd. Ze keek hem vragend aan. Hij glimlachte en ging naast haar zitten.

"Je voert iets in je schild. Ik voel het. Wat is er?" zei Dana achterdochtig. Julian zei niets, maar bleef geheimzinnig glimlachen. Hij ging voor Dana op zijn knieën zitten. "Dana, ik wil voor altijd bij je blijven. Wil je met me trouwen?"

Dana sloeg haar ogen neer en zei geëmotioneerd: "Ja."

Julian pakte haar rechterhand en schoof er voorzichtig een gouden ring om. Dana keek naar haar hand en haar gezicht werd lijkbleek. Ze voelde zich ijskoud worden en was bang dat ze ging flauwvallen.

"Wat is er, word je niet goed?"

"Julian, je overvalt me. Een aanzoek en een mooie ring," stamelde ze. Hij nam Dana in zijn armen. "Het was niet mijn bedoeling om je te laten schrikken, maar als je de robijn in de ring niet mooi vindt, kan ik er ook een andere steen in laten zetten. De ring heb ik bij een antiquair gekocht. Ik zag hem in de vitrine liggen en dacht gelijk aan jou."

Hij wreef over haar hand en keek Dana liefdevol aan.

"Ik wil vanmiddag naar Amsterdam om wat kleding te kopen voor onze reis. Ga je mee?"

Dana knikte en was nog beduusd over het huwelijksaanzoek en keek weer naar haar rechterhand. Een onbestemd gevoeld bekroop haar. Het was alsof er een stukje van Ben onvrijwillig aan haar werd verbonden. Als Dana met Julian zou trouwen, zat Ben permanent aan haar lichaam verbonden. De ring zogenaamd verliezen kon ze Julian niet aandoen.

Ze stapten in de Audi Sport van Julian. Dana had zich voorgenomen om niet meer naar haar hand te kijken. De herinneringen aan Ben zouden haar dag niet bederven. Ze was vrolijk en was van plan om uitgebreid te gaan winkelen. Toen Julian de A4, in de richting van Amsterdam op manoeuvreerde, gaf hij extra gas. De snelle Audi spoot de snelweg op en Dana waarschuwde hem dat hij niet te hard moest rijden. Julian kon het niet nalaten om nog een keer flink gas te geven. De auto raasde ver boven de maximale snelheid over de snelweg. De Audi drukte zich tegen het asfalt en zoefde geruisloos over de weg. Dana had het opgegeven en zei er niets meer over. Ze sloot haar ogen, liet haar hoofd achterover hangen en dacht na over de heerlijke reis die ze ging maken, de trouwerij die ze na de vakantie gingen regelen en de gouden ring met de robijn. De gouden ring met de robijn....De gouden ring met de robijn....

In een fractie van een seconde waren haar gedachten verstoord, voelde ze een klap, zag een lichtflits en hoorde haar oren suizen. Ze voelde een diepe pijn in haar borst en haar hoofd gonsde. Ze opende haar ogen, maar zag niets. Haar oren bleven suizen. Ze hoorde gerochel naast zich en probeerde haar hoofd opzij te draaien naar Julian, maar dat lukte niet. Ze werd wanhopig.

Er kwam langzaam licht in haar ogen, alsof een filter werd weggeschoven. Het leek of er bloed uit het hoofd van Julian liep en Dana wilde haar armen optillen, maar dat lukte niet. Er zat geen gevoel in. Toen besefte Dana wat er was gebeurd; ze waren met de auto verongelukt.

Dana probeerde niet aan de pijn in haar lichaam te denken. Haar hersenen werkten koortsachtig. Ze opende voorzichtig haar ogen en had nu een iets beter beeld. Julian lag met een zwaar bebloed hoofd roerloos op de platgeslagen airbag. Dana moest huilen, maar er gebeurde niets. Haar handen begonnen te tintelen en haar benen zaten bekneld.

Ze waren met de auto tegen de zijwand van het aquaduct tot stilstand gekomen. Er stonden mensen om de auto, die gebaarde dat ze rustig moest blijven. Hieruit maakte ze op dat hulp onderweg was. Met veel pijn en moeite kon Dana haar arm een stukje opzij bewegen en ze probeerde contact met Julian te maken, maar hij reageerde niet. Zou hij dood zijn? Dana begon nog harder te huilen. De pijn in haar lichaam werd ondragelijk en ze wilde het liefst haar ogen sluiten om te gaan slapen, maar de mensen rond de auto, tikten op de ramen om haar wakker te houden. Dana was uitgeput en bang wanneer ze in slaap viel, Julian er niet meer zou zijn. Zo kon ze hem niet achterlaten. Haar zoete droom was in stukken uiteengespat. Julian was de man waar ze jaren op had gewacht en nu was ze hem in één klap kwijt. Er kwam berusting. Haar ogen sloten langzaam. Ze hoorde gerommel aan de auto. De hulpverlening moest gearriveerd zijn om haar uit de auto te bevrijden. Dana voelde geen pijn meer, maar zakte weg in een onbestendige droom.

Deel II – Waar de wilde rozen groeien

Het zwakke zal het sterke verstoten

Hoofdstuk 17.

Dromen, dromen en nog eens dromen. Hoe heerlijk en onbezorgd kan een droom zijn? Wie gelooft er eigenlijk in dromen?

Geen zorgen, geen verantwoordelijkheden en het leven dat je toelacht.

In dagdromen kun je er zelfs alles bij fantaseren. Je hebt de controle over je leven, over de successen die je boekt en ook over de mensen die je lief hebt.

Maar had Dana eigenlijk wel de controle over haar eigen leven?

Of was haar ambitie en zakelijk succes louter een dagdroom om aan haar miserabele leven te ontsnappen?

Is het niet comfortabel om te dromen over een succesvolle carrière, een invloedrijke familie en mannen die je liefhebben, omdat je knap en begeerlijk bent?

In het dagelijks leven bleek Dana helemaal geen prettig en onbezorgd leven te leiden, carrière te maken en de controle over haar leven te hebben. Nee, Dana was geen geluksvogel. De dagelijkse realiteit was meedogenloos hard; geen mensen die om haar gaven, maar een leven aan de onderkant van de samenleving. Mannen die Dana niet liefhadden om haar schoonheid, maar haar misbruikten om aan hun gerief te komen.

Dana schrok abrupt wakker uit haar aangename droom. Ze was opgelucht dat ze niet in de verongelukte auto bij Julian zat. Nee, ze was thuis en gelijk op haar qui-vive. Het was doodstil in het appartement. Dana keek vertwijfeld naar het tafeltje naast het bed. Het horloge van haar echtgenoot Rick was weg. Dat betekende dat hij niet meer naar de slaapkamer terugkwam. Wat voerde Rick in zijn schild? Dana ging op de rand van het bed zitten. Zou ze iets gaan eten of zou ze voorlopig in de slaapkamer blijven, totdat ze zeker wist waar Rick mee bezig was.

Dana zou er alles voor over hebben om terug te keren naar haar comfortabele droom, maar dan wel naar het gedeelte waarin Julian haar liefhad. De Dana in haar droomwereld was een geluksvogel. Ze kende geen zorgen, geen angsten, geen Rick, geen klappen, maar liefde van echte mannen, die ze voor het uitzoeken had en geld. Geld om mooie spullen te kopen en geen afhankelijkheid van Rick, die Dana dagelijks net genoeg geld gaf om een paar boodschapjes te kunnen betalen.

Ze had honger, trok haar badjas aan en sloop geruisloos naar de keuken. De keuken lag vol met troep, die Rick en zijn vrienden de afgelopen nacht hadden achtergelaten. Dana ruimde de rommel geruisloos op. Maar het mocht niet baten. Rick had haar opgemerkt en gebood haar naar de woonkamer te komen. Ze haalde diep adem, gehoorzaamde en bleef in de deuropening staan.

"Schatje, graag nog een bakkie koffie."

Rick zat in zijn onderbroek met een blote bast onderuitgezakt op de hoekbank en keek televisie. Dana liep de kamer in, pakte het kopje van de salontafel en liep naar de keuken om koffie in te schenken. Op het aanrecht lag een aangebroken pak met koeken. Rick had al ontbeten. Dana schok koffie in het kopje, liep terug naar de kamer en ze zette het volle kopje op het tafeltje neer.

"Kom eens lekker bij me zitten schatje."

Dana wist dat ze geen keus had, want als ze een verzoek van Rick weigerde, kreeg ze klappen. Ze ging naast hem op de bank zitten. Hij sloeg zijn arm om haar hals en trok haar tegen zich aan. "Lekker ding van me. Je lag vanmorgen zo vredig te slapen," en hij gaf haar een kus op haar voorhoofd. Daarna duwde hij Dana ruw van zich af. "Hoeveel heb je gisterenavond verdiend?"

"Tweehonderd euro," zei Dana onderdanig en ze wilde opstaan. Maar Rick had haar al te pakken en greep hardhandig haar lange gekrulde haarlokken vast. "Je liegt, het was meer!"

Dana probeerde niet te huilen.

"Nee Rick, dat is alles."

Ze zweeg, omdat ze wist dat Rick alleen maar harder aan haar haren zou trekken en haar nog meer pijn zou doen. Hij liet Dana los en keek haar met samengeknepen ogen scherp aan. Zijn ogen lieten Dana niet los toen ze naar haar handtasje liep om haar portemonnee te pakken. Voordat ze deze kon openen, trok Rick hem uit haar hand, haalde de bankbiljetten eruit en gooide de lege portemonnee de kamer in. Hij telde het geld en legde de biljetten voor zich op de tafel neer.

Gelukkig liet hij het hierbij, maar dat gebeurde niet altijd. Dana pakte haar lege portemonnee en stopte hem terug in haar handtas. Ze bofte, want als dit later op de dag gebeurde en Rick al flink had gedronken, kon ze op een pak slaag rekenen. Ze zette haar tas naast de kast en wilde de kamer uitlopen, maar ze twijfelde. Rick keek afwezig naar de televisie. Ze was bang dat als ze nu door de kamer zou lopen, hij zijn aandacht weer op haar zou richten, wat weer consequenties kon hebben. Ze ging aan de grote tafel zitten, pakte een paar reclamefoldertjes en bladerde er geruisloos doorheen. Onder haar ogen door bespiedde ze Rick. Wat was hij in de afgelopen jaren veranderd. Toen ze hem leerde kennen was hij mooi, slank en atletisch. Nu zat hij onderuitgezakt in de bank met een dikke harige buik, die over zijn onderbroek hing. Om zijn nek, vlak boven zijn slappe borstjes met dikke opgezette tepels, hing een veel te grove gouden ketting, die meer op een scheepstros leek. Het overvolle getatoeëerde bovenlijf en zijn armen, waar weinig ruimte over was om er nog een tatoeage tussen te zetten. De brede morsige ongeschoren kin en zwarte vlassige haarlokken hingen als vette slierten rond zijn hoofd.

Dana voelde instinctief aan dat Rick nu volledig in het televisieprogramma was opgegaan, waarop ze moed verzamelde om de kamer ongemerkt te verlaten. Dana liep snel terug naar de slaapkamer, waar ze verder de hele dag verbleef.

In de namiddag begon het gezeur weer, want dan moesten er boodschappen worden gehaald. Dit betekende dat Dana bij Rick om geld moest bedelen. Ze stond in de deuropening met een lege boodschappentas in haar hand en vroeg vriendelijk: "Rick, wat lust je vanavond?"

Hij keek verstoord op en zat nog steeds in zijn onderbroek, die er nu smoezelig uitzag, want hij had de hele dag bier gedronken. Het rook muf in de kamer en op het salontafeltje stond een verzameling met lege bierflesjes. Rick boerde eerst luidruchtig, ging rechtop zitten en wreef met zijn beiden handen over zijn buik en schudde zijn ballen op. Hij keek Dana aan, die gedwee in de deuropening met de boodschappentas in haar hand op antwoord wachtte.

"Pizzaatje of zo."

Dana bleef staan, want ze had geld nodig om boodschappen te doen, maar zag een onheilspellend blik in zijn ogen.

"Kom eens hier schatje."

Dana wist wat dat betekende. Weigeren had geen zin, want dat had consequenties. Ze liep naar Rick en glimlachte naar hem, want de ervaring had geleerd dat Rick de ene keer gecharmeerd was van haar glimlach en geld gaf. De andere keer moest ze hem eerst afwerken voordat ze boodschappengeld kreeg.

Rick was vandaag vervelend, want toen ze hem was genaderd, pakte hij haar hardhandig vast, trok haar naar zich toe en schoof zijn onderbroek een stukje omlaag. "Deze jongen heeft een warm mondje nodig."

Hij duwde Dana op haar knieën naar de grond. Rick begon over zijn penis te wrijven, "kom eens hier met dat mondje," en hij duwde haar mond naar zijn half slappe penis. Hij kneep in haar borsten en zuchtte van genot.

Dana walgde. Rick had zich al dagen niet meer gewassen en geen schoon ondergoed aangetrokken. Ze deed haar best om hem zo snel mogelijk tot een hoogtepunt te brengen, wat niet meeviel vanwege de hoeveelheid bier die hij al achter zijn kiezen had.

Na lang zuchten kwam Rick klaar, maar hij hield haar hoofd naar beneden gedrukt en met zijn andere hand hield hij haar borst vast. Hij siste: "Doorslikken."

Dana deed dit gedwee en probeerde niet te laten merken dat ze bijna over haar nek ging.

Rick liet haar los, keek haar met samengeknepen ogen aan. Daarna pakte hij een bankbiljet van de tafel, die hij in de ochtend uit haar portemonnee had gehaald en liet het op de grond vallen. Ze bukte om het biljet te pakken. Nu kon Dana de boodschappen gaan halen. Toen ze de woonkamer uitliep, rende ze naar het toilet, stak een vinger in haar keel en kotste haar maag leeg. Uit het kraantje bij het fonteintje dronk ze water, spoelde ze haar gezicht met water af en depte het met een stuk wc-papier droog. Daarna verliet Dana de woning om boodschappen te halen.

Hoofdstuk 18.

1976

Dana en haar broer John woonden de eerste jaren van hun leven in het armoedige gezin waar hun moeder Jannie zelf was opgegroeid. Ze hadden verschillende biologische vaders, die ze niet kenden. Jannie kwam zelf uit een gezin met veel kinderen van verschillende vaders.

In het huishouden van "Jan Steen," waar Jannie was opgegroeid, gold het recht van de sterkste. Jannie was zacht van aard en had dagelijks moeten vechten om aan voldoende eten te komen. Ze voelde zich eenzaam, ondanks het drukke huishouden. Er was geen vriendschappelijke band tussen haar halfbroers en halfzussen. Iedereen vocht voor zijn eigen belang.

Op haar zestiende beviel Jannie van haar zoon John. Ze kon zich niet meer herinneren wie de verwekker was, omdat ze het niet zo nauw nam met wie ze seks had. Toen Jannie zwanger was van Dana, wist ze wel wie de vader was. Dat was ene Pierre, die ze in de disco had leren kennen. Maar Pierre had ze nooit meer gezien. Ze wist niet waar hij woonde, had geen telefoonnummer en geen idee hoe ze hem kon bereiken.

Toen Dana vier jaar oud was en naar de basisschool ging, kreeg Jannie van de gemeente een huurflatje toegewezen. Met een bijstandsuitkering en af toe wat bijverdienste via het uitzendbureau als schoonmaakster kon Jannie het hoofd net boven water houden.

In het nieuwe lege appartement was het doodstil. Dana vond het drukke huishouden bij oma gezelliger, ondanks dat ze daar altijd moest meehelpen. Bij oma sliepen ze met z'n drieën in een klein kamertje in één bed. Nu had ze een eigen kamertje met een eigen bed en met z'n drieën hoefde ze niet veel op te ruimen.

John en Dana leken niet op elkaar en waren compleet tegenovergestelde persoonlijkheden. John was een koele harde jongen met een smal gezicht, een puntige neus en dunne lippen. Hij was achterdochtig en keek met zijn priemende ogen iedereen altijd intimiderend aan. Hij was mager en lang, en had dun zwart sluik haar. In tegenstelling tot Dana, die een mooi rond gezicht had met grote bruine ogen en een mooie bos bruin haar met natuurlijk vallende krullen. Dana was niet groot, maar wel slank. Broer en zus leken niet op elkaar, maar beide kinderen leken ook niet op Jannie. Die was blond, niet zo groot, had dunne benen en een dikke hangbuik, die als een lege zak aan de voorkant van haar lijf hing. Jannie had een getergd gezicht met dikke opgezwollen wallen onder haar ogen. Ze hield van haar kinderen, maar het was haar niet gelukt om een partner te vinden, die voor haar en de kinderen wilde zorgen. Jannie had af en toe een vriend, maar het waren altijd ongelijke verhoudingen. Deze mannen waren alleen maar op zoek naar een vrouw om aan hun gerief te komen. Er waren mannen geweest, die hun handen niet thuis konden houden en Jannie sloegen.

Dana was spontaan en sportief, paste zich makkelijk aan in de nieuwe buurt waar ze woonde en maakte zonder moeite nieuwe vriendinnen. Naast alle vriendinnen op school had Dana maar één echte vriendin en dat was Roxanne. In tegenstelling tot Dana was Roxanne lang, broodmager en ze had steil blond haar.
Als het mooi weer was speelden ze buiten op het speelplein in de klimrekken of bouwden ze een tent van een oud tafelkleed in de bosjes. Soms waren er vervelende jongens die met stokken op de tent sloegen. Dana riep dan de hulp van John in. De jongens waren bang voor John, want als hij ze te pakken kreeg was hij moeilijk te stoppen. Sommige ouders hadden bij Jannie verhaal gehaald. Maar Jannie zei altijd wanhopig dat John het niet meer zou doen. John begon nooit een gevecht, maar als hij werd uitgedaagd was hij hard en meedogenloos.

School kon Roxanne en Dana niet boeien. Hun prestaties waren net voldoende om jaarlijks over te gaan. Na de basisschool gingen ze naar het VMBO en vanaf dat moment brak er een leuke tijd voor beide meiden aan Ze kregen de nodige aandacht van de jongens in de buurt. Roxanne ontmoette in het buurthuis een leuke Antilliaanse jongen die Papi heette. Het begon met een afspraakje, waar ze met smacht naar had uitgekeken. Haar verliefdheid en verwachtingen werden ingelost. Papi introduceerde haar in het uitgaansleven en verwende Roxanne continue.
Dana vond het jammer dat ze Roxanne aan Papi kwijt was, maar ze keek altijd uit naar de verhalen die Roxanne na het weekend in kleuren en geuren vertelde. Ze keek tegen Papi op. Hij droeg dure merkkleding waar

Roxanne van onder de indruk was. Haar moeder was alleenstaand en had een bijstandsuitkering. Merkkleding zat er voor haar niet in.

Papi was enig kind en werd door zijn moeder geadoreerd. Zijn vader was maar af en toe in beeld. Hij had bij verschillende vrouwen kinderen. Maar als zijn vader langs kwam, werd Papi verwend met dure cadeaus en geld. Dana vond dat Papi steeds meer beslag op Roxanne legde en ze zagen elkaar steeds minder. In het clubhuis waren leuke jongens waar Dana wel eens een afspraakje mee maakte. Ze kon het niet bevatten dat haar hartsvriendin als een blad aan de boom was omgeslagen en als ze iets vertelde, in elke zin de naam van Papi viel.

Het was Dana gelukt om Roxanne eindelijk een keer van Papi los te weken om te gaan winkelen in de stad. Niet dat ze geld hadden om nieuwe kleding te kopen, maar dan was het nog wel leuk om kleding in warenhuizen te passen en in de kleedkamers om elkaar te lachen.

Toen ze na het winkelen bij Roxanne thuiskwamen, was haar moeder er nog niet. Ze schonken de glazen met cola vol en gingen in het kamertje van Roxanne zitten. Na een paar slokken cola zei Roxanne samenzweerderig: "Ik ben echt verliefd op Papi. Weet je wat we allemaal doen?"

Dana keek haar verwachtingsvol aan en ze vertelde over haar eerste seksuele ervaringen. Dana hing aan haar lippen. Met haar handen had ze aangeduid hoe lang de piemel van Papi was. Dana had meewarig naar de afmeting gekeken en gevraagd of dat geen pijn deed. Roxanne had een wuivend gebaar gemaakt en verteld hoe lang Papi het volhield en hoe lekker ze het vond. Ze had gezegd dat ze nooit meer anders wilde dan een Antilliaanse jongen. Dana was onder de indruk van de verhalen.

In het weekend ging Dana alleen naar het buurthuis, want ze had een afspraakje met een leuke jongen. Ze vond hem knap. Hij maakte grapjes. Maar Dana twijfelde toen het laat werd. Ze wilde niet door hem naar huis gebracht worden. Echt verliefd was ze niet. In ieder geval niet zoals Roxanne op Papi.

Dana had afscheid genomen van de leuke jongen. Hij wilde meer, maar ze had toch de boot afgehouden. Het spookte regelmatig door haar hoofd dat ze er niet aan moest denken om op haar zestiende zwanger te worden, zoals haar moeder Jannie was overkomen.

Die nacht toen ze in bed lag, stapte John ongevraagd bij haar in bed. Ze probeerde hem uit bed te duwen, maar hij pakte gemeen haar keel vast en zei dat ze moest gehoorzamen. Dana moest haar nachtpon uittrekken en hij begon haar lichaam te strelen. Daarna schoof hij haar onderbroek naar beneden. Ze moest haar benen spreiden. Dana voelde zijn vingers in haar onderlichaam binnendringen. Ze kromp ineen en een gevoel van schaamte beheerste haar brein.

Na afloop bedreigde John haar door te zeggen dat als ze iets aan Jannie zou vertellen, hij haar zou verminken. Dana was bang voor John, want hij kon erg gemeen zijn.

In het begin had ze nog de onnozele gedachte dat John aan het oefenen was voor als hij zelf een vriendin zou krijgen. Diep in haar achterhoofd wist ze dat dit niet normaal was, maar ze durfde er niets over tegen Jannie te zeggen.

Eén keer had ze tegen John gezegd, dat ze niet door hem aangeraakt wilde worden. Hij had haar toen een stomp in haar gezicht gegeven. Met een bloedneus was ze naar Jannie gelopen en had ze gezegd dat ze gestruikeld was.

John kon geen maat houden en ging verder. Dana moest hem nu ook aftrekken. Iets wat ze verafschuwde, vooral wanneer het warme sperma over haar lichaam vlokte. Ongewild moest ze aan Roxanne denken en ze vroeg zich af of de piemel van John even groot was, als die van Papi. Ze had niet het lef om ernaar te kijken en hield haar ogen altijd stijf dicht, als John bij haar in bed stapte.

Maar dit was alleen maar het begin, want kort daarna ging hij op Dana liggen en penetreerde haar. Ze vond het vreselijk. Het warme zwetende lichaam van John op haar lijf. Het zuchten en zijn warme stinkende adem in haar gezicht. Het ritme werd opgevoerd tot een paar onregelmatige schokken waarop John zich slap op haar lichaam liet vallen. Ze gruwelde van dat moment. Dana was bang voor John, bang voor de pijn die hij haar zou aandoen wanneer ze niet meewerkte.

Op school behoorden Dana en Roxanne tot de zwakste leerlingen van de klas. Vanuit school was al meerdere malen de zorg uitgesproken over hun schoolprestaties. Maar Jannie en de moeder van Roxanne hadden niet de kracht om hun dochters te begeleiden. Beide moeders hadden het veel te druk met hun eigen relaties en om het hoofd financieel boven water te houden.

In de slaapkamer van Dana stonden beide vriendinnen voor de spiegel en maakten ze zich op voor een avondje stappen. Roxanne gaf haar mascararoller aan Dana. "Ik weet het niet, maar misschien weet jij het?" Dana pakte de mascararoller van Roxanne achteloos aan. "Wat bedoel je?"

"Nou, ik ben al een tijdje niet meer ongesteld geweest en ik weet niet zeker..." Ze keek Dana vragend aan.

"Hoe lang ben je niet meer ongesteld geweest?" vroeg Dana, terwijl ze haar oogschaduw uitwreef.

Roxanne sloeg haar ogen neer. "Ik denk al een paar maanden niet meer." Dana sloeg haar arm moederlijk om Roxanne en keek haar serieus aan. "Heb je dit al aan je moeder verteld?"

"Nee, ik durf het eigenlijk niet tegen haar te zeggen."

"Je moet het wel met je moeder bespreken, want misschien ben je zwanger."

Ze liet Roxanne los en haalde de mascararoller over haar lange wimpers. Roxanne pakte een lippenstift van het tafeltje en maakte zich verder op. Ze trokken hun strakke truitjes recht en vertrokken naar de binnenstad.

Roxanne bleek zwanger van Papi te zijn en hij vond het geweldig, maar wilde er geen verantwoordelijkheid voor nemen. Haar moeder was boos over de gevolgen, want dit betekende weer een mond die gevoed moest worden, zonder dat er extra inkomsten waren.

De zwangerschap liep voorspoedig en Roxanne verliet voortijdig school. Ze beviel van een mollig lichtbruin zoontje, die ze Tyrone noemde. Dana vond het leuk om hem in haar armen te houden en te koesteren. Diep in haar hart leek het haar geweldig om ook een baby te hebben, maar ze zag ook de werkelijkheid, want Roxanne moest 's nachts haar bed uit en ze stond er alleen voor.

Dana ging toch voor zekerheid en ze maakte haar opleiding af. Jannie was trots, omdat ze de eerste in de familie was die een diploma op zak had.

Op aandringen van Jannie had Dana een baantje als caissière in de buurtsuper aangenomen. Ze was spontaan en had binnen de kortste keren een goede klantenbinding met de vaste klanten. Met de filiaalchef Hans kon Dana het goed vinden, waardoor ze met plezier naar haar werk ging.

Op een avond, vlak voordat Dana naar huis ging, zag ze een nieuwe vakkenvuller in de kantine bij het koffiezetapparaat staan. Hij had net een bekertje koffie ingeschonken, liep naar het tafeltje waar zijn pakje brood lag en keek haar nieuwsgierig aan. "Kom je hier ook zitten?"

Dana lachte verlegen en ze ging aan het tafeltje bij de vakkenvuller zitten, die Micky heette. Hij scheurde het plastic broodzakje open en pakte een bruine boterham.

"Moet je niet naar huis?" vroeg hij, terwijl hij een hap van zijn brood nam.

"Nee, ik moet zo nog het kassaoverzicht bespreken, maar de filiaalchef is nog bezig."

"Ben je ook student."

"Nee, ik werk hier vast."

Dana werd door de filiaalchef geroepen en ze maakte een gebaar naar Micky dat "de baas" haar nodig had.

"Wat doe je in het weekend?" vroeg hij toen ze opstond.

Dana was overrompeld en antwoordde plompverloren: "Niets."

Micky vroeg of ze zin had om op zaterdagavond met hem te gaan stappen. Dana bloosde en knikte. Maar Micky liet er geen gras over groeien. "Tof, zal ik je ophalen? Waar woon je?"

"Laten we in de stad afspreken," verbeterde ze gelijk, omdat ze wilde voorkomen dat John Micky zou zien.

Op zaterdagavond toog Dana naar de afgesproken locatie in de binnenstad. Micky stond al bij het bankje op het pleintje te wachten en grijnsde toen ze kwam aanlopen.

"Hoi, zullen we een filmpje pakken?"

Micky brak het ijs door te zeggen dat ze er nu stukken beter uit zag zonder haar jasschort. Dana werd verlegen van zijn compliment.

Hij koos voor een romantische film. Ze namen in de bioscoop plaats en onder de film had Micky haar hand vastgepakt. Hij keek Dana ondeugend aan en boog zijn gezicht naar haar toe. Ze dacht dat hij iets tegen haar ging zeggen, maar hij gaf een vluchtige kus op haar mond en zei zachtjes: "Ik vind je mooi."

Haar hart maakte een sprongetje, want dit had nog nooit iemand tegen haar gezegd.

Na een tijdje liet hij de hand van Dana los en verschoof zijn hand naar haar dij. Ze schrok en verstijfde van angst. Er begon een strijd in haar hoofd. "Het is niet John, het is Micky, het is niet John, het is Micky."

Zijn hand op haar dij had letterlijk de schakelaar omgezet en het leek wel of haar hele lichaam in de verdedigingsmodus schoot. De liefdevolle hand van Micky haalde onuitwisbare herinneringen van het nachtelijk misbruik van John naar boven. Dana keek naar de film, maar zag niets meer en was alleen nog maar bezig met de aanraking van Micky. Ze piekerde en bedacht dat wanneer ze haar hand op zijn dij zou leggen, hij zijn hand zou weghalen. Ze boog haar hoofd naar Micky, kuste hem op zijn wang en legde haar hand op zijn dij. Hij keek haar zwoel aan, haalde zijn hand van haar dij en omsloot haar hand met zijn beide handen, en zonk weer weg in de verhaallijn van de film.

Na afloop van de film liepen ze een klein cafeetje in de binnenstad binnen. Micky bestelde twee biertjes en ze gingen samen bij een statafel staan.

"We werken bij elkaar, ik vind je mooi, maar ik weet niets van je. Wie is Dana?" vroeg hij zelfverzekerd en keek haar verwachtingsvol aan.

Dana schrok van zijn directheid. In de supermarkt was ze mondig naar de klanten die ze goed kende, maar dat waren de algemene kletspraatjes. Nu werd er iets van haarzelf verwacht. Ze nam een slok van haar biertje en keek Micky verstokt aan.

Hij nam haar aandachtig op. "Je bent een kei in het opbouwen van de spanning."

Hier was Dana helemaal niet mee bezig. Ze herpakte zich. "Ik heb niet zoveel te vertellen. Ik werk in de buurtsuper en daar heb ik het naar mijn zin."

Van onzekerheid trok ze haar schouders op. Om het gesprek een wending te geven vroeg Dana met een zoete glimlach: "En wie is Micky?"

Hij vertelde dat hij nog op het VWO zat en de ambitie had om later jurist te worden bij een groot bedrijf, maar hij moest eerst nog deze zomer zijn examen doen. Ze luisterde goed naar hem en probeerde te onthouden wat hij vertelde.

Na een paar biertjes stond Micky erop om haar naar huis te brengen, maar Dana durfde niet tegen Micky te zeggen dat ze dit niet wilde. Ze wist niet of John thuis was en wat de gevolgen waren als John Micky zou zien.

Dana zat bij Micky achterop de fiets en ze gaf de richting aan. In plaats dat ze zich naar huis liet brengen, liet ze hem bij het parkje stoppen. Het was ijskoud en donker buiten. Hij zette zijn fiets tegen de schuur van de kinderboerderij, pakte haar hand en trok Dana zachtjes mee achter de schuur. Hij kuste haar en ze beantwoordde zijn kus, die hemels smaakte. Micky trok haar teder tegen zich aan, maar ze voelde dat haar lichaam zich verzette. Ze kreeg kippenvel over haar hele lichaam. Het was hetzelfde nare gevoel wat haar in de bioscoop bekroop, toen Micky zijn hand op haar dij legde. John spookte weer door haar hoofd. De dingen die hij met haar deed. Dana voelde zich verward en ze wilde het liefst hard wegrennen. Als ze alleen in bed lag had ze wel eens liggen fantaseren over seks. Ze moest dan altijd denken aan de verhalen van Roxanne. Alleen waren het niet de spannende verhalen van Roxanne, maar de nare dingen die John met haar deed, die nu ongecontroleerd door haar hoofd spookten. Ze wilde Micky niet teleurstellen, maar wat was normaal? Ze stonden in hun dikke winterjassen te zoenen en daar bleef het gelukkig bij, omdat het buiten veel te koud was.

Micky wilde Dana thuisbrengen, maar dat wimpelde ze behendig af en zei dat ze om de hoek woonde. Ze nam afscheid van Micky en vertrok als een haas in het donker.

Dana en Micky kregen verkering, maar het was voor Dana een moeilijke periode om Micky los te zien van John. Ze vond het vervelend als hij haar aanraakte en ze wilde al helemaal niet dat hij op haar kwam liggen. Micky was lief en als ze iets niet wilde, drong hij nergens op aan. Dana vond dat prettig. Zo leerde ze de werelden van Micky en John scheiden.

Er brak een plezierige tijd aan. Ze gingen regelmatig samen op stap, maar er waren tijden dat ze Micky weinig zag, wanneer hij met de voorbereidingen van zijn tentamens bezig was.

John had lucht gekregen van haar verkering met Micky en had met zijn priemende ogen vals naar Dana gekeken. Hij was boos, voelde zich vernederd en had haar een harde stomp in haar buik gegeven toen ze in de gang haar schoenen wilde aantrekken. Zijn frustratie uitte zich een paar dagen later toen John haar 's nachts in bed opzocht. Hij had te veel alcohol gedronken en was agressief. Hij sloeg haar eerst hard op het hoofd, bond haar in bed vast en misbruikte haar hardhandig. Na afloop fluisterde hij in haar oor dat ze van hem was en dat hij Micky wel een kopje kleiner zou maken. Toen maakte hij haar polsen los. Dana wist zich geen raad en ze was bang dat John zich op Micky zou wreken.

Dana had na het misbruik van John hevige pijnen in haar lichaam en ze nam na lang twijfelen Jannie in vertrouwen. Die reageerde eerst emotieloos, maar begon daarna onbedaarlijk te huilen en ging als een robot op de bank zitten. Ze sloeg verschillende malen hard met haar vuisten op de salontafel. "De geschiedenis blijft zich herhalen! De geschiedenis blijft zich herhalen!" Ze kreeg een lege blik in haar ogen en bleef met haar verkrampte witte vuisten hard op de tafel slaan. Daarna stond ze ineens bruusk op, liep naar Dana toe, die nog verbaasd naar Jannie keek, pakte haar vast en trok haar strak tegen zich aan en zei heel ferm: "Ik ga het oplossen, je slaapt vanaf nu bij mij in bed."
Vanaf die tijd probeerde Dana zoveel mogelijk John te ontlopen en te voorkomen dat ze alleen thuis was. Ze trok als een Siamese tweeling met Jannie op. Met veel pijn en moeite hield ze dit vol. John was niet te genieten en liet dit blijken als Jannie in de keuken stond, door haar een onverwachts een harde klap op het hoofd te geven of een stomp in haar maag. Ze telde de dagen af dat John het huis zou verlaten. Maar hij maakte totaal geen aanstalten om te vertrekken en hij vond het wel prettig om als zoon door Jannie bemoederd te worden.

Micky stond erop om een keer bij Dana thuis kennis te maken met haar moeder. Na veel aandringen stond hij voor de deur. Jannie had haar best gedaan en het huis opgeruimd, waar het altijd een rommel was. De dag bestond voor Jannie uit het roken van sigaretten, televisiekijken en roddelbladen lezen.
Micky was galant en had een bos bloemen voor Jannie meegenomen. Ze voelde zich vereerd, want ze kreeg bijna nooit visite, laat staan een bos bloemen. Dana had ervoor gezorgd dat er koffie en koekjes in huis waren. Ondanks dat Micky jong was, was hij onderhoudend en wist het gesprek goed gaande te houden.
Halverwege de avond kwam John thuis. Hij had een kwade bui over zich. Hij zei geen gedag, plofte met een biertje in zijn hand op de bank naast Micky neer en bepaalde voor die avond de negatieve sfeer.

De buurtsuper was voor Dana haar lust en leven. Hier kreeg ze de erkenning van de filiaalchef Hans voor haar inzet. Thuis was de incestueuze relatie met John tot rust gekomen met Jannie in het midden. Micky was rechten gaan studeren en kreeg nieuwe vrienden. Hij werd politiek actief en begaf zich meer en meer in alternatieve kringen. Door zijn studie was hij in contact gekomen met de krakersbeweging en het lukte hem om via deze club een kamer in een kraakpand in de binnenstad te bemachtigen. Hij vroeg of Dana bij hem kwam wonen. Dit klonk haar als een geschenk uit de hemel, want dan was ze definitief van haar kwelgeest John verlost. Dat ze hiervoor in een kraakpand moest wonen maakte voor Dana niets uit.

Ze was verliefd en raakte niet uitgepraat over Micky. Ze adoreerde hem. Hij was slim, had goede ideeën en was lief voor haar.

In het begin had ze het moeilijk, want John had haar geestelijk beheerst. Het had zijn tijd nodig voordat ze langzaam maar zeker het hoofdstuk "John" afsloot. Het gaf een bevrijdend gevoel en hoe langer ze bij Micky inwoonde hoe beter het met haar ging.

Voor het eerst in haar leven deed ze leuke dingen. Ze maakten uitstapjes en gingen wel eens uit eten. Soms kwamen er vrienden van Micky langs en dat waren gezellige avonden. Dana genoot van het leven. Dat ze de ruimtes in het kraakpand met andere bewoners moest delen vond ze niet erg. Het was niet haar publiek, maar ze waren aardig en behulpzaam. Dat maakte veel goed.

Onder de invloedssfeer van de krakersbeweging veranderde Micky in negatieve zin. De transformatie verliep geleidelijk. Het waren de radicale leden die ongemerkt grote invloed op Micky uitoefenden. Hij was ontvankelijk voor hun ideologieën.

Nadat Micky was afgestudeerd vond hij snel een baan, waar hij zich met volle overgave voor inzette. Dana hoopte dat hij nu afscheid zou nemen van zijn radicale beeldvorming. Het tegendeel gebeurde. Hij was zich steeds meer in de politiek gaan verdiepen en was regelmatig boos op overheidsbesluiten, die betrekking hadden op de aanleg van snelwegen. Er viel niet met hem te praten. Dana ergerde zich aan zijn radicale opvattingen en ze hoopte dat de scherpe kantjes er vroeg of laat vanaf zouden vallen.

Micky was niet meer de spontane vriend uit de buurtsuper. Meestal distantieerde ze zich van zijn discussies. Als dit niet gebeurde, verviel de discussie steevast in een ruzie. Het domineerde hun relatie.

Sommige van de extremistische vrienden streken regelmatig een heel weekend in hun kamer neer. Dana vond dat Micky zich liet gebruiken, omdat hij een deel van zijn salaris afstond om de acties te financieren. Ze was er een paar keer over begonnen. Dit leidde tot hevige discussies die altijd in een knallende ruzie eindigde. Alle redelijkheid was dan weg. Ze spraken dan soms een week niet tegen elkaar.
De verhouding tussen Dana en Micky was bekoeld en de verwijdering tussen beiden was een feit. Dana kon zich niet vinden in zijn extremistische wereld, wat meer een geloofskwestie was en waar geen ruimte voor nuance was.
Ze kon en wilde niet meer meepraten over de verschillende onderwerpen waar Micky en zijn huisgenoten over debatteerden. Dana vertelde bijna niets meer over de dingen die haar dagelijks bezighielden en Micky zweeg ook.

Toen er in een weekend weer voorbereidingen voor een protestbijeenkomst waren en Micky een deel van zijn salaris had afgestaan, barstte de bom. Dana wilde graag sparen om samen een huis te kopen. Wie was Dana om iets over het salaris van Micky te zeggen?
Ze gingen een open gesprek aan over de toekomst. Micky zei dat hij veel van haar hield, maar dat hij er nog niet toe was om over vaste huisvesting na te denken. Hij had nog een missie te vervullen en zei dit met een ijskoude uitdrukking in zijn ogen. Het deed Dana pijn dat Micky zo ver van hun gezamenlijke relatie was afgedreven.
Hij stelde voor om tijdelijk apart te gaan wonen. Dana vond dat dit een uitgestelde stap naar een definitieve scheiding was, maar ging akkoord.

Ze ging tijdelijk terug naar Jannie en kreeg een paar maanden later een klein appartement op de derde etage van een portiekflat door de woningbouwstichting toegewezen. Tot haar grote vreugde in de wijk bij Jannie. Het was een oude grijze betonnen portiekflat uit de jaren vijftig met achterstallig onderhoud. Maar Dana vond het niet erg om elke dag zes trappen naar boven te lopen. Ze voelde zich veilig zo hoog boven de grond. Met een afgesloten portiekdeur en een voordeur met een deurkijker op ooghoogte zou John haar niet kunnen overrompelen als hij haar onverwacht zou opzoeken.

Dana had geen idee wie er naast haar woonde. De andere portiekdeur op de derde etage ging nooit open. Ze vroeg zich af of er überhaupt wel iemand woonde. De hoge bomen ontnamen het zich op de straat, maar dat vond Dana niet erg. Daar was toch niet veel te zien. Ze luisterde liever naar de vogeltjes die in de boom zongen.

Micky had Dana geholpen met het opknappen van het appartement en ze had hem verschillende malen gevraagd of hij toch niet bij haar wilde komen wonen, maar hij weigerde categorisch.

Hoofdstuk 19.

Dana had het rijk alleen in haar eigen appartement. Ze trok veel met Roxanne op, die in de tussentijd ook een dochtertje had gekregen die Desi heette. Desi had een andere Antilliaanse vader dan Tyrone. Roxanne had gehoopt dat de vader van Desi wel bij haar zou blijven om voor het gezin te zorgen. Maar het mocht niet baten. Roxanne had zich erbij neergelegd en nam de opvoeding van haar kinderen voor eigen rekening.

John was bij één van zijn vele vriendinnen ingetrokken. Hij had nooit de moeite genomen om zelf woonruimte te zoeken. Dana zag hem nauwelijks, behalve als hij ruzie had en er door zijn vriendin uitgegooid was, dan bivakkeerde hij bij Jannie.
Op dit moment woonde hij bij een vriendin die zwanger van hem was. Jannie was opgetogen toen ze het nieuws vernam, want ze werd oma. Alleen had ze de vriendin van John nog nooit ontmoet. Volgens John zat ze altijd bij haar eigen familie.

Dana zat 's avonds ontspannen in een joggingpak onderuitgezakt op de bank voor de televisie, toen de bel ging. Ze liep naar de intercom en vroeg wie er was. John stond voor de benedendeur en haar hart begon ongecontroleerd te bonken van de stress. Het zweet brak haar uit en ze werd paniekerig. Met een ferme stem vroeg ze waar hij voor kwam.
"Ik ben samen met mijn vriend Rick en wil je graag aan hem voorstellen."
"Ik heb nu geen tijd," zei ze snel.
Waarop John reageerde: "Ik beloof je dat we maar een kwartiertje blijven."
John kon koel en gemeen zijn, maar als hij zei dat iets een kwartier duurde, dan was dat ook zo. Dana drukte op de buzzer, maar ze had er geen goed gevoel bij en wachtte beide mannen op met het zweet in haar handen. Ze kwamen de trap op lopen en John duwde voordeur verder open en zei enthousiast: "Hallo zus."
Dana was achterdochtig en keek naar zijn ogen. Ze was op haar hoede.
"Fijn dat je even tijd hebt, want ik wil je graag aan Rick voorstellen."
Rick lachte ontwapenend en ze liepen de kamer in. John keek rond en hij

stootte Rick aan. "Mijn zus weet wel hoe ze een huis moet inrichten. Het ziet er goed uit hè?"

Beide mannen gingen ongevraagd op de bank zitten. Rick was een licht getinte man, met een rond gezicht, mooie zwarte ogen en gitzwart haar. Hij oogde slank en sportief. Ze vond Rick een bijzondere verschijning en vroeg waar hij vandaan kwam. Hij vertelde dat hij uit Den Haag kwam en hij voegde met trots in zijn stem toe: "Mijn moeder komt uit Groot-Brittannië en ze is van Indiaanse afkomst en mijn vader is een echte Drent uit Schoonebeek."

Dana glimlachte beleefd, maar er kwam niet echt een gesprek op gang. John was geen prater en Dana zat in een afwachtende modus. Ze wist niet waar John op uit was. Ze vertrouwde hem niet.

Gelukkig vertrokken ze net zo snel als ze waren gekomen. Bij het vertrek keek Rick Dana met warme ogen aan en ze voelde haar hart een sprongetje maken. Zou Rick haar kunnen bieden wat Micky had verzuimd?

Na een paar weken belde Rick onverwachts op, vertelde dat hij haar nummer van John had gekregen en hij nodigde Dana uit voor een diner. Dana had na het beëindigen van de relatie met Micky af en toe een vriendje gehad, maar het was lang geleden dat ze voor een etentje was uitgenodigd en ze accepteerde zijn uitnodiging gretig.

Dana had nieuwe kleding gekocht en ze was bij de kapper langs geweest. Rick bleek in een duur restaurant een tafel gereserveerd te hebben en Dana kon bestellen wat ze wilde. Hij keek niet op een cent. Rick was onderhoudend, maakte complimentjes en stelde Dana op haar gemak. Tijdens het diner vroeg ze waar Rick John van kende. Hij vertelde dat ze collega's waren bij een autohandelaar die tweedehands auto's in- en verkocht. Ze was gecharmeerd van hem en luisterde goed naar wat hij te vertellen had. Rick vertelde geanimeerd hoe hij de aangeboden voertuigen met grote afnemers uitonderhandelde en welke sommen geld ze verdienden. Dana had geen verstand van transacties en auto's, maar ze was onder de indruk van het verhaal.

Na afloop bracht Rick haar naar huis en ze nodigde hem uit om nog wat te drinken, maar hij weigerde beleefd. Hij gaf haar een kus op de wang, draaide zich om en vertrok.

Dana trok de stoute schoenen aan en ze belde Rick een paar dagen later op om hem te bedanken voor de leuke avond, met de bedoeling hem voor het komend weekend uit te nodigen. Rick zei dat hij het te druk had en zou kijken of hij een afspraak kon verzetten. Een paar dagen later belde Rick inderdaad terug, maar hij vertelde dat het hem niet was gelukt. Daar bleef het bij. Dana was een beetje teleurgesteld. Ze had zich er iets meer van voorgesteld.

Het weekend erna stond Rick onverwacht met een bos rode rozen voor de deur. Toen Dana de voordeur opende stond hij al boven op de mat, overhandigde de rozen en zei dat deze voor de mooiste vrouw van de hele wereld waren. Dana voelde zich vereerd en liet Rick binnen. Ze praatten de hele avond over uiteenlopende onderwerpen. De sfeer was los en open, omdat John er niet bij was. Dana ging ervan uit dat Rick zou blijven slapen, maar hij stond er op om 's nachts naar huis te gaan. Ze had een paar glazen wijn op, keek Rick verleidelijk aan en gaf hem een kus op zijn mond. Hij pakte haar liefdevol beet en beantwoordde de kus. Dana voelde zich helemaal warm worden. In plaats dat haar euforische gevoel werd ingelost, bedankte hij haar voor de gastvrijheid en vertrok.
Die nacht lag Dana ontdaan in bed en vroeg zich af wat ze als vrouw niet goed had gedaan. Ze had een diep verlangen naar Rick. Ze moest voor zichzelf bekennen dat de introductie van Rick, de eerste goede daad van John was, die ze in haar leven had meegemaakt.

Toch duurde het nog een paar maanden voordat Rick haar de liefde verklaarde. Toen hij op een avond haar appartement was binnengelopen, had ze haar armen rond zijn nek geslagen en hem teder gekust. Rick had zich losgemaakt en geheimzinnig naar Dana gelachen. In zijn hand had hij een mooi tasje. Hij had er veelbetekenend naar gekeken, daarna naar Dana en had gezegd: "Voor jou."
Hij had het tasje overhandigd.
Dana keek er verwonderd naar. Toen ze het opende, bleek er een sexy lingerie setje in te zitten. Het was van rode zijde en met zwart kant afgezet. Ze hield het setje met glimmende ogen omhoog en bekeek het nauwgezet.
   "Vind je het mooi?"
Dana knikte en ze kuste Rick.

Hij keek haar innig verliefd aan. "Ik zou het leuk vinden om te zien of het je past," en hij gaf een knipoog.

Dana glunderde en ze gaf een tikje met de punt van haar vinger op zijn neus. "Voor jou doe ik alles."

Ze liep met het setje in haar hand naar de slaapkamer om zich om te kleden.

Dana stond voor de spiegel toen ze het setje aantrok. Ze had een ondeugende glimlach rond haar mond, draaide zich een paar keer tevreden om en liep terug naar de kamer om het aan Rick te showen.

"Je bent echt de mooiste vrouw van de hele wereld."

Hij keek haar verliefd aan, liet zijn vingers van haar schouder naar beneden glijden en op haar rechter borst rusten. Zijn ogen waren donker en vol passie toen hij Dana aankeek. Met zijn andere hand trok hij Dana naar zich toe, kuste haar en vroeg een hese stem: "Waar is jouw bed?"

Dana leidde Rick aan haar hand mee naar haar slaapkamer. Rick ging op bed liggen en vroeg: "Kun je een striptease voor me opvoeren, dat vind ik zo opwindend."

Rick ging naakt in het midden van het bed liggen. Dana had nooit eerder een striptease opgevoerd. Het gaf haar een gevoel van macht, omdat ze Rick opgeilde. Toen hij met zijn vingers knipte, stapte ze bij hem in bed. Hij trok haar naar zich toe en kuste haar over haar hele lichaam. Ze voelde zijn handen over haar lichaam glijden.

Rick was een tedere minnaar en hij had seks met haar op een liefhebbende manier, waardoor ze zich speciaal voelde. Hier had ze lang op moeten wachten, maar wat Rick haar nu gaf was een geschenk uit de hemel.

En het hield niet op, want Rick verklaarde Dana de liefde en verwende haar continue met cadeautjes. Ze voelde zich voor het eerst in haar leven bemind, verwend en begrepen.

Toen ze een paar maanden met elkaar omgingen stelde Rick voor dat Dana zou stoppen met haar baan in de buurtsuper, maar daar wilde ze niets van weten. De buurtsuper was haar lust en leven. Het leidde tot de eerste discussie met Rick, maar uiteindelijk liet hij het onderwerp rusten. Hun samenzijn was altijd bij Dana thuis, want Rick had verteld dat hij zijn flatje met een collega deelde en dat het daar altijd een grote rommel was. Hij vond het onnodig om zijn adres aan Dana te geven.

Ze begreep hem en vond het belangrijker om met Rick samen te zijn.

Roxanne kwam Tyrone en Desi ophalen, want Dana had opgepast. Dit was de eerste keer dat Roxanne kennismaakte met Rick.

Hij arriveerde op het moment dat Roxanne afscheid nam van Dana. Dana was nieuwsgierig hoe Roxanne Rick zou beoordelen.

Tyrone begon te jengelen, want hij wilde bij Dana blijven. Dana ging op haar knieën zitten, stelde hem gerust, gaf hem een kus op zijn wang en beloofde dat hij binnenkort weer mocht komen logeren.

Toen Dana moederlijk over het hoofdje van Tyrone wreef zag ze uit haar ooghoek hoe Roxanne Rick met een afkeurend blik observeerde. Hij keek op dat moment ongeïnteresseerd naar buiten. Dana liet niet merken dat ze dit had gezien, nam afscheid van Roxanne en de kinderen en sloot de deur.

Ze liep terug naar de woonkamer, waar zijn ongeïnteresseerde houding was getransformeerd tot een zoete, maar ook liefhebbende man.

"Leuke kinderen. Ken je Roxanne al lang?"

"Ik ken Roxanne al sinds de kleuterschool. Ze is mijn beste vriendin."

"Ik vind jullie totaal verschillende types. Roxanne is een echt moedertje, maar jij bent een vrouw van de wereld. Ik vind dat kinderen een vrouw in haar ontwikkeling belemmeren, zeker als ze een carrière nastreeft."

Dana was gecharmeerd van zijn uitspraken en ze voelde zich als vrouw begrepen.

Een paar dagen later toen Roxanne en Dana aan de koffie zaten begon Dana gelijk over Rick. "Hoe vond je hem? Een stuk hè?"

Roxanne onderbrak haar op een lompe manier. "Ik moet toegeven dat het een stuk is, maar die Rick heeft iets raars. Ik weet niet goed hoe ik het onder woorden moet brengen. Dat soort mannen houdt van kinderen, want het zijn zelf ook net kinderen. Alleen willen ze er geen verantwoordelijk voor nemen. Rick stond met afgrijzen naar buiten te kijken toen je Tyrone geruststelde. Hij verbergt iets en hij doet zich anders voor dan in de werkelijkheid. Pas maar op."

Dana keek Roxanne verbaasd aan. "Zo ken ik je niet. Wat een negatief oordeel zeg. Rick is zo aardig. Hij verwent me, maar ik denk dat hij geen kinderen gewend is."

Roxanne was het niet met Dana eens, maar het onderwerp verschoof naar de afwezige rol van de vaders van Tyrone en Desi.

Rick had Dana met een verjaardagscadeau verrast; een weekendje Antwerpen. Wat ze daar gingen doen, was nog geheim. Dana wist uit ervaring wanneer Rick geheimzinnig deed, ze altijd iets moois kreeg. Op haar verjaardag kwam Rick haar ophalen.

Ze reden naar Antwerpen in zijn mooie zwarte BMW, want Rick hield van grote snelle auto's, mooie kleding en glimmende schoenen. Hij had een luxe hotel in de binnenstad gereserveerd en Dana was bij binnenkomst verblind door de luxe en vriendelijkheid van het personeel. Ze was nog nooit zo correct behandeld. Rick was naar binnen gelopen alsof het de gewoonste zaak van de wereld was.

Boven op de kamer stond een mooi bloemstuk met een kaartje van Rick: Voor mijn allerliefste Dana. Er stond ook een fles Champagne met twee glazen klaar. Op het bed lagen geurende rozenblaadjes. Dana was onder de indruk, ging verbluft op de rand van het bed zitten en keek gelukzalig in de rondte. Rick pakte haar hand, trok haar van het bed naar zich toe en kuste haar.

Na de liefdevolle kus keek hij haar aan met een geheimzinnige glimlach en pakte liefdevol haar rechterhand. "Deze hand is leeg."

Dana keek hem nieuwsgierig aan. "Is dat dan niet goed?"

"Zo hoort het ook."

Rick pakte een klein doosje uit zijn broekzak. Hij opende het doosje en pakte er een gouden ring uit, waarin een rode robijn schitterde. Rick schoof de ring om de vinger van Dana. Ze was sprakeloos en ze keek van de ring naar Rick en van Rick naar de ring en stamelde: "Wat mooi, maar dat is toch veel te duur?"

Rick zei niets, trok Dana tegen zich aan en vroeg: "Wil je met me trouwen?"

Dana knipperde met haar ogen en zei zonder na te denken volmondig: "Ja" en ze kuste Rick. Na de kus pakte Rick de fles Champagne en schonk de glazen vol.

Nog dezelfde avond belde Dana Jannie op en vertelde ze enthousiast dat ze met Rick ging trouwen. Jannie was blij, emotioneel en begon aan de telefoon te huilen.

De datum voor het huwelijk werd geprikt. Dana was in de tussentijd volledig in beslag genomen met de voorbereidingen. Samen met Jannie ging ze op pad om een bruidsjurk uit te zoeken. Ze had met Rick de taken voor de bruiloft verdeeld. Rick had er op gestaan om het grootste deel van de kosten voor zijn rekening te nemen. Hij had schoorvoetend ingestemd om zijn vader voor de bruiloft uit te nodigen en na veel gezeur van Dana had hij beloofd om zijn vader op te zoeken.

Op zondagmiddag reden ze naar Drenthe en na lang zoeken vonden ze de straat waar de vader van Rick woonde. Hij woonde in een klein flatje in een achterafbuurt, wat bestond uit gedateerde jaren zestig flatjes. Er was niemand op straat te zien. Rick had al een paar keer aangebeld. Ze hoorden meerdere honden in de woning blaffen. Rick beukte enkele malen hard op de deur en riep luid: "Pa, ik ben het Rick. Doe open!"
Niet veel later hoorde Dana dat de vergrendeling van de deur werd gehaald en een oude verwaarloosde man opende de voordeur. De man was wereldvreemd, keek leeg voor zich uit en zei niets.
"Pa ik wil je Dana voorstellen. Mogen we binnenkomen?"
Het leek wel of de man uit zijn trance-modus ontwaakte en hij zei lijzig: "Hallo Rick, leuk dat je er bent."
Het was even stil en toen vervolgde hij: "Kom binnen" en stapte opzij.
Het appartement stonk naar muffe hondenlucht. Dana keek naar Rick en ze zag dat hij zich voor zijn vader schaamde, die er ongewassen bijliep. Hij was ongeschoren en er ontbraken een paar tanden in zijn mond. De grijze haarsliertjes lagen als een kransje om zijn kale achterhoofd en de beige broek die een paar maten te groot was, werd door een veel te grote riem bijeengehouden. Dana zag een kring van opgedroogde urinedruppels rond zijn gulp zitten, wendde haar hoofd af en ze nam zich voor om hier niets te drinken en te eten. Ze griezelde van wat ze zag. Eén van de honden sprong tegen zijn vader op, waarop hij op zijn knieën ging zitten en tegen de hond begon te praten. De hond begon zijn gezicht te likken en hij liet het toe. Dana keek vol afschuw naar het tafereeltje. Ze bedacht dat de hond misschien kort ervoor zijn eigen kont had schoongelikt.
"Pa, laat die hond nu los en ga nu eens zitten, want ik wil je graag iets vertellen."
Vader keek naar Rick alsof hij van een andere planeet kwam.
"Hallo, hoor je me?"

Vader knikte, liet de hond los en ging in een stoel zitten waar geen rommel lag.

"Pa, ik ga met Dana trouwen en ik zou het leuk vinden als je ook naar de trouwerij komt."

"Ik vind het fijn dat je aan me hebt gedacht," zei zijn vader en zweeg vervolgens.

Dana vond het een hele vreemde ambiance en ze hield zich afwachtend op de achtergrond. Rick vertelde zijn vader wanneer ze gingen trouwen en het leek wel of zijn vader zijn tong had teruggevonden want er kwam een gesprekje op gang. Rick vroeg of vader enig idee had waar hij zijn moeder kon bereiken. Hij keek met lege ogen naar Rick en het duurde even voordat hij antwoordde: "Jongen, ik heb geen idee. Je weet dat ze na onze echtscheiding terug zou gaan naar haar familie in Groot-Brittannië. Ze heeft haar koffer gepakt en ik heb haar nooit meer gezien. Ik zou het bij haar familie proberen."

Daarna keek hij Rick hulpeloos aan en begon de honden weer intensief te aaien en praatte hij tegen de honden alsof ze hem begrepen.

Na nog wat beleefdheden uitgewisseld te hebben zei Rick dat ze weer terug naar huis gingen. Dana stond gelijk op.

In de auto naar huis was Dana de vieze muffe lucht van het appartement nog niet kwijt. Ze rook aan haar kleding en vroeg aan Rick: "Ben je zo opgegroeid met al die honden?"

Rick was kortaf, want hij schaamde zich voor zijn vader. "Nee, daar kreeg mijn vader niet de ruimte voor. Het motto van mijn moeder was dat een huis schoon moest zijn. Om haar woorden aan te halen: Zuiver en proper. Daarna zweeg Rick en reed hij geconcentreerd met een hoge snelheid over de snelweg.

Dana begon over de moeder van Rick. "Heb je echt geen idee waar je moeder is? Ik vind het jammer dat we haar niet persoonlijk kunnen uitnodigen."

Rick antwoordde knorrig: "Je hoorde wat mijn vader zei. Hij heeft geen idee heeft waar ze is en hij is de enige die het zou kunnen weten. Mijn moeder heeft jaren geleden mijn vader verlaten. Ze was hem zat. Ik heb in het verleden al een keer met onze familie in Groot-Brittannië contact opgenomen, maar ze hebben haar nooit meer gezien en ze beweren dat ze nog in Nederland moet zijn."

"Toch raar dat je moeder geen interesse in je heeft," concludeerde Dana.

Rick zei snibbig: "Jij weet niet eens wie je vader is."
Daarna was het gesprek afgesloten en vervolgden ze zwijgend de reis naar huis.

De trouwdag was voor Dana het hoogtepunt van haar leven. Rick had haar verwend en had tijdens de voorbereidingen niet op een cent gekeken. Ze voelde zich een prinses in haar exclusieve bruidsjurk.

De ceremonie in het stadhuis was statig en de toespraak van de ambtenaar van de burgerlijke stand had Dana ontroerd. In de auto op weg naar de feestlocatie had Rick zijn arm om haar schouder geslagen en hij had haar teder gekust. De chauffeur had het in zijn achteruitkijkspiegel gezien en moest glimlachen om het prille geluk. Ze had het toch maar geklaard, want Jannie was het nooit gelukt om te trouwen. Roxanne had twee kinderen en geen van de vaders wilde met haar een huwelijk aangaan.

Het huwelijksfeest was prima georganiseerd. Er was een mooi opgemaakt buffet met veel lekkere hapjes en salades. Dana zag gasten, die ze niet kende, maar dat bleken vrienden van Rick te zijn. De vader van Rick was uiteindelijk toch gekomen en Rick had zich er blijkbaar tegenaan bemoeid, want hij zag er netjes verzorgd uit. Het verbaasde Dana, want dit was een totaal andere man, dan de man die ze vorige maand in Drenthe had ontmoet.

Ze had haar collega's uit de supermarkt uitgenodigd, die bijna allemaal waren gekomen. Toen de avond vorderde vond Dana het rommelig worden. De vrienden van Rick waren dronken, waardoor er nare en obscene grapjes over haar werden gemaakt, die ze niet kon waarderen. Ze had Jannie bezorgd zien kijken.

Aan het einde van het feest gooide Dana haar trouwboeket achterstevoren naar de gasten. Iedereen stond te juichen toen Dana aan de hand van Rick de ruimte verliet en in de auto stapte.

Rick opende de deur van het appartement en Dana stapte naar binnen met een grote glimlach om haar mond. "Rick ik ben zo gelukkig, want mijn droom is uitgekomen."
Rick reageerde afwezig.
Dana vroeg bezorgd: "Is er iets? Ben je moe?"

Rick sloot de voordeur en hij keek Dana afgemeten aan. Ze keek hem vragend aan, maar hij gaf geen reactie. Hij deed behoedzaam zijn schoenen uit en zei tegen haar met een stem die ze van haar leven niet meer zou vergeten: "Je hebt me een heleboel geld gekost. Ik ga er wel vanuit dat je dit op korte termijn gaat terugbetalen."

Daarna liep Rick, zonder zich iets van Dana aan te trekken de woonkamer in. Dana liep achter hem aan met haar bruidsjurk iets omhooggehouden, zodat ze niet in de zoom van haar jurk zou lopen.

"Wat bedoel je?"

Rick plofte op de bank neer en hij keek Dana afstandelijk aan. "De afgelopen maanden heb je me een heleboel geld gekost, en ik verwacht wel dat je dit gaat terugbetalen."

Dana keek hem verbaasd aan. "Je hebt nooit gezegd dat je geld van me kreeg." Ze voelde zich verdrietig worden want ze had verwacht dat er nu een onvergetelijke huwelijksnacht zou volgen.

Dana kleedde zich voorzichtig uit, hing haar mooie trouwjurk op een hangertje aan de kast en ze voelde tranen in haar ogen opwellen. Rick liep de slaapkamer binnen en negeerde Dana. Hij kleedde zich uit, ging op bed liggen, draaide zich om zonder enige belangstelling voor haar te tonen. Ze wendde zich tot Rick en gaf hem een kus op de achterkant van zijn schouder, maar er gebeurde niets.

"Ben je boos?"

Het duurde even voordat Rick zich abrupt omdraaide en Dana scherp aankeek. "Ik krijg nog veel geld van je en ik verwacht dat je dit op korte termijn gaat terugbetalen."

Dana zei wanhopig: "Wat bedoel je nu Rick, ik snap je niet."

Hij duwde Dana ruw van zich af.

Ontgoocheld deed ze het lampje naast het bed uit. Dikke tranen rolden over haar wangen want ze begreep niet wat ze fout had gedaan.

Hoofdstuk 20.

De volgende ochtend toen Dana wakker werd, was het bed naast haar leeg. Ze ging op de rand zitten, schoof haar bos met bruine krullen naar achteren, trok haar badjas aan en ze liep de woonkamer in. Rick zat onderuitgezakt in de hoek van de bank en keek naar de televisie. Ze liep naar hem toe en zei vriendelijk: "Goedemorgen". Ze wilde Rick een kus geven, maar hij weerde Dana ruw van zich af en gebood: "Koffie."

"Wat is er met je aan de hand? Zo ken ik je niet. Heb ik iets niet goed gedaan?" vroeg ze onzeker.

"Houd je kop en schenk koffie in, ja!"

Dana liep teleurgesteld naar de keuken en ze kwam niet veel later met een beker dampende koffie de woonkamer binnenlopen. Ze zette de beker op het salontafeltje neer. Rick zei niets, negeerde haar en bleef gefixeerd naar het televisiescherm kijken.

Dana had gehoopt dat ze vandaag iets leuks zouden gaan doen, maar dat zat er niet in. Ze bleef maar piekeren over wat ze fout had gedaan. Rick negeerde haar en bleef maar zeuren over geld dat terugbetaald moest worden.

Ze besloot om bij Jannie koffie te gaan drinken. Misschien had haar moeder goede raad. Jannie had al veel relaties achter de rug en wellicht was er een reden voor zijn negatieve houding, die Dana over het hoofd zag.

Toen ze de woonkamer binnenliep om haar handtas te pakken zei Rick bars: "Wat ga je doen?"

Dana keek hem verbaasd aan. "Ik ga bij Jannie koffiedrinken, hoezo?"

"Ik dacht het niet, want je gaat aan het werk."

"Maar Rick, ik heb de rest van de week vrij genomen bij de buurtsuper."

Rick keek haar nu met een geïrriteerd gezicht aan. "Je gaat niet weg. Ik verbied het je. Vanmiddag komen mijn vrienden en ik wil dat je thuis bent."

"Ik ben maar een uurtje bij mijn moeder en daarna kom ik weer naar huis. Ik ben ruim op tijd terug voordat ze er zijn."

"Als je over een uurtje terug bent, vind ik het goed."

Dana was met stomheid geslagen, pakte haar tas, schudde haar hoofd en vertrok naar Jannie.

Jannie begon gelijk over de bruiloft, want ze had genoten. Haar dochter was getrouwd en het was groot feest geweest.

"Ma, wat was er nu gisterenavond met je aan de hand, want je keek somber aan het einde van het feest?"

"Wil je koffie?" vroeg Jannie ontwijkend. Ze stak een sigaret op, inhaleerde diep, legde de sigaret weer in de asbak en liep vervolgens naar de keuken.

"Ik heb niet veel tijd want ik heb Rick beloofd om over een uurtje weer thuis te zijn," zei Dana luid.

Jannie kwam gelijk de kamer weer binnen, pakte haar sigaret op, inhaleerde diep, blies de rook uit en zei bits: "Waarom moet je binnen een uur weer terug zijn?"

Dana trok haar schouders op en ze keek triest voor zich uit. Jannie trok Dana tegen zich aan en vroeg: "Wat is er gebeurd?"

Dana begon te huilen en Jannie keek haar bezorgd aan, maar vroeg niet wat het probleem was.

"Rick zegt dat hij nog een heleboel geld van me krijgt. Hij wilde gisterenavond na thuiskomst niet meer met me praten en vandaag wilde hij ook niet dat ik bij jou ging koffiedrinken.

"Dana, mannen zijn rare wezens. Mijn vrienden hebben me nooit het geluk gebracht, waarvan ik hoopte het wel een keer te vinden. Heeft hij je geslagen?"

Dana schudde ontkennend haar hoofd. Jannie drukte abrupt haar sigaret uit en slikte emotioneel; "Het lijkt wel of we voor het ongeluk zijn geboren. Ik weet het niet Dana, ik heb van alles geprobeerd en dat weet jij net zo goed als ik. Ik denk dat andere vrouwen wel eens klappen krijgen, maar hier niet voor uit durven komen. Weet je zeker dat Rick je geen pijn heeft gedaan?"

Jannie wreef over de arm van Dana. Maar Dana schudde weer ontkennend haar hoofd.

"Probeer een goede huisvrouw voor hem te zijn, misschien helpt dat," zei Jannie zelfverzekerd.

Na een uurtje ging Dana snel naar huis om op tijd terug te zijn.

Rick zat nog ongewassen onderuitgezakt op de bank. "Haal een biertje voor me," gebood hij.

Dana pakte een biertje uit de koelkast en zette het op het salontafeltje neer. Daarna liep ze naar de slaapkamer en keek verdrietig naar haar bruidsjurk, die nog op het hangertje aan de kast hing. De aanloop naar het huwelijk was zo mooi geweest, de trouwdag en het feest waren voor Dana een hoogtepunt geweest. De nacht zou de kroon op het huwelijk geweest moeten zijn, maar het was op een deceptie uitgelopen. Er zat nu een totaal andere Rick in de kamer en deze Rick herkende ze niet.

De bel ging.
  "Dana, opendoen."
Er stonden drie mannen voor de deur. Ze waren gekleed in zwarte leren jacks en spijkerbroeken. Rick had in de tussentijd vliegensvlug zijn spijkerbroek en een T-shirt aangetrokken en zat zelfverzekerd op de bank.
De mannen gingen in de woonkamer zitten en Dana bracht het bier naar binnen. De sfeer was los, de televisie stond aan op een sportkanaal, maar deed dienst als bewegend behang.
Dana ging aan de grote tafel zitten en bladerde ongeïnteresseerd door de leesmap. Ze bespiedde stilletjes de mannen. Ze vond ze asociaal en wist niet of het collega's van Rick waren of vrienden uit de kroeg. Het viel op, hoe meer bier er werd gedronken, hoe schunniger het taalgebruik werd. Rick zat mee te lachen, maar het leek wel of hij de boel regisseerde.
Dana besloot boodschappen voor het avondeten te gaan halen en ze pakte haar tas.
  "Waar ga je naar toe?" vroeg Rick en Dana keek hem verbaasd aan.
  "Boodschappen halen voor het avondeten."
Hij keek haar scherp aan. "Hoe lang ben je weg?"
  "Een halfuurtje. Wat wil je eten?"
Een van de mannen schoot in de lach en begon over zijn ballen te wrijven.
  "Over een half uur ben je terug," bepaalde Rick en Dana knikte onderdanig.

Dana werd door haar collega's in de buurtsuper naar de kantine getroond. Ze vonden haar een geluksvogel en Rick een knappe verschijning. Nadat ze haar beker met thee had leeggedronken liep ze genoeglijk terug naar huis.

Dana legde de boodschappen in de koelkast. Op het moment dat ze de boodschappentas in elkaar vouwde, kwam Rick met grote stappen de keuken binnenlopen. "Waar bleef je nou? Een half uur is een half uur. Ja!" Dana keek hem verschrikt aan. "Ik heb thee met mijn collega's gedronken. Hoezo?"

In een flits gaf Rick Dana een harde klap midden in haar gezicht. Ze was compleet overvallen en begon van schrik te huilen.

"Rick, waarom doe je dit nu?" snikte ze.

"Naar binnen, mijn vrienden wachten op je."

Dana veegde haar gezicht vluchtig met de keukenhanddoek af, maar voordat ze hem kon neerleggen, pakte Rick haar hardhandig bij de arm en duwde hij haar voor zich uit de woonkamer in. Het salontafeltje stond vol met lege bierflesjes, de televisie stond op een pornokanaal en Rick zei tegen de mannen: "Ze is er klaar voor en ze heeft er zin in."

Dana had geen idee waar het over ging, maar ze kreeg een onbehaaglijk gevoel in haar lijf. Een van de mannen stond op en zei tegen Dana: "Hé lekker wijfie, laten we er een leuk feestje van maken."

Ze keek naar de ogen van Rick en begreep instinctief wat de bedoeling was. De man pakte iets uit zijn broekzak en overhandigde Rick een paar bankbiljetten.

"Ze weet waar de slaapkamer is."

Rick knikte met een dwingende blik naar Dana, die aan de grond genageld stond.

De man keek haar verlekkerd aan en zei: "Kom, want ik ben geil."

Dana begreep dat als ze niet meewerkte er klappen zouden vallen. De man liep als een loopse hond achter haar aan naar de slaapkamer. Hij was ongeschoren en had ruwe zwarte baardstoppels. Toen ze in de slaapkamer stond en vertwijfeld voor zich uitkeek, pakte hij Dana bij haar schouders, trok haar tegen zich aan en begon haar te zoenen. Hij rook schraal naar bier. Dana werd misselijk van de lucht, probeerde niet aan de stank te denken en hield haar mond gesloten.

"Ik vind je een lekker ding en Rick heeft gelijk gehad, je bent geen gewone hoer. Dana schrok, verstijfde en besefte in één klap wat haar lot was. Rick ging haar als hoer exploiteren. Hij had nooit van haar gehouden en het geld waar hij het over had, waren de cadeaus die ze van hem had gekregen.

"Trek dat broekje eens uit, en ga eens lekker met je benen wijd op bed liggen."

De man had zijn broek al losgemaakt en liet deze argeloos op de grond vallen, begon aan zijn pik te trekken en gebood Dana nu op bed te gaan liggen. Ze keek met weerzin naar de man en had maar één gedachte; hoe kom ik hier weg. Ze stapte langzaam achteruit in de richting van de deur, opende de slaapkamerdeur en zag dat Rick klaarstond met een honkbalknuppel in zijn hand, die hij met zachte tikjes in zijn andere hand liet neerkomen. Ze draaide zich om en sloot de deur weer. Haar lot stond vast. De man gebood nu dwingend: "Uitkleden en op bed liggen bitch. Daar betaal ik je voor."

Dana gehoorzaamde, kleedde zich uit en ze ging met haar ogen dicht op het bed liggen. Ze probeerde aan niets te denken, maar de nare ervaringen met John stroomden als een vloedgolf haar geest binnen. Ze vocht tegen haar tranen. Waarom overkwam haar dit nu?

De man dook boven op haar en ging als een wilde te keer. Ze probeerde haar verstand uit te schakelen, maar dat lukte niet, want hij deed haar pijn. Dit was een kansloze situatie, waaraan ze niet kon ontsnappen.

Nadat de man klaar was rolde hij van Dana af, ging comfortabel naast haar liggen en hij keek haar aan. "Rick had me beloofd dat ik de eerste was. Man, wat was ik geil. Ik kom zeker nog een keer terug."

Hij gaf Dana een klap op haar kont en zei: "Je bent mijn sletje."

Daarna pakte hij zijn broek van de grond, deed hem aan en liet de slaapkamerdeur openstaan voor de volgende. Dana lag met haar gezicht in het kussen en huilde, want ze wilde dit niet nog een keer meemaken.

Ze richtte zich op, pakte haar ondergoed van de grond, maar voor ze het kon aantrekken stond Rick al in de deuropening klaar met de volgende man uit het gezelschap. "Ze is klaar voor je."

"Mag ik even naar het toilet?" vroeg ze nederig. Rick keek haar achterdochtig aan en knikte.

Nadat ze van het toilet terugkwam, stond Rick in de gang en hij blokkeerde dominant met zijn lichaam de doorgang naar de voordeur. Ze probeerde hem te passeren, maar dat lukte niet want hij gaf haar, zonder met zijn ogen te knipperen, een enorme harde stomp in haar maag. Daarna pakte hij haar haren vast en siste: "Ik maak je dood als je niet naar mij luistert."

Hij had Dana zoveel pijn gedaan dat ze gedwee met hem mee naar de slaapkamer terugliep. Wegkomen was kansloos. De tweede man zat al op het bed te wachten toen ze de slaapkamer binnenliep. Hij keek haar gelukzalig aan. "Ha, ben je daar."

Dana kleedde zich werktuiglijk uit en ze ging voor hem op het bed klaarliggen.

"Speel hem eens lekker op," zei de man en hij ging voor het bed staan. Dana moest hem pijpen. Deze man was mager en lelijk. Zijn ogen stonden dicht bij zijn neus en het leek wel of hij vals keek. Zijn neus was lang met een grote knokkel in het midden. Zijn lichaam was zwaar behaard. Zijn pik was lang en dun. Nadat Dana een tijdje met de man was bezig geweest, raakte hij opgewonden, stapte in bed en pakte Dana hardhandig vast.

Na afloop was ze diep gekwetst, voelde zich intens verdrietig en realiseerde zich dat ze straks ook de derde man nog moest afwerken.

Dana stond een lange tijd bewegingsloos onder de douche en ze overdacht haar lot. Hoe ze dit moest oplossen wist ze niet. Ze schaamde zich diep en besloot deze gebeurtenis niet met Roxanne of Jannie te delen.

Voordat ze de slaapkamer kon inlopen, hield Rick haar in de gang tegen. "Waar ga je naar toe?"

"Rick ik vind dit niet leuk, we zijn toch gisteren getrouwd. Waarom doe je dit?"

Ze begon te huilen, maar dat werd direct afgestraft met een stomp in haar maag. Daarna pakte hij Dana bij haar haren en duwde haar gezicht naar de grond. "Ik ben hier de baas en jij gaat je schulden aflossen. Heb je dat goed begrepen?"

Dana wilde nog iets zeggen, maar voordat ze een woord kon uitbrengen had ze alweer een klap te pakken. Ze had een vuurrood gezicht, keek bang en onzeker uit haar ogen en zei stamelend: "Zal ik het eten klaarmaken?"

"Wat ga je klaarmaken?"

Dana vertelde wat ze voor het avondeten had gehaald.

"Laat maar, ik bel de Bezorg Pizza wel."

Rick liep terug naar de woonkamer, stak een joint op en de vraag was of hij nog ging bellen. Dana liep terug naar de slaapkamer, haalde het bed af en was intens verdrietig.

Dana lag op haar rug op het bed en ze keek naar het plafond. Ze had overal pijn, probeerde hier niet aan te denken, maar het lukte niet. De donkere periode met het misbruik van John beheerste haar geheugen. Alle nare herinneringen maalden ongecontroleerd door haar hoofd.

Ineens kwam Rick de slaapkamer binnenlopen. Hij was stoned, had veel te veel gedronken en zei gebiedend: "Zaannnkleden, de taxi komt zo."

Dana keek hem argwanend aan.

"Opschieten," zei Rick dreigend en hij stapte op Dana af.

Ze bleef stijf van angst op bed liggen en wilde het laken over haar hoofd trekken, maar Rick stapte op bed, ging bovenop haar zitten, kneep haar keel dicht en zei dreigend: "Nu!"

Toen hij haar keel losliet, hijgde Dana, omdat ze bijna stikte.

Ze stapte uit bed en kleedde zich aan. Vanuit de deuropening bekeek Rick wat Dana aan het doen was. "Niet die troep aantrekken, maar dat sexy lingerie setje dat ik je heb gegeven."

Dana was op van de zenuwen en ze kon zich van de stress zich niet meer herinneren waar ze dit had neergelegd. Voordat ze de kans kreeg om de kast te openen had ze alweer een klap te pakken. Rick ging demonstratief op het bed zitten en volgde nauwlettend elke beweging die ze maakte. Ze opende de lade waar haar ondergoed lag, vond het setje achter en trok het aan.

"Opschieten, want de taxi komt zo."

De bel ging en de taxi stond beneden voor de portiekdeur met een draaiende motor. Rick begeleidde Dana naar beneden, opende de taxideur en dwong haar om in te stappen. Rick zei iets tegen de taxichauffeur wat Dana niet kon verstaan. Hij gooide het portier dicht en gaf een klap op de auto, waarna de taxi wegreed.

Dana zat opgelaten achter in de taxi, opende haar handtas en ze zocht haar portemonnee. Ze wist niet of ze voldoende geld bij zich had om thuis te komen. Toen ze haar portemonnee opende zag ze tot haar grote schrik dat deze leeg was, op een paar bonnetjes van de supermarkt na. Terwijl Dana zich zorgen maakte over het verdwenen geld, stopte de taxi in de binnenstad. Tot haar ontsteltenis stond de taxi voor een seksclub geparkeerd. Een naar gevoel bekroop haar.

"Hoi Ton, ik sta voor de deur."

De taxichauffeur had een mobiele telefoon in zijn hand en luisterde nu naar wat er werd gezegd. Terwijl hij naar Dana keek, zei hij door de telefoon: "Is goed, tot zo."

Dana wilde uitstappen, maar ze kreeg het portier niet open, omdat het kinderslot erop zat. Ze vroeg aan de chauffeur of hij het portier kon openmaken.

"Je moet even wachten, want Ton komt er zo aan."

"Maar ik wil er nu uit."

De chauffeur reageerde niet, terwijl Dana tegen hem praatte.

Het achterportier werd geopend. Een man met een grijs paardenstaartje opende de deur en zei op een vriendelijk toon dat Dana kon uitstappen. Ze bleef op de achterbank zitten en keek de man argwanend aan. Hij droeg een roze overhemd van een bekend luxe merk en een geruite broek waarvan de hoofdkleur gifgroen was. Hij zag er ondanks zijn grijze paardenstaartje ballerig uit, maar hij oogde wel vriendelijk. Hij keek Dana met rustige ogen aan. "Wat is er Dana?"

Ze keek de man met grote angstige ogen aan en verroerde zich niet. De man probeerde Dana op haar gemak te stellen, maar dat lukte niet. Hij sloot rustig het portier van de taxi en verdween weer naar binnen. Dana werd nijdig, sloeg tegen het raampje en ze gilde hysterisch tegen de chauffeur dat hij het portier moest openmaken. Tegelijkertijd opende een vrouw met blond haar en een vriendelijk rond gezicht het portier en ze ging naast Dana op de achterbank zitten. Met een zachte stem stelde ze zich voor als Carolien. Ze vroeg aan Dana of ze met haar wilde uitstappen, want dan kon de taxichauffeur verder. Carolien straalde rust uit en dat bood haar vertrouwen. De chauffeur was uitgestapt en opende het portier. Carolien pakte de hand van Dana en hielp haar bij het uitstappen.

"Kom laten we binnen wat gaan drinken om op adem te komen."

Dana knikte en wist dat ze geen keus had, want Rick had afspraken gemaakt. Als ze niet zou meewerken, zou ze vannacht of morgenochtend problemen met hem krijgen.

Carolien hield de deur van de seksclub voor haar open, maar Dana bedacht zich en besloot dat ze niet naar binnen wilde. Op straat liepen mannen voorbij, die stilhielden en naar Carolien en Dana keken. Een groep passerende jongemannen, die zich bij de opstopping voegde riepen hard: "Kijk een hoer."

Dana schrok, schaamde zich diep en liep snel met Carolien mee naar binnen.

Carolien nam haar mee naar achteren en vroeg wat ze wilde drinken. Dana had na alle commotie dorst gekregen en ze vroeg om een glas cola. Carolien verliet de ruimte en Dana keek nieuwsgierig om zich heen. Het leek wel een artiestenruimte met de ronde lampjes rondom de spiegel en overal hingen foto's van artiesten, die in de club hadden opgetreden. Er stonden twee rekken met kledingstukken, waarvan één rek met jurken, waarvan de veren als dode vogeltjes de grond raakten.

Carolien kwam terug met een groot glas cola en ze had voor zichzelf een glas vruchtensap meegenomen. Dana nam een slok en vond dat er een rare smaak aan de cola zat, maar ze had dorst en dronk haar glas leeg. Carolien was aardig, vertelde dat ze met Rick afspraken had gemaakt en dat hij had gezegd dat Dana graag voor de club wilde werken.

Ze wilde protesteren, maar voordat ze iets kon zeggen zei Carolien: "Iedere vrouw vindt het spannend, wanneer ze hier voor de eerste keer naar binnen loopt. Het is te vergelijken met het eerste optreden van een artiest. Je bent creatief, je hebt er zin in, maar als je eenmaal op het podium staat en in contact komt met je publiek, is dat confronterend. Ik ga je hierin begeleiden want je hebt de juiste uitstraling om succesvol te zijn."

Carolien bracht Dana aan het twijfelen. Ze voelde zich langzaam ontspannen en na het tweede glas cola voelde ze zich op haar gemak.

"De kleding die je nu aan hebt is niet geschikt voor je rol als gastvrouw," zei Carolien gedecideerd. "Ik heb hier representatieve avondkleding in het rek hangen. Laten we kijken of er iets tussen zit wat je past."

Carolien haalde er een paar kledingstukken tussenuit, hield ze als een professionele adviseuse voor en hing ze weer terug, totdat ze een rood satijnen jurkje voorhield.

"Als je dit past, zal het je mooi staan. Trek dat shirt maar uit."

Dana keek ongemakkelijk om zich heen, maar Carolien zei op een moederlijke toon: "Er komt hier niemand binnenlopen."

Ze kleedde zich uit en stond in het sexy lingerie setje van Rick.

"Mooi setje."

Dana knikte, pakte het jurkje van Carolien over en trok het aan. Carolien had een paar hooggehakte schoentjes gepakt. "Pas deze eens?"

Ze pasten en Carolien zei enthousiast: "Je ziet eruit als een professionele actrice. Je uitstraling is perfect."

Ze liep om Dana heen en trok het jurkje aan de achterkant recht.

"Wij hebben klanten die graag een gesprek met een dame zoals jij aangaan."

Ze troonde Dana mee naar een grote spiegel en Dana vond ook dat ze er mooi uitzag.

"Kom, ik zal je een rondleiding door ons bedrijf geven."

Carolien nam haar mee. Ze liet de kamers zien waar de gastvrouwen hun gasten ontvingen. De ruimtes zagen er comfortabel uit en hadden verschillende thema's. Terloops vertelde Carolien wat de regels waren en hoe snel er geld verdiend kon worden. Daarna liepen ze naar de ruimte waar de klanten zich ophielden. Carolien introduceerde Dana onopvallend bij de bar. Ze gingen samen in een zitje zitten en ze dronken nog wat. Dana voelde zich licht in haar hoofd en ze had het gevoeld alsof ze zweefde. Carolien vertelde dat ze een vaste klant had, die graag de eerste bij nieuwe gastvrouwen wilde zijn. Carolien keek Dana moederlijk aan. "Het is één van onze beste klanten, een vriendelijke en correcte man die goed betaalt."

Dana keek onzeker naar Carolien. "Wanneer komt deze man?"

"Als jij er klaar voor bent, bel ik hem."

Dana keek bedenkelijk. "Hoe ziet hij eruit?"

"Is dat belangrijk voor jou?"

Dana keek Carolien beschaamd aan.

"Hij is netjes, beschaaft en betaalt goed."

Dana haalde diep adem en zei: "Het is goed, bel hem maar."

"Ik wist wel dat je zakelijk ingesteld was," zei Carolien met een zelfvoldane glimlach rond haar mond. Ze stond op, liep naar de bar, pakte de telefoon en liep naar achteren.

"Hij komt straks en wil graag kennis met je maken," zei Carolien, toen ze weer bij Dana ging zitten.

Een rijzige man in een beige regenjas en hoed kwam de club binnenlopen. Hij knikte naar het personeel en aan zijn ongedwongen houding maakte Dana op dat hij hier meer kwam. De man liep met een vriendelijke glimlach op zijn gezicht op Carolien af.

Dana stelde zich voor als Danielle. Ze schatte de man ergens rond de zestig jaar oud. Zijn huid leek wel van perkament. Hij droeg een bruin geruit jasje met een bijpassend zijden shawltje.

Carolien had in ieder geval gelijk gehad, want de man was netjes en verzorgd in tegenstelling tot de drie mannen die Rick afgelopen middag had binnengehaald. Hij vroeg beleefd wat Danielle wilde drinken. Ze was gevoelig voor de provisie die ze kon verdienen en bestelde Champagne.

Er kwam niet echt een gesprek op gang. De man was aardig en vroeg wat haar favoriete televisieprogramma's waren en of ze wel eens ging feesten in het weekend. Dana wist niet goed wat ze aan de man moest vragen. Na een paar glazen Champagne stelde de man voor om samen naar boven te gaan. De instructies van Carolien spookten door haar hoofd en ze probeerde zich eraan te houden.

De man was niet veeleisend en hij vroeg of ze een striptease voor hem kon opvoeren, waarvan hij opgewonden raakte. Nadat Dana de man had afgewerkt en zijn tijd erop zat, pakte hij zijn geruite colbert van de stoel en zocht iets in zijn binnenzak. Hij haalde er een wit envelopje uit en gaf het aan Danielle met een vriendelijke glimlach op zijn gezicht. Ze pakte het envelopje aan.

"Carolien heeft gelijk gehad. Je bent authentiek. Ben je hier morgen ook?"

Dana was overvallen door zijn vraag en zei stamelend: "Ik zal het met Carolien bespreken."

Daarna maakte de man een buiging voor Dana en verliet de kamer. Ze stond naakt in de kamer met een witte envelop in haar hand en ze keek er verwonderd naar. Ze scheurde hem open en vond een kaartje met een blauwe roos. Tussen het kaartje zat een biljet van vijftig gulden. De man had met Carolien afgerekend, dus dit moest fooi zijn. Dana was er beduusd van.

Na een nacht met nieuwe indrukken werd Dana tegen de ochtend door de chauffeur thuis afgezet. Toen ze de voordeur opende was alles donker. Rick lag op bed. In de slaapkamer stonk het naar een combinatie van zweet en schrale bierlucht. Dana was moe en voelde zich vies, liep direct naar de badkamer en ging onder de douche staan. Ze waste zich dwangmatig over haar hele lichaam. Daarna stapte ze in bed en ging naast Rick liggen.

Toen ze wakker werd lag ze alleen in bed. Haar lichaam deed pijn van de klappen die Rick haar de vorige dag had toegebracht. Ze trok haar ochtendjas aan en liep de woonkamer in. Rick zat ongeïnteresseerd in de hoek van de bank.

"Goedemorgen Rick," zei Dana. Ze liep naar hem toe en gaf hem een kus op zijn wang, maar Rick reageerde niet en bleef stoïcijns televisie kijken. Uit het niets klonk: "Hoeveel heb je gisterenavond verdiend?"

"Honderd gulden," zei Dana, terwijl ze naar haar tasje liep.

Toen ze vlakbij Rick was, trok hij de portemonnee uit haar hand, griste de bankbiljetten eruit zonder ze te bekijken en liet de portemonnee bewust naast de bank vallen.

"Veel te weinig, want volgens Ton kun je makkelijk driehonderd gulden op een avond maken."

Hoofdstuk 21.

Na een afschuwelijke week met als dieptepunt de eenzame huwelijksnacht en de uitzichtloze toekomstverwachting was Dana weer blij dat ze naar haar werk in de buurtsuper kon. Haar collega's hingen aan haar lippen. Ze kon niets over de werkelijkheid vertellen en haar hart huilde. Maar ze zette voor haar collega's een vrolijk gezicht op en deed net of ze samen met Rick een fijne week had gehad.

Toen Dana 's avonds thuiskwam vroeg ze aan Rick of hij wist waar haar bankpasje was. Hij keek haar scherp aan en zei dat ze haar bankpasje pas terug kreeg als ze haar schulden had afbetaald. Dana werd boos, sprak haar weerzin uit en bekritiseerde Rick. Dat had ze beter niet kunnen doen.

Hoe suf Rick onderuit gezakt op de bank zat, hoe energiek hij ineens uit de bank opsprong en Dana vastpakte. Hij kneep haar keel dicht waardoor ze bijna stikte. Toen hij haar los liet, pakte hij Dana gelijk bij haar lange haar vast en duwde haar gezicht naar de grond. Hij zette één voet op haar rug en snauwde: "Heb niet het lef mij ooit nog een keer te commanderen. Ik ben hier de baas en niet jij."

Daarna gaf hij Dana een nare schop, liet haar los en ging weer onderuit op de bank zitten alsof er niets was gebeurd.

Ze lag op de grond, hoestte van benauwdheid, maar durfde niet te huilen. Ze strompelde de kamer uit naar de slaapkamer en ging op haar rug op het bed liggen. Ze was volledig uit het veld geslagen en wist even niet meer hoe ze nu verder moest. Weglopen van Rick? Haar hoofd maalde en maalde. Hoe zou ze aan deze ellende kunnen ontsnappen?

Als ze overdag in de supermarkt was, zou ze haar bankpasje kunnen blokkeren en een nieuwe kunnen aanvragen. Dan zou ze moeten vluchten. Maar waarheen? Ze had alleen Jannie en dat was precies de plaats waar Rick haar als eerste zou zoeken. Hij zou John kunnen inschakelen en daar moest Dana al helemaal niet aan denken. Terwijl ze voor zichzelf scenario's bedacht ging de bel. Dana was alert, want er zou vanavond geen visite komen.

Ze was op de rand van het bed gaan zitten en wilde opstaan toen de slaapkamerdeur openging. Rick stond in de deuropening met een man die hij als Bob voorstelde.

"Dana, Bob wil graag verwend worden."

Dana durfde niets te zeggen, omdat ze bang was voor Rick. Bob knikte goedkeurend en hij gaf een paar opgevouwen bankbiljetten aan Rick.

Bob stak verlegen zijn hand naar Dana uit. Ze keek hem achterdochtig aan, maar besefte dat Rick achter de deur de wacht hield. Ze stond op van het bed, pakte haar rol op en glimlachte naar Bob.

"Je bent een mooie vrouw, Rick boft maar," zei hij om Dana op haar gemak te stellen.

Bob was een man van middelbare leeftijd met dun grijs haar, kort postuur met een dik buikje. Hij droeg een spijkerbroek die iets te groot was en ruim boven zijn navel door een forse riem was vastgegespt.

"Bob, je mag er ook wel wezen. Je ziet er rijp, maar niet onbedorven uit." Ze haalde haar vingers door zijn grijzen pieken, die vet aanvoelde.

"Je voelt lekker warm aan."

Bob vond haar aandacht prettig. Dana maakte zijn te grote blouse open, waarvan de schoudernaden een stuk over zijn schouders hingen. Ze streek met haar hand over zijn borst, "Bob, dat is een mooie stevige tors," en kuste hem tussen zijn tepels. Daarna hees Dana de enorme blouse uit zijn broek omhoog, trok hem uit en gooide de blouse over de stoel. Bob bukte en maakte zijn grote hagelwitte sportschoenen los en trok ze uit. Dana lachte hem tegemoet en ze gespte zijn forse riem los. De grote spijkerbroek gleed als vanzelf door de zware riem naar zijn enkels. Bob stapte eruit en stond in een grote onderbroek met zijn witte sportsokken nog aan.

"Ga maar lekker op het bed liggen dan zal ik je verwennen."

Hij ging gedwee op zijn rug op het bed liggen, waar Dana nog geen half uur ervoor had liggen huilen. Ze trok zijn grote onderbroek uit, maar liet de witte sportsokken aan.

"Kom eens hier lekkertje?" zei Bob.

Dana pakte uit haar nachtkastje een condoom en werkte hem vakkundig af.

Na afloop ging ze naast hem liggen en zei dat hij had laten zien wat passie was. Bob genoot van haar aandacht en Dana dacht, zolang hij hier passief ligt, komt Rick niet met een andere klant naar binnen.

Rick maakte een einde aan het half uurtje met Bob door op de deur te kloppen en deze gelijk te openen. "Bob, het is tijd."

Bob trok snel het laken over zijn naakte onderlichaam. Hij schaamde zich.

Voordat Bob de kamer uitliep duwde hij een biljet van tien gulden in de hand van Dana. Het tientje van Bob zette Dana op een idee. Ze verstopte de tien gulden. Rick was niet achterlijk en wist van Ton hoeveel er gemiddeld in de club werd verdiend. Ze nam zich voor om elke keer een deel van de fooien achterover te drukken, totdat ze voldoende geld had gespaard om aan Rick te kunnen ontsnappen.

De bel ging opnieuw. Dana liet de moed zakken en ze ging terneergeslagen op het bed zitten. Ze vroeg zich af hoe lang ze dit leven nog moest volhouden.

Terwijl ze scherp luisterde over wat haar te wachten stond, hoorde ze helemaal niets. Het was doodstil. Dana stond op van bed, liep naar de slaapkamerdeur die nog op een kier stond en gluurde de gang in. Ze zag Rick bij de voordeur iets aanpakken. Wie er voor de deur stond, kon ze net niet zien. Ze zag dat Rick iemand betaalde. Er werd niets gezegd, vermoedelijk telde de ontvanger het geld. Daarna hoorde Dana gedempt praten. Ze hield haar oor bij de deur, maar ze kon het niet verstaan. Rick sloot behoedzaam de voordeur. Geruisloos sloop Dana terug naar bed.

Hoofdstuk 22.

Het huwelijk waar Dana naar had uitgekeken was er niet gekomen en ze had begrepen dat ze op papier met Rick was getrouwd, maar in het dagelijks leven als een hoer werd geëxploiteerd. Weglopen had geen zin zonder identiteitspapieren en geld. Als ze over haar situatie tegen Rick begon te klagen, kon ze steevast op een pak slaag rekenen. Rick waakte over Dana, als een leeuw over zijn prooi.

Dana werkte fulltime bij de supermarkt en had een verzoek ingediend om parttime te gaan werken. Op deze manier viel het allemaal te behappen. Niemand in haar directe omgeving had enig vermoeden van haar dubbelleven. Hoewel Dana altijd bang was dat ze vaste klanten uit de supermarkt vroeg of laat in de club tegen het lijf zou lopen.
Op vrijdag- en zaterdagavond werkte Dana op vaste basis in de club bij Ton en Carolien, met wie ze in de loop van de tijd een goede band had opgebouwd.
Nu Dana als een ervaren gastvrouw in de club meedraaide, vond ze het werk af en toe leuk, spannend en uitdagend. Ze kreeg aandacht en werd door Ton en Carolien gewaardeerd, en goed behandeld.
Er kwam een verschillend pluimage aan klanten, waarvan sommige veeleisend en lastig waren, maar er waren ook mannen die haar een gevoel van eigenwaarde gaven. Ook haar eerste klant, de grijze magere man met het geruite jasje kwam altijd trouw op de eerste vrijdag van de maand speciaal voor haar langs. Na afloop kreeg ze altijd het witte envelopje, met haar fooi tussen de kaart met de blauwe roos.
Dana had over de tijd een schare vaste klanten opgebouwd, want ze was behendig in het onthouden van de eigenschappen en de wensen van deze mannen. Ze voerde gesprekjes met ze, die zich door Dana alias Danielle begrepen voelden. Seks was voor Dana een automatische handeling, zelfs als het een aantrekkelijke man was, hield ze emotioneel afstand, want genot was er niet echt bij. Hoewel sommige mannen erg hun best deden om Dana tot een hoogtepunt te brengen, kwam ze nooit klaar. Ze deed altijd alsof ze een orgasme kreeg, om de klant met een prettig gevoel naar huis te laten gaan. Er waren klanten die Dana probeerden te zoenen, maar hier moest ze niets van hebben. Ze vond dit vies en het gaf haar het gevoel dat ze te intiem werden, iets wat ze niet wilde. In werkelijkheid

was Dana bang, dat ze zich zou laten gaan en de situatie niet meer onder controle zou hebben.

Omdat Dana één van de top gastvrouwen was, genoot ze van de privileges in de club, zoals het selectief uitzoeken van haar klanten. Van alle fooi die Dana ontving, drukte ze stelselmatig het grootste gedeelte achterover.

"Hé Dana ben je thuis?"

Roxanne liep door de openstaande voordeur het appartement van Dana naar binnen. Dana schrok wakker en ze keek verschrikt op haar wekker. Het was drie uur in de middag.

"Mag ik binnenkomen mevrouw de Slaapkop?" zei Roxanne met haar hoofd om de deur van de slaapkamer. "Heb je een zware nacht met Rick achter de rug of zo?"

Dana wreef haar ogen uit en ze stapte slaperig uit bed. Ze liep de woonkamer binnen en keek gelijk behoedzaam om zich heen waar Rick was. Ze zag hem niet.

"Hoe ben je binnengekomen? vroeg ze schijnbaar opgelucht.

"De voordeur stond op een kier open."

Dana keek met opgetrokken wenkbrauwen naar Roxanne. Waar was Rick mee bezig? Hij liet de voordeur nooit openstaan.

"Kopje koffie?"

Roxanne knikte en ze drentelde achter Dana de keuken in.

"Lekker een middag zonder de kinderen. Dat komt maar weinig voor. Mijn moeder had zich vandaag spontaan als oppas opgeworpen."

Roxanne pakte ongevraagd een koek uit de plastic koekdoos, die op het aanrecht stond en nam een hap.

"Spreek je Papi nog wel eens of de vader van Desi?" vroeg Dana belangstellend.

"Nauwelijks, ze komen af en toe langs en dan stoppen ze me wat geld toe voor de kinderen."

Dana schonk koffie in en ze liepen met de volle bekers de kamer binnen.

"Zullen we vanavond gaan stappen nu de kinderen bij mijn moeder zijn?" vroeg Roxanne hoopvol.

Dana schudde haar hoofd en zei dat ze vanavond andere plannen had. Roxanne nam een slok van haar koffie en keek Dana met een onderzoekend blik aan. Alsof ze iets wilde zeggen, maar twijfelde hoe ze dit zou brengen.

"We zijn hartsvriendinnen, maar ik weet niet wat er de afgelopen jaren met jou aan de hand is. Sinds je met Rick bent getrouwd, ben je erg veranderd. Je doet aardig tegen me, maar ik heb het idee dat er iets niet klopt."

Daarna zweeg Roxanne en keek ze Dana aan.

Dana zei niets, maar hoopte dat Roxanne niet zou doorvragen. Het tegendeel gebeurde.

"Zou je me eens een keer willen vertellen wat er met je aan de hand is, want het lijkt wel of je twee levens leidt. Je werkt vier dagen per week in de buurtsuper, maar op je vrije dagen heb je nooit tijd om samen leuke dingen te doen. Wat voer je in godsnaam in je schild?"

Dana slikte en overdacht de situatie. Ze besloot een beeld te schetsen, waarbij Roxanne niet verder zou vragen.

"Je bent mijn beste vriendin en je mag best weten dat mijn huwelijk met Rick, me niet heeft gebracht wat ik er van verwachtte. Kortom, ik ben niet gelukkig. Helaas is het onderwerp "huwelijk" met Rick niet bespreekbaar."

"Dan vraag je toch een echtscheiding aan? Eén op de vier huwelijken loopt op de klippen. Wat is het probleem?"

Roxanne liet zich comfortabel in de stoel achterover zakken en zei zelfverzekerd: "Ik ben blij dat ik nooit ben getrouwd. De vaders van mijn kinderen zijn niet de betrouwbaarste partners, maar ik kan ze in ieder geval het huis uitzetten wanneer ik ze zat ben."

Dana keek Roxanne serieus aan. "Zeg hierover niets tegen Rick, want dan heb ik een week ruzie. Ik wil graag van hem af, maar hij wil niet van mij af."

Roxanne observeerde Dana en kneep haar ogen toe. "Hoezo niet? Je verdeelt de spullen en het geld en klaar is Kees."

Dana keek moeilijk.

"Of is er iets anders aan de hand?"

"Wat bedoel je?"

"Of misbruikt Rick je?"

Dana kon haar niet vertellen wat er aan de hand was, omdat ze bang was voor de represailles van Rick.

"Lust je nog koffie?" vroeg ze ontwijkend.

"Als jij je nu gaat aankleden, dan schenk ik dat tweede kopje koffie wel in."

Roxanne liep met de lege bekers naar de keuken.

Dana stond in de slaapkamer en pakte haar kleding van de stoel toen op dat moment de voordeur met een grote klap werd dichtgeslagen. Het was Rick. Hij liep met grote stappen door de gang naar de woonkamer en hij had Roxanne in de keuken niet opgemerkt. Die had koffie ingeschonken en wilde net de kamer binnenlopen, toen ze versteend in de deuropening bleef staan. Rick viel agressief tegen Dana uit.

"Vuile hoer, het is allemaal jouw schuldddd."

Rick kwam door de drank niet meer uit zijn woorden.

"Waar is je tas, ik moet nuuuuu geld hebben."

Hij griste de tas van Dana, die naast de kast stond. Voordat hij de tas opende keerde hij zich om naar Dana en gaf haar een harde stomp in haar buik, waarop ze ter plekke ineenkromp, op de grond viel, recht in het vizier van Roxanne. Die liet van schrik de koffie op de grond vallen en gaf een harde gil. Rick schrok van Roxanne en keek haar duivels aan. Hij stapte op haar af, maar ze was net iets alerter en deelde een karatetrap uit, die Rick raakte en hem alleen maar bozer maakte.

"Laat Roxanne gaan. Ze heeft er niets mee te maken," gilde Dana hysterisch vanaf de grond. Maar Rick negeerde haar, pakte Roxanne bij haar arm vast en gaf haar een keiharde stomp in haar gezicht waarop haar neus begon te bloeden. Roxanne was haar oriëntatie kwijt en zakte ineen. Rick pakte haar tengere arm vast, sleepte haar naar de voordeur, opende deze en trapte Roxanne het trapgat van het portiek in. Dana had zich in de tussentijd in de slaapkamer verschanst en stond met de telefoon in haar hand. Ze probeerde met bevende vingers één, één twee te bellen, maar voordat ze het knopje voor de verbinding kon indrukken, had Rick de deur al ingetrapt en de telefoon uit haar hand geslagen. De telefoon spatte tegen de muur uiteen. Hij pakte Dana vast, ranselde haar af en gooide haar als oud vuil op de grond. Ze bleef roerloos liggen en de tranen stroomden uit haar ogen.

Die avond zou ze in de club van Ton en Carolien werken en ze hoopte dat haar gezicht niet al te veel was beschadigd. Dana wist dat de blauwe plekken op haar lichaam zouden verraden wat er was gebeurd.

Later op de avond opende Dana voorzichtig haar slaapkamerdeur. Rick lag op de bank en sliep zijn roes uit. Dana besloot direct te vertrekken, omdat hij nu toch geen besef van de tijd had.

Ze maakte zich zorgen over Roxanne en besloot eerst bij haar langs te gaan. Die was in alle staten toen ze de deur voor Dana opende. "Je gaat niet meer terug naar huis. Ik sta niet toe dat je naar dat varken teruggaat. Het is een ploert," zei Roxanne geagiteerd.

Dana zag dat het opgezwollen gezicht van Roxanne, de beschadigde neus en bovenlip. Ze sloegen de armen om elkaar heen en Dana begon hevig te snikken.

"Sorry, het spijt me zo."

Roxanne maakte de omarming los, keek Dana aan en wreef liefdevol over haar gezicht. "Je ziet er niet uit. Je gezicht is platgebeukt. Ik wist wel dat er iets niet klopte."

Ze keek Dana onderzoekend aan. "Waar ga je naar toe, want ik heb je nog nooit zo netjes gekleed gezien?"

Dana besefte dat ze beter open kaart kon spelen. Voordat ze iets kon zeggen vroeg Roxanne: "Heb je haast of zo?"

Dana haalde diep adem. "Ik denk dat je wel een verklaring schuldig ben, na wat er vanmiddag is gebeurd. Ik heb niet veel tijd, maar zal je kort vertellen wat er aan de hand is.

Voor mijn huwelijk was Rick een fijne en vriendelijke man, hij verwende me en er was geen "nee" te koop. Tijdens de huwelijksnacht kreeg ik door dat Rick alleen maar met me was getrouwd om me exploiteren als een hoer."

Roxanne verschoot van kleur. "Maar waarom ben je nooit van hem weggelopen? Je had toch naar een Blijf-van-mijn-lijfhuis kunnen gaan?"

Dana schudde haar hoofd. "Hij vindt me toch en dan zijn de gevolgen niet te overzien."

Dana vertelde kort en bondig hoe haar leven er tot nu toe uitzag en Roxanne was geschokt. Ze eiste dat Dana bij haar kwam wonen. Dana stelde Roxanne gerust door te zeggen dat ze al met een oplossing bezig was.

Toen Dana in de club arriveerde was Carolien in alle staten. Ze nam Dana mee naar de Eerste Hulp voor een behandeling. Ze stond erop om haar naar huis brengen, maar Dana wilde niet meer naar huis, omdat ze bang was door Rick gestraft te worden. Carolien sprak op haar in en ze liet zich door haar naar huis begeleiden. Ton zat al bij Dana thuis op de bank en was met Rick in gesprek. De situatie leek onder controle.

Het volgende weekend kwam er een nieuwe klant in de club binnenlopen, waar Carolien zich over ontfermde. Hij zag er onberispelijk uit. De man had een goed postuur, niet te dik en niet te dun. Met zijn zelfverzekerde houding herkende Dana een belangrijke zakenman in hem. Carolien wenkte Dana. "Ik heb een nieuwe klant. Wil jij hem onder je hoede nemen?"

Dana knikte en liep naar hem toe. Ze was onder de indruk van zijn heldere blauwe ogen. Hij stelde zich voor als Ben en nodigde Dana uit om bij hem te komen zitten.

Ben was een mooie man om te zien en kwam vriendelijk over. Toen ze hem mee naar boven nam, voelde ze zich voor het eerst aangetrokken tot een klant en het overviel haar.

Ben zei niets, bleef Dana aankijken en legde teder zijn hand op haar rechter schouder. Met de vingers van zijn linkerhand schoof hij een lok met bruine krullen over haar schouder naar achteren, waardoor haar blote schouder vrijkwam. Hij legde nu zijn beide handen op haar blote schouders, kwam met zijn gezicht heel dichtbij en liet zijn neus tegen de neus van Dana rusten. Ze rook zijn lichaamsgeur. Deze wekte lustgevoelens in haar lichaam op, waardoor Dana aan zichzelf begon te twijfelen. Het was tegenstrijdig. De sensuele spanning transformeerde snel naar lust. Ze voelde zijn lippen langs haar lippen glijden, maar hij kuste haar niet. Het wond Dana op en ze kreeg een tintelend gevoel in haar lichaam. Hij riste behendig haar avondjurk open en liet deze geruisloos op de grond glijden.

Hij pakte de kleine Dana op en legde haar op haar rug op bed neer. Hij liet haar kousen en hoge hakken aan, keek Dana met een paar ogen aan, die pure lust uitstraalden. Ze gaf zich onvoorwaardelijk aan Ben over.

Ben bedreef seks met haar alsof ze in een zweefmolen zat en hij bezorgde haar een orgasme, wat ze nog nooit eerder in haar leven had ervaren. Normaal trok Dana een half uur uit om een klant af te werken, maar Ben had een libido wat ze zelden bij klanten meemaakte en ze konden geen genoeg van elkaar krijgen.

Dana bleef voor het samenzijn met een klant naar de maatstaven van de club ongewoon lang boven en Carolien klopte zachtjes drie keer op de deur. Dana opende deze op een kier en zei zachtjes dat alles in orde was.

Ben was in de tussentijd op de rand van het bed gaan zitten en observeerde elke beweging die ze maakte.

"Danielle, kom eens langzaam naar me toe lopen."

Dana liep met kleine stapjes op haar hoge hakken naar hem toe. Hij kuste haar buik, liet zich achterover vallen en trok Dana met zich mee. Dana genoot van zijn aandacht, de verwennerijen van Ben, het onbezorgde gevoel en hiermee negeerde ze beroepsmatig de lust die ze voor hem had. Toen Ben was vertrokken voelde Dana voor het eerst in haar leven een grote leegte. Ze was verward, want er was soort verliefdheid voor Ben haar hart binnengeslopen. Het besef dat Ben alleen maar de club had bezocht om aan zijn gerief te komen had iets pijnlijks. In de werkelijkheid lag haar rol in de goot en niet op het podium waar de prijzen werden uitgeloofd.

Dana kon na sluitingstijd met Ton en Carolien meerijden, die het niet vervelend vonden om Dana thuis af te zetten.

Thuis kleedde ze zich uit, poetste haar tanden, nam een quick shower en liep daarna naar de slaapkamer. Rick lag al in bed en sliep. Op het moment dat Dana het laken voorzichtig over zich heen trok, liet Rick van zich horen. Hij was dronken, deed het licht weer aan en zei met een dubbele tong: "Whhat heb je vanavond verdienddd?"

"Tweehonderd gulden."

Rick werd boos, sleurde Dana uit bed, schopte haar en schreeuwde: "Hoer, vuile hoer. Je luistert niet naar me, want je geeft meer om die kerels die je neuken dan om mij."

Dana wist over de jaren heen vrij aardig hoe zijn tirades zich ontwikkelden, die na verloop van tijd weer als een pudding in elkaar zakten. Deze had ze niet verwacht. Dana moest zich uitkleden en op haar rug gaan liggen, want Rick had behoefte aan seks. Hij ging met zwabberende benen naast het bed staan en schopte zijn onderbroek uit, maar hield zijn vale uitgelubberde T-shirt aan. Hij ging op Dana liggen en begon aan haar borsten te kluiven, wat enorme weerzin opwekte. Dana kon klanten afwerken die lelijk waren of over het sexappeal van een blok beton beschikten. Dat was werk en dan sloot ze zich af voor de geuren en de afzichtelijkheden. Rick was vannacht echt weerzinwekkend. Hij kon niet klaarkomen en bleef lang pompen wat onprettig was, maar ze bleef roerloos liggen uit angst voor klappen.

De volgende ochtend werd Dana wakker en Ben sloop haar gedachten weer binnen. In haar fantasie rook ze hem, voelde ze zijn lichaam en keken zijn heldere blauwe ogen haar aan. Ze hoopte diep in haar hart dat hij binnenkort weer naar de club zou komen. Waarom hoopte ze hierop? Had Ben haar voor het eerst in haar leven een echt lichamelijke gevoel van geluk gegeven of was het zijn verschijning die haar van prettige gedachten voorzag?

Ze opende haar ogen en probeerde rechtop in bed te gaan zitten, maar haar hele lichaam deed pijn na de mishandeling van de afgelopen nacht door Rick.

Ze trok een shirt en joggingbroek aan en liep de woonkamer in. Rick zat in zijn onderbroek in de hoek van de bank met een biertje in zijn hand. Er hing een roze Kasjmir shawl over de leuning van de bank. Dana pakte de shawl op, keek ernaar en vroeg vriendelijk aan Rick van wie deze mooie shawl was.

Rick keek Dana minderwaardig aan. "Van een andere hoer."

Ze keek Rick aan, maar zei niets.

"Alle hoeren beweren dat ze mannen kunnen verwennen. Deze kon er helaas maar twee aan en daarna was de koek op. "

Rick nam een slok bier uit zijn flesje.

"Haal je hoeren in ons huis?" vroeg Dana verontwaardigd en ze legde de roze shawl netjes terug. Rick had een kort lontje, stond op en pakte in een fractie van een seconde de roze shawl van de leuning en greep Dana gemeen bij haar arm, wikkelde de roze shawl in één slag rond haar nek en trok hem met een ruk aan. Daarna duwde hij Dana met haar gezicht tegen de grond, maar hield de shawl strak aangetrokken. Door zijn abrupte actie was Dana overrompeld. Haar gezicht liep vuurrood aan en ze dacht; hij vermoordt me.

De ogen van Rick waren bloeddoorlopen en ze puilden van kwaadheid bijna uit zijn oogkassen. De handen van Dana begonnen te trillen. Ze voelde dat ze de controle over haar lichaam kwijtraakte. Ineens liet Rick de shawl los en het hoofd van Dana raakte met een klap de grond. Haar enige zorg was het krijgen van voldoende zuurstof om haar longen te vullen en te overleven.

Rick ging weer in de hoek van de bank zitten, pakte het flesje bier van tafel en nam een slok. Zonder geluid te maken krabbelde Dana langzaam op en hield de bewegingen van Rick nauwlettend in de gaten. Maar hij had geen aandacht meer voor haar. Ze strompelde de kamer uit, liep direct naar de gang en pakte haar sleutels. Haar hersens werkten koortsachtig. Haar handtas stond nog in de kamer, maar die durfde ze niet meer te pakken. Ze deed haar slippers aan die in de gang stonden en verliet zachtjes de woning.

De frisse buitenlucht deed haar goed. Dana kon het niet laten om na elke tien stappen angstig achterom te kijken of Rick haar achtervolgde. Ze haastte zich direct naar Jannie.
Toen Jannie haar zag binnenstrompelen, sprong ze van de bank op, rende ze naar Dana toe en drukte haar beschermend tegen zich aan. Dana zakte in elkaar en begon luid te snikken. Jannie schrok van de dikke rode striemen in haar nek en ze vroeg verschrikt wat er gebeurd was, terwijl ze met haar hand over het hoofd van Dana streek. Dana vertelde dat ze de afgelopen nacht problemen met Rick had gehad en dat dit vanmorgen was geëscaleerd. Jannie schudde haar hoofd en ze streek met haar vinger langs de verdikkingen op haar hals.
  "Ik ga de hulpverlening bellen want dit is niet normaal. Dit heeft niets meer met een corrigerende tik te maken."
Jannie pakte kordaat de telefoon, zocht het nummer in haar klappertje op en toetste het nummer in.
  "Ja, klopt. Over een half uur zijn we bij u op het bureau."

Nadat Jannie het gesprek had beëindigd zei ze tegen Dana: "We gaan naar het politiebureau om aangifte te doen."
Dana reageerde verschrikt: "Dat wil ik niet, want dan wordt het voor mij onmogelijk om nog naar huis terug te keren."
  Jannie werd boos, liep rood aan en zei: "Ik kan het niet aanzien dat mijn dochter ernstig wordt mishandeld."
  "Ma, weet je, als ik naar de politie ga om aangifte te doen, kan ik mijn eigen huis niet meer in en ben ik alles kwijt."
  "We kunnen de woning binnengaan als Rick weg is?"
  "Ik denk dat Rick al lang geen baan meer heeft, omdat hij hele dagen thuis op de bank zit en bier drinkt.
  "Ik wil toch dat je meegaat naar de politie," gebood Jannie. Uiteindelijk stemde Dana in en vertrokken ze naar de politie.

Het gesprek bij de politie was rustig en overwogen. De politie vertelde dat ze geen aangifte gingen opmaken, maar dat er een mutatie aangemaakt zou worden. Vanuit de politie werd er benadrukt dat wat Dana was overkomen, feitelijk strafbaar is en ze adviseerden haar om met de hulpverlening contact op te nemen. Dana kreeg een mapje met folders mee. Ze dacht al met angst en beven aan het moment dat ze naar huis zou gaan, omdat dit niet ongestraft zou blijven.

Dana had maar één motief om naar huis te gaan en dat was het geld, wat ze de afgelopen jaren van de fooi had afgeroomd en in huis had verborgen.

Hoofdstuk 23.

Dana werkte overdag in de buurtsuper en was tijdelijk bij Jannie ingetrokken. Ze had haar shawltje iets hoger dan normaal om haar hals geknoopt, in de hoop dat niemand de striemen zou opmerken. Er waren wel opmerkingen over het shawltje geweest. Of Dana het koud had of zo. Ze had het afgedaan met het argument dat ze een zere keel had door een opkomende verkoudheid. Stelselmatig kuchte ze, waardoor er in de kantine van de buurtsuper vriendelijk werd verzocht of ze in de kantine niet aan een ander tafeltje kon gaan zitten.

Ondanks het risico van een confrontatie met Rick had Dana zich na een paar weken voorgenomen om naar huis te gaan. In de wetenschap dat haar verborgen spaarpot onbewaakt in het appartement lag, zat haar niet lekker.

Met ingehouden adem opende ze voorzichtig de voordeur, liep behoedzaam naar binnen en ze zag tot haar grote verbazing dat alles er nog bijlag, zoals ze de woning een paar weken geleden had verlaten. Rick was niet thuis en nadat ze het hele appartement had geïnspecteerd, trof ze een onwerkelijke situatie aan. Zelfs de keuken zag er nog precies hetzelfde uit, zoals ze hem een paar weken geleden had achtergelaten. De ingedroogde en aangekoekte koffie onder in de bekers en de vieze glazen met bruine kringen aan de bovenrand. Het salontafeltje in de woonkamer stond nog vol met lege bierflesjes. Tussen de flesjes lag een verkreukeld propje papier wat Dana nieuwsgierig oppakte en openvouwde. Er viel een klein afsluitbaar plastic zakje uit. Er had iets wits in gezeten. Dana rook eraan. Het rook nergens naar. Ze bekeek het verfrommelde papiertje. Er stond "Hakan" op. Dat moest een Turkse naam zijn, want in de buurtsuper werkte een vakkenvuller met dezelfde naam.

Het was een mirakel. Dana ontspande, liep de gang in, draaide de voordeur op het nachtslot en deed de knevel op de deur. Ze haalde voor dit moment opgelucht adem.

Als eerste checkte ze de envelop met de afgeroomde fooien op de geheime bergplaats. Alles was onaangeraakt. Het bedrag was nog niet voldoende om er echt vandoor te gaan om een onbezorgd leven te gaan leiden. Rick had haar identiteitsbewijs en bankpasje afgepakt en ze had pasgeleden in een open vuilniszak een bankafschrift gevonden, waaruit bleek dat Rick schulden op haar naam had gemaakt. Er zou en hoge prijs betaald moeten worden om ooit van hem af te komen.

In de tussentijd verstreek er een week en Dana had nog steeds geen levensteken van Rick vernomen. Ze genoot met volle teugen van haar tijdelijke vrijheid. Na het werk bleef ze regelmatig in de buurtsuper met haar collega's kletsen. In het weekend werkte ze nog steeds bij Ton en Carolien. Het verdiende goed, zeker nu ze haar geld niet meer aan Rick moest afstaan. Af en toe ging Dana ging bij Jannie langs, die het vreemd vond dat ze John ook niet meer zag. Het leek wel of beide mannen van de aardbodem waren verdwenen.

Er belden twee politieagenten aan en ze vroegen of ze binnen mochten komen. De oudste van de twee nam het woord en vertelde dat Rick in Turkije was gearresteerd voor drugssmokkel. Dana was overvallen door het bericht en ze luisterde verbijsterd naar de mededeling van de agenten. Ze wist niet dat Rick in Turkije zat, laat staan ook nog eens drugs smokkelde. Ze vroeg ongelovig of de agenten het wel zeker wisten dat het om haar Rick ging. De agenten bevestigden dit.

"Moet hij dan in Turkije blijven? Of wordt hij overgeplaatst naar Nederland?" vroeg Dana terwijl ze de agenten aandachtig opnam.

"Uw man is gearresteerd op verdenking van cocaïnesmokkel, maar de rechtszaak moet nog in Turkije plaatsvinden. Meer weten we ook niet."

"Is Rick alleen gearresteerd?"

"Zover we weten zijn er drie Nederlanders gearresteerd, waarvan Rick er één was."

"Is één van de andere Nederlanders soms John Hendrixs?"

"Waarom heeft u belangstelling voor deze man?"

"John is mijn broer en de vriend van Rick. Mijn moeder heeft een langere tijd niets meer van hem vernomen en ze vroeg zich af of er iets was gebeurd."

De agent bevestigde dat John ook was opgepakt.

De hersenen van Dana werkten nu op volle toeren. "Hoe lang kan iemand voor drugsmokkel in Turkije worden veroordeeld?"

De agent wreef over zijn kin, "als je in Turkije wordt veroordeeld, moet je al snel rekenen op zo'n tien jaar gevangenisstraf. Het is wel afhankelijk van de rechter die je krijgt toebedeeld."

Dana trok een zielig gezicht, maar ze verheugde zich er al inwendig op dat ze in ieder geval jarenlang van haar kwelgeest Rick verlost zou zijn. De agenten gaven Dana het adres van een instantie, waarmee ze contact kon opnemen voor het verdere verloop van het proces.

Nadat de agenten waren vertrokken liep Dana halsoverkop naar Jannie, waar ze het hele verhaal uit de doeken deed. Jannie was als moeder verdrietig en ze zat over John in. Het was toch haar zoon. Dana wist dat haar moeder toch geen actie zou ondernemen om hem in Turkije te bezoeken.
Daarna ging ze bij Roxanne langs en vertelde ze het nieuws. Die was uitermate nieuwsgierig naar alle smeuïge details.

"Het is zijn verdiende loon. Ik vind het een klootzak en hoop dat ze hem daar levenslang houden. Ik ben zijn mishandeling nog steeds niet vergeten."
Roxanne wreef demonstratief over haar wang.

"Je hebt nu de kans om van hem af te komen. Ga de echtscheiding in werking zetten Dana. Het is nu of nooit!"

"Dat is eenvoudiger gezegd dan gedaan. Ik moet eerst uitzoeken hoe ik dat moet doen en wat er allemaal bij komt kijken. Pasgeleden kwam ik erachter dat Rick grote schulden heeft gemaakt en ik weet niet goed hoe ik dit allemaal moet oplossen. Het klinkt je misschien raar in de oren, maar ik blijf voorlopig bij Ton en Carolien werken, want dan heb ik straks genoeg geld om alle schepen achter me te verbranden. Ik zit alleen met mijn moeder. Jannie begrijpt er niets van en eigenlijk kan ik haar dit niet aandoen. Ze is onschuldig. Als ik een nieuw leven wil beginnen kleeft hier een groot risico aan. Rick en John rekenen erop dat ik Jannie vroeg of laat een keer zal opzoeken. Dat is de ultieme plek om mij op te wachten en de afrekening te laten plaatsvinden. Een lastig dilemma waar ik nog niet uit ben."
Roxanne gebaarde dat Dana mee moest komen naar de keuken, uit het zicht van de kinderen.

Met een fluisterende stem vroeg ze: "Ik heb er nog eens over nagedacht. Ik ben kort bij kas en voel er wel wat voor om ook in de club bij Ton en Carolien bij te klussen. Je vertelde laatst wat er te verdienen valt. Ik ben het zat om bij de vaders van mijn kinderen om geld te bedelen. Als ik op een paar vaste avonden per maand op deze manier kan bijverdienen, kan ik een oppas betalen en ben ik ook niet meer afhankelijk van anderen. Dana beloofde dat ze het met Ton en Carolien zou bespreken.

Ton en Carolien waren aangenaam verrast over het verzoek van Roxanne, want ze konden nog wel een representatieve gastvrouw gebruiken. Dana nam Roxanne mee voor een kennismakingsgesprek in de "artiestenkamer". Het gesprek werd positief afgesloten en ze kon per direct beginnen.

Na het gesprek met Ton en Carolien wandelden Roxanne en Dana naar het centrum van de stad om wat te gaan drinken. Als collega's, zoals ze verschillende malen elkaar lachend herinnerden. Onderweg passeerden ze een Tattoo Art shop. Dana bleef voor de etalage staan en keek belangstellend naar de creatieve afbeeldingen in de etalage. Roxanne keek ongeïnteresseerd naar binnen. "Ik vind tatoeages afschuwelijk. Het is een verminking van je lichaam. Ik moet er niet aan denken," en ze wilde doorlopen. Maar Dana bleef staan.
    "Kom je nog?" vroeg Roxanne, die al langzaam was doorgelopen.
    "Nee, ik ga een tatoeage laten zetten."
Roxanne keek haar aan. "Mijn God, nee toch?"
Dana zei zelfverzekerd: "Ik ga naar binnen. Ga je mee?" Schoorvoetend volgde Roxanne Dana mee naar binnen.
De Tattoo Shop was leeg en er kwam er een jonge vrouw van achteren die vriendelijk vroeg of ze beide dames kon helpen.
Dana nam het woord.
    "Ik zou graag een tattoo willen laten zetten. Ik heb hier lang over nagedacht en ik weet ook welke ik wil."
Roxanne was perplex, want ze kenden elkaar door en door, maar Dana had het nog nooit over een tatoeage gehad, laat staan dat ze er één zou laten zetten.
De vrouw vroeg wat Dana in gedachten had.
    "Een blauwe roos, op mijn onderbuik."
Ze opende zelfverzekerd haar handtas, pakte een witte envelop en haalde er een kaart uit met de afbeelding van een blauwe roos.
    "Deze zou ik graag op mijn onderbuik willen hebben."
De vrouw pakte de kaart aan en bekeek hem. "Dat is een mooi plaatje. Ik ga Manuel halen, want hij zet de tatoeages."

De vrouw liep met de kaart in haar hand naar achteren en ze kwam kort daarna met Manuel terug.

"Wie van de dames, of beiden?"

Roxanne reageerde gelijk door te zeggen dat het voor Dana was.

"Komen jullie mee naar achteren dan spreken we daar de details door. Mooie afbeelding trouwens. Deze heb ik nog niet eerder gezien."

Beide vrouwen volgden Manuel door het nauwe gangetje naar achteren. Hij vroeg waar Dana de tatoeage wilde hebben en Dana zei heel overwogen: "Ik zou de blauwe roos graag op mijn venusheuvel willen hebben. Het steeltje moet net tussen mijn schaamlippen verdwijnen. Er mogen alleen drie kleine puntjes van de blauwe blaadjes boven mijn slipje uitkomen. Alsof de roos probeert om uit mijn slipje te groeien."

Roxanne was geschokt en ze keek zonder een woord te zeggen van Manuel naar Dana en weer terug.

Manuel keek Dana met glimmende ogen aan en vond het een mooie opdracht. Dana nam plaats in de behandelstoel. Manuel ontsmette haar venusheuvel en ging aan de slag. Het was een pijnlijke exercitie, maar Dana had het er graag voor over.

Na afloop spoot Manuel er een beschermende spray overheen en gaf een potje zalf mee om haar huid soepel te houden. Hij zei dat het minimaal twee weken zou duren voordat alle korsten verdwenen waren.

Nadat Dana had afgerekend en voorzichtig naar buiten liep zei Roxanne: "Ik hoef geen tatoeage, maar ik bewonder wel wat je vandaag hebt gedaan. Ik denk dat de tattoo er over twee weken heel mooi uitziet."

Dana glimlachte tevreden. "Zullen we nu maar een taxi nemen?"

"Dat lijkt me een goed idee. Het komt goed uit dat ik bij Ton en Carolien ga starten, want jij bent de komende twee weken niet in staat om in de club te werken."

Na twee weken was de tatoeage voor het eerst goed zichtbaar. Manuel had de roos delicaat aangebracht, met de precisie van een middeleeuwse kunstschilder. De fijne steel van de roos verdween subtiel tussen de schaamlippen van Dana en drie blaadjes van de bloeiende blauwe roos kwamen net boven de rand van haar slipje uit. Dana was er maar al te trots op. Roxanne sprak haar bewondering uit. "Je brengt me aan het twijfelen. Dit vind ik wel mooi en deze tatoeage is alleen voor intimi zichtbaar."

Dana werkte al negen jaar naar volle tevredenheid in de buurtsuper. Ze was daar op haar zestiende begonnen en had zich opgewerkt tot hoofdcaissière. Vorig jaar was het filiaal van de buurtsuper door een franchiser overgenomen. Hans de bedrijfsleider, met wie Dana het al jaren goed kon vinden, had al een paar keer gedreigd dat hij zou opstappen. Hij kon niet goed overweg met de nieuwe bewindvoerder en ergerde zich aan de ondoordachte besluiten die werden genomen.

Hans was voor openingstijd naar Dana gelopen en had gevraagd of ze even tijd voor hem had. Hij vertelde haar in vertrouwen dat hij definitief het besluit had genomen om op te zeggen. Hij had een baan gevonden bij een nieuw type supermarkt. Bij deze XL-supermarkt zochten ze nog een assistent-bedrijfsleider. Hij zei dat hij alle vertrouwen had in Dana en vroeg of ze wilde solliciteren.

Dana was overvallen door het verzoek van Hans, maar ze had er wel oren naar. Omdat Dana niet over de juiste diploma's beschikte zou het lastig zijn om op eigen kracht een andere baan te vinden, laat staan om promotie als assistent-bedrijfsleider te maken. Hans beloofde een goed woordje voor haar te doen en beklemtoonde dat ze het aanbod met beide handen moest aangrijpen.

Nog dezelfde avond belde Dana Hans op en zei dat ze erover had nagedacht. Ze wilde met Hans mee naar XL-supermarkt. Dit was de ultieme kans op een promotie.

Na een officiële sollicitatieprocedure werd Dana als assistent-bedrijfsleidster aangenomen. Ze was trots, maar ze voelde zich ook onzeker, na negen jaar comfortabel in de buurtsuper gewerkt te hebben. Dana vertrouwde Hans en ze had op een avond na sluitingstijd zijn advies over Rick gevraagd. Ze had de deur van het kantoortje gesloten en had Hans verteld dat Rick in Turkije gevangen zat. Ze wilde van hem scheiden, maar ze wist niet hoe ze dit moest aanpakken. Hans was een echte netwerker, luisterde goed naar Dana en zei dat hij connecties had die hij zou bellen.

De volgende dag gaf Hans een kaartje van de Stichting Hulp voor Vrouwen aan Dana. Ze kon daar met een kennis van Hans contact opnemen voor advies. Dana liet er geen gras over groeien en belde gelijk de volgende dag voor informatie.

Er lag een brief van een advocatenbureau in de brievenbus. Dana scheurde hem open. Het bureau had haar verschillende malen geprobeerd te bellen, maar het was niet gelukt om haar te bereiken. Het was een verzoek om contact op te nemen over een dringende zaak. Dana vermoedde dat dit met Rick te maken had. De volgende dag, tijdens haar koffiepauze belde ze en werd doorverbonden met de advocaat, die met de zaak was belast. Hij behartigde de belangen van Rick, die nu op zijn proces in Turkije wachtte. De advocaat vroeg of Dana Rick financieel kon ondersteunen. Haar nekharen stonden overeind. Dana kon zich nog maar net beheersen en ze zei om tijd te rekken dat ze er nog over na moest denken. De advocaat zou haar reactie afwachten. Als er in de tussentijd nieuws was zou hij Dana informeren.

Je kunt mijn rug op, ik heb genoeg ellende met je meegemaakt. Poeh, geld sturen, ging door het hoofd van Dana en ze besloot om niets op te sturen. Ze trok de conclusie dat Rick de komende tien jaar in Turkije vast zou zitten. Ver weg, waar hij haar in ieder geval niet kon lastigvallen. Met de hulp van de Stichting Hulp voor Vrouwen had ze afspraken gemaakt om de echtscheiding in werking te zetten.

Op vrijdagavond was het in de club van Ton van Carolien druk. Er was een zakelijk gezelschap gearriveerd en Dana telde acht mannen. Twee mannen hadden de leiding over de groep, gedroegen zich dominant maar ook royaal, want er werd dure whisky besteld. Er werd uitbundig geproost, gelachen en af en toe sloegen ze elkaar als vrienden op de schouders. Carolien had gevraagd of Dana en Roxanne de groep onder hun hoede konden nemen. Als er versterking van extra dames nodig was, moest Dana een seintje geven.

Dana had de groep getaxeerd, schatte de twee leiders halverwege de vijftig jaar oud en ze had haar keuze op de meest dominante van de twee laten vallen. Deze man had dun grijs haar, een ongezond vadsig rood gezicht en een dik uitgezakt buikje, waarvan de onderste knoopjes openstonden. Ze ging naar hem toe en merkte dat de man van haar was gecharmeerd. Dana glimlachte ondeugend naar hem. Hij fluisterde iets in haar oor. Ze kon hem niet goed verstaan, omdat hij lispelde van de drank. Hij greep Dana om haar heup en trok haar tegen zich aan. Hij zei hardop dat ze een lekker geil ding was. Het oog van Dana viel op een collega, die netjes was gekleed. Ze vermoedde dat het een financiële man of een jurist moest zijn. Aan zijn houding merkte ze op dat de situatie hem niet beviel. Roxanne had het ook opgemerkt en begaf zich onopvallend in de richting van deze jongeman. Ze lachte bevallig naar hem en probeerde contact te maken, maar de jongeman gaf geen ruimte voor toenadering. Hij geneerde zich voor de groep waar hij deel van uitmaakte. Hij was bezig het moment te bepalen om het gezelschap te verlaten zonder de gastheren voor het hoofd te stoten. Roxanne verlegde haar aandacht naar de andere mannen van het gezelschap en bij de volgende had ze meer succes.

Dana nam een nipje van haar volle glas whisky en ze keek weer ondeugend naar de man. Hij grabbelde in zijn broekzak en haalde er een stapeltje bankbiljetten uit en gaf er een paar aan Dana. Hij had nu zijn knie tussen haar dijen geschoven. Ze liet het toe en bereed deze met haar onderlichaam. De man raakte opgewonden, pakte haar borst en kneep erin. Ze boog zich naar hem toe en zei zachtjes in zijn oor: "Ik word geil van je. Ga je mee naar boven?"

Ze pakte zijn hand en leidde hem naar boven.

Hoofdstuk 24.

Dana piekerde zich suf waar Rick haar bankpasje en identiteitsbewijs had verstopt. Ze kon zich niet voorstellen dat hij deze naar Turkije had meegenomen. Ze liep naar de slaapkamer en doorzocht stelselmatig lade voor lade. Keek in het nachtkastje van Rick, voelde erachter, maar ze kon niets vinden. Ze trok de zijkanten van het tapijt in de slaapkamer los en keek eronder, maar ook hier was niets te vinden. Ze tilde de matras op en keek of ze ergens een opening kon vinden. Daarna trok ze het bedframe van de muur, keek achter de linnenkast, maar in de slaapkamer kon ze niets vinden.

Als Rick iets verborg, dan zou hij dit niet de woonkamer verstoppen. Ze liep naar de gang en doorzocht de meterkast, de gangkast, maar ook het logeerkamertje.

Daarna besloot ze de keuken onderhanden te nemen. Ze doorzocht alle kastjes en keek in de voorraadbussen. Dana schoof het gasfornuis een klein stukje naar voren om de achterkant te kunnen inspecteren. Ze haalde de opberglade onder het gasfornuis vandaan en keek erachter en eronder. Ook achter de koelkast was niets te vinden.

De lamp in de hal was te klein om er iets onder te verstoppen. Ze pakte de lijst van het schilderijtje en keerde deze om, maar hier was ook niets achter verborgen. Of zou Rick zijn persoonlijke spullen bij iemand anders hebben achtergelaten? Iemand die ze niet kende?

Het oog van Dana viel op de badkamer, maar dit leek haar geen geschikte plaats. De badkamer was inpandig, maar ondanks de goede afzuiginstallatie, te vochtig. Ze probeerde de wasmachine te verschuiven om erachter te kijken, maar de achterkant zat vol met fijn spinrag dat aan het grove stucwerk van de achterwand was verweven. Ze duwde de wasmachine moeizaam weer terug, boog zich over de wasdroger die gelukkig een stuk lichter was en schoof deze een stukje naar voren. Wat gek, geen spinrag. Ze trok de wasdroger verder naar voren. De bovenste schroeven aan de achterzijde waren beschadigd, alsof de achterplaat eerder was losgemaakt. Dana liep naar de meterkast en pakte een schroevendraaier uit het kleine gereedschapskistje. De schroevendraaier was te grof voor de kleine schroefjes. Haar hersenen werkte op volle toeren en ze liep naar de keuken, pakte een mesje uit de bestèklade en liep terug naar de badkamer. Met het mesje draaide Dana de schroeven los en haalde ze voorzichtig de achterplaat eraf.

Haar zoektocht werd beloond, want op de bodem lag een oude donkerbruine leren map van A4-formaat. Dana keek eerst goed in de wasdroger, voordat ze haar hand erin stak. Ze pakte de map en nam hem mee naar de woonkamer, waar ze hem als een trofee op de eettafel voor zich neerlegde. Ze ging ervoor zitten en opende voorzichtig de map alsof ze een delicate schat van grote historische waarde had gevonden.

Er zaten documenten in de map, een paar foto's, haar identiteitsbewijs en haar bankpasje. Dana legde haar pasjes gelijk opzij en bladerde door het stapeltje documenten. Het leken verzekeringsdocumenten, waarvan Dana niet begreep waar ze betrekking op hadden. Er zat een medisch document bij, wat niet van Rick was, want er stond een exotische naam op. De naam van zijn moeder?

Haar aandacht verschoof naar het stapeltje oude kleurenfoto's met vervaagde roodbruine kleuren. Dana vermoedde aan de hand van de kleding dat de foto's ergens in de jaren zeventig waren genomen. Op één van de foto's zag ze een jongeman en een vrouw met een klein jongetje in het midden. Dana bestudeerde de foto en ze herkende Rick als het ventje tussen zijn ouders. Het moest winter zijn geweest, want hij droeg een dik jasje met een muts. Zijn ouders waren trots op hem. Rick keek hoopvol naar zijn vader, die zijn handje stevig vasthield.

Dana keek naar de achtergrond op de foto en probeerde te ontcijferen waar deze foto was genomen, maar dit kon overal zijn. Op de achtergrond zag ze een laan met kale bomen. Het was een liefdevol tafereeltje op een koude winterdag.

De volgende foto was een schoolfoto van Rick. Ze schatte in dat hij in groep drie of vier moest zitten. Hij lachte naar de fotograaf, maar zijn voortanden ontbraken. Die was hij aan het wisselen. Rick had een mooie witte blouse aan en had een trotse uitstraling. Ze zag op de achtergrond een schoolbord met een mooie tekening en aantekeningen van rekensommen, die de juffrouw voor de schoolfoto had gemaakt.

Tussen de foto's zat ook de trouwfoto van Rick's ouders. Dana zag een verliefd stel dat met volle overgave voor de fotograaf poseerde. Zijn moeder droeg een traditionele Indiase bruidsjurk en ondanks dat het een oude en beschadigde zwart-wit foto was, zag ze er schitterend uit. Zijn vader zag er netjes, maar onopvallend uit. De foto was verscheurd en met plakband op verschillende plaatsen weer aan elkaar geplakt. De foto moest lang geleden zijn geplakt, want het plakband was vergeeld en verdroogd. Dana legde de gammele foto voorzichtig terug.

Onder het stapeltje foto's lag een bruin envelopje. Ze opende het voorzichtig en haalde er een stapeltje Polaroid foto's uit. Dana fronste haar wenkbrauwen want op de bovenste foto lag een naakte jonge vrouw die sexy naar de lens keek, met haar hand tussen haar dijen. Ze had mooie blonde lokken, een vol gezicht en de blik in haar ogen verraadde dat ze verliefd was op de fotograaf. Wie had deze foto's genomen en wie was de jonge vrouw op de foto? Er volgde nog een paar erotische foto's van deze vrouw. Dana bladerde achteloos door het stapeltje foto's en ineens keek ze stijf van schrik naar zichzelf.

Ze lag in haar eigen bed en werkte één van de zogenaamde vrienden van Rick af. Ze had nooit gemerkt dat Rick foto's van haar had gemaakt, want er volgden nog een paar foto's, die niets te wensen overlieten. De laatste foto van het stapeltje was gekreukeld, alsof Rick deze foto een langere tijd in zijn portemonnee had bewaard. Dana bedacht wrang dat dit wel eens de foto geweest kon zijn, waarmee hij haar prostitueerde. Op deze foto lag ze op haar rug naakt in bed en sliep. Het leek net of ze zwoel klaarlag voor potentiële klanten. Wanneer zou hij deze foto hebben geschoten? Ze keek naar het beddengoed en vermoedde dat de foto ongeveer drie jaar geleden gemaakt moest zijn.

Toen kwam er boosheid op in Dana. Wat zou Rick nog meer met deze foto's hebben gedaan? Zouden er nog foto's van haar in omloop zijn? Zou hij de jonge vrouw hebben gechanteerd? Ze liep enigszins geagiteerd terug naar de badkamer en ze controleerde de wasdroger of ze toch niet iets over het hoofd had gezien, maar de wasdroger was leeg. Dana liep terug naar de kamer, verscheurde haar foto's en spoelde ze door het toilet. Daarna stopte ze haar identiteitsbewijs en betaalpasje in haar portemonnee en alle andere documenten stopte ze weer terug in de leren map.

Ze huurde een kluisje bij de bank en borg haar achterovergedrukte geld op en de bruine leren map van Rick. Een sleutel van de kluis kon ze makkelijker verstoppen dan de map en het geld .

Dana speelde al een langere tijd met de gedachte om haar werkzaamheden in de club bij Ton en Carolien te beëindigen. In haar nieuwe baan bij de XL-supermarkt verdiende ze een uitstekend salaris, wat ze niet meer aan Rick hoefde af te staan.

Dana zag Ton en Carolien als een soort vader en moeder. Ze kon met al haar vragen bij hun terecht en er was onderling vertrouwen. Het werk in de club was een gewoonte geworden. Soms was het leuk, maar er waren ook momenten dat ze het zat was. Het bleef een dilemma. Pasgeleden had ze nog een topavond gedraaid toen ze een groep met jonge kerels had begeleid in de club. De vriendengroep had zich stoer gedragen en ze wilden niet voor elkaar onder doen. Dana had als eerste, de mooiste en lekkerste kerel voor zich geclaimd. Dit waren nu van die momenten dat ze het jammer vond dat dit haar werk was. In het dagelijkse leven zou ze achter deze jongeman zijn aangegaan. Ze had hem extra lang verwend en als toegift een schuimbehandeling gegeven. Hij was intiem geweest en had gezegd dat hij haar knap vond. Hij had Dana een onvergetelijke avond bezorgd.

Hoofdstuk 25.

Hanko, een bekende acteur uit een soapserie was al jaren één van haar beste klanten. Hij had Dana al verschillende keren bij hem thuis uitgenodigd. Dana had steeds getwijfeld, omdat ze uit veiligheidsoverweging liever niet bij klanten thuiskwam en om emotioneel afstand van hem te houden.

Hij had haar ook deze keer weer met een onschuldige blik aangekeken en gevraagd wat het probleem was. Voordat ze kon antwoorden had hij gezegd: "Ik snap het al. Zondagmiddag staat er een taxi voor je klaar die je ophaalt en weer thuisbrengt."

Tegenwerpingen hadden bij Hanko geen zin. Dana besloot om bij uitzondering deze keer op zijn aanbod in te gaan. Hanko glimlachte tevreden, boog naar Dana en vroeg: "Kun je dat zwarte leren pakje aantrekken en dat zweepje meenemen?"

Ze keek hem streng aan. "Dat hangt ervan af jongeman," en ze pakte het zweepje van het bed en liet het over zijn schouder naar beneden glijden. Ze zag aan zijn ogen dat hij opgewonden raakte, ondanks dat ze hem net een beurt had gegeven.

Dana zei streng: "Je moet nu echt vertrekken, anders kan ik me niet meer beheersen." Ze begon steeds harder met het zweepje te slaan waarop Hanko zijn broek weer liet zakken en gewillig op zijn knieën voor het bed ging zitten. Ze gaf Hanko een paar flinke zweepslagen op zijn blote billen waardoor hij begon te kreunen.

"Ik weet zo net nog niet of ik zondag wel bij je langs wil komen. Je bent veel te gedwee."

Voordat Hanko iets kon zeggen, had Dana al twee zweepslagen uitgedeeld.

"Alsjeblieft, alsjeblieft, kom langs. Ik eis het," kreunde Hanko.

"Wat?"

"Alsjeblieft, ik smeek het je."

Dana vond het tegenstrijdig dat een succesvolle, goed uitziende acteur zijn gerief in een bordeel zocht. Hanko had een bos donker haar die hij altijd glad naar achteren kamde. Zijn troef was een gespeelde onschuldige uitdrukking in zijn mooie groene ogen, waarmee hij vrouwen inpakte. Ze schatte hem rond de vijfendertig jaar oud. Hij was rijk en bezat een schitterend landhuis. In de roddelbladen hing er altijd een schare vrouwen om hem heen. Hanko was bevoorrecht, omdat hij het vrouwelijk schoon voor het uitzoeken had.

Na afloop rommelde hij in zijn zakken, haalde er een paar bankbiljetten uit en gaf deze aan Dana. Hij trok zijn shirt symmetrisch recht en zei achteloos: "Is vijfhonderd gulden voor zondag voldoende?"

Dana keek Hanko scherp aan, maar ze zei niets.

"Ik maak er zeshonderd van, maar dan verwacht ik je wel in dat zwarte leren pakje met dat zweepje."

"Afgesproken."

Toen Hanko de kamer verliet, gaf Dana hem met haar hand een vriendschappelijke tik op zijn kont.

Op zondag reed de taxi op het afgesproken tijdstip voor. Dana had over het sexy leren pakje een strakke beige regenjas met een zwart geruite voering aangetrokken. Ze had haar haren in een knotje opgestoken en een strenge zwarte bril opgezet. In haar bijpassende boodschappentas zat het zweepje en een zwarte voorbinddildo, waarvan ze wist dat Hanko hierop kickte.

De taxichauffeur belde aan, sprak iets in de intercom en het hek opende. De taxi reed voor. Dana stapte uit en ze liep statig op haar hoge hakken naar de voordeur die op een kier openstond. Ze duwde de deur open en zag Hanko, die haar met een gelukzalige uitdrukking in zijn ogen vlak achter de deur opwachtte.

De enorme gang, die hoog een breed was, hing vol met pompeuze schilderijen en kwam uit in een grote woonkamer. Er was een forse zitkuil, waarin stapels witte pluiskussens speels waren gedrapeerd. Dana vond het een raar contrast, eerst de pompeuze middeleeuwse gang en daarna een moderne living.

De woonkamer had een enorme glazen schuifpui over de volle breedte. Het grote terras was strak van opzet met mooie houten tuinmeubelen. Achter het terras lag een groot grasveld met een vijver, waar de sprieten van grote waterplanten trots omhoog staken. Een hoge haag schermde de enorme tuin van de buitenwereld af.

Dana zette haar boodschappentas met "gereedschap" demonstratief in het zicht van Hanko op de tafel neer.

"Zal ik je jas aanpakken," vroeg hij en stak zijn hand al uit. Maar Dana keek Hanko streng aan. "Ik denk het niet. Ga eerst maar eens op je knieën zitten jongeman."

Hanko keek vertwijfeld, maar gehoorzaamde.

"Hanko, ik ben hier te gast en wil als zodanig verwend worden."

Hij knikte onderdanig met zijn gezicht naar de grond. Dana boog vooroverd, wreef met haar hand over zijn hoofd en zei met een zoete stem: "Het is wel goed zo. Ik lust nu wel een welkomstdrankje na zo'n lange taxirit. Weet je, de taxichauffeur kletste aan één stuk, waardoor ik me niet op jou kon concentreren." Ze keek hem streng aan door haar zwarte bril. Hanko stond op, liep naar de bijzettafel en schonk iets uit één van de kristallen karaffen in twee longdrinkglazen. Dana was altijd voorzichtig met het drinken van sterke drank, omdat dit met haar beroep niet goed samenging, maar ze vond dat het mixje van Hanko geen kwaad kon. Hij liep naar de keuken om ijs en frisdrank toe te voegen. Dana volgde hem op de voet. Hanko reikte haar glas aan. Ze nam een slok, zette haar glas op het zwarte aanrecht en ze vond de luxe keuken een uitstekend decor om aan Hanko te beginnen. Ze keek weer streng en gebood: "Maak mijn jas eens open!"

Hanko gehoorzaamde en maakte voorzichtig knoopje voor knoopje open. Dana liet de jas van haar schouders op de grond glijden. Hanko zag het zwarte sexy pakje en werd zenuwachtig. Hij pakte met beide handen het gezicht van Dana vast om haar te zoenen, maar ze hield er niet van om door mannen gezoend te worden. Ze had Hanko tot nu toe op een veilige afstand kunnen houden. Maar nu liet ze hem ondanks haar principes toch toe. Ze schrok van zichzelf en stopte de kus abrupt.

Ze kleineerde Hanko op een denigrerende manier, waarop hij op zijn knieën ging zitten en slaafs naar de vloer keek. Daarna gebood Dana hem om haar naar zijn slaapkamer te dragen.

Hij pakte de kleine Dana op en legde haar op het bed neer. Daarna ging hij gedwee op zijn knieën voor het bed zitten.

Het viel Dana op dat Hanko veel dronk en coke snoof. Hij had verschillende malen gevraagd of ze ook wilde gebruiken. Dana had geen ervaring met drugs en ze wees dit categorisch af. De drankjes die Hanko inschonk hadden dezelfde rare smaak als de cola die ze de eerste keer in de club bij Carolien had gedronken. Ze voelde zich zweverig in haar hoofd worden en ze had het spel met Hanko niet meer onder controle.

Dana bond de zwarte voorbinddildo om en ze wisselde de zweepslagen af met een tergende langzame anale penetratie. Hanko gilde het uit, want hij wilde meer, meer, meer. Maar de afstand werd steeds kleiner en ze voelde dat Hanko de regie overnam. Hij maakte de voorbinddildo bij Dana los, deed hem bij zichzelf om, zette de dildo in de hoogst vibrerende stand en pakte Dana duaal. Ze genoot. Hanko maakte diep verborgen gevoelens in haar los.

Later die avond ontwaakte Dana in bed bij Hanko. Ze was verbaasd dat ze in zijn armen in slaap was gevallen, maar vermoedde dat er iets in het drankje gezeten moest hebben. Dana lag comfortabel tegen hem aan, maar ze baalde ervan dat ze het spel niet onder controle had gehad en ook nog eens bij een klant thuis. Ze keek naar boven en zag dat het plafond één grote spiegel was. Hun mooie strakke lichamen lagen als een perfect beeldhouwwerk tegen elkaar aan. Ze bleef gebiologeerd naar het stilleven van zichzelf kijken.
Buiten schemerde het. Dana wilde naar huis, omdat ze morgenochtend vroeg in de XL-supermarkt aan de slag moest. Ze keek weer naar zijn mooie gelijkmatige gezicht met gesloten ogen. De ogen van Hanko waren de mooiste ogen die Dana ooit bij een man had gezien. Ze waren diep groen en hadden de vorm van amandelen. Dana raakte met de top van haar wijsvinger zachtjes zijn mond aan en streelde over zijn lippen. Hanko bleef roerloos liggen, maar ze kon hem niet weerstaan en likte er zachtjes overheen, waardoor hij ontwaakte. Hij knipperde met zijn ogen, keek haar liefdevol aan en beantwoordde teder haar de kus. Ze voelde een warmte door haar lichaam golven. Na Ben was Hanko de tweede klant voor wie ze echte gevoelens had. Hanko was teder en hij gedroeg zich nu hij nuchter was, totaal anders.

De volgende dag, toen Dana in de XL-supermarkt het lectuurvak bijvulde, zag ze de foto van Hanko op de voorpagina van de Story staan. Ze kon het niet nalaten, pakte de Story en bladerde er doorheen, totdat ze het artikel over Hanko had gevonden.
Het kopte: "Golden boy Hanko gevraagd voor filmrol in Hollywood." Dana las gebiologeerd het artikel en ze hoorde niet dat haar collega achter haar stond.
"Een stuk hè, die Hanko."
Dana schrok.

"Je hoeft van mij niet te schrikken..."
Dana lachte schaapachtig.
"Volgens mij ben je een beetje verliefd op die Hanko. Wie niet? Je staat met een blik in je ogen die boekdelen spreekt. Ja jongedame, dat zijn voor ons onbereikbare mannen."
Dana sloeg de Story dicht en zette hem terug in het schap.

Rick en John waren in Turkije tot acht jaar gevangenisstraf veroordeeld. Turkije had geen uitleveringsverdrag met Nederland, dus ze zouden de komende acht jaar uit haar vizier zijn.

Dana had contact opgenomen met de Stichting Hulp voor Vrouwen en had advies gevraagd over de voorgenomen echtscheiding met Rick. Ze kreeg een coach toebedeeld en het traject werd in werking gezet.

Dana had ook zorgen, want Rick had met haar bankpasje veel te veel geld opgenomen en de bankrekening van Dana stond zwaar in het rood. Er was een huurachterstand en ze had een brief van de woningbouwstichting ontvangen met een dreigement over een uithuiszetting. Dana durfde dit met niemand te bespreken en ze had besloten om zelf haar problemen op te lossen. Op advies van de Stichting Hulp voor Vrouwen maakte Dana afspraken over de afbetaling, die ze van haar salaris uit de supermarkt financierde. De inzet was om de afbetalingen zo laag mogelijk te houden waardoor de looptijd werd verlengd. Dana deed bij de instanties voorkomen alsof ze moeite had met de periodieke aflossingen. Het doel was om het schuldbedrag hoog te houden, zodat Rick na de echtscheiding zijn aandeel zou meekrijgen.

Dana had de knoop doorgehakt en besloten om haar werkzaamheden definitief in de club van Ton en Carolien af te bouwen. Af en toe bezocht ze Hanko nog wel thuis. Ze vond hem een lekkere vent en hij had een speciaal plekje in haar hart veroverd. Hij zou binnenkort naar Hollywood vertrekken om te gaan acteren. Hoe zou het daar zijn? Dana had geen idee, maar ze wist wel dat ze Hanko zou missen.

Tijdens een zondagmiddagbezoek aan Hanko lag Dana te dagdromen in zijn armen. De stilte was prettig en het leek wel of dit hun harten verbond, maar hij verbrak de stilte. "Ik ga je missen in Amerika, maar ik wil je niet missen. Mis je mij?"

Dana keek hem aan. "Ja, want ik zie je al lang niet meer als een klant, maar als mijn geliefde. Het is wel ingewikkeld, omdat ik je geliefde niet ben."

Hij gaf Dana een kus op haar voorhoofd. "Je bent niet mijn geliefde, maar ik hou wel veel van je. Het is alsof we elkaar al decennia kennen. Eigenlijk raar als ik erover nadenk, want ik betaal je voor je diensten, die op mij worden afgestemd, maar zo komt het niet over."

Daarna zweeg Hanko en sloot zijn mooie groene ogen alsof hij een stukje emotie verstopte.

Hij nam Dana in zijn armen. "We zijn voor elkaar bestemd."

Voordat hij nog iets kon zeggen brak buiten het onweer met harde knallen los.

In haar nieuwe functie bij de XL-supermarkt leerde Dana betrekkelijk snel de nieuwe procedures en bijbehorende werkzaamheden, maar ook met computers omgaan. De buurtsuper waar Dana jarenlang had gewerkt, was een poppenwinkeltje in vergelijking tot de XL-supermarkt, waar alles groot was. De versafdelingen waren fors van opzet en er lagen groenten en fruitsoorten die Dana nooit eerder in haar leven had gezien. De verpakkingen in het schap waren vele malen groter, zo ook de boodschappenkarren, maar ook de transacties aan de kassa waren aanzienlijk hoger. In het midden van de winkel was een groot versplein waar de koks gerechten klaarmaakten van de producten die in de winkel werden verkocht. Klanten konden de hapjes proeven.

Dana was blij met het vertrouwen dat Hans in haar had. Het inwerktraject en de nieuwe indrukken in de XL-supermarkt zorgden ervoor dat ze weinig tijd had om over het vertrek van Hanko naar Amerika na te denken. Totdat hij belde. Ze werd uitgenodigd voor zijn afscheidsparty.

"Ik stuur een taxi om je op te halen."

Hij gaf de dag en het tijdstip door, voordat Dana had kunnen protesteren.

Dana had zich voor het afscheidsfeestje mooi aangekleed en stond al klaar toen de taxi voorreed. Ze werd naar een strandpaviljoen gebracht, waar meer gasten tegelijkertijd uit taxi's stapten. Aan het publiek te zien, was Dana blij dat ze een klassieke kledingkeuze had gemaakt. Een strakke zwarte jurk met een blote hals, waar een mooie gouden ketting haar hals elegant versierde. Dana haalde diep adem, opende de deur van het strandpaviljoen en de warmte overlaadde haar bij binnenkomst. Hanko stond aan de andere kant van de ruimte en ze zag aan zijn mimiek dat hij weer behoorlijk had gesnoven. Jammer, want zonder coke was hij aangenamer.

Ze hing haar jas aan de provisorisch ingerichte kapstok en liep naar Hanko om hem te begroeten. Het was druk in het strandpaviljoen en Dana zag meer bekende acteurs uit de soapserie geanimeerd met elkaar staan praten. Hanko had Dana al gezien en stapte direct op haar af, trok haar naar voren, hield zijn arm om haar middel en riep met een luide stem naar de menigte: "Dit is de liefste vrouw van de hele wereld. Ze heet Dana en ik bewonder haar."

Dana voelde zich opgelaten, want alle ogen waren op haar gericht. Hanko gaf haar demonstratief een kus op haar wang en riep luid: "Ober, Champagne voor Dana."

Hij liet haar los, omdat hij nieuwe gasten moest begroeten.

Dana pakte een glas champagne aan en ze begaf zich onder de andere gasten. Een man in extravagante kleding lachte naar haar. "Hoi, ik ben Clark en wie ben jij, want ik ken je niet. Ben je familie van Hanko?"

"Nee, ik ben een vriendin van Hanko."

"En wat ben jij van hem?" vroeg Dana.

"Ik ben zijn visagist," en hij observeerde Dana nauwgezet. "Ik heb Hanko nog nooit over je gehoord. Je moet dan tot zijn intieme verrassingen horen." Hij keek Dana met zijn priemende oogjes aan.

Dana vroeg brutaal: "Ga je met Hanko mee op avontuur naar Hollywood?" Clark sprak zachtjes alsof het een geheim betrof: "Het is nog niet algemeen bekend, maar ik ga inderdaad met hem mee naar Amerika. Eerlijk gezegd, verheug ik me erop." Clark wapperde theatraal met zijn hand.

"Ik benijd je, maar gaat je vriend ook mee?" vroeg Dana belangstellend.

"Nee, ken je hem dan?"

Dana lachte naar hem, "nee, maar ik zie dat je een vriendschapsring draagt en ik kan me niet voorstellen dat je partner het leuk vindt om in Nederland achtergelaten te worden."

Clark voelde zich geaccepteerd en was van Dana gecharmeerd.

"Ik vind je een mooi gezicht hebben. Heb je een portfolio?"

"Nee, die heb ik niet, waar denk je aan?"

Clark zei dat ze nog modellen zochten met de vorm van haar gezicht, maar Dana wist ook wel dat ze te klein was om als model op de catwalk te lopen. In de tussentijd werd Clark begroet door bekenden en stelde hij Dana voor als de vriendin van Hanko. Ze werd in het groepje opgenomen. Gedurende de avond voegde Hanko zich ook bij het groepje en ging achter Dana staan. Hij sloeg zijn armen om haar heupen en trok haar comfortabel tegen zich aan. Het interesseerde hem geen zier dat andere mensen naar hem keken.

"Ze is mooi hé?" zei hij trots. Er volgden goedkeurende knikjes.

Later op de avond werd Hanko voor de afscheidstoespraken naar voren gehaald. Er kwam maar geen einde aan, totdat er twee schaars geklede dames werden opgevoerd. Ze waren ingehuurd, hadden een act ingestudeerd en dansten met Hanko een afscheidsnummer waar iedereen op meedeinde. Hanko had te veel drank op en kon niet van de dames afblijven. Dana vermoedde dat de dames via een escortbureau waren ingehuurd. Na nog een nummer meegezongen te hebben vond Dana het wel genoeg en besloot ze om naar huis te gaan. Toen ze bij de kapstok stond, zag ze dat Hanko beide dames stevig vasthield en wilde vertrekken. Iemand van de omroep probeerde hem nog tegen te houden en gebaarde dat de avond nog niet voorbij was, maar Hanko trok zich er niets van aan en troonde beide dames mee naar buiten.

Dana stond met haar jas in de hand beteuterd te kijken. Ze was ook boos op zichzelf, omdat Hanko een vrije jongen was. Hij was maar een klant en ze mocht blij zijn dat hij haar voor deze avond had uitgenodigd.

Toen ze naar de deur liep kwam Clark naar haar toe. "Ga je nu al weg? Blijf nog even."

"Nee, ik vind het heel gezellig, maar ik moet morgen vroeg aan het werk."

"Werk, werk, werk. Relax, dat doe ik ook," zei Clark met een grote zucht. Dana moest glimlachen om de gebaren die Clark maakte.

Hij pakte een visitekaartje uit zijn borstzak en gaf deze aan Dana. "Ik heb connecties in de reclamewereld. Je mag me altijd bellen."

Hij gaf haar een kus op haar voorhoofd. Dana zwaaide naar het groepje en ze vertrok naar huis.

De volgende dag had Dana het moeilijk op haar werk. Hanko beheerste haar brein en ze kreeg hem niet uit haar hoofd verbannen. De manier waarop hij haar had geïntroduceerd, zijn onbevangen manier van doen en de aandacht die hij haar had gegeven.

Toen Dana 's avonds thuis onderuit op de bank lag, ging de bel. Ze stond op, keek uit het raam en zag dat er pal onder het raam een limousine geparkeerd stond met knipperende lichten. Dana liep naar de intercom en vroeg wie er was.

Een onbekende stem zei: "Mevrouw, kunt u naar beneden komen?"

Dana was alert. "Hallo, wie is daar?"

"Als u de deur openmaakt, kom ik naar boven voor toelichting."

Dana vond dit vreemd en ze was bang voor de handlangers van Rick of John. Een onbehaaglijk gevoel borrelde in haar lichaam op. Maar ze vond het ook niet prettig dat er een limousine met knipperende lichten onder haar raam geparkeerd stond en ze drukte op de buzzer.

Een breedgeschouderde chauffeur kwam zuchtend de trap oplopen. Hij had een telefoon in zijn hand en gaf deze aan Dana. Terwijl ze de man achterdochtig aankeek, zette ze de telefoon aan haar oor.

"Liefste."

Het hart van Dana begon harder te kloppen, want dit was de stem van Hanko, die ze uit duizenden herkende.

"Ik lig beneden in de limo en wil je kutje nog een keer voelen, voordat ik straks in het vliegtuig stap. Kom je voor een ritje?"

Dana was overrompeld.

"Ben je er nog?"

"Ja, ik ben er nog. Ik pak even mijn spullen en kom eraan."

Dana gaf de telefoon terug aan de chauffeur, die zich omkeerde en weer langzaam naar beneden sjokte.

Dana liep naar binnen, griste haar spullen bijeen, sloot de deur af en snelde naar beneden.

De chauffeur stond naast de limousine te wachten toen ze de portiekdeur dichttrok. Hij opende het portier en Dana stapte in. Hanko lag in het midden van de limousine en zuchtte van genot toen hij haar zag. Hij lag naakt op een fluwelen tijgerprint sprei op haar te wachten, met een stijve penis in zijn hand. Ze lachte naar hem, gooide haar spullen opzij en kroop op haar knieën naar hem toe. Ze hoorde de motor van de limousine aanzwellen en voelde de auto langzaam wegrijden. Hanko pakte haar beet en ze rolden beiden door de limo. Hij trok ruw de kleren van Dana los. Ze voelde zijn handen over haar lichaam glijden en hij penetreerde haar gulzig.

Na afloop lagen ze tegen elkaar aan.

"Ik schaam me diep, want ik heb je gisterenavond verwaarloosd," zei Hanko met een schijnheilig gezicht.

"Die twee dames waren onervaren. Ze snapten niet hoe ik het wilde. Ik heb behoefte aan je voordat ik straks in het vliegtuig naar Amerika zit."

Ze streek over zijn hoofd en keek hem liefdevol aan. "Hoe laat vlieg je?"

"Morgenochtend om negen uur."

Dana lag naakt in zijn armen te soezen toen de auto stopte. Hanko was wakker. "Je kunt blijven liggen. De chauffeur neemt even pauze. Hij gaat zo weer rijden."

"Hoe laat is het eigenlijk?"

"Geen idee," en hij trok Dana naar zich toe. "Ik denk dat we nu ergens in België geparkeerd staan."

Dana richtte zich verschrikt op, maar Hanko trok haar gelijk weer naar beneden en keek haar met zijn betoverende groene ogen aan. "Wat wil je drinken?"

Hij pakte een fles whisky uit de bar, schonk een glas in en reikte het aan. Dana schudde resoluut "nee" met haar hoofd en pakte het glas niet aan. Hanko nam zelf een slok uit het glas en zei kijkend naar het klokje boven de bar: "Het is nu drie uur."

Dana zag het ook en zei paniekerig: "Ik moet naar huis."

Hanko schudde "nee" met zijn hoofd, trok haar weer naar achteren en schoof haar benen uit elkaar.

Maar Dana maakte zich los.

"Heb je je mobiele telefoon bij je?" Vroeg Hanko.

"Ja, hoezo?"

"Dan stuur je straks een sms'je naar je baas, waarin je aangeeft dat je je niet lekker voelt en een dag in bed blijft liggen. OK?"

"Ik vind dat niet leuk."

Dana kroop naar het bankje waar haar spullen lagen, pakte haar mobiel uit haar tas en legde hem op de bar. "Waar zijn we nu?"

Hanko keek Dana aan en zei ongeïnteresseerd: "Weet ik veel? Of toch een glaasje whisky?"

"Ok, schenk maar in."

Dana pakte het glas aan, nam een slok en ging met gesloten ogen op haar rug liggen. Hanko kuste de blauwe roos op de venusheuvel van Dana en ze voelde niet veel later zijn tong ertussen glippen.

"Ik zal deze in Amerika missen. Ik vind hem mooi."
Hanko bleef de blauwe roos strelen en zijn vinger volgde de stam van de roos tussen haar schaamlippen. Terwijl zijn vingers soepel naar binnen gleden vroeg hij: "Heb je een aandenken voor me, als ik je niet kan voelen?"
Ze had haar hand op zijn hand gelegd en Hanko keek naar de gouden ring met de robijn. Haar huwelijkscadeau van Rick. Dana zag het, haalde de ring van haar vinger en stopte hem tussen haar schaamlippen op de plaats, waar de steel van de blauwe roos verdween. Het leek nu alsof de blauwe roos een rode ontluikende knop had. Hanko schoot in de lach, trok de ring voorzichtig los, likte eraan en deed hem om zijn pink.
"Hij staat mooi, je mag hem houden," zei Dana.
Hanko liet de ring om zijn pink zitten en pakte een fototoestel.
"Blijf zo eens liggen?"
Hij maakte een foto van de blauwe roos.
"Wat doe je nou?" zei Dana verschrikt.
Waarop Hanko de afbeelding van de blauwe roos op het fototoestel liet zien, wat haar geruststelde. Ze sloot haar ogen weer en viel in slaap.

"Lieverd wakker worden. Aankleden, ik ga vertrekken."
Dana was totaal gedesoriënteerd en keek verschrikt om zich heen. Het was buiten licht geworden en ze zag dat de limousine op een klein vliegveld stond geparkeerd. Ze schoof de sprei met de tijgerprint opzij, zocht haar kledingstukken bijeen en kleedde zich al liggend aan. De chauffeur klopte op het raampje. Hanko kroop naar de deur en opende het raampje, "vijf minuten," en hij keek naar Dana.
"Ik ga je verlaten, maar je bent en blijft mijn favoriet. Kom me in Amerika opzoeken."
Hanko pakte met zijn handen het gezicht van Dana vast en gaf haar een afscheidskus. Hij liet zijn hoofd even op haar schouder rusten, draaide zich om en verliet de limousine. Dana bleef verbluft achter en ze zag door het raam dat de chauffeur een grote koffer op wieltjes achter zich aan trok. Hanko liep de trap op van het kleine privévliegtuig en verdween naar binnen.

Hoofdstuk 26.

Na lang wikken en wegen had Dana definitief afscheid genomen van Ton en Carolien. Ze concentreerde zich nu volledig op haar baan als assistent-bedrijfsleider bij de XL-supermarkt. Het leven lachte haar voor het eerst toe. Geen zorgen en veel zwart geld bij de bank in de kluis om leuke dingen mee te doen.

De advocaat van Rick nam contact op over de echtscheidingsaanvraag die Dana had ingediend. Er waren irritaties, want Rick wilde niet scheiden. Zijn advocaat trok alle registers open om de procedure te trainen. De Stichting Hulp voor Vrouwen ondersteunde Dana en waarschuwde dat hij de scheiding nog wel eens een paar jaar zou kunnen vertragen. Voor Dana was het van levensbelang dat de scheiding rond was, voordat Rick vrijkwam.

Op zaterdagavond zat Dana bij Jannie op de koffie toen haar mobiel afging. Op het schermpje zag ze dat het Carolien was, maar daar had ze nu geen behoefte aan.

"Wie is dat?" vroeg Jannie belangstellend en nam een trekje van haar sigaret.

"Oh, dat is een vriendin van Roxanne, maar dat is niet belangrijk." Dana had haar telefoon uitgedrukt en in haar tas weggestopt.

Jannie hoestte. Toen de hoestbui over was vroeg ze: "Ken ik die dan? Komt ze hier uit de buurt?"

"Nee, die ken je niet. Ze komt uit de binnenstad van Den Haag."

Dana laveerde behendig het gesprek naar een ander onderwerp. Maar de telefoon ging weer en ze zag in het schermpje dat het weer Carolien was. Ze drukte de oproep weg. Voordat ze de telefoon in haar tas had gestopt, klonken er drie bliepjes van een sms-bericht. Met een zucht opende ze het berichtje.

"Ben is er, bel me asap."

Dana knipperde met haar ogen. Dit was het laatste wat ze verwachtte. Het was meer dan een jaar geleden dat Ben de club had bezocht en ze had de hoop allang opgegeven dat ze hem ooit weer zou zien. Nee, ze was hem nog niet vergeten. Haar lust voor Hanko had hem naar de achtergrond verdrongen.

"Wat is er nu weer?" vroeg Jannie met een kraakstem.

"Roxanne vraagt of ik op haar kinderen kan passen. Eén moment ma, want dan geef ik haar gelijk antwoord. Ik had het beloofd, maar was het helemaal vergeten."

Ze sms-te Carolien terug: OK. Bel je binnen vijf minuten.

Dana stond op, gaf haar moeder een kus op haar voorhoofd en ze vertrok hals over kop naar buiten.

Toen ze het portiek uitliep belde ze gelijk Carolien.

"Hè, waar zat je nou. Waarom pakte je de telefoon niet op?"

"Ik zat bij mijn moeder en die weet van niets, maar is Ben nog binnen?"

"Ja, hij kwam binnenlopen en vroeg gelijk naar jou. Kun je hier naar toe komen. Ik hou hem wel bezig?"

"Ja, ik ga nu direct naar huis om me om te kleden en pak daarna een taxi. Met een uurtje ben ik er."

"Dat is goed. Tot zo."

Dana keek op haar horloge en bestelde al lopend naar huis een taxi voor over een half uur. Thuisgekomen trok ze de kast open, pakte de mooie zwarte avondjurk die ze tijdens het afscheidsfeest van Hanko had gedragen en legde deze klaar op het bed. Daarna nam ze snel een douche, maakte zich mooi op en stond klaar toen de taxi voorreed.

Bij binnenkomst zag ze Ben met Carolien in het zitje zitten. Ze waren in gesprek en zagen haar niet. Dana deed snel haar jas uit, trok haar mooie zwarte avondjurk recht, haalde diep adem en liep op Ben af. Het profiel van zijn gezicht deed haar al warm worden. Ja, ze had Ben gemist, ondanks dat ze hem maar één keer had ontmoet.

Ben merkte als ervaren manager aan de ogen van Carolien dat er iets te zien was en draaide zijn hoofd om. Hij glimlachte tevreden toen Dana hem tegemoet liep. Hij stond op en gaf haar een hand.

"Ik hoorde van Carolien dat je hier niet meer werkte, maar gelukkig had ze je telefoonnummer nog."

Ben boog zijn hoofd naar Dana en zei discreet: "Ik vind dat je er vanavond erg mooi uitziet. Zullen we naar boven gaan?"

Hij kuste haar teder en streelde erotisch met zijn vingers over haar onderlichaam. Dana kreunde zacht. Haar lust was zo groot dat ze om hem smeekte. Hij bekeek haar met zijn ondeugende ogen, maar bleef met zijn geoefende vingers haar lichaam strelen. Toen Dana ongecontroleerd emotioneel werd van lust, penetreerde hij haar en stopte niet meer totdat hij aan zijn gerief was gekomen.

Ze zakte uitgeput op haar buik op bed en wist niet meer of ze moest huilen of lachen. Dit was een ervaring, die zelfs nog nooit in haar dromen was voorgekomen.

Na afloop schoof hij teder met zijn hand de mooie bruine haarlokken opzij en liet daarna zijn vingers over haar gezicht glijden. "Je bent zo mooi. Ik heb zelden zo'n mooie vrouw gezien waar alles de juiste proporties heeft." Ben keek haar met een liefdevolle uitdrukking in zijn ogen aan.

"Je zult je wel afvragen waar ik al die tijd ben geweest?"

Dana keek hem vragend aan, omdat ze niet wist waar Ben op uit was. Hij gaf haar teder een kusje op de mond. "Ik heb nu eindelijk meer tijd voor je. Zou je mijn maîtresse willen zijn? Niet in deze club, maar privé?"

Dana was verguld.

"Ja dat wil ik graag," zei ze volmondig.

Ben kon geen genoeg van haar krijgen en wreef met zijn vingers langzaam over haar borsten naar beneden en bleef op de blauwe roos rustten. "Hij is prachtig."

Hij boog voorover en kuste de blauwe roos.

Om nader kennis te maken, stelde Ben voor om een keer in Scheveningen te gaan lunchen.

In zijn grote BMW haalde hij Dana thuis op. Ze zetten koers naar Scheveningen, waar hij had gereserveerd in een restaurant aan de haven. Dana merkte dat Ben hier bekend was, omdat hij zelfverzekerd naar binnen liep. De bediening begroette hem. Ze namen plaats aan een tafeltje bij het raam. Ben bestelde ongevraagd een fles Champagne en keek Dana tevreden aan.

"Ik heb je het afgelopen weekend een voorstel gedaan, wat misschien rauw op je dak is gevallen. Ik zal iets meer over mezelf vertellen, wie ik ben en wat ik in het dagelijks leven doe."

Ben zei dit met een zelfingenomen glimlach rond zijn mond. Hij nam de tijd en vertelde dat hij de directeur van Translude was. Dana luisterde geïnteresseerd naar hem. Wat hij allemaal vertelde, zei haar niet veel. Af en toe stelde ze belangstellend een vraag. Ze wist maar al te goed dat mannen als Ben hun ego bevestigd wilden hebben.

Dana keek onopvallend naar zijn trouwring. Ben zag het, maar zei niets. Door haar jarenlange ervaring in de club wist ze dat mannen altijd zo reageerden. Er zou ongetwijfeld een verklaring volgen, waarom er ruimte voor haar binnen zijn huwelijk was.

"Mijn vrouw en ik werken met grote toewijding aan onze carrières. Voor Translude zit ik regelmatig in het buitenland in onze vestigingen Curaçao en Parijs."

"Wat doet je vrouw voor werk?"

"Ze werkt voor een reisorganisatie, die de kwaliteit van de Nederlandse touroperators controleert. Je zult haar wel kennen, want ze geeft als expert regelmatig toelichting bij een consumentenprogramma.

"Die blonde mevrouw die altijd undercover controles uitvoert, deze filmt en dan tijdens de uitzending de touroperators aan de tand voelt."
Ben knikte bevestigend en draaide het gesprek behendig de andere kant op.

"Ik hoorde van Carolien dat je gestopt bent in de club. Ik trek daar de conclusie uit dat je financieel onafhankelijk bent. Alleen de buurt waar je woont, vind ik niet zo geweldig. Dat is aan jou. Het is voor mij geen showstopper. Ik stel voor dat we samen naar Curaçao gaan en een rekening op jouw naam openen. Ik stort maandelijks een toelage, die je vrij tot je beschikking hebt. Hiervoor hoef je aan niemand en ook niet aan mij verantwoording af te leggen. Vind je het wat?"
Het voorstel van Ben overviel haar.

"Gaan we samen naar Curaçao?"

"Ja, ik combineer het met een bedrijfsbezoek aan onze vestiging. Overdag moet je jezelf wel bezighouden, want dan ben ik aan het werk."

"Ik kan mezelf wel bezighouden, dat is geen probleem," zei Dana. Maar Dana was zo onder de indruk van het voorstel dat ze vergat te vragen hoeveel Ben maandelijks op die rekening ging storten. Ze was er beduusd van dat hij al een klip-en-klaar plan had.
Dana worstelde met de gedachte of ze iets over Rick moest vertellen. Vroeg of laat zou hij vrijkomen en haar ongetwijfeld opzoeken. Het mocht niet zo zijn dat Ben op de een of andere manier onaangenaam verrast zou worden. Ze schraapte haar keel, "Ben, er is wel iets wat je moet weten." Ze pauzeerde om moed te verzamelen. "Ik ben formeel nog getrouwd."
Ben knikte en zei: "Je hoeft me niets te vertellen want ik weet alles al, maar daar wil ik het nu niet over hebben."
Dana was met stomheid geslagen, maar zweeg verder over Rick.

Op vrijdagavond elf uur stond Ben met een grote weekendtas in zijn hand voor de deur. Het viel Dana op dat hij veel aan het woord was en continu over zijn werk praatte. Hij vond het prettig dat ze aandachtig naar hem luisterde. Aan zijn ingewikkelde verhalen had Dana wel door dat Ben een belangrijke functie bekleedde. Deze zaten vol met buitenlandse woorden waar ze nog nooit van had gehoord.

Dana vond het een vermoeiend weekend, omdat ze moest luisteren naar allerlei problemen die zich binnen Translude voordeden en hoe Ben deze in goede banen leidde. De seks met hem was heerlijk, maakte veel goed en het bracht uiteindelijk geld in het laatje.

Op zondagavond was Ben de gang ingelopen toen zijn mobiel ging. Hij telefoneerde lang en kwam na afloop de kamer weer binnenlopen.

"Ik heb opdracht gegeven om de vlucht voor Curaçao te boeken, want dat had ik je beloofd."

Dana keek bezorgd naar Ben. "Ik moet wel officieel op mijn werk vrij vragen, want er moet vervanging worden geregeld. Anders kan ik niet weg."

"Laat me maandag weten of het gelukt is," zei Ben resoluut. "Als we op Curaçao zijn, regelen we gelijk de bankrekening waar ik het over had. Vind je zevenhonderdvijftig euro per maand voldoende?"

Dana schrok even, omdat het bedrag van de vergoeding plompverloren uit de lucht kwam vallen. Zevenhonderdvijftig euro is niet veel als je op afroep beschikbaar moet zijn, want in de club verdiende ze veel meer. Maar voor een man als Ben, die ze als een buitenkansje zag, was het goed betaald. Als het om geld ging was Dana geslepen. Ze zei niets, maar bleef Ben strak aankijken. Hij keek even naar beneden. "Ik maak er duizend euro per maand van, maar dan betaal ik geen andere huisvesting. Is dat ok?"

"Deal." Ze gaf Ben een hand.

Hij liet de hand van Dana niet meer los, trok haar op zijn schoot en zei lachend: "Dan ben je nu wel van mij," en liet hebberig zijn tong in haar mond glijden.

Hoofdstuk 27.

Dana had haar appartement opgeknapt en nieuwe meubels besteld. Ze had samen met Roxanne behangen en geverfd. Jannie had voor de koffie gezorgd. Dana had lang op haar nieuwe meubels moeten wachten, maar toen ze afgeleverd waren was ze er trots op. IJverig had ze de nieuwe kast in de woonkamer ingeruimd. Toen ze de dozen met de opgeslagen spullen uitpakte, viel er een klein envelopje uit de doos. Ze moest glimlachen om de foto's, die drie jaar geleden waren gemaakt tijdens haar eerste tripje met Ben naar Curaçao.

Dana had toen genoten van de warme zon, de relaxte sfeer op straat, de mooie winkels en de aardige mensen die ze had ontmoet. In de ochtend als Ben aan het werk was, dronk ze op het terras koffie. Dana verveelde zich geen moment, want er waren altijd mensen die om een praatje verlegen zaten. In de middag lag ze lekker onder de parasol bij het zwembad.

Samen met Ben dineerde Dana in de binnenstad. Als Ben in de vooravond overleg had, liet ze het avondeten op haar kamer brengen en at ze voor de televisie.

Dana kon het bezoek aan de bank, waar ze een bankrekening op haar naam kreeg nog als de dag van gisteren herinneren. Ze had het spannend gevonden, maar het enige wat ze had moeten doen was haar handtekening zetten. Ben had meteen geregeld dat er maandelijks duizend euro werd overgemaakt. Hij had zijn belofte nagekomen en was nooit in gebreke gebleven.

Ben had benadrukt dat het haar rekening en verantwoordelijkheid was. Hij had geen bevoegdheid over de rekening en wilde die ook niet hebben. De stortingen werden maandelijks door het bedrijf Blue Export via Zwitserland overgemaakt met de omschrijving: Onkostenvergoeding.

Na afloop waren ze een luxe kledingwinkel binnengelopen en had Ben erop gestaan dat ze een mooie jurk uitzocht. Ze was trots met twee tasjes de winkel uitgelopen, waarin een mooie jurk van crêpe de Chine zat met bijpassende hooggehakte suède schoenen. 's Avonds toen ze haar nieuwe outfit had aangetrokken, had Ben haar verliefd aangekeken.

Ze dacht met weemoed terug aan de foto's, die de opening naar een nieuw stabiel leven waren geweest. Er was in de afgelopen drie jaar ook veel gebeurd; zoals de echtscheiding met Rick. Het had zijn tijd nodig gehad, maar na een paar jaar was de scheiding er eindelijk door. De helft van de officiële schulden was op zijn conto terecht gekomen. De inboedel was verdeeld en Dana had behendig van de situatie gebruikgemaakt om een deel van de oude troep formeel aan Rick af te staan. Ze had dramatisch gedaan, alsof het haar aan het hart ging en beweerde dat ze geen geld genoeg had om Rick af te kopen. Maar ze had meer dan genoeg contant geld in haar kluisje liggen en op de Curaçaose bankrekening staan. Dat was haar best bewaarde geheim.

In de afgelopen jaren waren er ook verrassende ontwikkelingen geweest. Dana had haar rijbewijs gehaald. Ben had een tweedehands auto voor haar geregeld. Dit maakte haar mobiel en Ben vond het handig dat ze naar hem toe kon komen als hij in een hotel verbleef. Dana adoreerde Ben en hij nam haar af en toe mee op snoepreisjes naar het buitenland.
Behalve Roxanne wist niemand van haar relatie met Ben af en dat liet ze zo. Dana besefte wel dat ze op het tweede plan stond en op afroep beschikbaar moest zijn.
Alles liep gesmeerd totdat Jannie gestrest aan de telefoon hing. "Dana kun je komen? Karin zit hier."
    "Wie is Karin?"
    "Karin is de vriendin van John. Je weet wel, die van mijn kleinzoon," zei Jannie met een afgemeten stem.
Dana hoorde stemmen op de achtergrond.
    "Waarom moet ik dan komen?"
    "Karin zegt dat John vervroegd vrijkomt."
Dana sperde haar ogen wijd open en reageerde gelijk: "Ik kom eraan," en ze trok haar schoenen aan.

Omdat Dana officieel van Rick was gescheiden werd ze niet meer door de instanties over zijn situatie op de hoogte gehouden. Ze leefde wel met de gedachte dat Rick vroeg of laat voor een afrekening op de proppen zou komen. Hij was nu eenmaal niet vergevensgezind en moest altijd dwangmatig zijn gram halen. Er spookte van alles door Dana's hoofd. Hoe zou ze zich kunnen beschermen? Ze kon zichzelf toch niet in huis opsluiten. Hoe lang zou Rick een gevaar blijven?

Dana stapte met twee treden tegelijk in het trappenhuis bij Jannie naar boven. Het kon toch niet waar zijn dat John vervroegd vrij zou komen?

In de woonkamer zat een jonge vrouw met een jongetje van een jaar of zes. Ze was een knappe verschijning met lang lichtblond haar, een vol gezicht en grote bruine ogen. Ze was niet zo groot, had een tenger postuur en droeg een strakke design spijkerbroek met een mooie zijden blouse. De vrouw deed haar aan Roxanne denken, maar deze vrouw was delicaat en had een zachtere, meer ingetogen uitdrukking op haar gezicht. Het jongetje zat lief met een hijskraantje te spelen en leek op de vrouw. Hij had dezelfde vriendelijke en rustige gezichtsuitdrukking. Jannie zat in haar stoel bij het raam en ze nam zenuwachtig trekjes van haar sigaret. Dana zag aan het volle asbakje op het salontafeltje dat Jannie al aardig wat achter haar kiezen had.

"Ik ben blij dat je er bent, want dan kun je horen wat Karin weet," zei Jannie, terwijl ze haar sigaret uitdrukte.

De vrouw stelde zich vriendelijk voor. Het jongetje stond op, ging naast zijn moeder staan en keek Dana met grote ogen aan.

"Je bent lief," zei Karin. Ze opende haar tas, haalde er een ander speelgoedautootje uit en ze gaf het aan hem. Het jongetje pakte het autootje aan, ging weer bij zijn andere speeltjes zitten en hervatte zijn spel.

Dana bekeek Karin. Ze had iets bekends in haar gezicht, maar ze kon het niet thuisbrengen. Ze leek op iemand. Maar wie?

Karin richtte zich tot Jannie en ze vertelde rustig verder. "Mijn relatie met John had niet veel om het lijf, want hij bivakkeerde overal en nergens. Ik wist nooit waar hij uithing en wanneer hij weer boven water kwam. Ik was ook verbaasd toen ik door zijn advocaat werd geïnformeerd over zijn gevangenschap in Turkije. Voor kleine Johnnie maakte het niet veel uit, want hij zag John bijna nooit.

Gisteren belde de advocaat opgetogen dat John binnenkort versneld zou vrijkomen. Ze konden niet zeggen wanneer, omdat er eerst nog officiële documenten ondertekend moesten worden. Ik hoopte dat U meer informatie zou hebben," zei ze tegen Jannie.

Die verslikte zich bijna in haar nieuwe sigaret en zei met een zware rokersstem: "Ik ben blij dat John vrijkomt, want ik heb gehoord dat die gevangenissen in Turkije vreselijk zijn. Hij zal wel uitgehongerd zijn."

Dana kon de reactie van Jannie als moeder wel begrijpen. Ze was blij dat haar zoon weer thuiskwam. Maar Karin en Dana hadden er een andere beleving bij.

"Ik heb een nieuwe vriend. Hij is een goede vader voor Johnnie en dat wil ik vooral zo houden," zei Karin vastbesloten. "Laat het helder zijn, John komt er bij mij niet meer in."

"Maak je geen zorgen, hij is hier altijd welkom," zei Jannie, "maar ik snap je wel." Een hoestsalvo volgde.

Dana mengde zich nu ook in het gesprek. "Je moet eens weten hoe blij ik ben dat je ons op de hoogte brengt. Tijdens zijn gevangenschap ben ik van Rick gescheiden en ik weet dat hij dit als een persoonlijke nederlaag ervaart. Ik kan nu in ieder geval voorzorgsmaatregelen nemen, voordat hij in Nederland aankomt."

Karin keek ontwijkend naar buiten, toen Dana over het korte lontje van Rick begon. Haar ogen zochten Johnnie, die lief aan het spelen was en niet meeluisterde. Jannie vroeg of ze wat wilden drinken, waarop Johnnie spontaan opsprong en zei dat hij graag cola lustte. Jannie vond hem leuk en nam hem aan zijn handje mee naar de keuken.

Toen Jannie in de keuken was vroeg Dana met een zachte stem aan Karin: "Ben je erg mishandeld?"

Karin keek weer ontwijkend naar buiten en zei zonder Dana aan te kijken: "Het viel niet mee met John. Ik wil dat nooit meer meemaken."

Dana was opgestaan en ging naast Karin op de bank gaan zitten. "Ik kan er boekdelen over schrijven en wil dat ook nooit meer meemaken. Laten we elkaar goed op de hoogte houden, voor het geval er ontwikkelingen plaatsvinden."

Karin knikte en ze wisselden hun telefoonnummers uit.

Onderweg naar huis herinnerde Dana zich ineens waar ze Karin van herkende. Zij was de jonge vrouw op de erotische foto's van Rick, die ze in de wasdroger had gevonden. Dat beloofde niet veel goeds.

De onzekerheid over de vrijlating van Rick bleef door het hoofd van Dana rondspoken. Wanneer zou hij naar Nederland komen en waar zou hij neerstrijken? Een ding wist Dana zeker, hij had geld nodig en had een rekening met haar te vereffenen. Dana werd gek van zichzelf en bedacht dat dit nu precies hetgeen was, wat Rick voor ogen had. Op het moment dat ze verslapte, zou hij toeslaan.

Een paar dagen later belde Karin. Ze wilde met Dana praten en stelde voor om een strandwandeling te maken. De moeder van Karin had zaterdagmiddag tijd om op Johnnie te passen.

Karin stond al bij de voordeur klaar toen Dana kwam aanrijden. Ze stapte gelijk in. "Ik ben blij dat we op korte termijn een afspraak hebben kunnen maken om over de vrijlating te praten," zei Dana op een serieuze toon.

Karin was vrolijk gestemd. "Laten we dat straks bespreken, want ik ben nieuwsgierig naar je. We hebben pasgeleden met elkaar kennisgemaakt en ik vind dat je in de verste verte niet op John, maar ook niet op je moeder lijkt."

Dana vertelde tijdens de rit naar het strand in grote lijnen hoe het gezin in elkaar zat. Ze liet alle negatieve details achterwege, omdat ze niet de behoefte had om deze met Karin te delen.

Toen ze de auto bij het strand parkeerde vroeg ze aan Karin: "Wie ben jij en wat bracht jou bij John?"

Al lopend naar de waterlijn begon Karin te vertellen. Ze kwam uit een beschermde omgeving, was enig kind en haar ouders waren vriendelijke amicale mensen, die in de buurt werden gewaardeerd voor hun inzet bij het vrijwilligerswerk.

Karin was zestien jaar oud toen ze John in een disco in de Haagse binnenstad ontmoette. Ze zat nog op school en haar ouders hadden hoge verwachtingen van haar, omdat ze de eerste in de familie was die op het VWO zat en zou gaan studeren. Op haar veertiende wist ze al dat ze rechten wilde studeren, met de specialisatie strafrecht.

"Een jaar voor mijn VWO-examen, leerde ik John kennen en vond hem onweerstaanbaar. Hij vertelde spannende verhalen over het zakenleven, wat achteraf een bak lucht was die hij over mij uitstortte. Ik was te naïef om hier doorheen te prikken. Het waren verhalen over snelle auto's, veel geld en wat je daar allemaal mee kon doen. Ik hing aan zijn lippen, omdat het onderwerpen waren die bij mij thuis niet ter sprake kwamen. Mijn vriendinnen zeiden dat John een foute vent was, maar ik wilde niet luisteren. Ik kan je verzekeren dat ze veel druk op me uitoefenden. Ken je dat? Je bent jong, onbevangen en gevoelig voor stoere verhalen. Je laat je meeslepen in alles wat verboden is en waar mensen je voor waarschuwen, maar dat is niet wat je wilt horen. Als ik een tussenuur op school had, sprak ik stiekem met John af. Later ging ik spijbelen, waar mijn ouders heel kwaad om werden, omdat ze door de school ter verantwoording werden geroepen. Ik kreeg huisarrest en mocht niet meer met mijn vriendinnen in het weekend stappen. Mijn moeder zat in de stress, omdat ze voelde dat er tussen ons een verwijdering ontstond, die ze met allerlei "moederdochter uitjes" probeerde te lijmen.

Mijn ouders wisten niet hoe ze vat op mij moesten krijgen. Ze gaven niet op en de trukendoos leek onuitputtelijk. Ik moest op een gegeven moment op school bij de conrector komen, die me de les las over het vergooien van mijn toekomst. Hier wilde ik helemaal niet naar luisteren, omdat ik aan de lippen van John met zijn verzonnen verhalen hing. Nog voor het eindexamen ben ik van school gestuurd. Mijn ouders waren laaiend. Ik ben gewoon weggelopen, regelrecht in de armen van John."

Dana en Karin liepen tegen de wind langs de waterlijn toen Karin haar verhaal vervolgde: "Toen ik John in de disco ontmoette, vertelde hij dat ik het lichaam van een fotomodel had. Dat had nog nooit iemand tegen mij gezegd. Ik had wel eens een vriendje gehad, maar het was altijd bij wat onhandig geknuffel gebleven, laat staan dat iemand je met woorden streelt. Dana, ik was nog maagd toen ik John ontmoette. Ik was een mager spichtig meisje met lang blond haar en een grote mond, waarmee ik op mijn klasgenootjes indruk maakte, maar niet in de wereld van John.

Hij zei dat ik een parel was, in de wereld van vrouwen met plastische chirurgie en dat mijn lichaam perfect was. Hij beloofde me bij zijn connecties als fotomodel te introduceren, iets wat je op je zestiende maar al te graag wilt horen. John was netjes en in het begin bleef het bij wat zoenen in zijn snelle auto, wat vertrouwen wekte.

Met zijn grote zwarte auto maakte hij indruk op me, maar niet op mijn ouders. Die zagen in John een verdorven man en ze noemden zijn auto schimpscheutend, "de pooierbak". Achteraf gezien hebben ze gelijk gehad, want John was een pooier. Maar hij is geraffineerd te werk gegaan. John verleidde me achter in zijn grote zwarte auto en ik liet het toe, omdat ik hem adoreerde. Hij was lief en teder, en gaf me het gevoel dat ik het middelpunt van zijn wereld was. Nadat we de eerste keer seks hadden gehad, gaf hij me een zilveren kettinkje met een parel en zei dat ik zijn parel was. Wat een stuk onbenul was ik, om in deze onzin te geloven. Het was onderdeel van zijn plan, waar hij vanaf de eerste dag mee bezig was.

Nadat ik bij mijn ouders was weggelopen, trok ik bij John in en dat was precies waar hij op uit was. Ik kon niet meer terug, want dat zou voor mij gezichtsverlies zijn. John deelde op dat moment een klein appartementje met een collega, die bij zijn vriendin was ingetrokken. Ik begrijp nu dat jij dat was."

Dana stond stil en keek Karin aan. "Ik ben totaal verbaasd, omdat ik niet beter wist dan dat John meerdere vriendinnen had en hij op verschillende plaatsen bivakkeerde."

Dana schudde haar hoofd van ongeloof.

Karin vertelde verder: "John had bij een kennis een afspraak gemaakt om mijn portfolio samen te stellen, zodat ik hiermee in de modellenwereld aan de slag kon. Hij had een screentest geregeld. Ik kan me nog goed die bewuste zondagmiddag herinneren toen ik de studio binnenliep. Het gebouw stond in een armoedig achterafstraatje en de eigenaar vond ik een beetje eng. Die man kleedde me letterlijk met zijn ogen uit. Bah, als ik er weer aan denk, krijg ik er nog kippenvel van. Er stond een fotosessie op een bed gepland, omdat hij screenshots voor een lingerieproducent nodig had. De man was echt creepy, want ik moest me helemaal uitkleden, maar dat wilde ik niet en dat hoefde ook niet van John. Het bed zal ik ook nooit meer vergeten, want er lag zo'n rode satijnen sprei overheen. Ik moest in mijn ondergoed op het bed gaan liggen en vooral lief in de camera kijken. Tussen de shots door kwam de man steeds naar me toe en kon hij niet van mijn lichaam afblijven, waardoor John geïrriteerd raakte. Op een gegeven moment schoof hij mijn bh-bandjes omlaag. Dat vond ik niet leuk en ik nam het besluit dat ik geen model meer wilde zijn.

De twee mannen hadden een psychologisch overwicht over me en dat gaf een naar gevoel. Ik was te jong en te introvert om de deur uit te lopen. John kapte de sessie af en we gingen terug naar zijn appartement. In de auto zei ik tegen John dat ik toch liever mijn opleiding wilde afmaken. John vond dat geen goede keuze, omdat ik veel meer in mijn mars had. Hij zei dat het een taai proces was, waar elk beginnend model doorheen moest.

Die nacht maakte ik voor het eerst een andere John mee. Niet de John die lieflijk en beminnelijk was, maar een John die spijkerhard was en me keihard aanpakte."

Daarna zweeg Karin, keek naar het zand onder haar voeten en liep zwijgend door.

"Ik weet wat je bedoelt," zei Dana zachtjes en zweeg.

Ze liepen naast elkaar langs de waterlijn. Bij een zandbank liep Karin het strand op en ging in het mulle zand zitten met haar gezicht naar de waterlijn. Al die tijd had ze Dana niet meer aangekeken.

Dana ging naast haar zitten, sloeg haar arm om haar tengere schouders en zei: "Hij stompt je eerst hard in je maag en daarna krijg je een keiharde klap op je hoofd."

Daarna schokten de schouders van Karin en begon ze zachtjes te huilen. "Ja.., maar dat is nog maar het begin."

Tranen van emotie stonden in de ogen van Dana. Ze keek Karin aan en veegde met haar vingers de tranen onder haar ogen vandaan.

Karin legde haar hoofd tegen de schouder van Dana en besefte dat ze niet het enige slachtoffer van John was.

"Jij bent de eerste bij wie ik mijn hart durf te luchten. Ik kon er gewoon met niemand over praten. Niet met mijn ouders en ook niet met mijn nieuwe vriend," snikte Karin.

"Ik ook niet. Na jaren de terreur van John te hebben doorstaan, heb ik Jannie in vertrouwen genomen. Vanaf dat moment sliep in 's nachts bij haar."

Karin keek haar gefronst aan. "Waarom sliep je bij Jannie?"

Dana keek voor zich uit en er viel een beklemmende stilte.

"Viel hij je 's nachts lastig?"

Dana knikte met haar hoofd.

"Jezus... ben je misbruikt?" zei Karin geschokt.

Nu druppelden er dikke tranen uit de ogen van Dana, die over haar wangen naar beneden rolden, zonder dat ze met haar ogen knipperde. Karin troostte haar.

"Zullen we nog een stukje lopen?" vroeg Dana en ze liepen weer terug naar de waterlijn. Naar beneden kijkend liepen ze zwijgend naast elkaar. Het enige geluid wat dominant aanwezig was, waren de donderende vloedgolven die op het harde zand uiteenspatte.

"Maar wat is er verder gebeurd na die screentest bij die enge man?" vroeg Dana na verloop van tijd.

"Vanaf die nacht was de seks, hard en pijnlijk. Er moest bij John altijd geweld aan te pas komen. Ik mocht het appartement niet meer uit en als ik naar buiten wilde, ging hij altijd mee. In het begin werkte John nog bij die autohandelaar en werd ik overdag in zijn appartement opgesloten.

Na een paar weken stond er 's avonds een vriend van John voor de deur. Het was de bedoeling dat ik seks met die vriend zou hebben en hij betaalde John."

Karin was even stil, alsof ze de gebeurtenis weer meemaakte. "Na die vriend volgde er nog veel meer en dan realiseer je pas, dat je jezelf als hoer hebt laten degraderen. John werd bij die autohandelaar ontslagen en vanaf dat moment liet hij me geen seconde meer alleen. Nou ja, behalve als er klanten waren of als ik onder de douche stond."

"Ik denk dat we allebei in een vergelijkbare situatie terecht zijn gekomen. Alleen heb ik wel mijn baan in de buurtsuper behouden, waardoor ik een dubbelleven leidde. Weglopen had geen zin, omdat Rick mijn identiteitspapieren en bankpasje in zijn bezit had. In de avonden werkte ik zijn vrienden af en in weekend werkte ik in een seksclub."

"Hoe heb je dat in hemelsnaam volgehouden?" vroeg Karin verbaasd. Dana trok haar schouders op. "Moest jij van John ook in een club werken?"

Karin schudde haar hoofd. "Nee, die enge man van de screentest bleek een producer van pornofilms te zijn. Je begrijpt wel dat de rekening is vereffend. Ik heb in verschillende films met de meest vieze mannen moeten neuken. Vreselijk, ik moest altijd een schoolmeisje spelen, die door volwassenen werd misbruikt. Ik was zo bang, dat vroeg of laat iemand mijn ouders op deze films zouden attenderen, maar ik had geen keus."

"Hoe heb je dat kunnen volhouden?" vroeg Dana, "je hebt kleine Johnnie gekregen, die ook aandacht nodig heeft?" en ze keek Karin weer aan.

Karin zei niets, schopte het zand voor haar voeten uit en bleef stug doorlopen.

"Zullen we daar bij die strandtent een kopje koffie gaan drinken?" stelde Dana voor.

Karin knikte zonder haar aan te kijken. Ze liepen zwijgend door het mulle zand het strand op, naar de strandtent.

Het was harder gaan waaien, de zon was achter de wolken verdwenen en het was buiten fris geworden. Dana trok de deur van de strandtent open en een aangename warmte kwam ze tegemoet. Op de mat stampten ze het zand van hun schoenen. Dana herkende de strandtent van het afscheidsfeest van Hanko, alleen was de strandtent toen vol geweest met alle kopstukken uit de televisiewereld. Het zag er nu veel intiemer uit door de loungebanken en de grote open haard in het midden van de zaak.

"Zullen we daar op de bank voor de open haard gaan zitten?" stelde Dana voor en ze ploften op de loungebank neer. Omdat de zitkussens van de bank erg zacht waren, schoten ze allebei met hun benen in de lucht naar achteren. Ze moesten om hun eigen onbenulligheid lachen.

"Zullen we wat te eten bestellen?" vroeg Dana en ze keek naar de bar, waar net iemand van de bediening achter vandaan kwam om de bestelling op te nemen.

Karin was nieuwsgierig en ze wilde weten hoe Dana haar werk in de supermarkt had gecombineerd met het werk in de club. Dana vertelde over haar huwelijk met Rick en de club waar ze een goede relatie met Ton en Carolien had opgebouwd. Ze vertelde ook over haar relatie met Ben, maar niet over de maandelijkse toelage die ze van hem ontving. Ze pakte haar portefeuille en liet trots een foto van Ben zien. Karin bewonderde hem.

De ober serveerde de borden met eten en Dana vroeg gelijk om een zoutvaatje. Een aantrekkelijke man, die ze bij binnenkomst niet had gezien kwam het zoutvaatje brengen.

"Een nieuwe. Ik ben ze net aan het vervangen," en hij zette het zoutvaatje op tafel. Hij glimlachte naar Dana, "ken ik jou niet ergens van? Kom je hier wel eens meer?"

"Ik ben hier een paar jaar geleden een keer op een afscheidsfeest geweest, maar verder niet."

De man keek Dana nu met een blik van herkenning aan. "Ja… ik herinner het me het nu weer. Dat afscheidsfeestje van Hanko, waarbij hij je presenteerde als zijn mooiste vriendin of zo."

Dana glunderde met een gezicht van voldoening. De man stak zijn hand uit. "Ik ben Siem en jullie zijn mijn mooiste klanten vandaag."

Hij gaf Karin ook een hand.

"Eet lekker door, want anders wordt je eten koud."

Siem liep terug naar de bar, waar hij een doos met glazen uitpakte.

Karin keek Dana nieuwsgierig aan. "Had hij het over Hanko, die acteur uit de soapserie? Ken je die dan persoonlijk?"

Dana keek Karin geheimzinnig aan en fluisterde: "Hanko was een klant uit de club en hij had mij uitgenodigd voor zijn afscheidsfeest. Hij haalde me inderdaad naar voren, maar vertrok later met een paar andere chicks naar huis."

"Spreek je hem nog wel eens?"

"Af en toe sturen we elkaar een sms'je. Twee keer per jaar belt hij me op en zegt dan altijd steevast dat hij me mist. Dan moet hij blijkbaar zijn verhaal kwijt, omdat hij door een vrouw is afgewezen of zo."

"Hij zit nu toch in Amerika?" vroeg Karin.

"Ja, dat klopt. Hij is bezig met de opnamen voor een nieuwe actiefilm." Karin hing aan de lippen van Dana, want dit vond ze te gek.

Al pratende met Karin had Dana Siem stiekem geobserveerd. Ze vond hem aantrekkelijk en was verbaasd dat hij haar tijdens het afscheidsfeest van Hanko was ontgaan. De manier waarop hij zich gedroeg, was dat van een "vrije jongen". Dana vermoedde dat hij vrijgezel was, want hij had haar met een uitdagende blik in zijn ogen aangekeken. Ondanks dat het voorjaar was, zag hij er al behoorlijk gebruind uit. Hij had een mooi gelijkmatig gezicht, blauwe ogen en lichtblonde lokken, die speels om zijn hoofd hingen. Ze vond hem ook een uitslover met zijn donkerblauwe Scapa shirt, waar zijn stoere tatoeages onderuit staken. Hij wist precies hoe hij vrouwen om zijn vinger moest winden. Ze vond hem aantrekkelijk en overwoog om binnenkort een keer alleen langs te gaan.

Na het eten liepen ze terug naar de auto en Karin zei: "Ik denk dat Siem een oogje op je heeft."

Waarop Dana reageerde dat ze hem ook een stuk vond. Maar Ben met Siem combineren was iets te veel van het goede.

"Hoe laat zou je thuis zijn voor Johnnie?"

"Dat maakt niet uit, want hij blijft bij mijn moeder slapen. Ik heb alle tijd."

Ze reden met de auto naar het huis van Karin.

"Je boft toch maar met zo'n lieve jongen. Toen we bij Jannie waren, zat hij zo lief te spelen. Ik heb ook een kinderwens en hoop in de toekomst een serieuze partner te vinden. Het krijgen van een kind is toch iets wat met liefde tot stand komt," zei Dana genoeglijk, alsof ze zich er op de voorhand op verheugde. Dana zag uit haar ooghoek dat Karin plotseling haar vuisten balde, alsof ze een innerlijk gevecht voerde.

"Is er iets?"

Karin keek gespannen voor zich uit en zweeg. De knokkels van haar vuisten stonden strak. Er volgde een ijzige stilte, die een aantal minuten duurde.

Ineens uit het niets zei Karin gedecideerd: "Ik hou zielsveel van Johnnie. Ik zou niet zonder hem kunnen. De manier waarop hij is verwekt staat in mijn geheugen en lichaam gegrift."

Dana was geschokt door haar uitspraak en ze merkte tijdens het rijden dat Karin heel emotioneel werd. Zodra ze een parkeerplaats zag, parkeerde ze de auto aan de kant van de weg, pakte de vuisten van Karin vast en ze keek haar vragend aan. Er moest iets ergs met Karin gebeurd zijn. Ze leek wel versteend van angst.

Karin zei niets, maar bleef verbeten voor zich uitstaren. Ze zag dikke tranen uit haar ogen opwellen die over haar wangen naar beneden rolden. Er begon snot uit haar neus te lopen en ze liet het gewoon van haar gezicht afdruipen. De lange slierten kleurden als donkere viltstiftstrepen over haar roze shirtje.

Dana liet de handen van Karin los, pakte een pakje papieren zakdoekjes en veegde behendig het gezicht van Karin schoon. Daarna trok ze Karin tegen zich aan en zei: "Rustig maar, het komt allemaal goed."

Ze wist niet wat ze anders moest zeggen.

Karin zei hees: "Nee, het komt nooit meer goed. Mijn gevoel is volledig afgestorven."

Dana wreef zachtjes over de haren van Karin. Maar Dana zat ongemakkelijk achter het stuur en twijfelde of ze Karin thuis zou afzetten of haar zou meenemen naar haar eigen huis.

Op het moment dat Dana haar losliet begon Karin haar relaas. "Weet je, ik wilde helemaal geen kind. Ik was nog veel te jong, speelde tegen mijn zin in pornofilms, werkte klanten voor John af en werd ook nog eens afgeranseld. John wilde een kind, een soort erfgenaam en vraag me niet waarom. Hij was hierdoor geobsedeerd. In het begin schonk ik er geen aandacht aan en liet ik hem kletsen. Ik heb wel eens gevraagd, hoe hij zijn rol als vader zag, maar dan werd hij kwaad en kreeg ik klappen. Het meest frappante was dat hij helemaal niet besefte waar hij mee bezig was. Ik kom uit een stabiel gezin en wist dat wat John in zijn hoofd had, niet ging werken. Hij kan als mens geen liefde geven."

"Maar jullie hebben blijkbaar wel een stap gezet, toch?" zei Dana. Ze kreeg geen antwoord en startte de auto, toen Karin plotseling de pols van Dana vastpakte en haar wanhopig aankeek.

"Ik wilde geen kind, maar ik had geen keus. John heeft me een aantal weken lang elke dag en nacht verkracht, totdat hij zeker wist dat ik zwanger van hem was. Ik mocht nergens naar toe, hij hield me volledig in zijn greep en de deur was vergrendeld. Je denkt dat als je menstruatie wegblijft, je het wel hebt gehad. Ik concentreerde me op een ongewilde zwangerschap. Maar dat gold niet voor John, want ik moest gewoon weer zijn klanten afwerken tot vlak voor de bevalling."

Dana was stil, zat in haar autostoel, keek leeg naar buiten en zei met een droge mond zachtjes: "Hoe bestaat het. Viespeuken zijn het."

Karin keek leeg voor zich uit. Haar vuisten waren niet meer gebald. Het verhaal was eruit en ze zei emotieloos: "Ik voel niets meer."

"Kom, we gaan naar mijn huis en je blijft bij mij slapen."

Dana startte de auto en ze nam Karin onder haar hoede.

Een paar dagen later ging Dana bij Jannie langs. Ze trof haar televisie kijkend op de bank aan, met een sigaret in haar mond.

"Ma, ik heb een extra slot op mijn voordeur laten zetten. Rick komt binnenkort op vrije voeten en ik heb het zekere voor het onzekere genomen."

Jannie trok een bezwaarlijk gezicht. "Meid, ik heb ook wel eens een klap van een man gehad, maar ik heb nog nooit een slot op de voordeur vervangen."

Dana pakte een sleutel uit haar tas. "Ik heb hier de reservesleutel. Kun je die voor mij op een geheime plek bewaren?"

Ze gaf de sleutel aan Jannie, die hem aanpakte en er vertwijfeld naar keek. "Ik zal hem opbergen."

Dana beklemtoonde: "Niet tegen John zeggen dat je deze sleutel hebt, omdat John en Rick vrienden zijn en ze in het verleden veel voor elkaar over hadden."

"Nee, dat zal ik niet doen, maar je moet stoppen met dat paranoïde gedrag van je, want zo ken ik je niet."

Dana trok zich niets van Jannie aan en ze pakte haar tas om te vertrekken. "Waar ga je de sleutel verstoppen, voor het geval dat ik mijn sleutelbos kwijt ben?"

Jannie zuchtte, stond op, liep naar de keuken en zei: "Ik stop hem onderin de bus met vermicelli. Is dat goed?"

Dana was achter Jannie aangelopen en zag dat ze de sleutel in een bus stopte, demonstratief schudde en de bus weer in het keukenkastje terugzette.

Bij thuiskomst draaide Dana de voordeur van haar appartement goed op slot. Ze had alle voorzorgsmaatregelen genomen. De noodzakelijke spullen zoals haar rijbewijs, identiteitsbewijs en bankpasje had ze voor gebruik in haar portemonnee. Alle andere papieren en pasjes lagen in het kluisje op de bank.
Dana had haar bankrekeningen geautomatiseerd, zodat er in huis geen bankafschriften waren.
Het belangrijkste fysieke onderdeel was de sleutel van het bankkluisje. Dana was tijdens haar lunchpauze naar een ijzerwinkel gelopen en had een magneet gekocht. Ze had het idee opgevat om de sleutel op een magneet te klikken en tussen de verwarmingsradiator in de woonkamer te bevestigen. De vensterbank in de achterkamer viel over de radiator heen, waardoor de magneet en de sleutel voor het blote oog onzichtbaar waren. Ze was er zeker van dat Rick alle kasten overhoop zou halen om het geld en de pasjes te zoeken. Zeker als hij de nieuwe wasdroger in de badkamer zou zien, die ze vorig jaar had vervangen.

Hoofdstuk 28.

De zomer brak aan en Ben vroeg of Dana zin had om naar Parijs te komen. Hij was tijdelijk in de vestiging Parijs gestationeerd om met de directie over toekomstige projecten te praten en de planning op te stellen.

Op donderdagavond stapte ze in het vliegtuig. Ben had een business class ticket voor Dana geregeld. Ze voelde zich als een vorstin toen ze in haar vliegtuigstoel plaatsnam en kort daarna een drankje kreeg aangeboden.

Ben wachtte haar op in de ontvangsthal. Toen ze oogcontact hadden, kreeg hij een brede grijns op zijn gezicht en liep haar tegemoet. Ze omhelsden elkaar hartelijk.

"Ik ben blij dat je op korte termijn kon komen, want ik mis je. Het is druk op de zaak, want er zijn twee directieleden vertrokken, maar dat vertel ik je straks wel. Laten we eerst maar naar het hotel gaan."

Onderweg vertelde Dana hoe het in de XL-supermarkt ging. Ben luisterde geïnteresseerd, maar hij gaf verder geen antwoord. Ze zei niets over Rick, want daar wilde ze Ben niet mee lastigvallen. Ze werd betaald om een luisterend oor voor hem te zijn, hem te animeren en seksueel te bevredigen.

Dana onderhield al een paar jaar een exclusieve relatie met Ben. De bezoekfrequentie was afhankelijk van het reisschema van zijn vrouw. Ze wist dat ze op het tweede plan stond, maar accepteerde dat. Ben deelde vertrouwelijke informatie over Translude. Hij gaf ongezouten zijn mening over het functioneren van de directie en over de financiële investeringen die op stapel stonden, waar Dana niet zoveel van begreep. Die avond nam hij haar mee naar een luxe restaurant en nam alle tijd om haar op detailniveau bij te praten over de ontwikkelingen binnen zijn bedrijf. Dana luisterde goed en knikte af en toe bevestigend. Toen hij aan de cognac zat en Dana van haar glaasje likeur nipte zei hij: "Dana, ik heb slecht nieuws."

Ze keek hem aan en hoopte diep in haar hart dat hij geen einde aan hun relatie zou maken, omdat ze hem een geweldige minnaar vond.

"Ik ga Nederland als standplaats verlaten."

"Waar ga je dan naar toe?" vroeg Dana geïnteresseerd.

"Ik word voor twee jaar in Parijs gestationeerd, maar ik blijf wel voor Translude werken."

"Dat is toch geen probleem. Je bent toch wel meer in het buitenland?"

"Ja, maar ik ga in Parijs wonen en Nanette en de kinderen gaan mee. Nanette heeft beloofd om het eerste jaar geen opdrachten meer aan te nemen en zich te concentreren op het schrijven van een boek over de misstanden in de reiswereld. Dat houdt in dat ik weinig vrije tijd heb om met je op te trekken. Ik hoop dat je het niet erg vindt."

"Dat geeft toch niet. Laten we gewoon afspreken wanneer het je uitkomt," zei Dana monter.

"Ik ben blij dat je het gelukkig positief opneemt," zei Ben opgelucht.

Ben was door Translude tijdelijk ondergebracht in een luxe hotel in Parijs waar hij een kamer en suite had. In het zitgedeelte stond een mooie rode velours bank met bijpassende stoelen. Er stond een statig bureau tegen de muur, dat vol lag met dossiers naast zijn opengeklapte laptop. De schuifdeuren naar het slaapgedeelte stonden half open en Dana zag een mooi groot hemelbed. Boven het bed hing een antiek schilderij met twee engelen die elkaar met de wijsvingers aantikten.

Ben had de kamerdeur achter zich gesloten, keek Dana liefdevol aan en kuste haar sensueel. Hij trok voorzichtig de haarspeld uit haar knot, zodat haar bruine lokken over haar schouders vielen. Daarna tilde hij haar op, legde haar behoedzaam in het midden van het grote bed en trok haar kleren uit. Dana voelde instinctief aan dat ze passief moest blijven liggen, omdat Ben de regie over dit specifieke moment had. Hij blinddoekte haar en begon haar vanaf de blauwe roos over haar venusheuvel te masseren. Ze voelde zijn geoefende vingers binnendringen. Ze kronkelde door het bed, waarna hij genadeloos zijn driften op haar losliet.

Na afloop had Ben een gelukzalige blik in zijn ogen. "Jarenlang was ik op zoek naar de perfecte vrouw. Toen ik je bij Carolien zag, had ik de vrouw van mijn dromen gevonden. Je mooie bruine krullen, je perfecte lichaam en in je ogen zag ik ongeremde lust, die ik nog nooit eerder bij een vrouw had waargenomen. Je mond had de fluwelen glans van een donkerrode roos. Ik wilde je en hunkerde naar je. De eerste keer toen we samen naar boven gingen, wist ik al voordat ik je had aangeraakt dat je de eerste vrouw zou zijn, die mijn libido kon bevredigen. Ik voelde je onder mijn lichaam echt klaarkomen. Het was niet gespeeld. Iets waar de meeste vrouwen zich schuldig aan maken. De tranen in je ogen ontroerde me, maar wakkerde ook een soort lust op, die ik nog niet eerder had ervaren. Een lange tijd kon ik het niet meer opbrengen om naar de club te komen, want ik wist dat ik mezelf niet kon beheersen. Die ene ervaring met jou was de start van een dwangmatige behoefte, die ik eerst onder controle moest krijgen, voordat ik weer onder ogen kon komen.

De blauwe roos op je venusheuvel is het meest verrassende menselijke sieraad die ik ooit heb gezien. Hij is zo mooi en diep van kleur getatoeëerd, alsof het lijkt dat genot de roos doet leven.

De tweede keer toen ik je ontmoette zag ik verdriet in je ogen en nam het mezelf kwalijk dat ik je veel te lang aan je lot had overgelaten. Wat had ik je aangedaan? Eén ding was zeker; je was exclusief voor mij."

Ben kuste het voorhoofd van Dana. "Je bent me trouw, want ik heb het laten uitzoeken. Maar ik heb geen moment aan je getwijfeld."

Dana schrok ineens uit het zoete betoog van Ben, omdat hij haar liet controleren.

 "Ik zou het heel erg vinden, als je me zou bedriegen. Alleen al het idee dat een andere man je blauwe roos aanraakt en je warme lippen zoent. GEK zou ik ervan worden."

Dana vond het een beetje eng worden, omdat Ben hevig geëmotioneerd reageerde. Ze keek naar het plafond en bedacht dat niemand wist dat ze hier was. Wie zou er iets van merken als Ben haar in een emotionele bui iets zou aandoen? Dana richtte zich langzaam op, gaf Ben een kus op zijn mond en ze ging op haar zij liggen om te gaan slapen.

Ze kon niet in slaap komen, omdat ze zich onbehaaglijk voelde door de emoties van Ben en het feit dat hij haar liet volgen.

De volgende morgen excuseerde Ben zich, omdat hij er een uurtje tussenuit moest om een dossier bij een collega af te geven. Dana had uit verveling de televisie aangezet en was in warm bad met heerlijk ruikende badolie gaan liggen.

Ze lag te dagdromen over haar relatie met Ben toen ze vanuit de kamer een bekende stem hoorde: "Yes baby, you have beautiful brown eyes." Dana was in één klap wakker, want dat was de stem van Hanko. Hoe vaak had hij dit ook niet tegen haar gezegd? Ze zat gelijk rechtop in bad en luisterde, maar ze hoorde geen stemmen meer, alleen nog maar het geluid van auto's die met de achtervolging bezig waren.

Ze stapte uit bad, droogde zich af en liep de kamer in. Op de televisie was een actiefilm bezig. Dana zag verschillende acteurs, maar geen Hanko. Ze ging op het voeteneinde van het bed zitten en wachtte totdat de achtervolging met de auto's was beëindigd. En ja hoor, Hanko kwam in beeld. Hij speelde een inbreker die in de film werd achtervolgd door de politie. Misschien was dit de film waarvoor Hanko naar Amerika was vertrokken. Dana kreeg een gevoel van weemoed. Hanko was een verhaal apart. Aan de ene kant was hij onbesuisd, bemind door menig vrouw en onbereikbaar voor haar. De keerzijde was zijn aanhankelijkheid, tot op het kinderlijk af. Hij wilde graag als een soort onderdanige vrouw gedomineerd worden. Ze zou toch een keer zijn aanbod moeten accepteren om naar Amerika te gaan.

Dana stond op, pakte haar handtas en viste haar mobiel uit het zijvak. Ze had behoefte aan zijn stem en tikte zijn naam aan. De telefoon ging over, maar werd niet opgenomen. Ze kon zijn voicemail inspreken, maar dat deed Dana niet. Ze sms-te: "Hoe is het met je. Zag je net in een film op TV. Mis je. Wanneer kom je naar Nederland? Liefs Dana."

Niet veel later kwam er een sms-berichtje van Hanko terug. "Mis je – vooral je blauwe roos – ben op dit moment druk met filmen, maar laten we contact houden. Hanko."

Dana keek naar het schermpje en glimlachte alsof er een bevestiging van een geheim verbond was binnengekomen.

De deur van de hotelkamer werd geopend. Dana stopte haar mobiel razendsnel weg en stapte naakt met een zelfverzekerde houding op Ben af, toen hij de slaapkamer binnenliep. Ze hoorde hem aangenaam zuchten en binnen de kortste keren lag ze op bed, en voelde ze zijn handen gulzig over haar lichaam glijden.

De televisie stond nog aan en Dana hoorde de stem van Hanko op de achtergrond: "Yes baby hit me, I like it."

Hij lachte uitdagend, zoals hij haar toelachte als ze samen waren.

"I like your brown eyes, they are demanding, I cannot refuse...."

Het was alsof er een stukje uit haar eigen verleden in een hoorspel voorbij kwam.

Ben keek Dana verstoord aan. "Wat is er?"

"Niets," en Dana probeerde zich weer op Ben te concentreren, maar dat lukte niet. De stem van Hanko trok haar naar een andere wereld.

Na afloop liet Ben zich naast Dana glijden en keek haar aan. "Is er wat? Het leek wel of je met je gedachten ergens anders zat. Zo ken ik je niet."

Dana gaf geen antwoord, maar ze had ook niet het lef om Ben aan te kijken. Hij bleef haar observeren en schoof met de top van zijn vinger een lok haar over haar schouder opzij.

Dana hoorde op de televisie weer het piepen van autobanden en dacht, stoppen met Hanko, ik ben bij Ben.

"Je zit met je gedachten heel ergens anders. Is er iets gebeurd? Wil je er over praten?"

Dana keek Ben aan. "Nee, ik wil er niet over praten."

"Heeft het met de vrijlating van je ex te maken?"

Waarop Dana in één klap uit haar overpeinzing opveerde. "Ben, ik wil er niet over praten."

Hij had in haar privéleven zitten wroeten, zonder dat ze hier vanaf wist. Dat hij ook over de vrijlating van Rick op de hoogte was, vond ze griezelig. Dana maakte zich los van Ben en liep naar de badkamer om naar het toilet te gaan. Toen ze op het toilet zat, zette ze haar ellebogen op haar knieën en liet ze haar hoofd op haar handen rusten.

Ze hoorde dat Ben de televisie afzette. Daarna liep hij de badkamer binnen. Dana stapte snel onder de douche en ze glimlachte zoet naar hem.

Die avond aten ze in een intiem restaurant in de binnenstad van Parijs. Ben zat na een paar glazen wijn weer op zijn praatstoel en bralde aan één stuk door over zijn transfer naar Parijs. Dana luisterde afwezig naar zijn betoog, maar was zijn opmerking over Rick nog niet vergeten. Ze durfde er niet meer over te beginnen, omdat ze het onderwerp in bed direct had afgekapt. Nu had ze er spijt van, want misschien had Ben informatie over de huidige verblijfplaats van Rick. In ieder geval informatie, wat haar verder kon helpen.

Na het diner stelde Ben voor om een stukje langs de Seine te wandelen. Ze slenterden langs de kade en liepen over één van de vele bruggen. In het midden van de brug bleef Ben stilstaan en hij keek naar de verlichtte stad. "Hier was ik wel even aan toe na alle hectiek van de afgelopen dagen."

Hij zuchtte diep: "En dan te denken dat ik hier de komende twee jaar ga wonen."

Dana leunde met haar rug tegen de leuning van de brug, draaide zich om en ze keek naar het zwarte water beneden haar. Het water was te donker om er iets in te onderscheiden. Ben was naast haar gaan staan en ze voelde zijn hand over haar schouder.

"Ik realiseer me heel goed dat we elkaar de komende tijd minder vaak zullen zien vanwege mijn verhuizing naar Parijs."
Daarna zweeg Ben en staarde hij naar het zwarte water dat onder de brug door stroomde.

Op maandagmorgen lag er bij de XL-supermarkt een berg werk voor Dana klaar, waar ze zich helemaal in vastbeet. Tot overmaat van ramp waren niet alle producten van de themafolder afgeleverd, waardoor ze de hele ochtend met verschillende leveranciers aan de telefoon hing. Tussen haar werkzaamheden door knaagde haar geweten. Ze vond dat ze had gefaald, omdat ze uit haar rol was gevallen toen ze het zoete stemgeluid van Hanko hoorde, terwijl ze met Ben in bed lag. Hij had het gemerkt. Ook het gespit van Ben in haar privéleven zat haar dwars, maar ze betreurde dat ze Ben het komend jaar weinig zou zien.

Het was mooi zomerweer en Karin belde of Dana zin had om met Johnnie naar het strand te gaan en ze vroeg er in één adem achteraan of Dana kon rijden. Heimelijk dacht Dana aan Siem en ze vroeg zich af of Ben ook dit soort zaken liet bespioneren. Het moest geen probleem zijn als ze iets met Siem zou beginnen, want ze was voor Ben altijd op afroep beschikbaar.
Johnnie stond al aan de straatkant klaar met een emmertje en schepje in zijn hand. Hij wilde deze niet loslaten toen hij in de auto stapte. Van een strandwandeling kwam niet veel terecht, omdat Johnnie een zandkasteel bij de waterlijn wilde bouwen. Ze liepen een klein stukje langs het water, waarbij Johnnie over de uitrollende golfjes sprong. Na verloop van tijd was Dana het gespring zat.

"Ik denk dat je wel een ijsje lust in een groot glas met slagroom en een rietje."
Johnnie keek Dana enthousiast aan en sprong weer over de golfjes, "Ja....Ja.....Ja.."

"Kom we gaan bij die strandtent een ijsje te eten," en Karin pakte Johnnie bij de hand.
Ze vonden een plekje bij het raam. Dana had bij binnenkomst de ruimte gescand naar Siem, maar ze zag hem niet.

Toen het ijsje was opgegeten rekende Karin af. Dana liep met Johnnie aan de hand naar de deur en botste tegen een binnenkomende bezoeker op. Het was Siem en ze excuseerde zich met een rood hoofd voor haar onhandige gedrag.

"Kijk, kijk, dat had ik niet verwacht," zei Siem en hij richtte zich tot Johnnie.

"Ben je met je moeder op stap jongeman?"

Johnnie was verlegen en pakte met zijn andere hand, de vertrouwde hand van Karin vast. "Dat is mijn moeder niet. Dit is mijn moeder," zei Johnnie verlegen en hij duwde zich tegen Karin aan.

"Kan ik jullie nog wat aanbieden?" vroeg Siem.

Karin bedankte en zei dat ze morgenochtend allemaal vroeg op moesten en het aanbod liever een andere keer accepteerde.

Siem liep op het plankier nog een stukje mee en hij keek Dana aan. "We moeten eens afspreken."

Dana glimlachte en zei: "Dat is een goed idee."

Toen ze van het strand wegreden had Dana spijt dat ze haar telefoonnummer niet had gegeven.

Hoofdstuk 29.

Dana had Karin en Johnnie thuis afgezet. Ze was moe, toen ze de voordeur opende en haar rugzak onder de kapstok neergooide. Terwijl ze de deur achter zich sloot bedacht ze dat hij niet op het speciale veiligheidsslot zat. Ze wist zeker dat ze de deur vanmorgen goed had afgesloten. Misschien was Jannie bij haar in huis geweest en was ze vergeten om de deur met de nieuwe sloten te vergrendelen, want dat deed ze thuis nooit.

Dana keek rond, zag niets vreemds en deed haar slippers uit. Ze liep de woonkamer in en zette haar handtasje naast de kast neer. Toen ze omhoog kwam, bekroop haar een onbestendig gevoel, alsof iemand haar gadesloeg. Ze draaide zich om en zag dat Rick haar met samengeknepen ogen observeerde. Ze stond aan de grond genageld en voelde de adrenaline door haar aderen pompen. Wat nu? In haar hersens vond een explosie plaats.

Rick zat op zijn geliefde plek op de bank en ze wist uit ervaring dat hij eerder bij de deur was dan zijzelf. Hard wegrennen was geen optie, want hiervoor had hij haar in het verleden hardhandig gestraft. Rick straalde alle rust uit, want hij was heer en meester van de situatie.

Hoe had ze zo dom kunnen zijn. Ze kon het zichzelf niet vergeven. De deur; ze had eerst naar Jannie moeten lopen om te controleren of ze bij haar in huis was geweest. Hoe was Rick aan de sleutel gekomen? Zou hij deze met geweld bij Jannie hebben afgedwongen of zou John hier een rol in hebben gespeeld?

Ze zag op het tafeltje lege bierblikjes staan en dat voorspelde niet veel goeds. Dana overwoog haar opties: een gesprekje aangaan en op het moment dat Rick was afgeleid vluchten? Rick kennende, zou hij dit gelijk door hebben. Ondanks dat ze officieel waren gescheiden, kon ze maar beter haar oude rol aannemen en een comfortabele sfeer creëren waardoor Rick zich superieur zou voelen. Op het moment dat zijn aandacht verslapte, zou ze kunnen vluchten.

Rick stond argeloos op en liep de gang in. Dana wist dat hij niet zo onschuldig was, als hij zich voordeed. Ze hoorde dat hij haar sleutelbos van het plankje pakte en de voordeur aan de binnenkant op slot deed. Rick had nu haar sleutels in zijn bezit. Haar vluchtweg naar het portiek was afgesneden. Driehoog uit het raam springen was geen optie.

Hij kwam relaxed de kamer binnenlopen, ging weer op de bank zitten en zei gebiedend: "Biertje!"

Dana stond nog versteend naast de kast. Ze zag dat Rick nu geïrriteerd naar haar keek en ze kende deze uitdrukking maar al te goed. Er trad een soort automatisme in werking en Dana liep naar de keuken om bier te halen. Ze zette het blikje bij Rick neer en wilde weer gelijk de kamer uitlopen, maar hij gebood: "Kom lekker bij me zitten schatje."

Zijn dominante blik liet haar geen keus en ze ging gehoorzaam naast hem op de bank zitten. Hij sloeg zijn arm om Dana en trok haar tegen zich aan. Ze walgde van hem, want hij stonk zuur van het zweet en ze was kwaad op zichzelf, omdat ze de fout van haar leven had begaan.

"Lekker ding van me, ik heb je zo gemist.... je mooie haren," en hij streelde met zijn vlakke hand over haar hoofd.

"Je mooie lichaam... Ik moest net, toen je de kamer binnenliep wel goed kijken, want je bent een dametje geworden. Je draagt nu merkkleding."

Hij trok Dana weer naar zich toe en gaf haar een kus op haar hoofd. Zijn lichaam was koud en voelde als een slang aan.

Daarna duwde hij haar abrupt van zich af. "Hoeveel heb je gisterenavond verdiend? Dat moet aardig wat zijn, want ik zag een koffertje in de gang staan."

Dana dacht, mijn God, Rick heeft geen idee dat ik jaren geleden ben gestopt in de club van Ton en Carolien.

Dana nam het besluit om zijn beeldvorming intact te laten.

"Tweehonderd euro," want dat bedrag zat in haar portemonnee.

Ze wilde opstaan om naar haar tas te lopen, maar Rick had haar al bij haar lange haren te pakken. "Je liegt, het was meer!"

"Nee Rick, dat is alles."

Dana vocht tegen haar tranen.

Hij liet haar los en volgde Dana minutieus met zijn ogen toen ze haar portemonnee pakte.

Voordat ze deze kon openen, trok hij de portemonnee al uit haar hand, haalde de bankbiljetten eruit en gooide de lege portemonnee de kamer in. Rick telde het geld en gooide het achteloos voor zich op tafel neer. Gelukkig liet hij het hierbij.

Dana liet haar tas naast de kast staan, ging aan de grote tafel zitten en bladerde achteloos door een paar reclamefoldertjes. Het liefst had ze nu haar mobiele telefoon gepakt en een noodnummer gebeld, maar zolang ze geen aandacht aan haar tas schonk, had Rick niet in de gaten dat er een mobiele telefoon in zat. Ze hoopte dat hij snel in slaap zou vallen van de drank.

Dana observeerde Rick stiekem. Hij was in de afgelopen jaren behoorlijk veranderd. Toen ze hem leerde kennen was hij slank en atletisch, nu zat hij onderuit gezakt in de bank en had een dikke harige buik, die slap over zijn onderbroek hing. De grove gouden ketting hing als een scheepstros om zijn nek, net boven zijn slappe borstjes met dikke opgezette tepels. De getatoeëerde armen en bovenlijf, waar geen ruimte meer was om nog een afbeelding tussen te plaatsen. De morsige ongeschoren kin en de lokken met zwart vlassig haar, die als slierten rond zijn hoofd hingen. Het gevangenisleven in Turkije had hem geen goed gedaan.

Dana stond op en liep naar de keuken. Ze dronk staande voor het aanrecht een glas water, maar ze werd door Rick geroepen. Dana gehoorzaamde. Ze voelde aan dat Rick op roof uit was, want toen ze hem was genaderd, pakte hij haar plotseling vast en gaf haar een harde klap op haar hoofd, waarna ze versuft in elkaar zakte.

Toen Dana bijkwam lag ze naakt en vastgebonden op haar rug op bed. Er zat een strak aangetrokken touw om haar nek vast. Haar handen waren met handboeien aan het bed bevestigd. De ogen van Dana draaiden hulpeloos in haar oogkassen rond. Ze durfde niet te gillen, omdat ze bang was dat haar mond met tape afgeplakt zou worden.

Rick kwam de slaapkamer binnenlopen en deed het grote licht aan. Dana knipperde verschrikt met haar ogen. Hij stapte op het bed en ging ruw op haar buik zitten. "Zo, we gaan eens met elkaar praten," en gaf Dana gelijk een klap midden in haar gezicht. De tranen sprongen in haar ogen.

"Janken heeft geen zin, want ik heb geen medelijden met je, vuile teef. Waar heb jij het lef vandaan gehaald om van me te scheiden, terwijl ik in Turkije zat? Weet je wat ze daar met je doen? Nee, dat weet je niet hè? Ik zal je dat laten voelen, als we ons gesprekje achter de rug hebben. Ik was nota bene in Turkije om geld te verdienen voor ons huishouden. Want daar was jij niet toe in staat!"

Hij sloeg het touw demonstratief om zijn hand, keek haar intimiderend aan en trok het langzaam strakker.

"Ik wil nu antwoord op drie vragen. Als de antwoorden onbevredigend zijn, blijf je hier net zo lang liggen, totdat je ze naar tevredenheid hebt beantwoord. Al lig je hier weken in je eigen stront, het interesseert me geen ene reet. Heb je dat goed begrepen?" schreeuwde Rick.

Dana knipperde van angst met haar ogen.

Rick kwam met zijn gezicht, vlakbij haar gezicht. Ze rook zijn zure adem.

"Ik denk dat je me wel hebt begrepen. Vraag nummer één: waar is het geld?"

"Welk geld?" zei Dana met een droge mond.

Rick gaf haar gelijk een klap in het gezicht.

"Volgens mij heb je de vraag niet goed begrepen."

Hij keek haar met een rood hoofd en zijn grote zwarte ogen intimiderend aan.

"Schatje, waar is het geld. Je moet de afgelopen jaren aardig wat bij Ton en Carolien hebben verdiend."

Dana zei haperend: "Ik ben jaren geleden ergens anders gaan werken en in de club ben ik ook gestopt. Als je Ton belt, zal hij het je bevestigen."

Waarna ze gelijk weer een klap van kreeg.

Rick stond op en liep naar de kamer. Het duurde even voordat ze zijn stem hoorde. Dana kon hem niet verstaan, maar vermoedde dat hij haar controleerde door Ton te bellen.

Rick kwam weer terug en ging met zijn massieve lijf boven op Dana zitten. "Zo, de volgende vraag: waar is mijn trouwring met de robijn?"

"Die ben ik verloren," zei ze met een angstige stem.

Rick werd ziedend. "Ik geloof er niets van en hij trok het touw om haar nek opnieuw strak aan."

Dana stikte bijna, zag witte stippen in haar ogen en dacht dat ze dood ging.

Rick zei met een trage intonatie, die langzaam omhoog ging: "Waar is de wasdroger gebleven die in de badkamer stond?"

Dana kwam langzaam bij, maar er kwam geen geluid meer uit haar mond. Ze besloot haar ogen te sluiten, want ze voelde geen pijn meer.

Zonder haar antwoord af te wachten klom Rick van haar af en verliet hij de slaapkamer, maar kwam na een verloop van tijd weer terug. Tot haar verbazing maakte hij het touw rond haar nek los, verwijderde de handboeien en dwong hij Dana om naast het bed te gaan staan. Ze was stijf en krabbelde voorzichtig op, raakte uit balans en viel achterover. Rick liet er geen gras over groeien, pakte de pols van Dana vast en sleepte haar naar de badkamer en zei met ogen die vuur schoten: "Waar is de oude wasdroger gebleven?"

Dana begon hard te snikken, wat weer een stomp in haar maag opleverde. Piepend kwam uit haar mond dat de wasdroger kapot was gegaan en dat ze een nieuwe had gekocht.

"Waar is die oude wasdroger nu?"

"Bij het afleveren van de nieuwe heeft de bezorger gelijk de oude wasdroger meegenomen."

"Ik heb weinig geduld meer. Wat was er mis met de oude wasdroger?"

"Het deurtje sloot niet meer en in de winkel zeiden ze dat het niet gemaakt kon worden."

Dana zakte uitgeput van ellende in elkaar.

"Wie was die bezorger dan?"

Haperend noemde Dana de naam van de winkel, waar ze de nieuwe droger had gekocht. Rick was over zijn hoogtepunt heen, want ze zag dat hij twijfelde, alsof hij iets overwoog. Hij liet haar als oud vuil voor de badkamer liggen, stapte over haar heen en liep de woonkamer in.

Dana lag uitgeput op de grond en ze wist dat Rick dit nog wel een paar dagen kon volhouden. Dinsdag moest ze weer aan het werk, maar ze betwijfelde of ze in staat was om op haar werk te verschijnen. De enige zorg die ze nu had, was om levend uit het appartement te komen.

Vanuit de woonkamer hoorde Dana herrie. Ze kroop voorzichtig op haar knieën naar het toilet en trok zich via de wastafel omhoog. Ze ging op het toilet zitten en liet haar hoofd tegen de zijmuur rusten. Zo bont had ze het nog niet eerder meegemaakt. Aan het kabaal te horen vermoedde ze dat Rick nu de woonkamer overhoop haalde voor het geld, de ring en zijn map met documenten.

Na moed te hebben verzameld schuifelde Dana langzaam naar de keuken. Hier was de verleiding groot om een mes te pakken en Rick te lijf te gaan. Maar ze was te zwak om een gevecht met hem aan te gaan en ze zou het risico lopen dat het mes tussen haar eigen ribben terecht zou komen. Van de grond raapte ze haar badjas op en trok deze aan.

"Kom hier!" gebood Rick vanuit de woonkamer.

Dana kromp ineen en ze slofte naar binnen. De kamer zag eruit als een decor uit een oorlogsfilm, waar een bominslag had plaatsgevonden. Alles was overhoop gehaald. Ze zag haar handtas omgekeerd op de grond liggen en haar telefoon uit elkaar gehaald op het salontafeltje.

Rick had zijn eigen mobiel in zijn hand en ze hoorde hem het adres doorgeven. Het zweet brak haar uit. Wie had hij gebeld? Zouden zijn vrienden weer langskomen?

"Haal eens een nieuw blikje bier!"

Dana slofte slaafs naar de keuken om een blikje uit de koelkast te halen. Nadat ze het blikje op de tafel had gezet, begaf ze zich onopvallend naar de slaapkamer, trok een paar kledingstukken aan en schoof de rommel aan de kant.

De bel ging en Dana stond stijf van de schrik. Zouden er klanten voor de deur staan? Tot haar grote opluchting hoorde ze dat er iets werd afgeleverd. Met een klap sloot Rick de voordeur.

Ineens stond Rick in de deuropening van de slaapkamer en trok hij zijn joggingbroek uit. "Uitkleden jij!"

Dana gehoorzaamde. Ze ging op bed liggen en Rick trok haar benen ver uit elkaar. Hij bedacht zich en stopte zijn pik diep in haar mond. Ze stikte bijna, maar durfde geen kik te geven. Hij vernederde haar bewust door zijn sperma in haar gezicht te spuiten en wreef het met zijn hand uit. Hij genoot ervan en pakte Dana hardhandig aan.

Na afloop stonden zijn vingerafdrukken als blauwe stempels in haar bovenarmen. Hij keek minderwaardig naar haar blauwe getatoeëerde roos. "Deze ga ik vermorzelen. Benen wijd!" commandeerde hij.

Rick gaf een harde trap tegen haar onderlichaam. Ze voelde een snijdende pijn en probeerde niet aan de pijn in haar onderlichaam te denken. Voordat ze het besefte, klikte Rick een handboei om haar pols en bevestigde deze aan het bed frame.

"Ik zorg er wel voor dat je er niet vandoor kan, tenzij je me verteld waar mijn geld en de ring is. Als je blijft zwijgen, laat ik net zolang klanten langskomen, totdat je alle schulden hebt terugbetaald. Ik verzeker je dat het er meer zijn dan in het verleden, omdat je gestraft moet worden."

Dana beefde van angst om genadeloos geëxplodeerd te worden. Het gevangenisleven had Rick nog wreder gemaakt, dan dat hij al was.

Het lukte Dana niet om met een handboei om in slaap te komen. Rick lag naast haar te snurken, maar ineens zat hij rechtop in bed, zwaaide wild met zijn armen in de rondte en slaakte schrille kreten die ze niet kon verstaan. Hij was verward, ging op de rand van het bed zitten, stond op en liep naar de keuken.

Hij kwam weer terug naar de slaapkamer, stapte in het bed, pakte Dana stevig vast, duwde haar hardhandig op haar buik en nam haar genadeloos anaal. Ze kon geen kant op. Haar vastgeklonken arm deed zeer en ze voelde een snijdende pijn in haar onderlichaam.

Na afloop duwde hij haar als een stuk vuil van zich af en draaide zich om. Tranen liepen uit haar ogen.

Met weemoed dacht ze aan Siem, die haar gisteren als vrouw had aangesproken en niet als hoer. Ze was arrogant geweest en had haar telefoonnummer niet aan hem gegeven. Het leven was een farce, want ze was nu volledig in de macht van Rick.

Dana probeerde aan een mooie blauwe lucht te denken met de zon als verlosser. Ze zei ferm tegen zichzelf dat ze op eigen kracht het gevecht moest aangaan, als Rick haar handboei los zou maken. Ze sprak zichzelf de moed in: Ik moet het gevecht aangaan. Ik kan het. Er is geen keuze. Als ik het nu niet doe, heeft het leven geen zin meer.

Dana had respect voor Karin, die er op eigen kracht was uitgekomen.

Het was alles of niets. Dood of levend. Ze koos voor het leven. Nu het gevecht nog. Uiteindelijk viel ze van vermoeidheid in slaap en schrok wakker toen Rick haar hardhandig beetpakte en weer voor zijn gerief misbruikte. Toen hij was klaargekomen sloeg hij na afloop met zijn slappe penis tegen haar gezicht en lachte gorgelend vanuit de diepte. Hij maakte de handboei los, maar Dana kon er niet vandoor, want hij had de voordeursleutel in zijn bezit.

Vanuit de woonkamer schreeuwde Rick dat hij koffie wilde en Dana bediende hem slaafs. Hij keek haar met scherpe ogen aan en zei langzaam op een dwingende toon: "Voor de laatste keer, waar is mijn geld en waar is mijn ring, hoer?"

Dana twijfelde even voordat ze antwoord gaf. Want wat was het juiste antwoord?

"Er is geen geld en de ring ben ik kwijt."

Rick wachtte niet tot ze uitgesproken was, maar had Dana alweer in een oogwenk te pakken. Hij begon hard te schreeuwen en slingerde haar als een dolle door de woonkamer. Dana struikelde over de spullen die Rick de vorige avond uit de kasten had getrokken in zijn zoektocht naar het geld. Ze keek hem niet aan, wat hem nijdig maakte, waarop hij haar hoofd vastpakte en naar achteren trok. Dana hield haar ogen krampachtig gesloten. Hij trok met geweld de kleding van haar lijf waardoor ze naakt stond te beven. Ze stond op het punt om het op te geven, toen hij haar plotseling losliet. Ze zakte slap in elkaar.

Vanaf de grond pakte hij Dana bij de haren vast en sleepte haar naar de bank, waar hij haar ruw optrapte.

Er ging een knop om in het hoofd van Dana, waarop ze in een reflex Rick een keiharde trap in zijn kruis gaf. Waar ze de kracht vandaan haalde wist ze niet, maar het gebeurde ineens. Rick kromp ineen en Dana maakte van de situatie gebruik, strompelde naar de slaapkamer en draaide gelijk de deur op slot. Ze zette de rugleuning van de stoel strak onder de deurkruk, zoals ze in films had gezien. Met bevende handen trok ze een paar kledingstukken aan.

Nu zat ze in de slaapkamer opgesloten. Ze kon geen kant meer op en luisterde gespannen. Het was muisstil in huis. Dana overwoog of ze de slaapkamer zou verlaten om het gevecht met Rick aan te gaan. Misschien lag Rick bewusteloos op de grond en zou dit haar kans zijn om te vluchten. Adrenaline spoot door haar aderen en ze nam het besluit om het gevecht aan te gaan. Het was nu of nooit en ze opende voorzichtig de slaapkamerdeur op een kiertje, maar ze zag niets. Alles was rustig. De voordeursleutel. Waar zou Rick haar sleutelbos verstopt hebben?

"Bonk, bonk, bonk!"

Ineens werd er snoeihard op de voordeur geklopt. Dana sloot de slaapkamerdeur in een oogwenk en barricadeerde deze gelijk. Ze drukte haar oor tegen de deur om te luisteren wie er voor de voordeur stond. Dana schrok, want er werd weer hard geklopt. Nu hoorde ze een mannenstem iets roepen, maar kon hem niet verstaan. Was het een rivaliserende bende, die bij Rick een rekening kwam vereffenen?

Dana liep naar het raam. Veel uitzicht had ze niet op driehoog-achter, want er stonden hoge bomen met een dik bladerendek in de groenstrook voor het appartementencomplex, die het uitzicht op straat belemmerde. Verderop in de straat zag ze twee mannen staan die ze niet kende, maar wel naar haar gebaarden. Ze stapte snel naar achteren. Waren dit bendeleden die op Rick uit waren of klanten met wie hij een afspraak had gemaakt?

Ze stond vertwijfeld in de slaapkamer. Misschien waren het geen criminelen, maar mensen die haar konden helpen ontsnappen. Dana liep weer voorzichtig naar het raam en zag dat de twee mannen weer naar haar gebaarden, maar ze was achterdochtig. Op het moment dat ze naar achteren wilde stappen voegde zich er een derde man bij. Hij droeg een politie-uniform.

Dana opende gelijk het raam en ze riepen iets wat ze niet kon verstaan vanaf de derde verdieping. Tegelijkertijd klonk er een luid gebonk op de slaapkamerdeur. Rick schreeuwde hysterisch dat ze de deur moest openmaken. Hij was bezig om de deur te molesteren. Ze keek hulpeloos om zich heen. Haar oog viel op haar make-up tafeltje, opende met een bevende hand het laatje en pakte een schaar, die ze als wapen kon gebruiken. Ze legde de schaar open klaar op het voeteneinde van het bed. Van de stoel pakte ze een hemdje. Hierin stopte ze een glazen pot met crème. Ze draaide het hemdje een paar keer rond, om hem als knuppel te kunnen gebruiken.

Rick beukte als een ram tegen de deur en deze knarste in zijn voegen. De deur brak open. Hij denderde als een dolle stier naar binnen. Dana dacht geen seconde na en ze haalde gelijk uit met de provisorische knuppel. Ze raakte Rick midden in zijn gezicht, waardoor hij naar achteren viel en zijn oriëntatie kwijt was. Ze draaide zich vliegensvlug om, pakte de open schaar van het bed en probeerde Rick in zijn buik te steken. Maar Rick was haar net te snel af door haar pols te pakken, waardoor de schaar op de grond viel. Met zijn andere hand kneep hij haar keel dicht waardoor ze bijna stikte. Rick pakte vliegensvlug de schaar van de grond en probeerde tijdens de worsteling deze in de borst van Dana te steken, maar hij stak mis en de schaar belandde in haar linkerarm. Met haar andere hand stak ze haar vinger in zijn oog, waardoor hij pijnlijk schreeuwde en zijn greep verslapte. Dana wurmde zich los en vluchtte de gang in.

Met een explosie brak de voordeur open. De politie stormde naar binnen en baande zich een weg over de troep waarmee Rick de voordeur had gebarricadeerd. Dana werd gelijk opgevangen en met een ambulance afgevoerd.

De volgende ochtend werd Dana in het ziekenhuis wakker. Jannie zat naast haar bed en stond gelijk op toen ze haar ogen opende. "Hoe is het met mijn meisje?"

Dana keek haar onwennig aan. Jannie had een dik oog, korsten en paarse plekken op haar gezicht. Dana wilde iets zeggen, maar Jannie was haar voor. "Wat is er? Moet ik de zuster halen?"

Dana bleef haar gebiologeerd aankijken. "Wat is met je gezicht gebeurd?" Ze probeerde in haar eigen ogen te wrijven, maar Jannie haalde haar hand zorgzaam weg. "De politie heeft je bevrijd van Rick."

Voordat Jannie haar verhaal kon vertellen, kwam de verpleegster samen met een politievrouw binnenlopen. Ze vroeg of Jannie op de gang kon wachten en sloot de deur.

Dana besefte dat ze door het oog van de naald was gekropen en dat het niet veel langer had moeten duren. De politievrouw vertelde dat de woning geobserveerd werd na een verontrustende melding van de benedenburen. Men vermoedde de aanwezigheid van criminelen.

"Uw ex-man is in voorlopige hechtenis genomen."

Dana keek bezorgd en vroeg: "Wat is er met mijn moeder gebeurd?"

"Uw moeder is mishandeld, om de sleutel van uw appartement af te geven."

Dana wendde haar hoofd af. "Ik had de sleutel nooit bij mijn moeder moeten achterlaten."

Waarop de politievrouw reageerde: "U moet zichzelf niets verwijten, want als u geen sleutel had afgegeven, hadden ze haar ook mishandeld."

"Wie heeft mijn moeder gevonden?"

"De voordeur van haar appartement stond open. De buurvrouw zag in het voorbijlopen rommel op de grond liggen en is naar binnen gelopen. Tot haar grote schrik vond ze uw moeder vastgebonden op een stoel met tape op haar mond, waardoor ze niet om hulp kon roepen."

Dana was geschokt.

De politievrouw had verschillende vragen aan Dana, die ze netjes beantwoordde. De dokter kwam langs en vertelde dat er gelukkig geen permanente beschadigingen waren.

"We hebben hechtingen aangebracht, op uw wenkbrauw, twee op uw hoofd en aan uw linker bovenarm. U was aan uitdroging onderhevig, daarom het infuus."

Dana keek de dokter aan en zei zachtjes: "Het is niet fraai hè?"

De dokter knikte, "u bent gelukkig gezond en heeft een goede conditie, dus ik verwacht niet al te veel problemen.

Hoofdstuk 30.

De afrekening van Rick. Het keerpunt in het leven van Dana. Naar de buitenwacht toe had ze zich ferm opgesteld. Kort daarna had ze een inzinking gekregen. Het verwerkingsproces had meer om het lijf. Haar afhankelijkheid van anderen en de onmacht om een vaste relatie op te bouwen hadden diepe impact gehad. Dana had professionele begeleiding gekregen en met veel goede moed had ze stap voor stap opnieuw inhoud aan haar leven gegeven.

Toen ze in het ziekenhuis lag had Karin ervoor gezorgd dat de chaos in haar appartement werd opgeruimd. Dana had met lede ogen aangezien dat haar nieuwe meubilair volledig was vernield. Van haar servies was niets meer over. Maar één voorwerp bleek nog op de originele plaats verborgen te zitten. De magneet met de kluissleutel. Deze zat nog op exact dezelfde plaats bevestigd; tussen de verwarmingsradiator in de achterkamer. Ze trok de sleutel van het magneetje en gaf hem een kus. Het gevecht was niet voor niets geweest.

Een jaar later had Dana haar leven weer een beetje op de rit. Het eerste besluit wat Dana nam, was verhuizen. Ze kocht een appartement op een galerij, waar ze in geval van nood altijd uit het keuken- of slaapkamerraam kon stappen, iets wat ze in haar huidige portiekflat had ontbeerd.

In het afgelopen jaar was het contact met Ben verwaterd toen hij in Parijs woonde. Ze hadden een paar keer telefonisch contact gehad en daar was het bij gebleven. Dana miste hem. Ze vermoedde dat zijn vrouw nu permanent thuis was en dat het voor Ben lastig was om er tussenuit te knijpen. Ze had Ben over haar verhuizing verteld en hij had beloofd om haar nieuwe woning te komen bekijken.

Hij kwam zijn belofte na en stond onverwacht bij Dana voor de deur. Ze merkte dat hij afstandelijk was en de situatie aftastte. Het duurde niet lang of zijn ingehouden passie voor Dana explodeerde toen ze tijdens de rondleiding van haar nieuwe appartement haar slaapkamer liet zien. Ze zag de glans in zijn ogen en wist dat hij zichzelf niet meer onder controle had. Zijn handen gleden ritmisch over haar lichaam en het voelde als vanouds aan. Dana gaf zich volledig aan hem over en ze liet hem zijn gang gaan.

Toen ze na de heftige ontlading gerieflijk in zijn armen lag begon hij te vertellen: "Bij Translude hebben zich onverwachte ontwikkelingen voorgedaan. Ik ben gevraagd om op korte termijn weer naar Nederland terug te komen."

Ben wachtte even voordat hij verder sprak en hij oogde zelfverzekerd. "Ik ben gevraagd om de functie van Algemeen Directeur bij Translude voor mijn rekening te nemen. De Raad van Bestuur heeft unaniem voor mij gekozen."

Dana feliciteerde hem, maar Ben zei gedecideerd: "Zolang dit nog niet officieel is bevestigd, kan deze informatie nog met niemand worden gedeeld. Ik heb nu zo'n goed gevoel in mijn lijf, dat ik het je gewoon moest vertellen. Tegen niemand zeggen hoor!"

Dana zuchtte: "Heb ik ooit wel eens iets van onze vertrouwelijke gesprekken doorverteld aan anderen?"

"Ik waardeer je discretie."

Hij trok Dana comfortabel tegen zich aan en mummelde zachtjes: "Ik voel me een bevoorrecht man."

Ben sloot Dana in zijn armen als een leeuw die zijn jong koestert.

De volgende ochtend ging de mobiele telefoon van Ben. Hij pakte het gesprek aan en liep naar de keuken. Dana kon hem niet verstaan, maar hoorde irritatie in zijn stem. Maar met een brede grijns op zijn gezicht kwam hij weer de kamer binnenlopen. "We zijn uitgenodigd voor een etentje bij een kennis van me. Heb je zin om mee te gaan?"

Dana was opgetogen dat ze als tafeldame bij het diner aanwezig mocht zijn. De kennis van Ben, die Johan heette, was een amicale man die ze jaren geleden op Curaçao had ontmoet. Zijn vrouw was hartelijk en spontaan en kletste de hele avond aan een stuk door.

"Ga je met Dana samenwonen?" vroeg Johan tijdens het eten aan Ben, die van kleur verschoot.

Dana was aangenaam verrast, keek naar Ben, maar die ging hier verder niet op in.

"De verhuizing naar Nederland moet eerst nog worden geregeld en dan praten we verder," deed Ben af.

De vrouw van Johan had de boodschap niet begrepen en vroeg: "Komen Nanette en de kinderen terug naar Nederland als de scheiding rond is?"

Dana spitste haar oren, want dit was nieuwe informatie. Misschien lag er een toekomst voor haar in het verschiet. Ben kapte het gesprek gelijk af door te zeggen dat hier nog afspraken over gemaakt moesten worden, draaide zijn hoofd om en gebaarde om de rekening.

Tijdens de autorit naar huis vroeg Dana: "Lig je in echtscheiding?"
Ben keek nors voor zich uit en zei afgemeten: "Ja, maar daar wil ik het nu niet over hebben."
Dana overwoog haar vraag, maar stelde hem toch: "Zou je met mij willen samenwonen?"
"Zover ben ik nog niet, want ik moet eerst achter huisvesting aan, de echtscheidingsprocedure in werking zetten en de omgangsregeling voor de kinderen uitonderhandelen. Dus laten we niet op de zaken vooruitlopen."

In het weekend maakten Dana en Karin ondanks de koude harde wind een strandwandeling. Na afloop dronken ze bij Siem koffie. Ze waren vandaag samen, omdat Johnnie met zijn vriendje naar een voetbalwedstrijd was. Siem kwam de bestelling zelf uitserveren, bleef in de buurt van Karin en Dana rondhangen en knoopte een praatje aan. Hij vertelde over zijn plan om nieuwe specialiteiten aan de menukaart toe te voegen en vroeg of ze een paar probeersels wilde proeven. Hij legde zijn vlakke hand op zijn borst en zei: "Ik kook persoonlijk voor jullie. Lijkt het je wat?"
Ze accepteerden zijn voorstel en toen Siem naar de keuken liep keek Karin Dana aan. "Wanneer spreek je nu eens met Siem af? Hij heeft al lang een oogje op je. Geef het eens een kans, nu het nog kan. Neem in godsnaam afscheid van die Ben, want die is toch onbereikbaar."
Dana lachte geheimzinnig naar Karin. "Nou, die ligt in echtscheiding en komt binnenkort terug naar Nederland als Algemeen Directeur van Translude."
Karin zuchtte: "Dana, zet Ben uit je hoofd, want iemand in de positie van Algemeen Directeur bij een internationaal bedrijf, zal nooit voor een vrouw met jouw achtergrond kiezen."
Dana wendde haar ogen af en ze keek sip. "Misschien heb je gelijk, maar ik vind het moeilijk om een succesvolle man als Ben af te danken. Hij geeft me als vrouw, die lichamelijke kick waar ik naar snak."

Siem had zijn best gedaan en serveerde een schaal met allemaal kleine hapjes. Hij was aan de kop van de tafel gaan zitten en vertelde trots bij elk gerechtje hoe het was klaargemaakt. Hij was onderhoudend en maakte grapjes over wat hij allemaal op het strand meemaakte. Maar ook over bezoekers die hun spullen op het terras vergaten als ze na een zonnige dag naar huis gingen. Siem had een bergkast waar hij alle troep inzette en wat aan het einde van het seizoen niet was opgehaald, bracht hij naar het Leger des Heils.

Het werd laat en Karin wilde naar huis. "Zal ik mijn vriend Rob bellen of hij ons komt halen?" Ze keek afwachtend naar Dana.

"Ik kan jullie ook naar huis brengen," bood Siem aan, maar hier wilde Karin niets van weten.

Ze belde Rob. "Kun je ons komen halen? ... Nee, we hebben een paar glazen wijn op en het is onverantwoordelijk om zelf te rijden...Is goed, over een half uurtje... Ja, aan het einde van de Strandweg, de eerste strandtent aan de rechterkant.... die blauwe. Doei."

Karin stopte haar mobiel weer in haar tas en zei tegen Dana: "Rob is hier over een halfuurtje. Hij vindt het geen probleem om ons op te komen halen. Hij neemt gelijk Johnnie mee, want die vindt het spannend om in het donker naar het strand te komen.

Siem had zijn arm over de schouder van Dana gelegd. Karin knipoogde naar Dana zonder dat Siem het zag. Ze glimlachte subtiel.

Toen Rob arriveerde nam Karin afscheid van Dana en Siem. De laatste gasten waren vertrokken en de twee bedienden hadden hun jassen aangetrokken en riepen: "Tot morgen!"

Siem deed de lichten uit en sloot de deur af. Het was buiten aardedonker en er stond een harde koude wind. Hij sloeg zijn arm om Dana en leidde haar over het onverlichte pad door de duinen naar het vakantieparkje, waar hij een groot deel van het jaar doorbracht.

De kleine vakantiewoning was efficiënt en modern ingericht. Bij binnenkomst zette Dana haar tasje op de tafel neer. Siem pakte haar van achteren en trok Dana tegen zich aan. Ze liet haar hoofd bevallig tegen zijn schouder hangen en sloot haar ogen. Ze voelde zijn handen over haar borsten glijden. Met een beweging pakte hij haar op en droeg haar naar de slaapkamer waar hij haar op het bed neerlegde. Ze hoorde de rits van zijn gulp. Ze schoof haar broek naar beneden en keek hem ontvankelijk aan. Niet veel later schoof hij op Dana en genoot van haar heerlijke lichaam. Ze hoorde Siem met een diep stem kreunen: "Ik kom...ik kom... Aahhh".

Siem had Dana de volgende ochtend verliefd aangekeken en gezegd: "Hier heb ik jaren op moeten wachten. Vanaf de eerste keer toen ik je de zaak zag binnenlopen, was ik verkocht. Ik kan me nog als de dag van gisteren herinneren dat die Hanko je breeduit presenteerde op zijn afscheidsparty. Het stak me."

Hij streek zijn vingers door het haar van Dana. "Ik vind je zo mooi. Ik hoop dat je voor altijd bij me wilt blijven."

Dana reageerde verlegen, streek met haar hand over de stevig gespierde bovenarm van Siem en ze liet hem rusten op de tribal tattoo.

Hij keek haar aan. "Vind je hem mooi?"

  "Ik vind de tattoo bij je passen, je bent een leiderstype."

Siem was gecharmeerd van haar uitspraak en streek met zijn vlakke hand over haar blauwe roos. "Dit vind ik de mooiste tattoo die ik ooit heb gezien."

Hij boog voorover en kuste haar blauwe roos. Het bleef niet bij een kus.

's Middags ontving Dana een sms'je van Karin met alleen een vraagteken. Dana kreeg een glimlach rond haar mond en ze liet het berichtje aan Siem zien.

  "Zet er maar een datum in. Eén waarbij je een goed gevoel hebt."

Dana keek hem vragend aan.

  "Dat is onze trouwdatum." Hij trok Dana teder naar zich toe.

  "Vraag je me dan ten huwelijk?" stotterde Dana.

Siem herstelde zich van zijn iets te spontane uitspraak. "Ik wil je eerst goed leren kennen. Als het klikt, ga ik ervoor."

Hij trok Dana weer genoeglijk tegen zich aan.

Op maandagmorgen was er een georganiseerd overleg in de XL-supermarkt. De directie deelde mee dat er een grote reorganisatie op stapel stond. De verkopen vielen tegen en de exploitatiekosten waren te hoog. Er liep een onderzoek naar de levensvatbaarheid van de XL-formule. De uitkomsten waren bepalend voor het besluit van het hoofdkantoor.

Na afloop van de bijeenkomst had Dana een gesprek met Hans de bedrijfsleider, die zijn zorg uitsprak over het bestaansrecht van de XL-formule op de Nederlandse markt.

Dana had door de reorganisatie en bijkomende beslommeringen op haar werk weinig tijd voor Siem. Haar uitdaging was Ben, die nu midden in zijn verhuizing naar Nederland zat. Hij had maar één behoefte om van zijn spanningen af te komen en dat was Dana. Ze bezweek voor zijn intieme wensen en verwennerijen. Tijdens het samenzijn met Ben dacht ze geen moment aan Siem. Ben was verslavend.

Dana wedde op twee paarden en ze maakte het voor zichzelf ingewikkeld. In het weekend zat ze meestal bij Siem op het strand en op woensdagavond bracht ze de nacht bij Ben door.

Ze had geluk, want Ben had vanwege de omgangsregeling met zijn dochters in het weekend geen tijd voor haar.

Ben had Dana mee uit eten genomen. Aan tafel keek hij haar bezorgd aan. "Je ziet er moe uit."

Dana zuchtte en brandde los: "Ben, ik maak me zorgen over de reorganisatie op mijn werk en dat ik straks mijn baan kwijt ben."

Ben luisterde, maar Dana zag aan zijn ogen dat hij niet met haar zorgen geconfronteerd wilde worden, want ze werd ingehuurd om hem te behagen. Ze nam een slok wijn, zei niets meer en glimlachte lief naar hem. Ben keek Dana kritisch aan. "Ik denk dat het een terugslag is van het conflict met Rick."

Dana keek hem verbaasd aan en dacht; waar komt dit nu weer vandaan?

"Daar leef ik totaal niet meer mee, wat dat is passé."

"Het is vaak het onderbewuste, wat invloed heeft op een mens. Je kunt wel denken dat je het hebt verwerkt, maar diep in je, is het nog wel aanwezig. Als ik naar het litteken bij je oog kijk, denk ik dat je er toch elke dag in de spiegel mee wordt geconfronteerd."

Dana keek naar Ben en dacht; wat een onzin zeg, trok haar schouders nonchalant op en vroeg hoe zijn nieuwe functie als Algemeen Directeur beviel. Ze zag hem opleven, want ze had zijn ego gestreeld.

"Ik heb een goede start in Nederland gemaakt en het hele Management Team eet uit mijn hand. De omzet stijgt per week en de aandeelhouders zijn tevreden."

Dana zag zijn borst opzwellen van trots. "We gaan nu invulling geven aan de nieuwe strategie, door in Canada onze vleugels uit te slaan. We hebben verschillende Start-ups in het vizier, die interessante software ontwikkelen."

Dana luisterde naar Ben, maar haar gedachten dwaalden af naar Siem. Misschien was hij toch de man om haar leven mee te delen.

Ze vroeg zich af of ze de verhalen van Ben over twintig jaar ook nog wilde horen. Dana was nu dertig jaar oud en ze wist dat ze vroeg of laat een keuze moest maken.

Die nacht sprong het vonkje niet meer over, zoals ze al een keer eerder in Parijs had meegemaakt toen ze de stem van Hanko op de televisie hoorde. Ook deze keer merkte Ben het. Hij had een ultrafijne sensor, als het seks en affectie betrof.

Uit het niets vroeg hij: "Heb je een ander?"

Dana bedacht dat liegen geen zin had, omdat hij haar blijkbaar controleerde. "Ik zie wel eens iemand, maar dat is meer voor de gezelligheid."

Ben keek haar scherp aan. "Ken ik hem?"

"Nee, je kent hem niet. Ik heb hem een tijdje geleden op het strand ontmoet. Ik blijf daar wel eens in het weekend slapen," zei ze luchtig. Maar ze zag aan zijn ogen dat ze Ben niet had overtuigd.

Het was een zonnige dag geweest, toen Dana op vrijdagavond laat op het strand bij Siem arriveerde. Hij was blij dat ze er was en schonk ongevraagd een glas witte wijn in.

Na sluitingstijd liepen ze samen over het pad door de duinen. Siem was vrolijk en had zijn arm vriendschappelijk om de schouder van Dana geslagen. Bij binnenkomst in het huisje zette hij de muziek aan en pakte een fles met whisky. "Lust je ook een glas?"

Zijn enthousiasme deed Dana glimlachen.

"Ik heb gewoon een goede bui. Met dit mooie weer heb ik de afgelopen week een uitstekende omzet gedraaid en ik verheug me erop dat ik je het hele weekend bij me hebt."

Hij ging naast Dana op de bank zitten. "Ik denk dat we eens moeten praten, want we zien elkaar alleen maar in het weekend. Een half jaar geleden maakte ik nog een grapje over een huwelijksdatum. Je bent de eerste vrouw in mijn leven, waar ik nog geen genoeg van heb kunnen krijgen. Ik wil graag van jou willen weten hoe jij in onze relatie zit?"

Dana wist dat dit het moment was om te verzilveren. "Siem, ik ben gelukkig en kijk er altijd naar uit om weer bij je te zijn."

Siem liet Dana niet uitspreken. "Ik zou graag met je willen samenwonen en onze relatie een permanent karakter geven. Misschien moet je je baan bij die XL-supermarkt gewoon opzeggen en bij mij in de zaak komen werken, wat ook jouw zaak wordt als we trouwen. Alles wat ik heb, wil ik graag met je delen."

Dit had nog nooit een man tegen Dana gezegd. Meestal willen mensen met een eigen bedrijf op huwelijkse voorwaarden trouwen, maar wat Siem haar nu aanbood, deed haar beseffen dat hij echt om haar gaf.

Siem keek haar aan. "Je bent stil. Is het niet goed? Of heb je andere plannen?"

Dana wendde haar ogen af en nam een slok uit haar glas, maar zei niets.

"Is het zo'n akelig voorstel?"

Hij keek Dana onderzoekend aan.

Dana knikte met haar hoofd, waarop Siem zijn wenkbrauwen fronste. Ze besloot om Siem een doorkijkje van haar leven te geven, maar niet alles. Ze moest hem gedoceerd voorbereiden, voordat ze met hem in het huwelijk zou stappen. Ze zette haar lege glas op het tafeltje neer en stak van wal: "Ik voel me vereerd. Je wilt alles met me delen en dat heeft nog nooit iemand tegen me gezegd, maar misschien moet ik je eerst iets over mijn achtergrond vertellen."

Dana vertelde over de thuissituatie en het gevangenschap van John. Ze zag een weerzinwekkende uitdrukking in de ogen van Siem.

"Ik heb al een huwelijk achter de rug en ben gescheiden. Mijn ex-man is ook gedetineerd."

Dana voelde dat haar stem begon te beven. Zou Ben dan toch gelijk hebben gehad dat ze dit nog niet volledig had verwerkt. Siem legde zijn hand op haar hand en ze zag dat hij geschokt was, maar ze besloot toch verder te vertellen.

Dana kreeg tranen in haar ogen en zweeg. Siem trok Dana tegen zich aan. "Ik zal je beschermen," kuste haar voorhoofd en ze voelde dat hij geëmotioneerd was.

De volgende ochtend stond Siem vroeg op, want met mooi weer moest er omzet worden gedraaid. Hij kuste Dana vluchtig en ze hoorde de deur dichtslaan.

Ze draaide zich nog een keer in bed om en overdacht het gesprek van gisterenavond. Het moest voor Siem een rare gewaarwording zijn, want het leek wel of ze uit een crimineel milieu kwam. Hij had haar een genereus aanbod gedaan en het was de overweging waard om bij hem te gaan werken. Maar dan moest ze eerst haar zakelijke overeenkomst met Ben beëindigen.

Op maandag kreeg Dana te horen dat een aantal vestigingen van de XL-supermarkt opgeheven zou worden en dat de ontslagprocedure voor de medewerkers opgestart zou worden. De vestiging waar Dana werkte werd gesloten. Vanuit het hoofdkantoor werden alle personeelsleden opgevangen en de procedure in detail toegelicht.

Dana zat 's avond thuis op de bank en las alle informatie en brochures door die ze had meegekregen.

De bel ging. Ben stond onverwachts voor de deur. Hij tilde Dana gelijk op en liep de slaapkamer in. Hij was weer op zijn best en dat bracht Dana in verwarring, omdat ze voor Siem had gekozen.

Ben was warm, verwende haar op een manier wat zijn weerga niet kende. Ze was verslaafd aan Ben en wist diep in haar hart dat ze geen einde aan deze relatie kon maken.

"Je bent vrolijk, wat heb je nu weer voor werelddeal gemaakt?"

Ben glimlachte genoeglijk en begon zijn verhaal: "Ja, ik heb goede resultaten geboekt en ik ga binnenkort naar Canada om met een aantal nieuwe partijen over mogelijke overnames te praten."

"Spannend, ga je alleen of gaan er ook collega's mee?" vroeg Dana belangstellend.

"Nee, ik ga alleen en de planning is om de klus binnen drie maanden in Canada af te ronden."

"Ga je daar tijdelijk wonen of ga je heen-en-weer pendelen?"

"In eerste instantie zal het tijdelijk zijn, maar als de zaken goed lopen, ga ik voor twee jaar tekenen."

Dana keek hem verbaasd aan, maar ze zei niets. Ze vond het opmerkelijk dat Ben overwoog om naar het buitenland te vertrekken, terwijl hij eerder had verklaard dat hij niet meer in het buitenland wilde wonen.

Ben was die nacht veeleisend en ze verbaasde zich erover dat hij geen genoeg van haar kon krijgen. Diep in de nacht vielen ze pas in slaap.

De volgende ochtend wilde Dana zachtjes uit bed stappen, maar Ben trok haar weer terug in bed en claimde Dana op een dominante manier, waarvan ze geen hoogte kreeg. De ambiance was verwarrend en onbestemd.

Ze kuste Ben en keek hem verlangend aan, omdat hij dat altijd prettig vond. Hij begon een onsamenhangend verhaal te vertellen, dat hij de laatste tijd had nagedacht over zijn vertrek naar Canada en dat hij maar niet van Dana kon loskomen.

"Als ik de televisie aanzet en een vrouw met bruine loshangende krullen zie, moet ik aan jou denken. Je prikkelt mijn fantasie en mijn behoeften spelen dan op."

Hij wreef met zijn hand langzaam over haar lichaam en bleef op de blauwe roos rusten. Dana kon het niet laten en stelde brutaal de vraag: "Zou je met mij willen trouwen?"

Ben keek haar verwonderd aan. "Het is gek, want ik kan niet zonder je. Je beheerst mijn fantasie, je beheerst mijn lust, maar het is mijn trots dat ik niet voor je zal kiezen."

Dana keek Ben verdwaasd aan en zei verontwaardigd: "Je geeft om mij, je kunt niet zonder me, maar je kiest niet voor mij?"

Ben knikte bevestigend. "Het klinkt absurd, maar het is zo. Het probleem is de passie die ik voel en nauwelijks onder controle heb, als ik je zie. Maar het is mijn trots, die sterker is dan mijn passie. Deze trots is nu op weg naar de top van de berg en niets zal hem nog tegenhouden, ook jouw passie niet. Ik weet niet wat er op dit moment met me gebeurt, maar mijn macht zit in een opgaande spiraal, die ik niet meer kan stoppen. Wellicht is het de hebberigheid van een groot leider zoals ik, maar ook de status, die ik de afgelopen jaren heb opgebouwd."

Dana zei niets en keek met grote ogen naar Ben, die haar niet meer zag liggen, maar met zijn eigen redevoering bezig was. "Het is een bijzondere tijd, want ik ben de man die Translude tot een speler van wereldformaat op de kaart zal zetten."

Het was Dana nu wel duidelijk dat Ben niet voor haar had gekozen, maar voor zichzelf.

"Ik begrijp uit je woorden dat je niet voor mij kiest, maar voor wie kies je dan wel?"

Ben, die nog in zijn redevoering modus zat, keek Dana verstoord aan en zei resoluut: "Ik kies voor Charlene."

Dana knipperde met haar ogen en vroeg: "Wie is Charlene?"

"Dat is mijn nieuwe partner. Ik heb sinds een jaar een relatie met haar. Ze is een invloedrijke zakenvrouw bij een Canadees softwarebedrijf, die ik volgend jaar ga trouwen, als de zaken in Canada zijn afgerond."

Dana was met stomheid geslagen en ze draaide haar hoofd om, want ze wilde Ben niet meer zien.

Hij pakte Dana voorzichtig bij de schouder en trok haar naar zich toe. "Wat is er?"

Maar Dana zei niets.

"Wat is je probleem? We houden elkaar al jaren gezelschap. Al die tijd was ik met Nanette getrouwd, die is nu vervangen door een Charlene. Jij hebt toch ook je vrienden, zoals die vriend op het strand, of had je een andere verwachting?"

Dana schudde haar hoofd. De onverwachte boodschap deed haar pijn. Karin had al die tijd gelijk gehad. Hij zal nooit voor jou kiezen en ze besefte dat haar comfortabele relatie met Ben ten einde was gekomen.

Hoofdstuk 31.

Siem kon zich Dana nog goed herinneren toen ze jaren geleden zijn strandtent binnenliep. Zijn ogen waren gefixeerd op een gedistingeerde jonge vrouw met een zelfverzekerde houding. Deze vrouw had het perfecte figuur en alles in de juiste proporties. Haar mooie bruine krullen lagen als een rozenkrans over haar schouders en de mooie donkere ogen schitterden in het licht.

"Siem waar staan de extra champagneglazen? We hebben er niet genoeg."

"Uhh... daar op de plank achter je staan nog vijf doosjes."

Toen Siem zich weer omdraaide was ze uit zijn gezichtsveld verdwenen. Ze was opgegaan in de menigte van het afscheidsfeest van ene soapacteur, die Hanko heette.

Siem zag verschillende bekende acteurs en actrices rondlopen, maar hij zag ook van die mediapoezen en moest glimlachen. Waar geld was, kwamen nu eenmaal mensen op af, die proletarisch op het succes van anderen meeliften.

Als kind was Siem in de strandtent opgegroeid en het organiseren van feesten en partijen was hem met de paplepel ingegoten. Hij regelde de organisatie inclusief de inkoop en personele bezetting, zonder dat hij iets op papier zette. Hij had alles volledig onder controle en sprong bij waar geïmproviseerd moest worden. De bediening had de bladen met de champagneglazen en de gekoelde champagneflessen klaargezet.

"We kunnen de glazen inschenken. Ik verwacht zo het seintje om ze uit te serveren," zei Siem vastbesloten. "Als jullie vanuit die twee hoeken starten, dan kan iedereen straks tegelijk proosten."

Siem scande zijn gasten. De ambiance was goed. De bediening was bezig met het inschenken van de champagne, toen Hanko alle aandacht opeiste en die ook kreeg. Hij had de mooie jonge vrouw bij zich en riep in de rondte dat dit de liefste vrouw van de hele wereld was en dat haar naam Dana was.

Siem kon zijn ogen niet van haar afhouden en zag dat Hanko haar als een soort trofee vasthield. Hij betwijfelde of ze de vriendin van Hanko was, omdat ze niet gelijk met hem was gearriveerd. Siem vermoedde dat ze een bepaalde status binnen de studiowereld moest hebben vanwege haar zelfverzekerde houding. Ze liet zich niet meeslepen in het theatrale gedrag van Hanko.

Hanko vertrok die avond stoned van de drugs met twee ingehuurde dellen, terwijl de festiviteiten rondom zijn afscheid nog in volle gang waren. Hij zag aan het mooie gezicht van Dana dat ze teleurgesteld was en hij vroeg zich af, wat haar relatie tot Hanko was. Ze moest tot zijn intimi behoren. Hij vond die Hanko maar een eikel, omdat hij zo'n knappe verschijning plompverloren achterliet.

Siem was synoniem voor het strand. Hij was bijna op het strand geboren, omdat zijn moeder nog net op tijd voor de bevalling het ziekenhuis haalde. De moeder van Siem was een lieve vrouw die zich volledig inzette voor de zaak, in tegenstelling tot zijn vader die na jaren hard werken, het statuur van een patser had aangenomen. Twee tantes van Siem sprongen regelmatig bij; zoals tante Bep, die in het hoogseizoen een deel van het personeel in de bediening onder haar hoede nam. En tante Mien, die Siem als kleine jongen toen hij nog op school zat in haar gezin had opgevangen. Doordeweeks woonde Siem bij tante Mien en vormde hij een twee-eenheid met zijn neef Benno. Ze zaten bij elkaar in de klas en voetbalden bij dezelfde club. In de vakanties logeerde Benno altijd bij Siem in het kleine vakantiehuisje achter de duinen, waar ze steevast kattenkwaad uithaalden.

Voor zijn twintigste verjaardag had Siem zijn beide ouders verloren, maar had hij de regie van de strandtent naadloos overgenomen. Met de hulp van tante Bep en zijn neef Benno in de weekenden draaide de zaak uitstekend.

Siem had de afgelopen jaren de zaak gemoderniseerd, door er een grote open haard in te bouwen, loungebanken te plaatsen en de menukaart aan te passen aan de smaak van zijn publiek.

In de winter was Siem een trouwe gast in de sportschool. Hij deed vooral krachttrainingen, waarbij zijn bovenlichaam bovengemiddeld was ontwikkeld, in harmonie met zijn tribal tatoeages, waar hij trots op was. Bij het vrouwelijk schoon had hij veel succes. Die vielen voor zijn krachtige lichaam, maar Siem had ook een mooi vol gezicht en een bos blond haar, wat half lang speels in zijn nek hing. Voor veel vrouwen was Siem een Must Have.

In het naseizoen ging hij er met een vriendin tussenuit en liet hij de zaak aan zijn neef Benno over. Zijn tripjes gingen naar de Canarische Eilanden of Griekenland, waar het in het naseizoen nog aangenaam warm was. Hij nam de vriendin mee, met wie hij op dat moment een relatie had. De laatste keer had hij een blonde meid uit de sportschool meegenomen. Op Tenerife was het elke nacht feest geweest. Ze had hem heerlijk verwend.

Op een koude voorjaarsmiddag, toen er een gure wind over het strand waaide, hoorde Siem de deur van de strandtent dichtvallen. Toen hij achter de bar een paar dozen wegzette en opkeek was hij perplex. Siem zag Dana met en andere knappe vrouw in de loungebank zitten. Hij wist niet, of hij nu passie, bewondering of gewoon geilheid voor haar voelde, maar het gevoel in zijn lichaam was heftig.
Voordat hij iets had kunnen ondernemen was ze naar hem toegekomen, had hem met haar goddelijke zwarte ogen aangekeken en om een zoutvaatje gevraagd. Ze was een magneet waar zijn ogen automatisch naartoe werden gezogen.
Zo snel als ze gearriveerd waren, waren ze ook weer vertrokken. Hij baalde als een stier toen hij na sluitingstijd in het donker door de duinen naar zijn huisje liep. Hij had de hoop al opgegeven dat hij Dana ooit weer zou zien. Ze was nota bene door zijn vingers geglipt.

Maar Siem hoefde geen jaren op Dana te wachten, want een paar maanden later toen hij een vol vat met bier vanuit de opslagruimte naar binnen rolde zag hij Dana met dezelfde vrouw en een jongetje naar de waterlijn lopen. Hij stopte, wreef achteloos in zijn handen en bespiedde haar in de tussentijd. Ze sprong in een kort broekje met het jongetje in de branding over de uitrollende golfjes.
Het jongetje intrigeerde hem en hij vroeg zich af of het haar kind was. Het jongetje daagde beide vrouwen uit en probeerde ze nat te spetteren, maar hij kon niet ontdekken wie de moeder was. Misschien geen van beiden.
Siem werd een boos op zichzelf want hij vond het stom om naar de waterlijn te lopen. Dat was voor losers. Hoe moest hij Dana nu versieren? Normaal had hij hier geen moeite mee en kon hij aan elke vinger een vrouw krijgen.

Tussen zijn werk door probeerde hij de waterlijn in de gaten te houden, maar ineens was hij ze kwijt. Hij tuurde de waterlijn af, gaf het op en liep achterom om de volle vuilniszakken in de container te gooien.

Via het plankier liep hij terug. Toen hij de deur van de strandtent opende, botste Dana tegen hem op. Het jongetje had haar hand vast en keek hem verschrikt aan. Siem herstelde zich en vroeg of ze wat wilde drinken, maar haar vriendin bedankte hem vriendelijk en ze vervolgden hun weg naar de parkeerplaats. Hij liep een klein stukje mee en probeerde een afspraakje met Dana te maken, maar ze ging er niet op in.

Siem was teleurgesteld naar binnen gelopen. Tante Bep, die de bediening regelde keek hem aan. "Ze is erg mooi, maar volgens mij lastig te vangen".

"Ja, dat klopt. Ze intrigeert me," zei Siem peinzend.

"Alles wat bijzonder is, kost veel energie. Ik moet toegeven dat ze een klasse apart is. Ik heb haar goed bekeken en het zou me niets verbazen dat ze er deftiger uitziet dan dat ze in werkelijkheid is. Ik denk ook dat ze wat ouder is dan haar vriendin. Kleine slanke vrouwtjes tonen vaak jonger dan dat ze in werkelijkheid zijn. Ze komt over als een zelfstandig vrouwtje dat niet van een man afhankelijk wil zijn, want anders was ze wel op je avances ingegaan."

"Mooie analyse tante Bep, maar werk aan de winkel." Siem gaf haar een vriendschappelijk klopje op de schouder.

Niet één vrouw die hij ontmoette haalde het bij Dana. Als Siem zijn ogen sloot kon hij haar helemaal uittekenen. Siem had de moed al bijna opgegeven toen Dana met haar vriendin een klein jaar later de strandtent met een zelfverzekerde houding binnenliep. Deze keer nam hij zich voor om Dana niet meer door zijn vingers te laten glippen. Hij knoopje een praatje aan, vertelde spontaan over zijn nieuwe gerechtjes en bood aan persoonlijk voor hen te koken. Ze accepteerden zijn voorstel. De sfeer was perfect.

Die nacht lukte het Siem om Dana mee te tronen naar zijn huisje. Zijn droom werd werkelijkheid. Het werd een hemelse nacht, die hij niet snel meer zou vergeten. Hij beschouwde Dana als de meest gecompliceerde verovering van zijn leven.

De volgende ochtend toen ze nog sliep, keek Siem naar haar en voelde hij zich de koning ter rijk. Wat was ze mooi, zeker nu het ochtendlicht op haar volmaakte lichaam scheen. Waar hij het meest van onder de indruk was, was de blauwe getatoeëerde roos op haar venusheuvel. Hij kon zijn ogen er niet vanaf houden. Dit had hij nog nooit eerder bij een vrouw gezien.

Dana werd kort na hem wakker, stapte uit bed en ze keek Siem ondeugend aan. "Zullen we een douche pakken?"

Siem keek haar verwonderd aan, maar vermoedde dat ze iets van plan was en hij volgende haar naar de badkamer. Ze draaide de warme kraan open en spoot een flesje doucheschuim over het lichaam van Siem leeg. Ze masseerde het zachte schuim langzaam in en liet haar handen met zachtzinnige en ritmische bewegingen over het lichaam van Siem glijden. Hij sloot zijn ogen en rustte tegen de muur. Haar lichaam gleed sensueel tegen Siem aan, maar ze liet zich net niet penetreren. Siem was opgewonden, zuchtte diep en prevelde: "Ik hou het niet meer... Ahhhh.... Ga door"

Dana masseerde hem met liefde tot ze aan de schokkende bewegingen van Siem merkte dat hij op het punt stond om een orgasme te krijgen. Ze pakte de warme douche, richtte deze op zijn onderlichaam, ging op haar knieën zitten en opende haar mond om hem op het nippertje leeg te zuigen.

Siem trok Dana krampachtig tegen zich aan en zei zuchtend van genot: "We zijn geboren om samen te sterven."

Hoofdstuk 32.

In het afgelopen jaar had de relatie met Siem zich naar volle tevredenheid gestabiliseerd. Toen Dana op vrijdagavond laat op het strand arriveerde, was hij uitgelaten. "Ik kom zo bij je. Nog even wat afhandelen," en hij liep weer druk naar achteren.

Je kon aan Siem zien dat het samenzijn met Dana hem goed deed. Veel vrienden en kennissen vonden hem een geluksvogel, omdat hij een mooi vrouwtje aan de haak had geslagen. Siem had ook een uitzonderlijke goede week achter de rug en hij had de knoop doorgehakt om hun gezamenlijke toekomst te bespreken.

Hij was over het huwelijk begonnen. Hij wilde dat Dana ook in de strandtent zou komen werken, wat ook haar zaak zou worden als ze getrouwd waren. Dana zou dan wel haar baan bij de XL-supermarkt moeten opzeggen. In plaats van enthousiast te reageren had Dana stil en ingetogen voor zich uitgekeken. Daarna had ze over haar achtergrond verteld, wat hem schokte. Ze had verteld over haar familie, haar gewelddadige broer en over een eerder huwelijk. Siem moest toegeven dat tante Bep over goede mensenkennis beschikte, want ze had in het verleden voorspeld dat Dana zich beter voordeed dan ze in werkelijkheid was. Maar Siem was verliefd en probeerde hier niet aan te denken. Dat ze door haar echtgenoot was mishandeld, maakte hem boos. De emotie in haar ogen had hem aangegrepen. Het verhaal van Dana spookte door zijn hoofd. Hij had het eigenlijk kunnen weten, maar had zijn kop in het zand gestoken toen hij was voorgesteld aan haar moeder Jannie. De vrouw was vel over been, niet aanspreekbaar en rookte de ene sigaret na de andere. Hij had haar ordinair gevonden en als ze sprak, werd dat continue onderbroken door gerochel en gehoest. Siem had zich voorgenomen om hier nog niets over aan tante Bep te vertellen.

Het verhaal van de mishandeling zat Siem dwars. Hij was er 's avonds in bed over begonnen. "Je mag het eerlijk weten, ik moest vandaag verschillende malen aan het nare verhaal denken. Welke man mishandelt er nu een vrouw, en zeker zo'n lieve vrouw zoals jij? Waarom ben je met deze gewelddadige man getrouwd?"

Dana was even stil, maar antwoordde: "Ik wil er liever niet over praten, maar je hebt recht op achtergrondinformatie."

"Wat je niet prettig vindt, hoef je niet aan me te vertellen, want ik ben de laatste die nare herinneringen naar boven wil halen."

Maar zijn nieuwsgierigheid was aangewakkerd.

Dana keek strak naar het plafond en ze begon emotieloos aan haar verhaal. Alsof ze een robot was.

"Mijn broer John introduceerde Rick als zijn collega en vriend. Het was een aardige afstandelijke man, die zich heel netjes en galant gedroeg. We hadden een gewone vriendschap, die zich normaal ontwikkelde. Hij vroeg me ten huwelijk en toen ben ik met hem getrouwd. Er waren vooraf geen aanwijzingen dat Rick gewelddadig was. Na ons huwelijk werd hij steeds chagrijniger en begon me te slaan. Het klinkt raar, maar je gaat er aan wennen. Tot hij van de één op de andere dag niet meer thuiskwam. Hij bleek voor een drugsdelict in Turkije gearresteerd te zijn. Dat was voor mij het moment om gelijk de echtscheidingsprocedure in werking te zetten.

Rick was rancuneus en waar ik bang voor was, gebeurde. Hij heeft mij na zijn vrijlating opgewacht."

Ze zweeg en bleef emotieloos naar het plafond kijken.

"Wat moet ik me daar dan bij voorstellen?" vroeg Siem voorzichtig.

Dana sloot nu haar ogen. Ze lag er emotieloos bij alsof ze opgebaard lag en zei met een laag stemgeluid: "Ik weet niet of ik je dat moet vertellen."

Siem ging tegen haar aanliggen, legde zijn arm over haar borst. "De pijn die jij voelt, wil ik ook voelen, want we zijn één." Maar hij bedacht dat dit wel eens confronterend kon zijn en dat hij dit eigenlijk niet wilde weten, maar hij kon niet meer terug.

Onder haar masker vond een innerlijk gevecht plaats. Siem kuste het voorhoofd van Dana en streek met zijn hand langzaam door haar prachtige krullen.

Ze opende haar ogen en Siem zag tranen opwellen.

"Laten we hiermee stoppen, want dit wil ik niet," zei hij resoluut.

"Ik ga het je wel vertellen, want je hebt het recht om het te weten," zei ze zachtjes.

"Wat jij wilt. Waar jij je prettig bij voelt."

Siem zag Dana slikken. Ze herpakte zich en vertelde het hele verhaal over Rick, die zich in de woning had verschanst en minutieus wat hij met haar had gedaan.

Siem sliep die nacht slecht. Het verhaal dat Dana vastgebonden had gelegen, maalde constant door zijn hoofd. De meest nare details beheerste zijn brein. Wat Rick met haar had gedaan, kon Siem in zijn stoutste dromen niet bedenken.

Toen Siem de volgende ochtend vroeg het terras had schoongeveegd, had hij een lange tijd naar de lege kustlijn gekeken, waar een kolonie meeuwen was neergestreken en hij had zich afgevraagd of Dana gelijk had gehad dat ze dit niet aan hem had moeten vertellen. Hij kon daardoor niet lekker in zijn element komen. Ondanks de aanzwellende drukte sloeg Siem zich door de dag. Tegen sluitingstijd miste hij Dana. Ze was niet naar het strand gekomen. Hij maakte zich zorgen. Tante Bep had hem al een paar keer bedenkelijk aangekeken, maar ze had niets gezegd.

"Colaatje?"

Siem knikte.

Tante Bep schonk de glazen in en ze liep naar de loungebank. "Ik zie dat je loopt te tobben en ik denk dat het met Dana heeft te maken, klopt dat?"

"Dat heb je goed geraden."

Tante Bep keek Siem bezorgd aan. "Is er iets met haar aan de hand?" Siem overwoog wat hij zou vertellen. "Met de relatie gaat het goed. Tja... ik weet niet goed hoe ik het moet zeggen," en hij nam ontwijkend een slok van zijn cola.

Tante Bep zei niets, maar was één en al luisterend oor.

"Gisterenavond hebben we over de toekomst gesproken. Dana heeft over haar verleden verteld en dat heeft een diepe indruk op me gemaakt. Het is vertrouwelijk, maar het heeft me aangegrepen."

"Je hoeft me niets te vertellen," zei tante Bep, "dat is tussen jullie. Je moet jezelf afvragen in hoeverre het iets is, wat je in de toekomst kan opbreken."

Tante Bep legde haar hand op de hand van Siem. "Als ik iets voor je kan doen, moet je het me laten weten."

Na sluitingstijd liep Siem naar het huisje. De deur zat niet op slot, alles was donker en er was geen teken van leven. Toen hij de slaapkamer opende zag tot zijn grote schrik in het binnenvallende maanlicht Dana geheel ontkleed levenloos op het bed liggen. Hij snelde toe en pakte in één beweging haar hoofd, tilde het voorzichtig op. Langzaam opende Dana een oog.

Siem riep in paniek: "Dana, Dana," en tikte tegen haar wangen. Toen hij haar verder optilde, zag hij een lege whiskyfles naast haar lichaam wegrollen en hij begreep gelijk wat er aan de hand was. Hij pakte Dana op om haar op het toilet te laten braken, maar ze begon hysterisch te gillen. Siem liet haar voorzichtig terugglijden in bed. Hij keek onzeker om zich heen en liep met grote stappen naar de keuken om een glas water te halen. Toen hij terugkwam zat Dana in het midden van het bed en ze keek hem met grote angstige ogen aan. Ze klemde met haar handen het dekbed stijf tegen haar kin, alsof ze haar naakte lichaam tegen het kwaad wilde beschermen. Siem stond geschokt in de deuropening. Hij wist zich geen raad. Toen hij voorzichtig naar haar toeliep, stootte Dana schril gekrijs uit. Hij liep langzaam terug naar achteren en besloot om in de woonkamer op de bank te wachten totdat ze zou bijdraaien. Hij moest aan de woorden van tante Bep denken. Was het wel een goed idee om met Dana te trouwen?

Uiteindelijk viel Dana van vermoeidheid in slaap. Haar naakte lichaam zag er grauw en dof uit. Siem dekte haar zorgzaam toe.

De volgende ochtend toen ze ontwaakte vroeg Siem bezorgd: "Wat is er gisteren gebeurd? Je hebt me vannacht behoorlijk laten schrikken."

Dana sloeg haar ogen nederig neer en ze schaamde zich diep.

Ze slikte, "ik had 's middags in de zon een boek liggen lezen en ik voelde me heerlijk, alsof ik op vakantie was. Nadat ik een glas wijn had gedronken, kwamen er nare herinneringen uit het verleden naar boven en toen heb ik whiskyfles gepakt."

Siem had twijfels over wat hij had gezien, maar hij kon het accepteren. Dana had hem bezworen dat dit de eerste keer in haar leven was, dat ze zich had laten gaan.

Hoofdstuk 33.

Dana en Siem gingen samenwonen. Ze zouden het een jaar aankijken en dan een definitief besluit nemen over het huwelijk. In de tussentijd was de XL-supermarkt gesloten en het personeel ontslagen. Ter voorbereiding op haar toekomstige huwelijk was Dana in de strandtent van Siem aan de slag gegaan en ze had er plezier in. Het organiseren ging haar goed af, omdat ze de in haar functie als assistent-bedrijfsleidster veel ervaring had opgedaan.

Siem had Dana een lange periode goed geobserveerd en had geen rariteiten kunnen ontdekken. Hij was uitermate tevreden hoe hun gecombineerde privé en zakelijke relatie ontwikkelde. Maar ook hoe ze de organisatie en werkzaamheden in de strandtent oppakte. Tante Mien, die Siem in zijn jeugd had opgevangen, was enthousiast over Dana en beschouwde haar als haar eigen dochter. Ze had Siem toevertrouwd dat als er kinderen zouden komen, ze met alle liefde wilde oppassen. Alleen zijn neef Benno die naar Spanje was vertrokken, had Dana nog niet ontmoet.

Siem kwam zijn afspraak na en vroeg na een jaar Dana in Rome officieel ten huwelijk. Ze accepteerde zijn aanbod gretig. Ter voorbereiding van het huwelijk wilde Siem met Dana om de tafel voor een serieus gesprek over geld. Siem had ooit gezegd alles met Dana te willen delen, maar zijn financiële adviseur had hem op het hart gedrukt dat dit niet zo'n slimme zet was.

Dana had haar administratie aan Siem gegeven en samen met de adviseur hadden ze alle stukken bekeken. De enige schuld die ze had was de hypotheek op haar woning, waar geen achterstand op was. Dana gaf netjes antwoord op alle vragen en de adviseur knikte goedkeurend.

De adviseur had twijfels en sprak deze uit toen hij samen met Siem was. Hij had niets ten nadele van Dana kunnen vinden. Ze had in het verleden grote schulden gehad, maar deze waren keurig volgens de gemaakte afspraken afgelost. Dana had toegelicht dat Rick de schulden had gemaakt en dat ze er mee geconfronteerd werd toen hij in Turkije in de gevangenis zat. Toch had de adviseur zijn twijfels en zei tegen Siem dat hij het gevoel had dat er iets niet klopte en hij bleef bij zijn standpunt.

In het laagseizoen leefden ze in het appartement van Dana. Ze was al vroeg naar de groothandel vertrokken om inkopen te doen voor een themafeest wat voor het weekend gepland stond. Siem pakte zijn tas om naar het strand te vertrekken. Hij pakte schoon ondergoed en schoof de lade dicht. Zijn oog bleef hangen op de lade van Dana. Impulsief trok hij hem open. Haar ondergoed lag netjes gesorteerd op stapeltjes en Siem glimlachte heimelijk bij het zien van een klein rood doorschijnend slipje, waar hij Dana graag in zag. Terwijl hij de lade dichtschoof viel zijn oog op een wit puntje tussen het ondergoed. Voorzichtig pakte hij het puntje vast en trok een envelop tevoorschijn. De envelop was opengescheurd en Siem viste er een rekeningoverzicht uit. Hij knipperde met zijn ogen, want er stond een bedrag van zestigduizend euro op. Het was een jaaroverzicht van een Curaçaose bank op naam van Dana.

Siem liep naar de kamer, pakte zijn telefoon en belde zijn adviseur. Die merkte fijntjes op dat Dana iets buiten de boeken had willen houden en zou het uitzoeken. Siem legde de envelop weer netjes terug zoals hij hem had gevonden.

De volgende ochtend belde de adviseur. "Ik heb gisteren een aantal zaken nagetrokken en kan er niet echt een vinger achter krijgen. Via een bron kreeg ik bevestigd dat de rekening echt op naam van Dana staat. De afgelopen jaren is er maandelijks duizend euro gestort via een Zwitsers exportbedrijf. Meer hebben we niet kunnen achterhalen. De laatste twee jaren zijn er geen stortingen meer geweest. Het bijzondere is dat er nooit geld van de rekening is opgenomen.

Het ruikt naar malafide diensten, maar ik kan me Dana niet als spion voorstellen. Of iemand die gevoelige informatie lekt. Ze heeft zo'n vijftien jaar als caissière en assistent-bedrijfsleidster gewerkt, maar dan heb je geen toegang tot strategische of gevoelige informatie op hoofdkantoorniveau. Ik moet je een plausibele verklaring schuldig blijven."

De bankrekening bleef Siem intrigeren. Op een indirecte manier manipuleerde Siem 's avonds de situatie, door met Dana over een andere woning te beginnen.

"Ik vind dit een leuk appartement, maar ik zou toch graag in de toekomst wat dichter bij het strand willen wonen. Zeker als we een kinderwens hebben."

Dana keek hem verveeld aan. "Als ik ergens hekel aan heb, dan is het wel verhuizen. Je hebt blijkbaar al iets in gedachten."

Siem glimlachte, "ja, dat klopt. Ik heb pasgeleden het bestemmingsplan van de gemeente ingezien. Er zijn plannen om een woonwijk vlak achter de duinen te gaan bouwen. Lijkt het je wat?"

"Siem, dat zullen vast dure huizen zijn, want het is een gewilde locatie."

"Als we jouw appartement nu verkopen, dan kunnen we de opbrengst in het nieuwe huis stoppen."

Siem zag haar bedenkelijk kijken en vroeg: "Is er iets?"

Dana reageerde niet.

Vanuit het niets zei Siem: "Dan kun je die zestigduizend euro eigen geld erin steken."

Dana keek hem versteend aan.

"Nou?"

Maar Dana hield haar mond stijf dicht.

"Hoe kom je aan zestigduizend euro?"

Dana gaf geen antwoord tot groot verdriet van Siem. Ze sprak de hele week niet meer tegen hem.

De adviseur belde een paar dagen later en vertelde dat het hele bedrag van zestigduizend euro in Nederland contant was opgenomen. Siem had de lade opengetrokken om het rekeningoverzicht te pakken en de confrontatie met Dana aan te gaan. Maar het was verdwenen.

Er was geen weg meer terug. De voorbereidingen voor het huwelijk waren in volle gang. De kaarten waren verstuurd, de trouwjurk was besteld en verder was alles tot in de puntjes geregeld. Er waren behoorlijke discussies geweest, maar Dana was over het geld blijven zwijgen.

Omdat de bankrekening uit Curaçao niet bespreekbaar was, had Dana ingestemd om op huwelijkse voorwaarden met Siem te trouwen. Het zat Siem niet lekker.

Zijn neef Benno zou voor het huwelijk naar Nederland komen en had voor Siem een ouderwetse vrijgezellenavond georganiseerd, zoals ze vroeger ook altijd deden als ze gingen stappen. Siem was opgetogen, omdat hij Benno een lange tijd niet meer had gezien.

In de strandtent kwamen ze allemaal bijeen. Tante Bep, tante Mien en een paar goede vrienden. Behalve Dana, die was er nog niet. Ze was nog bij Karin en zou pas tegen etenstijd terugkomen.

Benno zat op zijn praatstoel en vertelde smeuïge verhalen over wat hij in Spanje in de horeca meemaakte, waar hij als bedrijfsleider werkte.

Vlak voor het eten kwam Dana binnenlopen. Ze begroette iedereen hartelijk en ging naast Siem zitten. Ze oogden als een gelukkig paar. Binnen een week gingen ze elkaar het jawoord geven.

Het viel Siem op dat Benno met meer dan normale belangstelling Dana bekeek. Het streelde hem dat hij haar observeerde. Een teken dat hij haar ook mooi vond. Siem zag dat hij al haar bewegingen nauwlettend volgde, iets wat Benno normaal nooit deed.

Met twee glazen rode wijn was Siem naar Benno gelopen, die zijn glas aanpakte.

"Ze is mooi hè?" zei Siem trots.

"Zeker," zei Benno met en vlakke stem.

Waarop Siem hem meewarig aankeek. "Je mag wel wat enthousiaster doen."

Benno gaf hem geen antwoord en dat bevreemde Siem.

Benno was naar buiten gelopen en staarde naar de waterlijn. In de tussentijd nam hij afwezig kleine slokjes uit zijn glas. Siem liep naar hem toe, sloeg broederlijk zijn arm om zijn schouder en vroeg: "Wat is er?"

"Laten we een stukje gaan lopen," stelde Benno voor.

Ze liepen beiden met het glas wijn in de hand naar de waterlijn toe, waar kleine eb golfjes over het harde natte zand uitrolden.

Siem keek Benno verwachtingsvol aan. "Je houdt de spanning er wel in."

"Hoe goed ken je die Dana van je?" vroeg Benno.

"Hoezo, wat is er met haar aan de hand?" vroeg Siem achterdochtig.

Het duurde even voordat hij reageerde. "Ik ken haar uit het verleden, maar toen heette ze Danielle."

Siem keek Benno met opgetrokken wenkbrauwen aan. "Waar heb je het in hemelsnaam over? Ik heb alle papieren van Dana gezien en ze heet echt geen Danielle. Ik denk dat je haar met iemand anders verward."

"Nee," zei Benno zelfverzekerd. "Ik weet zeker dat Dana de Danielle is die ik ken, want ik had nog nooit zo'n mooie vrouw gezien. Het type als Dana, zie je maar zelden. Je herkent haar uit duizenden."

Siem keek Benno strak aan en een onbehaaglijk gevoel bekroop hem.

"Wat bedoel je?"

Benno zocht naar een manier, waarop hij dit het beste kon formuleren. "Ik heb zo'n tien jaar geleden met een vriendengroep een seksclub in de Haagse binnenstad bezocht. We hebben ons tegoed gedaan aan, je weet wel."

Siem bleef Benno strak aankijken. "Wat wil je hiermee zeggen?"

"Nou, Dana of Danielle was een van de prostituees in de club. Ik heb seks met haar gehad. Haar specialiteit was de schuimbehandeling." Benno sloeg zijn ogen neer, omdat hij het rot vond voor Siem.

Maar Siem zei ferm: "Ik denk dat het om een vergissing gaat, want vorig jaar is Dana wegens een reorganisatie bij XL-supermarkt ontslagen en ik heb de documenten over haar dienstverband ingezien.

Benno keek Siem aan en benadrukte: "Ik weet het zeker, en ik zeg dit om je voor een miskleun te behoeden."

Siem was in het zand gaan zitten en staarde voor zich uit over de zee en zei tegen Benno, die naast hem was gaan zitten: "Wat zou jij doen?" Benno trok zijn schouders op. "Als je van haar houdt, ga je ervoor, maar als je twijfelt, zou ik het huwelijk afblazen. Alleen al de gedachten dat je vroeg of laat oude klanten tegenkomt. Ik zou er niet mee geconfronteerd willen worden.

Siem zei wrang: "Shit, ik sta op het punt om met een hoer te trouwen."

In de verte hoorden ze tante Bep roepen, ze stonden op en liepen terug naar de strandtent. Siem kon er niets aan doen, maar het verhaal van Benno beheerste zijn gedachten. Het viel hem op dat Dana ver uit de buurt van Benno bleef. Zou ze hem hebben herkend? Maar het kon ook zijn, dat ze zoveel klanten had afgewerkt, dat ze Benno niet herkende. Het hoofd van Siem zat vol met complottheorieën.

Siem had ook zijn twijfels over het verhaal van Benno, omdat Dana een drukke baan als assistent-bedrijfsleidster had, gehuwd was en dan zou ze ook nog eens in een bordeel gewerkt moeten hebben.

Toen ze 's avonds in bed lagen zei Dana: "Ik vind dat Benno een behoorlijk beslag op je legt."

Siem draaide zich naar haar om. "Jij kent Benno toch ook?"

Dana keek hem achterdochtig aan. "Waarvan moet ik hem dan kennen?"

"Als klant in het bordeel waar je werkte."

Dana verstarde.

"Toch?"

Dana draaide zich om, met haar rug naar Siem toe en hij zag haar schouders zachtjes schokken. Hij had spijt van zijn uitspraak en pakte haar schouder, maar Dana weerde zijn hand af.

Siem ging rechtop in bed zitten. "Heeft Benno gelijk of liegt Benno?"

Waarop Dana zachtjes zei: "Hij heeft gelijk."

Siem stapte uit bed, liep naar de woonkamer en ging voor het raam staan, waar hij in het donker staarde. Hij dacht aan Dana, zijn eerste echte liefde waar hij zelfs zijn zaak mee wilde delen. De mooiste vrouw die hij ooit had gehad. Weloverwogen nam hij meteen een besluit.

Het hebben van kortstondige relaties was toch wat anders, dan je te laten betalen voor seks. Siem wist dat de dag niet meer zou komen waarop zijn gevoelens voor Dana zouden groeien. De zon had plaatsgemaakt voor de donkere nacht. Hij liep naar de kast en schonk een scheut whisky in een glas. Dronk het in een teug leeg, zette het glas op de tafel neer, als een bestuursvoorzitter met zijn hamer een besluit aftikt. Hij liep naar de slaapkamer, waar hij Dana in het midden van het bed aantrof met het dekbed strak in haar handen geklemd. Ze keek Siem met grote angstige ogen aan, maar huilde niet. Het leek wel of ze in trance was.

Hij pakte voorzichtig het dekbed uit haar handen en hij wilde haar behoedzaam achterover op het bed neerleggen, maar ze keek hem aan en zei stamelend: "Het spijt me. Ik kon niet anders. Ik hou van je. Het enige wat ik in het leven zocht, was geluk en bij jou had ik het gevonden."

Siem keek haar aan, hij voelde zijn hart bonken en haalde diep adem: "Het is over. Ik ga morgen het huwelijk annuleren, want ik kan niet met leugens leven."

Hij liep de slaapkamer uit en trok de deur achter zich dicht.

Hoofdstuk 34.

Dana keek met lede ogen naar de deur die Siem had dichtgetrokken. Haar overlevingsinstinct kwam in werking. Ze schoof naar de rand van het bed, ging zitten, keek in de rondte, liep naar haar tas en stopte er doelgericht enkele kledingstukken in. Daarna kleedde ze zich aan, keek nog een keer in de slaapkamer rond en vertrok geruisloos.

Thuis in haar appartement schonk ze een glas whisky in, ging op de bank zitten, nam kleine slokjes en overdacht de situatie.
Benno; ze had het kunnen weten, dat ze vroeg of laat iemand op het verkeerde moment, op de verkeerde plaats zou tegenkomen. Ze had Benno direct herkend toen hij gisterenmiddag in de strandtent naast Siem ging zitten. Ze kon zijn naam niet meer herinneren, maar wel zijn gezicht. Hij was met een groepje vrienden de club binnengelopen. Het waren jonge honden die zich stoer hadden gedragen. De vijf jongens wilden die nacht niet voor elkaar onder doen en ze had hem als eerste uit de groep voor zich geclaimd, want ze vond hem aantrekkelijk. Benno was onder de indruk geweest van haar specialiteit; de schuimbehandeling.
Nu ze door Siem was afgedankt en geen baan meer had, stond ze op een keerpunt. Misschien moest ze een andere weg inslaan. Ze nam de laatste slok uit haar glas, pakte de afstandsbediening van de televisie en zapte doelloos over de kanalen. Ineens kreeg ze een glimlach om haar mond. Hanko. Ze hadden af en toe via de SMS contact, maar tot een afspraak was het nooit gekomen.
Dana pakte haar telefoon en drukte op "Hanko", die vrijwel gelijk oppakte. "Hé Dana, hoe is tie?"
Dana zette haar strenge stem op: "Niet zo goed, want ik denk dat jij niet op je knieën zit jongeman."
Waarop Dana een zucht hoorde: "Wanneer kun je hier zijn?"
   "Straks," zei Dana streng.
   "Ik laat mijn manager een ticket regelen. Neem je dat zwarte pakje en dat zweepje mee?"
   "Ik kan niet wachten," zei ze met een zwoele stem.

Tot haar volle verbazing werd Dana binnen een half uur door het management van Hanko teruggebeld, die om haar gegevens vroegen voor het vliegticket. Dana schonk haar glas nog een keer vol met whisky, ging onderuit op de bank zitten en ze voelde zich melancholiek. Ze voelde pijn, verdriet en teleurstelling, over wat haar in de afgelopen uren was overkomen. Maar ze was ook opgewonden en enthousiast, want ze ging naar Amerika. Het land van de onbegrensde mogelijkheden.

Tegen de ochtend stapte ze in bed en viel in een diepe slaap. Ze schrok abrupt wakker, omdat ze de voordeur met een klap hoorde dichtslaan.

"Ik denk dat we even moeten praten."
Siem stond in de deuropening van de slaapkamer. Dana wreef in haar ogen, trok haar badjas aan en ze liep achter hem aan de woonkamer in. Er viel een ongemakkelijke stilte die Siem verbrak. "Ik denk dat we een lijst moeten maken van de gemeenschappelijke bezittingen, die we moeten verdelen en wat we onze gasten gaan vertellen. Ik zal mijn spullen hier uit huis halen en als jij je spullen uit de vakantiewoning haalt, hebben we dat opgelost. Ik zal vandaag iedereen informeren dat ons voorgenomen huwelijk is geannuleerd. Als reden zal ik opgeven dat er een onoverbrugbaar meningsverschil is. Met Benno heb ik afgesproken om het verleden te laten rusten."
Dana kon het waarderen dat Siem de situatie discreet afwikkelde, maar ze zei verder niets. Siem zat er ongemakkelijk bij en hij keek haar vol ongeloof aan. "Waarom ben je ooit in die club gaan werken? Ik snap je niet, want je kunt elke man krijgen, die je wilt."
Maar Dana bleef zwijgen.

Nadat Siem de voordeur had dichtgetrokken, pakte Dana haar telefoon, belde Karin en Roxanne en vertelde dat het huwelijk was geannuleerd, omdat Siem achter haar verleden was gekomen. Daarna belde ze Jannie en gaf als reden op dat ze een onoverbrugbaar meningsverschil hadden.

In de logeerkamer hing haar trouwjurk aan de kastdeur. Ze had hem gepakt en op het bed neergelegd. Ze voelde tranen in haar ogen komen. Tot nu toe hadden trouwjurken alleen maar ongeluk gebracht. Ze liet haar vingers over de mooie zijden stof glijden. Resoluut pakte ze de jurk van het bed op, hing hem achter in haar kledingkast en sloot deze.
Dana was niet meer van plan om terug te gaan naar de vakantiewoning van Siem om het restant van haar spullen op te halen. De belangrijkste

zaken had ze meegenomen. Ze liep nu door haar eigen appartement. Wat ze belangrijk vond, zette ze apart in de logeerkamer en dat was niet veel. Als Amerika haar beviel, wilde ze daar een nieuw leven beginnen. Weg van haar verleden in de prostitutie, wat alleen maar ellende had gebracht.

Dana had met Karin afgesproken, om haar persoonlijk over haar vertrek naar Amerika te vertellen.

"Ik vind het zo jammer dat het je niet is gegund, want ik vond Siem een prima vent voor je," zei Karin bemoedigend.

"Jullie waren voor elkaar bestemd."

"Ja, ik had gehoopt om net zoals jij een nieuwe start te kunnen maken. Maar die Benno kwam onverwachts op de proppen. Het klinkt bizar, maar ik heb gemengde gevoelens. Er heeft een confrontatie plaatsgevonden, die ik vroeg of laat verwachtte. Tegelijkertijd doemt er ook een nieuwe route op," zei Dana met een zelfingenomen uitdrukking op haar gezicht. Alsof het haar niets deed.

"Ik vind je zo nuchter reageren. Ik denk dat de verwerking nog moet komen," zei Karin zorgzaam.

Dana trok nonchalant haar schouders op.

"Ik heb je toch wel eens over Hanko verteld?"

Karin spitste haar oren en ze keek Dana vragend aan.

"Hij heeft me uitgenodigd om naar Amerika te komen."

Karin stotterde van verbazing: "Je weet wel, hoe je je zaakjes moet regelen. Wat ga je dan doen als je terugkomt, want je hebt nu geen werk meer."

"Op dit moment kan het me allemaal geen zak meer schelen," zei Dana fel.

De manager van Hanko mailde het e-ticket voor de vlucht naar Amerika. Dana printte het ticket en ze had er geëmotioneerd naar gekeken. De vertrekdatum op Schiphol, was de datum van haar geannuleerde huwelijk. Ze wreef zachtjes met haar wijsvinger over de datum, dacht aan Siem, zijn mooie lichaam, de strandtent en Benno. Benno de boodschapper van het kwade nieuws.

Dana stond op Schiphol met de koffer in haar hand, keek op het informatiebord en liep resoluut naar de incheckbalie. Ze beschouwde haar vertrek naar Amerika als een nieuw begin van haar leven. Ze was nu tweeëndertig jaar oud en ze moest er toch iets van zien te maken. Ze wilde niet als Jannie eenzaam op de bank eindigen.

Toen ze in het vliegtuig zat, sloot Dana haar ogen. Ze had maar één grote wens en dat was via Hanko Amerika binnen te komen om een nieuw leven te starten en het verleden definitief achter zich te laten.

Hoofdstuk 35.

Dana werd in Los Angeles opgewacht door de chauffeur van Hanko, die met een bordje in zijn hand in de ontvangsthal klaarstond. Ze stapte achter in de auto en keek haar ogen uit. De mensen, de kleuren, de brede straten en de grote auto's.

De auto draaide de oprit van een exclusief landhuis op. Het type auto dat Dana regelmatig in de roddelbladen had gezien. De zijkanten van de brede oprijlaan bestonden uit dikke hagen met witte rozen. Het landhuis had maar één verdieping. Aan de linker kant zag ze twee grote openstaande garagedeuren, waar nog net de achterkant van een rode sportauto te zien was.

Haar gedachten gingen uit naar Hanko en besefte dat ze hem zeven jaar geleden voor het laatst had gezien. De acteur Hanko zag er in speelfilms altijd gepolijst uit. Hoe zou hij er nu uit zien? Zou hij er nog zo'n buitensporig drugs- en drankgebruik op nahouden?

Dana zag Hanko in de deuropening klaarstaan en ze liep gelijk op hem af. Ze sloegen de armen om elkaar heen.

Hanko gaf Dana eerst een oppervlakkige kus, maar ze liet zich gaan en kuste hem hartstochtelijk. Ze vond wel dat Hanko er van dichtbij afgeleefd uitzag.

Hij maakte zich los uit de kus, wreef met zijn hand over haar gezicht en keek haar liefdevol aan. "Hier heb ik zo lang op moeten wachten."

Hij zuchtte diep: "Ik heb spijt dat ik je niet eerder heb gebeld, maar dat is altijd achteraf."

Hanko keek Dana teder aan, trok haar weer naar zich toe en ze liepen naar binnen.

Het interieur van het landhuis oogde exclusief. De vloer in de hal bestond uit mooie witte marmeren tegels met een paar verdwaalde zwarte tegels. De hal werd gedomineerd door een grote elegante trap met sierlijk smeedwerk.

"Zullen we naar boven gaan?" stelde Hanko voor.

Dana pakte haar oude rol weer op en zei gebiedend: "Je mag naar boven komen als ik klaar ben."

Hanko liet zich onderaan de trap op zijn knieën zakken met zijn hoofd nederig naar de grond. Dana pakte haar koffer, liep naar boven en opende lukraak een deur, wat een luxe logeerkamer bleek te zijn. Ze kleedde zich uit en liep de ultra-moderne badkamer in, nam snel een douche en kleedde zich razendsnel om in haar zwarte leren setje, inclusief zweepje. Hanko zat nog steeds op zijn knieën onderaan de trap en hij keek haar smachtend aan. Dana liep op haar zwarte naaldhakken langzaam, stap voor stap, de trap af.

"Kijk me eens aan!" Haar zweepje landde genadeloos op zijn achterwerk.

"Naar boven jij," en ze gaf Hanko kleine ritmische tikjes met de zweep. Ze dreef hem tergend langzaam naar boven en dwong hem op zijn rug op het bed te gaan liggen. Maar ze kon zich niet meer beheersen. In plaats van Hanko streng aan te kijken, viel ze uit haar rol en begon hem uit te kleden.

Toen was Dana verrast, maar ook uit het veld geslagen. Ze keek naar een spiegelbeeld van zichzelf. Hanko had exact dezelfde blauwe roos op zijn schaambeen laten tatoeëren. De groene steel, die bij Dana subtiel tussen haar schaamlippen verdween, was de penis van Hanko.

Dana wist niet wat ze zag, streelde liefdevol de groene stam van Hanko, die groot en dik van opwinding was.

Ze moest denken aan hun afscheid, waarbij ze haar trouwring met de robijn als aandenken aan hem had meegegeven. Haar ogen verplaatsten van de groene stam, naar zijn pink en ze zag de ring met de robijn. Hanko had haar ogen gevolgd, schoof de ring van zijn pink en deed hem weer om haar ringvinger.

Ongewild moest ze aan Rick denken, haalde de ring gelijk van haar vinger en legde hem op het nachtkastje. Ze ging op Hanko zitten en ze liet de groene stam langzaam binnendringen. Twee in elkaar verstrengelde blauwe rozen, die elkaar water gaven.

Dana had haar draai snel gevonden in Amerika. Hanko had kortgeleden de opnamen voor zijn laatste film afgerond en zat nu in de tussenfase voor een nieuwe opdracht. Het dagelijks leven bestond uit hangen aan het zwembad, feesten, winkelen of andere nutteloze dingen.

"Mijn manager is al aan het kijken of hij definitief wat voor je kan regelen. Hij heeft connecties om de noodzakelijke papieren voor een verblijfsvergunning op tijd in orde te krijgen. We maken je op papier de assistente van Clark," zei Hanko. Hij had een ondeugende glimlach op zijn gezicht. "Dat was toch de bedoeling?"

Dana was verbluft en ze knikte bevestigend.

Het was te bizar voor woorden. De hereniging met Hanko, een fictieve baan als assistente van Clark en er werd een verblijfsvergunning voor haar geregeld.

Siem en de trouwerij kwamen niet meer in haar gedachten voor. Ze had dit onderwerp weggeduwd, naar iets uit een ver verleden. Dana had maar één wens en dat was om voor altijd in Amerika te blijven. Als ze af ten toe de act met het zweepje bij Hanko moest opvoeren, vond ze het prima. Ze hadden lekkere seks met elkaar en als ze Hanko met andere vrouwen zou moest delen, vond ze het ook geen probleem. Haar "vriendin" in Amerika was Clark de visagist en met hem kon ze het goed vinden.

Hanko was uitgenodigd voor een prestigieus feest met veel bekende filmsterren en regisseurs. Hij had Dana een goed gevulde creditcard meegegeven en had gezegd dat ze iets moois voor het feest moest kopen. Ze was samen met Clark op pad gegaan. Hij had haar meegenomen naar de meest luxueuze winkels en ze waren geslaagd. Met gevulde luxe designer tassen kwam ze thuis.

Clark hielp Dana in de vooravond bij het aankleden. Om een godin van haar te maken, zoals hij dit noemde. Tijdens het aankleden keek hij bedenkelijk en liet zijn vinger over haar arm glijden. "Wat is dat voor litteken op je arm?"

Clark kwam met zijn gezicht dichtbij, legde zijn vinger op een van de kleine littekens boven haar oog en keek er kritisch naar. "Die zaten er niet, toen ik je op het strand ontmoette."

Dana wist dat Clark een oog voor details had.

"Ik heb een ongelukje gehad."

Ze trok onverschillig haar schouders op. Clark had in de tussentijd een tube maquillage gepakt, controleerde de kleur op de muis van zijn hand, hield deze bij haar arm en zei tevreden: "Dit is de goede kleur," en smeerde de substantie behoedzaam uit over het litteken op haar arm.

Terwijl hij smeerde vroeg hij vertrouwelijk: "Wat is er echt gebeurd? Ik heb nog nooit een litteken van een ongelukje op deze plaats van een arm gezien."

Clark was haar vriendin. Dana vertrouwde hem en ze besloot een tipje van de sluier op te lichten.

"Mijn ex-man was nogal hardhandig."

Waarop Clark abrupt stopte met het maskeren van het litteken. "Ex-man? Ben je dan getrouwd geweest?"

"Ja, op jonge leeftijd, maar dat was een vergissing."

"Wat doet die ex-man van je?"

Dana was stil en dacht na. Clark zag het. "Ik zie donkere wolken. Je zoekt naar de juiste woorden."

Dana knikte, "klopt, dat heb je goed gezien. Laat ik het zo formuleren, hij is veroordeeld en zit veilig opgeborgen in de gevangenis."

"Voor mij ben je een sterke vrouw, maar ook een mooie vrouw." Overwogen trok hij Dana tegen zich aan en gaf haar een hug.

"Mag ik je wat vragen?" vroeg Clark.

"Dat hangt ervan af, omdat ik je vanavond al meer heb verteld, dan dat ik van plan was. Ik vertrouw je, dus kom maar op met je vraag."

"Wat is de betekenis van die blauwe roos waarvan de blaadjes uit je slipje steken. Want ik weet dat Hanko er ook één heeft."

"In het verleden heb ik van een kennis een kaart met een blauwe roos gekregen, die ik zo mooi vond, dat ik deze als tatoeage heb laten zetten. Hanko bewonderde mijn tatoeage. Tot mijn verrassing zag ik dat hij er ook een heeft laten zetten. Het is geen afgesproken werk of zo."

Dana pakte haar avondjurk en ze wilde hem voorzichtig aantrekken toen Clark aan haar vroeg: "Je weet, ik hou van mannen. Vind je het goed als ik een foto van jouw blauwe roos maak, om dezelfde te laten zetten?"

Dana keek Clark een beetje achterdochtig aan. "Moet je dan geen foto van Hanko nemen, want zijn roos is meer representatief dan de mijne?"

"Nee, ik voel me vrouw en ik wil me met jou identificeren."

Dana ging op haar rug liggen en ze trok haar slipje uit.

"Wat heb jij een mooi sieraad tussen je benen."

Clark tipte voorzichtig met zijn vinger over de blauwe roos en hield zijn vinger stil, waar de steel tussen haar schaamlippen verdween, boog voorover en kuste de roos van Dana, die rustig bleef liggen. Clark maakte met zijn telefoon een foto. Hij liet deze ter controle aan Dana zien.

"Heb je wel eens seks met een vrouw gehad?" vroeg Dana.

"Nee, want ik ben het vrouwtje in de relaties met mannen. Ik vind je mooi. Als je zo ligt bewonder ik je vrouwelijke schoonheid, maar ik heb geen lust of enige behoefte om seks met je te hebben.

"Ben je wel eens door een vrouw afgetrokken?"

Clark ontkende verontwaardigd.

"Dan weet ik zeker dat we goede vriendinnen worden, want anders gaat er vroeg of laat een schoen wringen," zei Dana.

Clark kuste zijn vinger en legde deze op de mond van Dana. "Ik heb nog nooit een venusheuvel van een vrouw gekust. Het viel me op dat je niet verblikte of verbloosde, in tegenstelling tot de meeste vrouwen, die zenuwachtig worden als ik in de buurt van hun slipje kom."

Ze sloeg haar arm rond Clark, gaf hem een kus op zijn voorhoofd en zei: "Ik mag je, want je bent eerlijk. Zal ik met je meegaan als je een blauwe roos laat tatoeëren?"

Hét was de aanzet voor een geheim verbond.

Dana stond klaar om naar beneden te lopen toen Clark vroeg: "Waar is die gouden ring van Hanko?"

"Ik denk in onze slaapkamer."

"Het is een mooie antieke ring. Ik snap niet dat je die aan een schooier als Hanko hebt gegeven."

"Droeg Hanko mijn ring dan? Omdat het een vrouwenring is."

Clark glimlachte fijntjes, "misschien mag ik dit niet zeggen, maar Hanko verslind vrouwen, alsof hij onbeperkt spareribs eet. Met regelmaat krijgt hij de kous op zijn kop en wordt hij afgedankt. Op dat soort momenten liep hij met die ring aan zijn pink. Ik wist dan gelijk hoe de vlag erbij hing."

Hanko stond in de grote hal klaar toen Dana de trap afliep. Ze liep langzaam en hij was overdonderd door haar schoonheid. Onderaan de trap pakte hij galant haar hand aan alsof ze de gravin van zijn landhuis was.

Op het feest werd Dana als zijn vriendin geïntroduceerd. Ze bewoog zich met het grootste gemak door de avond heen en ze maakte gemakkelijk contact met de andere gasten. Drank en drugs waren er in overvloed. Dana besefte dat ze in een verleidelijke, maar ook gevaarlijke wereld terecht was gekomen. Het was een wonder dat Hanko nog leefde, want hij had zijn buitensporige gedrag nooit aangepast. Hij verliet met een aantrekkelijke vrouw de ruimte en ze wist wat hij ging doen, maar het deerde haar niet.

In de taxi naar huis was Hanko zwijgzaam. Ze wist niet of hij teleurgesteld of getroebleerd was door de drank en drugs. Thuis, bij binnenkomst liet hij zich onderdanig op zijn knieën vallen. "Ik ben stout geweest en moet gestraft worden."

Dana knipperde even met haar ogen, pakte gelijk haar rol op en gebood hem zijn rechterhand uit te steken. Ze haalde de ring met de robijn van haar ringvinger en schoof deze om zijn pink.

"Doe je broek uit," gebood ze en Hanko gehoorzaamde.

Met een zwarte paraplu uit de paraplubak gaf ze hem harde tikken op zijn blote billen en dreef hem op zijn knieën naar boven, naar de slaapkamer.

Hanko had in een dronken bui Dana gesmeekt of ze altijd bij hem wilde blijven. Ze had ingestemd onder de voorwaarde dat ze officieel de assistente van Clark zou worden en in zijn entourage opgenomen zou worden.

Alles verliep naar tevredenheid. De benodigde papieren werden in orde gemaakt. Er was ruimte voor flirten en uitspattingen met anderen, maar ze konden ook niet buiten elkaar. Iedereen kon zich in zijn rol vinden.

Bezoek uit Nederland diende zich aan. Roxanne was alleen gekomen en ze was zo brutaal geweest om de terugreis nog niet te boeken.

Roxanne was trots op Dana en ze liet haar hand over de mooie rode sportauto van Dana glijden, toen ze haar van het vliegveld ophaalde.

"Ik weet niet hoe je het hebt geflikt. Je hebt het in ieder geval beter gedaan dan ik."

"Misschien heb ik nu voor het eerst in mijn leven gewoon geluk," zei Dana en ze reden naar het exclusieve landhuis van Hanko.

Roxanne was erg onder de indruk toen ze de oprijlaan opreden en voor de deur parkeerde.

"Jezus, hoe heb je dat allemaal voor elkaar gekregen."

Dana zag haar ogen van links naar rechts gaan en ze liepen door de woonkamer, via de grote schuifdeuren naar het ruime terras met het zwembad.

Hanko lag op een ligbed onder de parasol met een zwarte zonnebril op. Dana tikte hem wakker.

"Welkom, we hebben naar je uitgekeken," zei Hanko en hij nam Roxanne belangstellend op.

"Je bent wel compleet het tegenovergestelde van Dana met dat blonde haar. Ben je nog vrijgezel?"

"Nu weer wel, hoezo?" Roxanne keek hem uitdagend aan.

"Ik val wel op blonde vrouwen."

Hanko lachte gorgelend, waarbij Roxanne zich afvroeg of hij het meende of dat hij haar in de maling nam.

Dana had aan zijn ogen gezien dat hij weer had gebruikt.

Hanko nodigde Roxanne uit om mee te gaan naar een feestje.

"Wat voor feestje?" vroeg Roxanne geïnteresseerd.

Dana trok een bedenkelijk gezicht. "Veel drank, drugs en seks."

"Dat lijkt me leuk om een keer mee te maken," zei Roxanne enthousiast en ze keek in de rondte, alsof ze bijval verwachtte.

Roxanne had niet de juiste kleding voor het feestje, waarop de expertise van Clark werd ingeroepen. Hij arriveerde met verschillende tassen met luxe outfits en ging direct met Roxanne aan de slag.

"Ik weet niet wat me overkomt. Champagne, zwembad, mooie kleding, feestje en dat allemaal binnen een 24 uur," zei Roxanne in extase.

Niemand reageerde, alsof dit de normaalste zaak van de wereld was.

Die avond liet Roxanne zich meevoeren op haar eerste Hollywood party. Ze zag er schitterend uit en had veel bekijks. Hanko had zich weer in drank en drugs gedompeld en nam tot grote ergernis van Dana, Roxanne hierin mee. Ze waarschuwde Roxanne, omdat Hanko geen maat kon houden, maar haar ogen glinsterden opgewonden. Gedurende de nacht raakten ze elkaar uit het zicht.

In de vroege morgen vond Dana Roxanne op het terras, versuft onderuitgezakt, waarbij haar borst aan de zijkant uit haar topje hing. Dana schudde meewarig haar hoofd en ze vroeg zich af waar dit toe zou leiden.

Roxanne liet er geen gras over groeien en ze was ongevraagd bij Hanko ingetrokken. Hij vond het best, zolang er maar niemand in zijn vaarwater zat.

Hanko had ambitie en hij wilde graag gecast worden voor een thriller met een provocerend karakter, waar seks in een stilistische vormgeving de boventoon voerde. Hij was naar Dana gelopen, die onder de parasol aan het zwembad lag en had haar gevraagd om even mee naar binnen te komen.

"Je weet dat ik graag de hoofdrol in die thriller wil. Twee topacteurs hebben deze rol afgewezen, omdat er confronterende seksscènes in zitten. Ik wil alles op alles zetten om deze rol te bemachtigen."

Hij legde zijn hand op de schouder van Dana, trok haar teder tegen zich aan en zei mierzoet: "Ik heb je vanavond nodig, want ik heb twee invloedrijke mensen uit de filmwereld hier in mijn landhuis uitgenodigd. Ze kunnen mij op de kaart zetten voor deze rol."

"Waarmee kan ik je bij helpen? Wat heb je in gedachten?"

"Kun jij Jack voor je rekening nemen, zodat hij mij bij de beslissers aanbeveelt?"

Dana keek Hanko serieus aan. "Wat weet je van hem?"

Hanko trok zijn schouders op. "Jack, is een hotshot in de filmwereld. Hij heeft een soort hondenkop en staat erom bekend dat hij erg kortaf kan zijn."

"Hoe laat komen ze?"

"Ik verwacht ze tegen middernacht."

Dana gaf Hanko een kus. "Maak je geen zorgen, die rol is voor jou."

"Ik wist dat ik op je kon rekenen." Hij trok Dana comfortabel tegen zich aan en liet zijn handen over haar billen glijden.

Roxanne liep door de openstaande terrasdeuren naar binnen. "Kijk, kijk, tortelduifjes. Wanneer gaan jullie nu eens trouwen?"

Waarop Hanko Dana aankeek: "Ik beloof het je. Als de opnames voor mijn ambitieuze project zijn geregeld, vraag ik je op mijn knieën ten huwelijk."

Waarop Dana gecharmeerd naar hem glimlachte, want ze wist dat hij dit meende.

In de vooravond stonden er onverwacht een paar bevriende acteurs op de stoep. Dana bestelde eten en ze aten buiten bij het kaarslicht. Hanko at niet veel, maar dronk en gebruikte des te meer. Ze hoopte dat hij vannacht op de been kon blijven, om Jack en zijn maat te ontvangen. Tot haar grote ergernis zag ze dat Hanko Roxanne in zijn verslaving meenam. Hij had de kritische blik van Dana opgemerkt en pakte haar hand. "Doe nu eens een keertje mee, het ontspant je als mens."

Maar Dana was niet gespannen voor de komst van Jack, want dat was voor haar gewoon een kwestie van afwerken. Om Hanko te behagen en met het huwelijksaanzoek in haar achterhoofd, pakte ze een paar pillen van hem aan en nam ze in.

Die nacht arriveerde Jack en zijn maat. De mannen mengden zich in het feestje met de bevriende acteurs. Hanko vertelde trots dat hij een snookertafel had en hij daagde het gezelschap uit om een balletje te schieten. Dana liep met Jack op naar de zijvleugel waar de snookertafel stond. Hanko rangschikte de ballen op de tafel, pakte een keu en gaf deze aan Jack, die hem weloverwogen aanpakte. Dana keek geïnteresseerd.

Roxanne zette de muziek iets harder en riep luid: "Party Time" en ze begon met een vol glas in haar hand, wulps op de salontafel te dansen. Ze trok haar rokje omhoog waaronder ze geen slipje droeg. Ze spreidde haar benen en liet haar vingers subtiel over haar onderlichaam glijden. Ze had blijkbaar haar oog op één van de mannen laten vallen en probeerde hem bij haar act te betrekken. Iets waar Roxanne heel goed in was.

De man was gecharmeerd van haar, trok haar onderlichaam naar zich toe en begon haar onstuimig te betasten terwijl ze met haar benen wijd op tafel stond.

Dana had haar glas gevuld, nog achteloos een roze pil in haar mond gestoken en ze keek met een sensueel blik in haar ogen naar Jack. Hij gaf zijn keu aan Dana, die hem aanpakte. Ze boog over de snookertafel. Jack stond achter haar en begeleidde haar keu met zijn handen. Hij duwde zijn onderlichaam tegen haar billen. Dana schoot de bal, draaide zich om en ze keek Jack verlangend aan met haar betoverende donkere ogen. Ze had zich goed voorbereid en droeg alleen een dun zijden avondjurkje, dat niets te wensen overliet. Ze voelde dat Jack haar jurkje aan de achterkant omhoog schoof en zijn vingers in haar onderlichaam liet glijden. Hij gromde van genot.

Door de drank en drugs belandde Dana in een roes, waarop ze zichzelf niet meer onder controle had. Ze likte Jack op zijn mond en liet zich langzaam op haar rug op de snookertafel achterover glijden. "Oeii, Oeii" hoorde ze zeggen. Een paar handen trokken haar jurkje uit.

Dana lag naakt in het midden van de snookertafel tussen de ballen. Ze voerde een erotische show op, zoals ze bij Ton en Carolien in de club had gedaan. Ze pakte de keu die naast haar lag en stuwde haar show verder op, door hem sensueel in haar vagina heen en weer te laten glijden. De mannen joelden. Ze voelde overal handen op en in haar lichaam. Niet veel later werd ze op haar buik over de rand snookertafel neergelegd. Haar benen bungelde net boven de grond en ze voelde dat ze werd gepenetreerd. Ze had geen idee door wie en hoeveel mannen, maar ze verkeerde in een roes. Het was lekker en ze gilde van genot.

De volgende ochtend toen Dana weer bij haar positieven kwam, lag ze naakt in de logeerkamer in bed met Jack. Ze kon zich na de snookertafel niets meer herinneren, laat staan hoe ze boven in de logeerkamer terecht was gekomen.

"Je bent een lekker geil ding," knorde Jack genoegzaam en ze zag aan hem dat hij nog niet klaar was. Hij trok haar naar zich toe, ging met zijn enorme lijf op haar liggen en pompte er op los.

De deur van de logeerkamer stond open en iedereen die door de gang liep kon meegenieten.

Roxanne kwam binnenlopen. "Zijn jullie al klaar?"

Ze liep naar Jack toe en begon hem over zijn ballen te strelen.

"We hebben nog geen kennis met elkaar gemaakt."

Ze boog voorover, kuste Jack op zijn wang en liet haar borsten bevallig langs zijn arm glijden.

Jack keek hebberig naar Roxanne.

"Kom," zei ze, waarop Jack van Dana afklauterde en Roxanne voorover in bed duwde. Dana vermoedde dat Roxanne zichzelf al de hoofdrol in de nieuwe film van Jack had toebedeeld en hem daarom verwende. Ze verliet ongemerkt het bed.

Hanko kreeg de hoofdrol in de thriller toebedeeld en hij was er maar al te trots op.

Hoofdstuk 36.

Roxanne vertrok na drie maanden weer naar huis. Hanko, Dana en Clark maakte zich op voor de opnamen in de Stille Zuidzee, waar het grootste gedeelte van de thriller opgenomen zou worden.

De voorbereidingen waren in volle gang. Hanko was uitgelaten, omdat hij naar zijn tegenspeelster uitkeek. Een actrice die hij bewonderde vanwege haar acteertalent, maar ook een dame die het lef had om confronterende rollen aan te nemen.

Na een lange vlucht zagen ze vanuit het vliegtuig een aaneenschakeling van groene beboste eilandjes in de heldere blauwe zee opdoemen. Sprookjesachtig en bijna onwerkelijk.

"Als het goed is logeren we in één van die waterbungalows met een bootje erbij," zei Hanko enthousiast en hij wees naar beneden. Dana knikte en genoot van het uitzicht.

Hanko kwam zijn belofte na. Die avond lag Dana in de idyllische bungalow op bed. Hanko keek haar liefdevol aan. "Ik ga je hier ten huwelijk vragen, want dat had ik beloofd."

Hanko ging naast het bed staan, zakte op zijn knieën, kruiste als een ervaren acteur zijn handen over zijn borst en zei plechtig: "Dana, wil je met me trouwen?"

Ze liet zich teder door Hanko omarmen en zei volmondig: "Ja, ik wil met je trouwen."

Dana was blij, maar ze wist dat haar leven met Hanko niet makkelijk zou worden. In ieder geval had deze relatie geen verborgen agenda's.

De nacht met Hanko was heerlijk. Hij was nuchter en liefkoosde haar teder, maar Dana kon niet in slaap komen. Het heden en verleden spookten gelardeerd door haar hoofd. Huwelijken hadden tot nu toe alleen maar ellende gebracht. Zou het dan nu eindelijk een keer lukken? Ze moest denken aan de mannen die ze had liefgehad. Haar eerste echte liefde Micky, maar ook aan Ben die voor haar onbereikbaar was en Siem waar het fout ging. Wat was er nu eigenlijk fout gegaan? Een onbestemd gevoel maakte zich meester van haar lichaam. Het voelde oncomfortabel aan. Had ze alles wel op een rijtje in haar hoofd? Ze logeerde in een schitterende waterbungalow op een eiland in de Stille Oceaan. Het leek wel een droom. Of was dit een droom, waaruit ze zou ontwaken?

Dana lag op haar rug op bed en ze staarde naar het houten plafond. Er klopte iets niet. In haar dromen heette haar minnaar Julian. Hij was de eigenaar en directeur van Corona Imperial; een consultancy bureau in Delft. Als ze aan hem dacht, kwam haar lievelingsdroom als een tsunami haar gedachten binnenrollen. In de voorstelling, die Dana voor zichzelf had gecreëerd, doorliep ze een succesvolle carrière, was ze rijk, maar ook gelukkig in de liefde.

In het dagelijks leven, bedacht ze, was haar droom nota bene uitgekomen. Hanko was rijk en vermogend zoals haar fantasieheld Julian ook was. Als assistente van Clark had Dana carrière in Amerika gemaakt en met het zwarte geld in het kluisje op de bank in Nederland was ze een vermogende vrouw. Hoe meer ze erover nadacht, hoe aangenamer Dana zich voelde. Het bracht haar tot rust. Dromen waren dus geen bedrog. De toekomst lag aan haar voeten en het was nu voor haar een schot voor open doel om door een huwelijk met Hanko het levensgeluk te verzilveren.

Eén ding stond voor Dana vast; Ben was de enige man die haar echt kon bevredigen, Siem was de enige man die haar een echte toekomst had kunnen bieden en Hanko was de man, die haar een kind zou kunnen schenken.

Dana besefte dat ze niet eeuwig het liefje van de één of ander kon zijn. Ze zou binnen een paar jaar over haar houdbaarheidsdatum zijn en worden afgedankt. Mannen gingen nu eenmaal voor mooie jonge vrouwen met een strak velletje. Een huwelijk met Hanko was een lot uit de loterij, maar de invulling zou lastig blijven. Hij zou toch zijn gewoontes met drank, drugs en vrouwen niet afzweren. Maar als Hanko haar een kind zou schenken, dan was de toekomst voor Dana geborgd. Vredig viel ze in slaap.

De volgende dag zei Clark: "Ik zie je glunderen. Heeft hij je gevraagd?"

"Ja, hoe weet jij dat nu weer? zei Dana met een tevreden glimlach rond haar mond.

"Hanko wordt ook een jaartje ouder en ik weet dat hij niet buiten je kan."

Naarmate de filmopnamen vorderden, werd Hanko chagrijniger en bijna ondragelijk in de samenwerking. Zijn drugs waren op, zijn tegenspeelster had laten blijken dat ze hem een eikel vond en de spanningen met de regisseur waren zo hoog opgelopen, waardoor het opnameschema in gevaar kwam. Dana bemiddelde regelmatig door op Hanko in te praten, waardoor ze hem motiveerde om weer op de set te verschijnen. Het woord huwelijk had Dana niet meer in haar mond genomen. Ze zou wel zien als ze thuis waren wat Hanko van plan was.

De crew liep van de stress op het tandvlees en de onderlinge verstandhoudingen waren behoorlijk verstoord. Gelukkig was de regisseur tevreden over de kwaliteit van de opnamen. De crew zuchtte van verlichting toen ze de filmset op het mooie idyllische eiland konden verlaten.

Vanaf het huwelijksaanzoek van Hanko in de Stille Zuidzee had Dana geen seks meer met andere mannen gehad. Ze had de indruk dat Hanko ook niet meer op andere vrouwen had gejaagd. Dat zou binnenkort veranderen als hij zich in afwachting van zijn volgende rol weer in het feestgedruis zou storten.

Hanko was in zijn goede doen en hij begon over het huwelijk. Ze prikten de huwelijksdatum en hij stelde voor om de hele organisatie aan een huwelijksmakelaar over te laten.

"Maak je vooral niet te druk, want daar zijn andere mensen voor die hier hun boterham mee verdienen. Ik zal Clark de opdracht geven om een betrouwbare partij te benaderen." Hij keek Dana verliefd aan.

Dana had het nog even geheim gehouden, maar het was nu zeker. Ze was zwanger van Hanko. Ze had het laten gebeuren, toen hij haar ten huwelijk vroeg op het romantische eiland in de Stille Zuidzee. Ze voelde dat haar borsten een beetje gevoelig waren en het leek of haar buik wat voller werd, maar ze wilde nog even wachten voordat ze het grote nieuws aan Hanko zou vertellen. Ze had zich voorgenomen om het te vertellen als ze twee maanden over tijd was.

Wat Dana vermoedde, gebeurde. Na het beëindigen van de laatste studio-opnamen stortte Hanko zich weer volop in scene, waar excessieve feesten werden georganiseerd. Zijn drugs- en drankgebruik kende geen grenzen, maar Dana had besloten om er niet in mee te gaan.

Vroeg in de ochtend kwam Hanko dronken thuis en stond stijf van de drugs. Dana schudde haar hoofd, maar ontfermde zich wel over hem. Ze hoopte dat hij in de loop van de dag weer bij zijn positieven zou komen.

Uit de badkamer kwam lawaai. Ze hoorde dat Hanko stond te kotsen. Dana liep snel naar hem toe, maar hij kwam alweer suf de badkamer uitlopen, veegde zijn mond af en stapte in bed. Hanko nam Dana in zijn armen. Ze liet zich door hem koesteren en hij zei met een schrale stem: "Ik zal aan Clark vragen wanneer hij zo'n huwelijksmakelaar heeft ingepland, zodat we onze plannen vorm kunnen geven."

Dana lag comfortabel in zijn armen en ze vond dat dit het geschikte moment was om Hanko over haar zwangerschap te informeren en ze pakte het subtiel aan. "Hoe vind je mijn borsten?"

Hanko keek met zijn grote groene ogen naar haar borsten.

"Mooi", boog naar voren, likte eerst speels over haar tepel en zoog hem gulzig op.

"Zie je wat aan mijn buik?"

Hanko liet haar tepel uit zijn mond glippen. "Nee, wat is er met je buik aan de hand?"

"Geef mijn buik eens een kus?"

Hanko kuste haar buik en hij schoof langzaam met zijn mond naar beneden, naar de oorsprong van de blauwe roos, waardoor Dana begon te giechelen.

Hanko keek verstoord naar boven. "Is er iets?"

"Ja gekkie, heb je het dan niet door?"

"Wat moet ik dan doorhebben?" zei Hanko geïrriteerd. Zijn lust overwon de irritatie. Hij begon weer gulzig aan haar tepel te zuigen en ze voelde zijn vingers naar binnen dringen.

"Doe je voorzichtig want ik heb ze over een tijdje hard nodig?"

Waarop Hanko zijn mond opendeed, de borst weer terugveerde en haar ongelovig aankeek. "Wat bedoel je?"

"Ik ben zwanger, we krijgen een kindje!"

Ze wilde Hanko een kus geven, maar hij duwde Dana ineens boos van zich af en keek haar met een vieze uitdrukking op zijn gezicht aan. "Zwanger? Kindje?..... Ik wil helemaal geen kindje en zeker niet van een hoer zoals jij. Laat het maar weghalen, want dat gaan we niet doen. Hoor je me!" De laatste woorden kwamen nijdig uit zijn mond.

Dana was verbluft en sprakeloos. Dit was het laatste wat ze had verwacht. Ze rolde in het bed op haar buik, begroef haar gezicht in het kussen en begon te huilen. Hanko stapte boos uit bed en verliet de slaapkamer. Kort daarna hoorde ze beneden een auto starten.

Dana piekerde er niet over om het kindje weg te laten halen, want een kind was een logische vervolgstap in haar leven.
Ze bleef een tijd ontgoocheld op bed liggen. Haar zwangerschap had ze met niemand gedeeld en ze hoopte dat Hanko zich in de loop van de dag zou bedenken. Hij was blijkbaar overrompeld door de boodschap.

Maar Hanko kwam niet meer terug naar huis. Ze vermoedde dat hij naar een feest was gegaan om zijn boosheid weg te drinken, te snuiven en de nacht met een andere vrouw door te brengen.
Het was voor het eerst dat Dana jaloezie voelde over het feit dat Hanko de nacht bij een andere vrouw was. Wat was er mis met haar? Mannen lagen al jaren aan haar voeten. Ze verwende ze, maar het lukte haar niet om op het moment suprême de liefde te verzilveren in een huwelijk. Dana stapte uit bed, liep naar beneden, opende de bar en schonk een groot glas met whisky in en dronk het in één teug leeg. Ze schonk opnieuw het glas vol en dronk ook dit glas achter elkaar leeg, liet een grote boer en ging weer naar boven. Ze trok haar koffer uit de kast, pakte impulsief haar spullen en propte ze erin. Ze besloot om terug naar Nederland te gaan, omdat daar haar toekomst met haar kindje zou zijn.
Hoe meer ze erover nadacht, hoe verdrietiger ze werd. Ze liep weer naar beneden, schonk het glas weer vol met whisky en dronk het leeg. In de bar zag ze een zakje met pillen van Hanko liggen, maakte het open, deed een greep in het zakje en slikte de pillen in zonder te kijken wat het voor pillen waren. Daarna pakte ze haar glas, wat ze bijna niet meer kon zien en liet het ongeïnteresseerd op de grond kapot vallen. Ze strompelde naar de slaapkamer, om haar koffer te halen, maar dat lukte niet meer. Ze zakte onderaan de trap door haar knieën en dacht; misschien bestaat er toch een hemel en ga ik straks opstijgen.
Het gedrogeerde gevoel was aangenaam. De pijn was weg. Dana kreeg een weemoedig gevoel en ze dacht aan haar droom, waar ze graag in wegdommelde als het tegen zat. De Dana in haar dromen had alles voor elkaar. Tot een uur geleden was ze ervan overtuigd dat haar droom eindelijk in vervulling was gegaan. Dana liet haar hoofd hangen en zakte onderaan de mooie smeedijzeren trap in elkaar op de grond.

In haar aangename droom keerde Julian weer terug. Dana kon hem helemaal uittekenen. Een mooie zakenman in een handgemaakt maatpak. Zwart haar, wat in een kuifje geboetseerd omhoog stond. Een charmeur met de uitstraling van een Italiaan. In haar droom had hij haar ten huwelijk gevraagd en als verrassing een wereldreis uitgestippeld.

Na een tijd onderaan de trap gelegen te hebben kwam Dana weer bij haar positieven, krabbelde omhoog en strompelde suf de woonkamer binnen. Ze haalde haar voeten open aan de glasscherven op de grond. Ze had hier geen besef van en vond dat ze naar Nederland moest vertrekken om te onderzoeken of Julian echt bestond. Misschien was hij meer dan alleen een onderdeel van haar gekoesterde droom? Was Hanko dan een nachtmerrie?

Dana opende de bar, pakte een willekeurige fles sterke drank, opende deze en nam impulsief grote slokken. Met de fles in haar hand liep ze scheef op haar bebloede blote voeten door de openstaande deuren de tuin in, rakelings langs het zwembad naar de zijkant van het huis, waar ze via de oprijlaan de straat bereikte.

Ze liep verdwaasd, in een soort trance en wilde bevrijd worden uit haar misère, die ze als haar nachtmerrie had bestempeld. Tot voor kort verdrongen haar aangename dagdromen de nare momenten in het leven, maar dat lukte nu niet meer. In het warme Hollywood was het geen zomer meer, maar een ijskoude winter. De frisse groene bladeren op de grond waren in bruine prut veranderd, de lucht was niet meer blauw, maar grauw. Het voelde buiten aan als een sombere winterdag. Was het nu winter? Ja, want de winter was Hanko. Hij was geen onderdeel van haar gekoesterde droom, maar de duivel uit de hel.

Als ze nu een wens mocht doen, zou ze niet weten wat ze zou moeten wensen. De afgelopen tien jaar had ze van alles geprobeerd, hard gewerkt, voor de mensen klaargestaan, maar er was niets gelukt. Dana had gefaald in het leven, net zoals haar moeder Jannie. Het had geen zin om afscheid van Hanko te nemen, want hij had al afscheid van haar genomen. Ze kon gewoon vertrekken. Waarheen? Naar Nederland? Waar Rick vroeg of laat uit de gevangenis zou vrijkomen en haar definitief zou afmaken? Of zou ze nu haar droom moeten najagen en op onderzoek uitgaan of Julian echt bestond? Als Julian bestond, hoe zou hij Dana als persoon taxeren? Net zoals Ben; die haar voor zijn lusten gebruikte en haar afdankte wanneer ze over de houdbaarheidsdatum zat?

Dana begon te huilen, maar er kwamen geen tranen meer uit haar ogen. Alles was opgedroogd.

Het was buiten donker. Er waren geen mensen meer op straat. Dana liep lukraak de straat in, rare taal lispelend in haar slipje op haar blote voeten, die rood van het bloed waren. Ze nam af en toe een slok uit de fles en strompelde voort naar de Hoofdweg, die ze zonder te kijken opliep. Wie zou haar redden? Hanko of haar gedroomde minnaar Julian?

Ze zakte in het midden van de Hoofdweg op haar knieën neer en ze vond het allemaal best. Pijn kende ze niet meer, want daar had ze al te veel voor meegemaakt. Ze was verdoofd door de misère.

Auto's toeterden en er klonk het geluid van gillende remmen, totdat ze een enorme klap hoorde. In de verte hoorde Dana stemmen. Haar naam werd geroepen. Ze hoorde iemand zeggen dat er hulp onderweg was. Deze droom voelde behaaglijk aan.

Langzaam kwam Dana bij. Ze voelde een enorme druk op haar borst. Haar armen en benen kon ze niet bewegen. Er zat iets vast aan haar arm. Ze had een wazig beeld en kreeg de omgeving niet helder. Dana had de indruk dat ze in een auto zat. Ze meende dat ze Hanko met een bebloed hoofd op de airbag zag liggen. Hadden ze met de auto een ongeluk gehad, vroeg ze zich af?

Huilend schreeuwde ze verschillende malen om Hanko. Maar ze hoorde haar eigen stem niet. Het frustreerde Dana.

Ondanks het verdriet wat Hanko haar had aangedaan, wilde ze hem niet kwijt. Was het wel Hanko die met een bebloed hoofd naast haar in de auto lag? Ze piekerde en kon het zich niet meer herinneren dat ze bij Hanko in de rode sportauto was gestapt. Ze had wel gehoord dat Hanko was weggereden. De man naast haar in de auto was niet Hanko. Nee, het was Julian. De man uit haar dromen.

Dana probeerde zijn aandacht te trekken, maar dat lukte niet. Haar mond was kurkdroog. Toch had ze de indruk dat haar mond bewoog en vroeg zich af, of haar hersens waren aangetast door de enorme hoeveelheid alcohol, die ze in een betrekkelijke korte tijd had weggedronken.

Emoties borrelde op. Dana dacht aan haar baby. Wat had ze haar baby aangedaan, door zich zo te laten gaan? Zou haar baby nog leven of zou ze een miskraam hebben gehad en als ze een miskraam had gehad, was ze dan een moordenares? Misschien was dit geen ziekenhuis, maar de gevangenis en zou ze de komende jaren niet meer vrijkomen.

Paniek maakte zich meester van haar gedachten. Dana probeerde haar hand op te tillen, maar dat lukte niet. Haar hand zat vast. Ze hadden haar vastgebonden, zodat ze niet kon ontsnappen.

Zwangerschap? Hoe kwam ze hier nu weer bij. Ze zou met Julian een wereldreis gaan maken. Ze had helemaal geen kinderwens. Waar kwam die zwangerschap nu weer vandaan? Wat was nu de werkelijkheid en wat was nu een droom? De beelden in haar hoofd stroomden ongestructureerd door elkaar heen.

Dana knipperde verschillende malen met haar ogen en het leek wel of ze een iets beter beeld kreeg. Ze zag de contouren van een verpleegster met een engelengezicht die langs het bed zweefde en zich over Dana ontfermde. "Rustig maar, de dokter komt er zo aan."

Dana was gerustgesteld, geen gevangenis maar een ziekenhuis. De lieve verpleegster sprak Nederlands en geen Engels, dus moest ze in Nederland zijn. Hoe kwam ze dan in Nederland? Ze woonde toch in Los Angeles bij Hanko?

Toen Dana alleen op de kamer lag, keek ze om zich heen. Het was een luxe ziekenhuiskamer die meer op een slaapkamer leek. De slaapkamer van Julian, die ze in haar dromen met precisie kon uittekenen. De mooie hoge glas-in-loodramen waardoor de zon naar binnen probeerde te glippen.

Dana keek naar haar arm met het infuus. Haar hoofd voelde zwaar aan en haar gedachten waren ongestructureerd.

In een opwelling schoof ze met haar vrije hand het laken van haar onderlichaam af. Er was een katheter ingebracht. Dana richtte voorzichtig haar hoofd een stukje op en ze probeerde naar haar venusheuvel te kijken. Met veel pijn en moeite kon ze deze zien. Haar ogen liepen vol met tranen. Tranen van geluk. Haar gekoesterde dagdroom was de werkelijkheid. Tevreden liet Dana haar hoofd achterover zakken op het kussen. Met een gerust hart viel ze in slaap.

"Zuster, ze wordt wakker, zuster!"

Een paar grote groene amandelvormige ogen keken haar van dichtbij liefdevol aan. Droomde ze nu? Dana wist het niet meer. Ze probeerde het laken van haar lichaam te schuiven om haar venusheuvel te bekijken.

Maar de verpleegster met het engelengezicht pakte de hand van Dana en legde hem weer terug op het laken.

"De dokter is al gebeld en komt zo. Gaat u rustig zitten," zei ze vriendelijk tegen de man naast het bed en ze zweefde de kamer weer uit. Dana was gerustgesteld, want Hanko zat naast het bed en hij maakte zich zorgen over haar. Misschien had hij spijt gekregen en wilde hij toch het kindje houden. Zat het kindje nog in haar buik?

Ze voelde de hand van Hanko op haar hand en dat deed haar goed. Maar Dana werd onrustig, want deze man leek niet op Hanko. Alleen zijn ogen waren hetzelfde.

Hij kwam weer naast het bed staan en boog zich naar haar toe. Was het dan toch echte liefde? De gepakte koffer schoot in haar gedachten en ze had nu spijt van haar impulsieve actie.

Maar welke gepakte koffer? De gedachten joegen ongecontroleerd door haar hersens. Ze zou toch met Julian kleding gaan kopen in Amsterdam en op wereldreis gaan?

Hanko wreef zachtjes met zijn hand over haar haren, gaf een kus op haar voorhoofd en hij zei dat alles goed zou komen.

Geagiteerd probeerde Dana het laken van haar onderlijf af te trekken. De vriendelijke verpleegster probeerde haar hand weer weg te halen, maar Dana was nu in alle staten. Volhardend lukte het haar om het laken weg te trekken. In een glimp zag ze haar venusheuvel. Gelukkig geen getatoeëerde blauwe roos.

Met veel pijn en moeite kwam er geluid uit haar mond. Dana voelde tranen in haar ogen opwellen. Ze keek Julian aan en zei met een zwakke stem: "Julian"?

Waarop hij Dana met zijn grote groene amandelvormige ogen aankeek en zei: "Liefste, ik ben blij dat we eindelijk zijn verenigd en onze bestemming hebben bereikt."

Voor Dana,

Spijt en verdriet dat we samen onder het viaduct zijn verongelukt.
Dromen zijn bedrog.
Wat waren je dromen?
Vertel het me!
Dus wat nu?
Ben je bang?
Brandend verlangen?
Ik hou onvoorwaardelijk van je!
Rechtvaardig mijn liefde!
Het eeuwige leven.

Julian.

Uitgaven **Iris Pinson**

2014
Als je alleen...
Erotisch relatiedrama
Print   ISBN 9789082192902
E-book ISBN 9789082192919

2014
California Dreaming
Carrière, erotiek en tragiek
Print   ISBN 9789082192926
E-book ISBN 9789082192933

2015
Dr. Norton
Carrière, erotiek en tragiek
Print   ISBN 9789082192940
E-book ISBN 9789082192957

2017
Donkertest
Carrière, erotiek en tragiek
Print   ISBN 9789082192964
E-book ISBN 9789082192971

2021
Talent Hunter
Carrière, erotiek en tragiek
Print   ISBN 9789082192988
E-book ISBN 9789082192995

www.ingramcontent.com/pod-product-compliance
Lightning Source LLC
Chambersburg PA
CBHW060949030726
47503CB00003B/794